Amy McCulloch

DER AUFSTIEG

IN EISIGER HÖHE WARTET DER TOD

Thriller

Aus dem Englischen von Leena Flegler

PIPER

Mehr über unsere Autorinnen, Autoren und Bücher: www.piper.de

Wenn Ihnen dieser Thriller gefallen hat, schreiben Sie uns unter Nennung des Titels »Der Aufstieg – In eisiger Höhe wartet der Tod« an *empfehlungen@piper.de*, und wir empfehlen Ihnen gerne vergleichbare Bücher.

Von Amy McCulloch liegen im Piper Verlag vor:
Der Aufstieg – In eisiger Höhe wartet der Tod
Der Eisbrecher

Ungekürzte Taschenbuchausgabe
ISBN 978-3-492-32200-3
November 2025

Titel der englischen Originalausgabe:
»Breathless«, Penguin Michael Joseph, London 2022

Piper Verlag GmbH, Georgenstraße 4,
80799 München, *www.piper.de*
Für direkten Kontakt und Fragen zum Produkt
wenden Sie sich an: *info@piper.de*
Umschlaggestaltung: zero-media.net, München
Umschlagabbildung: FinePic®, München
Satz: Satz für Satz, Wangen im Allgäu
Gesetzt aus der Kepler Std
Gedruckt von ScandBook in Litauen
Printed in the EU

Für Angus – den besten Vater,
meinen begeistertsten Leser und größten Fan

Prolog

Gipfelsturm

Atmen, Cecily.

Eisige Luft strömte in ihre Lunge. Als sie sich ausgemalt hatte, wie es wäre, hier oben zu atmen, hatte sie angenommen, es würde sich anfühlen wie Ersticken. Wie wenn sich ihr die Kehle zuschnürte. Vielleicht irgendwie noch wie Ertrinken.

Aber so war es nicht.

Sie spürte, wie ihr der Wind in das winzige Fleckchen entblößter Haut zwischen Sturmhaube und Brille biss, dann eine heftigere Bö, die sie in die Knie zu zwingen drohte.

Luft gab es hier, sie leistete nur nicht, was sie leisten sollte.

Sie war unendlich müde. Während sie sich weiter durch den Schnee vorankämpfte, gehorchten die Muskeln ihr kaum noch. Und nicht nur die Muskeln – auch das Blut. Die Lunge. Das Gehirn.

Im Grunde war es ganz einfach: Es war nicht genug Sauerstoff in der Luft, kaum noch ein Drittel dessen, woran ihr Körper gewöhnt war. Dem Höhenmesser an ihrem Handgelenk zufolge war sie immer noch jenseits der achttausend Meter. In der Todeszone.

Ihr Herz hämmerte wie wild. Sie warf einen Blick über die Schulter. *War er noch da?* Sie blieb stehen. Eine gekrümmte Silhouette ein paar Meter höher, seine schweren Schritte, die durch die Schneekruste brachen, die ihr folgten, die ihr nachjagten ... Aber nein. Sie kniff die Augen zusammen. Das war nur der Schatten einer Wolke auf der Bergflanke.

Ohne hinreichend Sauerstoff im Gehirn konnte sie nicht einmal mehr ihren Augen trauen.

Kommt er doch? Oder wartet er schon weiter unten?

Sie hätte es nicht für möglich gehalten, dass ihr Herz noch schneller schlagen konnte, aber es galoppierte in ihrer Brust. Auch ihre Atmung ging schneller, sie hechelte an der dünnen Luft. Ihr Blick verschwamm, und ihr war schwindlig.

Was spielte es noch für eine Rolle, ob er über oder unter ihr war?

Um *ihn* würde es später noch gehen. Jetzt ging es ums Überleben.

Sie arbeitete sich so schnell voran, wie ihr Körper es zuließ. Ein einziger Fehltritt, und sie würde tausend Meter tief abstürzen. Unterdessen trieben Phantomschritte sie von hinten an.

Sie musste wieder nach unten kommen.

Und sie würde es ganz allein schaffen müssen.

Entwurf 1

Fourteen clean – Porträt eines Ausnahme-Alpinisten

Von Cecily Wong

Auf Meereshöhe ist Charles McVeigh ein Mann wie jeder andere. Doch in der Todeszone – jenseits der achttausend Meter – wird er zum Übermenschen.

Als er am [Datum einfügen] auf dem Gipfel des Manaslu stand, hatte er erreicht, was die wenigsten für möglich gehalten hätten: In weniger als einem Jahr hat er ohne künstlichen Sauerstoff und Sicherung die vierzehn höchsten Gipfel der Welt bezwungen und so seinen Titel als erfolgreichster lebender Bergsteiger der Welt verteidigt.

Was aber noch viel beeindruckender ist als seine Gipfelsiege: die riskanten Rettungsmanöver, die er unterwegs unternommen hat. Auf dem Dhaulagiri, dem dritten Berg auf seiner Liste, gehörte er dem Trupp an, der zwei italienische Brüder aufspürte, die oberhalb von Lager vier zusammengebrochen waren. Einen Bruder konnte er retten, der andere erlag seinen Verletzungen.

Dass er auch nur einen von ihnen retten konnte, nachdem die beiden in eisiger Kälte und bei zu dünner Luft die Nacht draußen verbracht hatten, grenzt an ein Wunder. Keiner von ihnen hätte überlebt, wenn Charles während des Abstiegs nicht immer noch Kraft gehabt hätte kehrtzumachen und aus Lager drei abermals aufzusteigen. Der Rest des Rettungsteams brauchte annähernd vierzehn Stunden, um aufzuschließen. Sie wären zu spät gekommen.

Neben weiteren am Everest, Broad Peak und auf dem Cho Oyu hat diese jüngste Rettungsaktion Charles vollends in den Fokus der medialen Aufmerksamkeit gerückt.

Aber was genau treibt einen Mann an, sich solch extremen Gefahren auszusetzen? Ich hatte das Glück, Charles bei seinem letzten Gipfelsturm auf den Manaslu zu begleiten und ihm genau diese Frage zu stellen. [Interview anhängen, sobald ich's habe!]

1

In ihrem beengten Hotelzimmer ein gutes Stück oberhalb der gebetsfahnengeschmückten Gassen von Thamel, dem Touristenviertel Kathmandus, klappte Cecily ihren Laptop zu. Der Einstieg für ihren Artikel saß noch nicht richtig, aber dass sie im Vorfeld wenigstens *etwas* vorformuliert hatte, beruhigte ihre Nerven. Immerhin war es bei Weitem leichter, ein schwaches Intro in Form zu bringen, als eine leere Seite vor sich zu haben.

Sie hatte immer geglaubt, die leere Seite wäre ihre Angstgegnerin. Doch dank Charles McVeigh hatte sie jetzt etwas noch viel Furchterregenderes vor sich.

Die Todeszone am achthöchsten Berg der Welt.

Nach ihrem Ausflug ins *Tom & Jerry's* am Vorabend brummte ihr der Schädel. Sie hatte eigentlich nicht viel trinken wollen, doch einer der Neuen – Zak aus den USA – hatte Runde um Runde spendiert, und für diese vertrauensbildende Maßnahme schien ihr ein Kater ein geringer Preis zu sein. Für die Expedition sollte sie in Topform sein, und doch war sie bereits jetzt aus dem Gleichgewicht geraten.

Als es laut an der Zimmertür klopfte, war sie mit einem Satz auf den Beinen. Sie machte auf und winkte den Expeditionsleiter, Doug Manners, und seinen Sirdar – den Sherpa-Anführer – Mingma Lakpa herein. Die beiden hatten Cecily tags zuvor am Flughafen abgeholt. Sie hatte Doug an seinem silbergrauen Haar über der hochgebirgsgegerbten Haut sofort erkannt. Heute jedoch ließ er die Schultern hängen und wirkte müde – kein bisschen wie der wagemutige Bergsteigerpionier und Held der britischen Bergsteigercommunity, wie sie ihn sich vorgestellt hatte. Sie hatte einiges über seine Erfolge im Hochgebirge gelesen: fünf Everest-Besteigungen, sowohl über die Süd- als auch die Nordroute, und diverse Erstbesteigungen der weniger bekannten Gipfel im Karakorum und in den Anden. Er war jahrelang Bergführer für eine der besten kommerziellen Expeditionsagenturen gewesen, Summit Extreme, ehe er seine eigene Firma, Manners Mountaineering, gegründet hatte. Zudem war er bekannt für seine nüchterne Art und für höchste Sicherheitsstandards.

Neben ihm wirkte Mingma auf den ersten Blick schmächtig, allerdings wusste sie, dass er bereits fünfzehnmal auf dem Gipfel des Everest gestanden hatte. Cecily konnte kaum fassen, wie todesmutig und eisern man sein musste, um so etwas zu schaffen.

»Alles bereit?«, fragte Doug.

»Ich glaube schon.« Sie schlug ihr Notizbuch mit der eingeklebten Ausrüstungsliste auf, während er die ordentlich aufgereihten Gegenstände auf dem Doppelbett inspizierte. Am Morgen hatte sie alles, was sie hatte besorgen müssen, dutzendfach durchgesehen und sorgfältig abgehakt. Sie hatte nichts vergessen. Nichts verschlampt.

Diesmal, an diesem Berg, wollte sie für alles gewappnet sein.

»Alles klar heute Morgen?«, fragte Mingma augenzwinkernd. Er hatte ihr am Vorabend zurück ins Hotel geholfen, indem er den nepalesischen Taxifahrer gelotst hatte.

»Klar, alles gut.« Sie nötigte sich ein Grinsen ab, und er tätschelte ihr den Arm, ohne weiter auf das Thema einzugehen.

Unterdessen nahm Doug ihr Equipment genau in Augenschein. Er hob einen Schuh an, um die Sohle zu mustern – einen ihrer riesenhaften, dreilagig verarbeiteten, Achttausender-tauglichen Expeditionsbergschuhe mit wespengelben Gamaschen, die ihr bis zu den Knien reichten. Das Paar war brandneu, noch ungetragen. Die Schuhe wären entscheidend, wenn es darum ging, ihre Zehen in der extremen Kälte vor Erfrierungen zu schützen. Allerdings waren sie auch so groß, dass sie mehrere Innensohlen einlegen musste. Fast die komplette Ausrüstungspalette für Extremtouren – von Expeditionsanzügen bis hin zu den Schuhen – war für Männer gemacht, und sie hatte alles an ihre Bedürfnisse anpassen müssen.

»Danke euch beiden, dass ich bei dieser Expedition dabei sein darf«, sagte sie. »Muss komisch sein, Kundschaft dabeizuhaben – ich weiß, ihr habt bislang ausschließlich Charles bei seiner Mission unterstützt.«

»Ist uns ein Vergnügen.« Mingmas spärlicher Schnurrbart schien ihn unter der Nase zu kitzeln. Er schmunzelte. Seine Herzlichkeit stand in scharfem Gegensatz zu Dougs Grummelei. Die Falte auf seiner Stirn wurde immer tiefer, als er die Schuhe beiseitelegte und den Eispickel mit dem orangefarbenen Schaft und ihren Sicherungsgurt inspizierte.

»Ich hoffe, der ist okay«, sagte sie. »Ich habe gegoogelt, welcher der beste ist, und der hatte gute Bewertungen …«

»Der wird ausreichen. Einer mit Clips an den Beinschlaufen wäre besser gewesen.«

Ihr stieg die Röte in die Wangen. »Oh. Das hab ich nicht gewusst.«

»Dann hättest du fragen sollen – Google rettet dich nicht aus achttausend Metern.« Vorsichtig, um die Schlaufen nicht zu verdrehen, legte er den Gurt zurück aufs Bett. »Wenn ich eine Expedition anführe, nehme ich normalerweise nur Leute mit, die ausreichend Erfahrung haben. Du weißt nie, wann sich der Berg gegen dich wendet. Und es ist nicht bloß dein eigenes Leben, das du dort oben riskierst.«

»Das hat mich mein letzter Gipfelversuch gelehrt.« Sie unterdrückte einen Schauder. »Ich habe online etwas darüber geschrieben – keine Ahnung, ob du gesehen …«

Doug sah sie ausdruckslos an. »Was im Internet steht, interessiert mich nicht.«

»Oh. Natürlich nicht. Ich dachte nur, du hättest es vielleicht gesehen, weil Charles meinte, er habe mich nur deshalb eingeladen.« Dass sie es überhaupt angesprochen hatte, war ihr unangenehm, gleichzeitig war sie froh darüber. Immerhin eine Person aus dem Team, die ihren berühmt-berüchtigten Blogbeitrag »Dem Aufstieg nicht gewachsen« nicht gelesen hatte – den Text über ihre anhaltende Unfähigkeit, die Gipfel der Berge zu erreichen, die sie in Angriff nahm. Am Vorabend hatte Zak, kaum dass ihm gedämmert hatte, wer sie war, darauf bestanden, gleich die nächste Runde Schnaps auszugeben.

»Sieht alles in Ordnung aus. Dann muss ich jetzt nach den

anderen sehen«, sagte Doug. »Wenn du gepackt hast, lass die Taschen einfach hier im Zimmer stehen. Mingma bringt sie nach unten. Treffen ist um Punkt elf in der Lobby. Von dort geht es zum Flugplatz.«

Cecily straffte die Schultern. »Verstanden.« Sie ließ den Blick über die Ausrüstung schweifen, die sie gleich würde zusammenpacken müssen. Für die Sachen war ihr gesamtes Erspartes draufgegangen. Alles, was sie besaß, lag auf diesem Bett. Sie fing Mingmas Blick auf. »Glaubst du, es ist zu viel?«

Er lachte. »Du solltest Mister Zaks Liste sehen! Ich glaube, der will sogar ein Album mit Kinderfotos hoch zum Gipfel bringen. Was hast du dabei?«

Sie kaute auf ihrer Unterlippe. »Um ehrlich zu sein, habe ich so weit noch gar nicht gedacht …«

»Nicht?« Überrascht riss er die Augen auf. »In Thamel verkaufen sie überall Flaggen. Weshalb besorgst du dir nicht noch eine? Ein bisschen Zeit hast du noch.«

»Wirklich? Gute Idee. Danke, Mingma! Ich mache mich gleich auf den Weg, sobald ich hier fertig bin.«

Er neigte den Kopf und folgte Doug nach draußen. Cecily legte ihre Kleidung in Packsäcke, schob sie in ihre Tasche und ging die komplette Liste ein letztes Mal durch.

»Gipfelflagge« stand nicht mit drauf. Trotzdem sollte sie etwas mit hinaufnehmen, was sie auf dem obligatorischen Gipfelfoto in der Hand halten könnte. Warum hatte sie daran nicht eher gedacht?

Als sie nach draußen und in Richtung der trubeligen Gassen lief, lag die Antwort auf der Hand.

Weil du nicht daran glaubst, dass du es schaffst.

2

Mit einem kleinen Union Jack im Hosentaschenformat kehrte Cecily ins Hotel zurück. Im selben Moment, da die Türen aufgingen, hielt ihr jemand ein Handy vors Gesicht. »Und guckt mal«, rief Zak, »hier kommt meine Mitstreiterin!«

Sie hatte ihn gegoogelt, sobald sie aus der Kneipe ins Hotel zurückgekehrt war. Wie sich herausgestellt hatte, war er Geschäftsführer von TalkForward, einem Hightech-Kommunikationsunternehmen mit Sitz in Petaluma, Kalifornien.

»Sag Hallo, Celia!«

»Ich heiße Cecily«, gab sie zurück und hob die Hand zum Gruß. Auf dem riesigen Handydisplay drängelten sich zwei strahlende blonde Kinder.

Zak legte Cecily den Arm um die Schultern und zog sie an sich, sodass sie beide in die Handykamera schauten. »Hab wohl immer noch Jetlag … Kinder, das hier ist Cecily. Sie ist Starjournalistin und schreibt eine Reportage über Charles.«

Bei der Bezeichnung – Starjournalistin? Wohl kaum! – winselte Cecily in sich hinein, aber sie widersprach ihm auch nicht, und Zak schien gar nicht zu bemerken, wie unwohl sie sich fühlte.

»Der Bergmann!«, rief der Jüngere auf dem Handydisplay.

»Ganz genau, Buddy. Unser Himalaja-Held. Okay, Leute, hab euch lieb, aber ich muss jetzt auflegen. Der Berg wartet auf mich!« Er drückte den Anruf weg und atmete vernehmlich aus. »Komische Vorstellung, dass das hier womöglich das letzte Gespräch dieser Art für eine ganze Weile war. Hast du deine Familie schon angerufen?«

»Ich glaube ehrlich gesagt, die wollen lieber erst von mir hören, wenn ich wieder heil unten bin.«

»Verstehe ... Ach, guck mal, wer da kommt!« Zak zeigte über ihre Schulter hinweg zu den Aufzügen. »Ist das nicht Charles?«

Cecily drehte sich um und hatte sofort ein flaues Gefühl im Bauch. »Das ist er.«

Charles McVeigh wäre in jeder anderen Umgebung unschwer zu erkennen gewesen. Aber selbst hier, in einem Hotel voller Bergsteiger, die sich auf ihre Expeditionen vorbereiteten, stach er aus der Menge heraus. Er war groß und muskulös und somit anders als die meisten anderen, die eher drahtig waren. Er trug eine himmelblaue Daunenjacke mit aufappliziertem TalkForward-Logo am Oberarm sowie seinen Initialen – CM, wobei das M aussah wie ein stilisierter Bergzug – auf Jackenbrust und Baseballkappe.

Neben ihr richtete Zak sich zu voller Größe auf – doch selbst so reichte er Charles gerade bis zur Schulter. Trotzdem konnte sie insgeheim verstehen, warum er sich aufplusterte. In der Bergsteigercommunity war Charles McVeigh ein Promi – mit dem Potenzial, Geschichte zu schreiben. Er war drauf und dran, als Erster ein schier unmögliches, bislang nie erreichtes Kunststück zu vollbringen: Er wollte sämtliche vierzehn Achttausender der Welt im Alpinstil und ohne Flaschensauerstoff besteigen, und das binnen eines einzigen Jahres.

Er nannte es seine »Mission *Fourteen clean*«.

Die meisten Bergsteiger – wie Cecily, Zak und der Rest der Gruppe – setzten auf den sogenannten Expeditionsstil. Sie würden jede Hilfe in Anspruch nehmen, die sie kriegen konnten – Hochträger, mit Fixseilen und Leitern versicherte Pisten, Essenszelte, Sauerstoffflaschen, eine gründliche Akklimatisierung, je einen eigenen Sherpa am Berg –, damit sie sicher auf den Gipfel und wieder nach unten kämen. *Er* hingegen würde ohne jede Hilfe unterwegs sein. Bergsteigen in Reinform.

Charles war im Übrigen auch der einzige Grund, warum sie überhaupt in Kathmandu war. Er hatte ihr ein Exklusivinterview in Aussicht gestellt, sobald er seine Mission vollendet hätte. Dieses Interview wäre bei Weitem das größte, was sie je veröffentlicht hatte. Damit wäre ihre Karriere gesichert.

Bei seinem Anblick kramte sie sofort Notizbuch und Stift hervor – und sie musste daran denken, wie aufgeregt ihre Redakteurin gewesen war, als Cecily ihr von der Interviewzusage berichtet hatte. Für *Wild Outdoors* wäre das Exklusivinterview mit dem berühmtesten Bergsteiger der Welt ein Riesencoup.

Erst nach und nach hatten Michelle Zweifel beschlichen.

»Glaubst du wirklich, dass du das schaffst?«

Cecily war überzeugt, dass ihre Auftraggeberin sich insgeheim wünschte, jemand wie James – Cecilys Ex und viel gepriesener Abenteuer- und Reisereporter – hätte die Geschichte übernommen. Doch stattdessen war Cecily damit betraut worden – ausgerechnet die Person, die noch am ehesten dafür bekannt war, dass sie *keine* Gipfel bestieg. Und Charles hatte eine ganz wesentliche Bedingung gestellt.

Sie musste mit ihm erst den Gipfel des Manaslu besteigen.

Kein Wunder, dass Michelle nicht überzeugt war.

»Ich versuche mein Bestes«, hatte sie ihrer Chefin versichert, und Michelle hatte geseufzt.

»Ein Versuch ist ja aller Ehren wert, aber … Hör mal, ich habe mich mit dem Team besprochen. Wir wollen das Interview, aber wir können dir keinen Vorschuss zahlen. Honorar bei Abgabe.«

Es war ein Schlag ins Gesicht. »Ist das dein Ernst? Das kann ich mir nicht leisten! Ich muss die Flüge bezahlen, das Training, von der Ausrüstung und den Gebühren ganz zu schweigen.« Es steckte noch mehr dahinter, aber Cecily wollte unter keinen Umständen verzweifelt klingen, sondern zumindest halbwegs professionell rüberkommen.

»Vielleicht kann ich die Flüge stellen und ein kleines Taschengeld, wenn du Expeditionsberichte schickst, aber den Rest … Tut mir sehr leid, Cecily. Das musst du irgendwie selbst lösen.«

»Du hast James die Antarktisreise finanziert! Und dieses Interview ist noch viel, viel größer! Hast du nicht selbst gesagt, dass das ein Porträt für die Ewigkeit wäre?«

»James ist einer unserer Topjournalisten. Er ist eine sichere Bank, während du …«

»Während ich das nicht bin.«

Kurz herrschte unangenehme Stille, als Michelle es nicht eilig zu haben schien, sie zu beschwichtigen. In Cecilys Kopf überschlugen sich die Gedanken. Sie musste dieses Interview führen, wenn sie endlich durchstarten wollte. Allerdings klang es fast, als müsste sie alles auf eine Karte setzen, damit es so weit käme. »Und wenn ich es schaffe?«

»Wenn du es schaffst, wirst du natürlich bezahlt. Und du kriegst Folgeaufträge. Glaub mir, je mehr nicht-weiße Frauen ich anheuern kann, umso besser. Mal ehrlich, wenn du *das* schaffst, dann wäre das so viel mehr als nur ein Artikel für *Wild Outdoors.* Es wäre ein Buchvertrag. Ein Film. Das wäre der Durchbruch, damit wäre dein Weg geebnet. So eine Chance kriegt man nicht alle Tage.«

Cecilys Atmung beruhigte sich wieder. Gut zu wissen, dass Michelle ihr die Daumen drückte, und wenn es nur war, weil Cecily mit ihrem hellen Teint und dem Nachnamen ihres chinesischen Vaters die akzeptabelste Version von Diversity darstellte.

Trotzdem hatte sie noch gut im Ohr, was ihre Redakteurin gesagt hatte, und das nicht nur aufgrund der guten Aussichten – sondern wegen der unausgesprochenen Kehrseite: Falls sie scheiterte, wäre ihre Karriere als Reisereporterin beendet. Sie wäre zurück bei null, würde um Artikelchen für Honorare buhlen, die kaum ihren Lebensunterhalt deckten. Wenn sie dies hier nicht schaffte, wäre es nicht bloß eine gescheiterte Gipfelbesteigung.

Auch ihr Beruf wäre Geschichte.

Sie hätte nicht mal mehr Geld genug für eine Kaution, wenn sie sich eine neue Wohnung suchen müsste.

»Dem Aufstieg nicht gewachsen« würde zu »Dem Leben nicht gewachsen« werden.

Charles schlenderte auf die Ledersitzgruppe in der Lobby zu. »Komm, sagen wir Hallo, bevor ihn die Groupies belagern.«

Zak hatte sich schon in Bewegung gesetzt, noch bevor er zu Ende gesprochen hatte. Cecily, die nach wie vor ihren Stift suchte, hielt noch kurz inne. Charles erstmals seit Monaten von Angesicht zu Angesicht gegenüberzustehen führte ihr wieder vor Augen, was sie sich vorgenommen hatte.

Ihr erster Achttausender … einer der höchsten Gipfel der Welt …

Und einer der tödlichsten.

Sie schüttelte die Angst ab, die ihr sofort im Nacken gesessen hatte, und lief Zak hinterher.

»*So* gut, hier zu sein, Mann!« Zak gab Charles energisch die Hand. Er schien völlig geblendet zu sein. »Es ist eine Ehre, Teil deiner Crew zu sein, wirklich!«

Charles hob die Hand an die Brust. »Die Ehre ist ganz meinerseits. Setz dich doch bitte. Cecily, schön, dich wiederzusehen!«

»Gleichfalls. Nicht zu fassen, dass es endlich so weit ist.« Sie nahm ihr Notizbuch hoch. »Macht es dir etwas aus, wenn ich dir vorab ein paar Fragen stelle, bis unser Flug geht?«

Er lachte. »Versuchst wohl, direkt ein Interview einzuschieben, was? Das war aber nicht der Deal.«

In der Hoffnung, ihn umzustimmen, legte sie ihr strahlendstes Lächeln auf. »Ich dachte nur, weil wir genau genommen noch nicht am Berg sind, wären vielleicht ein paar Vor-Abreise-Fragen drin?«

Unbeeindruckt schüttelte er den Kopf. »Pack das Notizbuch wieder weg. Ich habe dich hierher eingeladen, damit du ins echte Expeditionsleben eintauchst.« Er beugte sich vor und raunte ihr mit vielsagendem Blick zu: »Genieß es!«

»Entschuldigung … Charles?«

Eine ältere Frau – mit einem leichten, möglicherweise deutschen Akzent – trat auf sie zu. Charles stand auf und begrüßte sie mit Wangenküsschen. »Vanja! Wie geht's? Vanja, darf ich dir Zak Mitchell vorstellen? Er ist Geschäftsführer von TalkForward, einem wahnsinnig innovativen Tech-Unternehmen. Und Cecily Wong – sie ist die Journalistin, die ich mir für den Manaslu ausgesucht habe. Sie kommt mit auf den Gipfel, um alles aus erster Hand mitzuerleben. Kein Interview bis zum Gipfelsieg, nicht wahr, Cecily?«

Ihr Lächeln fiel in sich zusammen, und sie brauchte einen winzigen Moment, um zu antworten. »Genau.«

Vanja bedachte Cecily mit einem neugierigen Blick. »Beeindruckend!«

»Und das ist Vanja Detmers, Chefin der Himalayan Database hier in Kathmandu. Sie hat für mich sämtliche nepalesischen Gipfel erfasst und dokumentiert.«

»Und es war mir ein Vergnügen, Charles.«

Cecily gab ihr die Hand, ehe sie sich eilig den Namen aufschrieb.

»Ich bin eigentlich nur vorbeigekommen, um mir die Teammitglieder zu notieren, damit ich die Expeditionsbegehungen später verifizieren kann. Sollen wir gleich mit dir anfangen, Cecily?« Vanja setzte sich neben sie und stellte ihren Laptop auf dem Couchtisch in der Mitte ab.

»Ich bin mir nicht sicher, ob ...«

»Du willst deinen Namen doch in den Geschichtsbüchern sehen, oder nicht?«

Sie zögerte kurz. »Wenn ich es denn schaffe.«

»Ohne jeden Zweifel«, sagte Vanja. »Immerhin bist du mit Charles unterwegs. Du bist in den besten Händen. Und falls du in Schwierigkeiten gerätst, dann holt er dich wieder raus.«

Charles lächelte sie an. »Sehr nett von dir, Vee. Aber nach dem Cho würde ich gern ohne weitere Zwischenfälle durchkommen.«

»Ach, Charles, du bist zu bescheiden! Es kommt doch nichts besser an als ein guter alter Rettungsversuch, oder was meinst du?«, entgegnete die Frau ungerührt. Sie klappte den Laptop auf, und die Finger huschten über die Tastatur. Neugierig beugte Cecily sich vor. In der Himalayan Database wurden sämtliche Expeditionen zu den großen Himalaja-Gipfeln dokumentiert. »Britin?«, fragte sie Cecily, die wortlos nickte. Ein paar Tastenbefehle, und auf dem Bildschirm erschien eine Liste sämtlicher britischer Bergsteigerinnen, die seit 2008, als die erste Engländerin auf dem Gipfel stand, den Manaslu bezwungen hatten. Cecily musste mehrmals blinzeln, als sie sah, wie kurz die Liste war. Wenn sie es schaffte, würde sie zu dieser Handvoll zählen. Wieder eine Erinnerung daran, was für eine ungeheuerliche Herausforderung ihr bevorstand.

»Was heißt denn das Sternchen da neben den Namen?«, wollte sie wissen.

»Ach, das sind die Jahre, in denen die Leute nur zum Vorgipfel gekommen sind, nicht zum höchsten Punkt«, erklärte Vanja. »In manchen Jahren ist das allerletzte Stück bis zum Hauptgipfel zu schwer zu versichern.«

»In diesem Jahr dürften wir es schaffen«, sagte Charles. »Mach dir keine Sorgen.«

»Cecily?« Mingma fing ihren Blick auf und winkte sie zu sich. Neben ihm stand eine junge Frau in einem neongelben

Trägertop und lila Leggins. Abgesehen von ihrem knallroten Lippenstift war sie ungeschminkt.

Zu Cecilys Überraschung und Freude kannte sie die Frau: Elise Gauthier, eine Frankokanadierin, Influencerin und Bergsteigerin, deren Social-Media-Auftritt sie verfolgte, seit sie erstmals zur Bergsteigercommunity recherchiert hatte. Elise war bekannt für ihre schrillen Outfits und den auffallenden Schmuck, den sie sogar am Berg trug. Ihre Fotos und Videos waren fantastisch, inhaltsreich und gut choreografiert. Sie hatte wirklich ein Auge für Details.

Ganz ohne ihr Zutun machte sich ein Lächeln auf Cecilys Gesicht breit. »Mein Gott – Elise?«

»Das bin ich.« Sie schob sich die Sonnenbrille in die Stirn und erwiderte Cecilys Lächeln. »Kennen wir uns?«

»Tut mir leid, nein ... Ich bin Cecily Wong, ich folge dir auf Instagram. Du bist ein riesiges Vorbild. Gehst du auch auf den Manaslu?«

»Ja, mit Charles ... Du doch auch, oder?«

»Ja – was für eine tolle Überraschung, dass du mit dabei bist!«

»Gleichfalls!« Sie beugte sich vor, um Cecily zwei Wangenküsschen zu geben. Dann drückte sie Cecilys Arm. »Und ich dachte schon, es wären wieder nur ich und die Jungs, wie sonst auch! Aber da können wir uns ja zusammentun.«

»Ich habe etwas für euch zwei.« Mingma griff in seine Tasche und angelte ein paar orangefarbene Stoffstreifen hervor, die mit buddhistischen Zeichen übersät waren. Eins davon legte er Cecily um den Hals. »Das ist eine Khata. Möge sie dir eine sichere Reise bescheren.«

Cecily ließ den seidenweichen Stoff durch die Finger gleiten. Während des Fluges hatte sie sich über die anderen Expeditionsmitglieder den Kopf zerbrochen. Am Vorabend hatte Zak, wenn auch leicht arrogant, doch freundlich gewirkt, und Elise war ein Sonnenschein – in ihrer Nähe fühlte Cecily sich augenblicklich wohl. Wenn das hier ihr Team wäre, würde sie es schaffen.

Die Eingangstüren glitten auf, und Doug kam herein. »Die Wagen sind da«, rief er, hob die Hand und zählte die Meute durch. Dann runzelte er die Stirn. »Mingma, ist er immer noch nicht runtergekommen?«

»Ich habe ihn noch nicht gesehen.«

Finster sah Doug auf die Uhr. Es war bereits kurz nach elf.

»Fehlt jemand?«, fragte Cecily an Mingma gewandt.

»Ja, einer noch ... ein Last-Minute-Zugang. Er heißt ...«

Im selben Moment klingelte der Aufzug, und ein Mann mit verspiegelter Sonnenbrille und einer teuer aussehenden Spiegelreflexkamera um den Hals trat heraus. Er hielt schnurstracks auf die Kaffeemaschine in der Ecke zu.

Doug stellte sich ihm in den Weg. »Dafür haben wir keine Zeit, Grant. Wir müssen los. Jetzt sofort.«

»Ernsthaft? Nur ein Becher Kaffee, und ich bin so weit ...«

Cecily zog die Augenbrauen hoch. Es sah ganz danach aus, als wäre noch ein Landsmann mit von der Partie. Er war etwa in ihrem Alter, wenn nicht ein paar Jährchen jünger – nur dass der geschliffene Akzent nicht recht zu seiner ungepflegten Erscheinung zu passen schien. Er sah aus, als wäre er eben erst aus einer Kneipe gekommen. Seine Mundwinkel zuckten, doch dann veränderte sich sein Gesichtsausdruck, als er Charles entdeckte.

»He, da bist du ja, Bruder! Schön, dich zu sehen! Ich war

echt voll gestern, hab dich im Club aus den Augen verloren und bin in einem Momo-Restaurant wieder zu mir gekommen. Was für eine Nacht! Bereit für den Berg?«

»Bereit wie immer.« Charles' Augenbraue zuckte. Er ging auch nicht auf Grant zu, um ihm die Hand zu geben, wie er es bei Zak getan hatte. Doch Grant schien das nichts auszumachen. Allem Anschein nach kannten sie sich schon von früher. Obgleich Cecily bei den anderen ein so gutes Gefühl gehabt hatte, geriet sie nun ins Wanken. Grants Auftreten und Verhalten erinnerten sie an die Schnösel, die an ihrer Uni herumstolziert waren und sich aufgeführt hatten, als würde alles ihnen gehören. Vielleicht hatte sie sich aber auch nur von Dougs Missfallen anstecken lassen, das ihm deutlich ins Gesicht geschrieben stand. Nicht dass es Grant etwas ausgemacht hätte.

»Kann es kaum erwarten, alles zu filmen! Ich will jede Sekunde festhalten!«

Doug hüstelte. »Okay, Leute. Gehen wir.«

»Nur ganz kurz«, rief Elise. »Vanja, kannst du noch ein Foto von uns allen machen?«

Das Team rückte zusammen, und Mingma verteilte die restlichen Khatas. Charles stand in der Mitte – und war einen ganzen Kopf größer als alle anderen. Sieben einander Fremde, die den kommenden Monat aufeinanderglucken würden, um dann gemeinsam einen der höchsten und gefährlichsten Berge der Welt zu besteigen.

Cecily konnte nur hoffen, dass sie es schaffen würde.

3

Charles trat aus der Gruppe heraus, sobald das Foto im Kasten war. »Also dann, bis bald und guten Flug!«

»Kommst du gar nicht mit?«

»Nein, ich komme nach. Ich muss hier in Kathmandu noch ein paar organisatorische Dinge erledigen. Außerdem bin ich schon akklimatisiert.«

Der Rest der Mannschaft machte sich auf den Weg zu den Wagen.

Nur Cecily blieb wie angewurzelt stehen.

»Komm in die Gänge, Cecily, wir müssen los«, rief Doug.

Ihr Blick huschte zwischen Doug und Charles hin und her. Charles schien ihr die Besorgnis anzusehen, trat auf sie zu und tätschelte ihr die Schulter. »Wir haben noch genügend Zeit zu reden, wenn wir am Berg sind.«

Sie nickte. Seine Berührung bescherte ihr zumindest einen Hauch von Sicherheit. Kaum zu glauben, dass sie Charles McVeigh noch kein Jahr kannte.

Sie wusste noch genau, wann sie erstmals von ihm gehört hatte: an einem eisigen Oktobermorgen im vergangenen Jahr.

Die Scheibenwischer waren auf Hochtouren gelaufen, weil es draußen so geschüttet hatte.

»Man kann es ihm am Blick ansehen«, hatte James getönt, »er schafft das! Sofern er das Geld zusammenkriegt, bis er im Frühling loslegen will, hat er den Rekord so was von in der Tasche!«

Die beiden waren von London hoch nach Fort William gefahren, um an der berühmten National Three Peaks Challenge teilzunehmen, in der die jeweils höchsten Berge in Schottland, England und Wales innerhalb von vierundzwanzig Stunden bestiegen wurden. Genau genommen fuhr James' Freund und Kollege Ben, weil Cecily und James vor dem Aufstieg ausgeruht sein mussten. Cecily war ein Nervenbündel, machte sich wegen des Wetters, ihrer Fitness und der bevorstehenden Riesenherausforderung Sorgen, und James versuchte, sie zu beruhigen. Auf die Idee, dass die Geschichte irgendeines Mannes, der eine schier unerreichbare Bergsteiger-Heldentat vollbringen wollte, ihr die Angst nehmen würde, hatte nur er kommen können. Der Versuch war zwar nett, half Cecily aber nicht, das Gefühl von Beklemmung loszuwerden.

»Und er muss an die nötigen Permits kommen. Die Chinesen haben den Shishapangma geschlossen«, warf Ben ein. Er war so groß, dass er sich über das Lenkrad beugen musste, was nicht sonderlich bequem aussah.

»Die kriegt er. Sie wären Idioten, wenn sie ihn nicht hochlassen würden. Die Publicity, die er für das Hochgebirgs-Business mit sich bringt, ist unglaublich.«

Trotz ihrer Bedenken angesichts der Challenge war Cecily froh, James so begeistert zu erleben. Es kam nicht häufig vor, dass er so überschwänglich von etwas erzählte. Normalerweise war er der Erste, der Kritik an den großen Namen im Alpinismus übte. Und zugegebenermaßen war sie neugierig geworden.

»Was ist an dem Typen so besonders?«, wollte sie wissen. »Wie hieß er gleich wieder?« Sie lehnte sich auf der Rückbank leicht vor.

»Charles McVeigh«, antwortete James.

»Werden in den Bergen nicht ständig irgendwelche Rekorde gebrochen?«

James schnaubte und suchte ihren Blick im Rückspiegel. »Das ist jetzt ein Scherz, oder? Doch nicht *solche* Rekorde! Wenn Charles das durchzieht, dann setzt er neue Maßstäbe, und zwar nicht nur für die Bergsteigerwelt. Er überschreitet die Grenzen des körperlich Machbaren. Er beweist der ganzen Welt, wozu der Mensch fähig ist. Das ist verdammt noch mal die nächste Ebene.«

»Cool«, sagte sie.

James verzog das Gesicht. »Cool« wurde der Sache offenbar nicht annähernd gerecht. »Ich habe für *ClimbersWeb* etwas über seine Mission *Fourteen clean* geschrieben, aber er hat definitiv eine größere Bühne verdient. Ich hoffe, ich kann *National Geographic* oder *Wild Outdoors* für eine größere Geschichte begeistern. Allerdings hat er ein Exklusivinterview bislang immer abgelehnt.«

Während James und Ben weiter von Charles' Heldentum schwadronierten, lehnte Cecily sich zurück und googelte die Social-Media-Kanäle dieses Charles, weil James' Begeisterung und Bewunderung für den Mann sie hellhörig gemacht hatten. Und Charles' Fotos von weiten Berglandschaften und furchterregenden Kletterrouten, die zwischen turmhohen Séracs hindurchführten, waren tatsächlich atemberaubend. Sie selbst hatte in ihrem Leben nur einen einzigen Berg bestiegen, den Kilimandscharo in Tansania. Der war hart genug gewesen – und nicht annäherungsweise so hoch wie die Gipfel, die Charles im Visier hatte.

»Warum hat er sich ausgerechnet diese vierzehn Berge ausgesucht?«

»Das sind sämtliche Gipfel über achttausend Meter«, antwortete James, »und sie liegen alle im Himalaja und im Karakorum. Allesamt Todeszonen-Gipfel. In jeder Minute, die du in dieser Höhe verbringst, sterben deine Zellen. Die meisten Bergsteiger gehen mit zusätzlichem Sauerstoff hoch, aber nicht Charles, der ist Purist.«

»Und wie schafft er das?«

James biss die Zähne zusammen. »Ich weiß es nicht. Das würde ich ihn wirklich gern fragen. Aber er reagiert nicht auf meine Anfragen.«

»Vielleicht sollte ich ihm mal eine E-Mail schreiben«, sagte Ben.

»Untersteh dich!«

In einer Geste der Kapitulation hob Ben beide Hände vom Steuer. »War nicht ernst gemeint, Kumpel. Es ist *dein* Interview. Du kennst diese Bergsteigertypen – die sind alle ganz fürchterlich abergläubisch. Wahrscheinlich will er einfach nicht reden, bevor er die Mission vollendet hat.«

»Genau wie du, Jay«, warf Cecily von hinten ein, um wieder für Entspannung zu sorgen. »Trägst du nicht auch dieselben Socken, die du am Aconcagua anhattest?«

James und Ben konkurrierten seit jeher um dieselben Storys, waren aber auch auf zig Reisen gemeinsam unterwegs gewesen. Sie selbst hatte vierundzwanzig Stunden lang Todesängste ausgestanden, als die beiden sich von ihrer Besteigung des höchsten Berges in Südamerika nicht gemeldet hatten. Dann hatten sie den Gipfel bezwungen, und sie hatte die Euphorie mit ihnen geteilt, auch wenn sie die ganze Zeit in ihren sicheren vier Wänden in ihrer Londoner Wohnung geblieben war. Trotzdem hatte sie den Hauch jenes sogenannten Gipfelfiebers verspürt – den Willen, um jeden Preis bis ganz oben zu kommen.

»Meine treuen Gipfelsocken!« James zwinkerte ihr zu. »Das sind meine Glücksbringer.«

»Außer am Kilimandscharo.« Sie rieb ihm über den Arm. »Ich hab immer noch ein schlechtes Gewissen. Hoffentlich durchkreuze ich diesmal nicht deine Pläne!«

Er griff nach hinten, nahm ihre Hand und drückte ihre Finger. »Das war etwas anderes. Hier bekommen wir es nicht mit der Höhe zu tun, Baby. Und du hast ja trainiert. Alles wird gut. Kein Grund, dir Sorgen zu machen.«

Nur dass es nicht gut gegangen war. Auf dem dritten Gipfel, dem Snowdon – oder Yr Wyddfa, wie er auf Walisisch hieß –, war sie am Ende ihrer Kräfte und annähernd deliriös gewesen, nachdem sie gut zwanzig Stunden lang auf den Beinen gewesen war. Erst hatten sie den Ben Nevis in Schottland und dann den Scafell Pike in England bestiegen, sich während der langen Autofahrten zwischendurch aber weder erholen noch schlafen können. Gegen die heftigen Böen und die Regengüsse war sie nicht mehr angekommen und hatte zitternd vor Kälte aufgeben müssen. Da waren sie und James gerade auf halber Höhe eines messerscharfen Grats namens Crib Goch gewesen und arbeiteten sich über das nasse, rutschige Geröll voran.

»Ich kann nicht mehr«, rief sie James zu. »Ehrlich, geh weiter, du kannst es immer noch innerhalb von vierundzwanzig Stunden schaffen, wenn du weitermachst.«

»Cecily, ich lass dich hier nicht allein.« Er blieb auf der nächsten Erhebung stehen und sah sich nach ihr um. Sie quälte sich zu ihm hoch, ohne an irgendeinem Stück Fels Halt zu finden.

Sie schüttelte den Kopf. »Es hat keinen Sinn. Ich schaffe es nicht. Ich gehe zurück zum Auto – ist ja nicht weit. Ben hat Tee dabei. Bitte, einen zweiten Kili könnte ich nicht ertragen!«

Sie konnte ihm ansehen, wie er mit sich rang. Am Kilimandscharo hatte er mit ihr zusammen kehrtgemacht. Diesmal jedoch konnte er die Challenge schaffen. »Wenn du dir sicher bist …«

»Ja. Und guck mal, ich glaube, es hört auf zu regnen. Ich komme schon klar.« Sie war nass bis auf die Knochen, und ihre eisigen Finger krampften schon.

Er warf ihr ein Küsschen zu. »Geh ohne Umwege zurück zum Wagen, okay? Hier oben ist der Empfang nicht besonders, deshalb kann ich dich nicht ständig anrufen und fragen, ob alles in Ordnung ist. Aber ich sollte in ein paar Stunden auf dem Gipfel und wieder zurück sein.«

»Verstanden. Und jetzt geh!«, sagte sie. Und er war gegangen.

Sie hatte es nicht bis zum Auto geschafft. Nachdem er weitergezogen war, hatte sie etwas mitansehen müssen, was sie ihr Lebtag nicht vergessen würde.

Eine Frau war vor ihren Augen abgestürzt.

Es wurden die schlimmsten Stunden ihres Lebens. Sie wartete auf die Bergrettung und pfiff immer wieder auf der Signalpfeife, um sie zum Unglücksort zu lotsen.

»Du bist eine Heldin«, sagte James, als er wieder bei ihr war und sie fest an sich drückte. Nur dass sie sich nicht wie eine Heldin fühlte. Sie hatte lediglich auf die Retter gewartet. Sie selbst hatte der Frau nicht helfen können. Oder verhindern können, was passiert war.

Zurück in London schrieb James einen Artikel über das Unglück und bezeichnete sie als »die Heldin vom Snowdon«.

Sie wollte, er hätte es nicht getan. Sie schämte sich zutiefst. Und tat, was sich für sie am besten anfühlte: Sie schrieb und brachte das Erlebnis – ihre Version der Ereignisse – auf Papier. Das Ergebnis war ein ungeschönter, tief emotionaler Blogeintrag unter dem Titel »Dem Aufstieg nicht gewachsen«. Über ihr Entsetzen angesichts dessen, was sie mitangesehen hatte. Über die Trauer. Und über das tiefe und anhaltende Gefühl, versagt zu haben – am Kilimandscharo, bei der Three Peaks Challenge, bei der Rettung jener Frau.

Sie schickte den Text an Michelle, die ihn auf *Wild Outdoors* online stellte. Und zu ihrer aller Überraschung ging er durch die Decke, wurde zigfach angeklickt und war am Ende des Monats der meistgelesene Beitrag. Dank James betrachteten die meisten Leser sie ohnehin bereits als Heldin, doch ihre Version der Geschichte, insbesondere die erbarmungslose Ehrlichkeit, mit der sie ihr Scheitern auf dem Weg zum Gipfel beschrieb, sprach umso mehr Leute an. Sie hatte in ihrem Text lediglich unterschlagen, wie ungeheuer sie um die Frau trauerte, der sie am Berg nur für kurze Zeit begegnet war, doch das Gefühl war einfach zu schmerzhaft.

Trotz allem war sie ein Risiko eingegangen: Sie hatte sich

entblößt und alles rausgelassen. Und es hatte sich für sie ausgezahlt. Zum ersten Mal überhaupt hatte sie das Gefühl, dass sie in den Startblöcken zum Erfolg stand. Jetzt brauchte sie nur noch die eine Story, die ihr den Absprung ermöglichte.

Und dann kam Charles.

Ein unverhoffter Nebeneffekt ihres traumatischen Snowdon-Erlebnisses war die erneuerte Wertschätzung jener Aufgabe, der Charles sich gestellt hatte. Als er im darauffolgenden Frühling zur Annapurna aufgebrochen war, dem ersten Berg auf seiner Mission, folgten sie und James online seinen Fortschritten, und James' Texte wurden zusehends übereuphorisch. Am Dhaulagiri, dem dritten Gipfel, bewahrte Charles einen italienischen Bergsteiger vor dem sicheren Tod – und diese Geschichte löste in ihr etwas aus. Da war jemand, der nicht nur selbst etwas leisten wollte, er war auch willens, alles zu riskieren, um jemand anderen zu retten. Er war der wahre Held, nicht sie.

Und mit dieser Einschätzung war sie nicht allein. Charles' dramatischer Rettungsversuch schaffte es bis in die Mainstream-Medien. Fortan ließ ihn die Welt nicht mehr aus den Augen. Das erzeugte enormen Druck, doch Charles ließ sich davon nicht aus dem Konzept bringen, auch wenn mit jedem Berg, den er bestieg, die mediale Aufmerksamkeit zunahm.

Als sie nach seinem Gipfelsieg am K2 die einzige Journalistin war, die bei einer Spendenveranstaltung in London zu seinem Vortrag geladen wurde, war sie vor Schreck zunächst wie erstarrt. Er hatte die Hälfte seines Projekts schon geschafft, benötigte jedoch mehr Sponsorengelder, um auch die letzten Gipfel anzugehen. James war blass vor Neid gewesen, doch sie hatte ihn ein wenig besänftigen können, indem sie ihn zu der

Veranstaltung mitgenommen hatte. Auf der Bühne machte Charles eine kontroverse Ankündigung: Er werde auf seinen letzten geplanten Gipfel, den Manaslu, ein ganzes Team mitnehmen – was seinen Ruf als Legende nur noch verfestigte. *Nicht nur kann ich das alles schaffen – ich schaffe es auch noch, Leute bis ganz nach oben zu bringen.*

Während des anschließenden Empfangs trat Charles auf sie zu. Sie standen im Festsaal der Royal Geographic Society, in dem es von Leuten nur so wimmelte, die ihn nicht aus den Augen ließen, um den Moment abzupassen, da sie mit diesem Ehrenmann sprechen könnten – doch seine Aufmerksamkeit galt nur ihr.

»Ich bin immer noch auf der Suche nach einer Journalistin, die mit auf den letzten Gipfel kommt. Und ich hätte gern, dass du das bist, Cecily.«

Sie hätte fast den Champagner ausgespuckt. »Entschuldigung ... *Wie bitte?*«

Neben ihr war James schlagartig erstarrt, bevor er sich wieder erholte und unruhig von einem Bein aufs andere trat.

Sofern Charles es bemerkte, ging er nicht darauf ein. »Komm mit auf den Manaslu. Das ist ein guter Berg, auch für Neulinge machbar und atemberaubend schön. Und meiner Geschichte kann man nur gerecht werden, wenn man sie am Berg hautnah miterlebt. Wenn man sie mit mir zusammen erlebt.«

Sie schüttelte nervös kichernd den Kopf, doch Charles verzog keine Miene. Sie schluckte und sah zu James. »Moment ... Ernsthaft? Ich kann doch nicht ...«

»Klar kannst du. Und nachdem wir beide den Gipfel erreicht haben, kriegst du dein Interview«, sagte er.

»Und wenn nicht?«

Charles lächelte, und seine eisblauen Augen blitzten. »*Wenn nicht* steht nicht zur Debatte.«

Das war's. Der Durchbruch, auf den sie gewartet hatte. Im selben Moment war die Sache entschieden. Sie würde diesen Berg besteigen.

Hinter ihr hüstelte Doug und sah demonstrativ auf die Uhr. Geduld war anscheinend nicht seine Stärke. Sobald sie sich nach ihm umsah, winkte er sie nachdrücklich hinter sich her, während er selbst bereits auf die Wagen zuhielt.

»Viel Spaß in Samagaun und im Basislager«, sagte Charles. »Konzentrier dich auf die Vorbereitungen. Akklimatisiere dich, mach dich mit dem Berg vertraut. Das hier ist *deine* Expedition. Ich weiß, dass du es schaffen kannst. Sobald ich nachkomme, marschieren wir los zum Gipfel. Und dann reden wir ausführlich.«

»Danke, Charles. Und viel Erfolg bei deinen organisatorischen Sachen!«

Cecily holte tief Luft, ehe sie ihrem Expeditionsleiter nach draußen folgte. Die Schiebetüren glitten auf, und warme, schwüle Luft schlug ihr entgegen. Es fühlte sich an, als würde ein Gewitter aufziehen.

Sie warf einen letzten Blick über die Schulter. Ihr Interviewpartner hatte die Arme vor der Brust verschränkt und sah ihnen nach. Sie rutschte auf den Rücksitz zu Zak und Grant, und es ging los zum Flugplatz, von dem aus sie mit dem Hubschrauber nach Samagaun am Fuß des Manaslu gebracht würden.

Sie freute sich darauf, tief ins Herz des Himalaja vorzudringen – gleichzeitig konnte sie das flaue Gefühl im Bauch, das sich zusehends verfestigte, nicht ignorieren.

Sie war hier, um eine Story zu schreiben, und es hatte fast den Anschein, als wäre die Story soeben hier in Kathmandu geblieben.

Aus Cecily Wongs Expeditionsbericht »Manaslu: Der letzte Berg«
3. September
Samagaun, Gorkha, Nepal
3500 m

Grüße aus dem hinreißenden Samagaun! Wir haben es geschafft!

Also – wir alle bis auf den Hauptdarsteller, Charles McVeigh. Aber keine Bange: Er hat seine Mission nicht abgebrochen, er muss bloß noch ein bisschen länger in Kathmandu bleiben, weil noch ein paar wenige organisatorische Dinge anstehen. Angesichts von Papierkram, Bürokratie und dem Sammeln von Spenden, die ihm die Besteigung dieser Riesenberge erst ermöglichen, scheint die Logistik hinter der Mission die größere Herausforderung für Charles zu sein als die Gipfelsiege an sich.

Beim Bergsteigen dreht sich so vieles um Glück – allein die Anreise zum Berg. Wegen des starken Regens drohten wir in Kathmandu festzusitzen, erwischten dann aber zum Glück eine Regenpause, und es blieb gerade lange genug trocken, um den Hubschrauber zu besteigen. Zu Fuß hätten wir bis Samagaun, das Dorf am Fuße des Manaslu, eine ganze Woche gebraucht (auch wenn unsere Sherpa-Crew es angeblich in ein paar Tagen schafft). Doug fand, zu fliegen wäre zielführender.

Und was für ein Flug das war! Um kurz nach 14 Uhr ging es los – in einer niedrigen Schleife über die zersiedelte Stadt Kathmandu. Jenseits der Bebauung sahen wir sich kräuselnde, sattgrüne Terrassen und dichten Urwald rings um einen mäandernden Fluss, während wir den Wolken und dem Regen auswichen. Hier und da himmelblaue Blechdächer inmitten des weiten Grüns – von oben ist kaum zu erkennen, wie die Bewohner ihre entlegenen Behausungen überhaupt erreichen. Nach einem kurzen Tankstopp veränderte sich die Landschaft erneut. Je höher wir kamen, desto imposanter wurden die Nadelwälder und Bergrücken, und zu beiden Seiten gab es Wasserfälle, die von den Felsen stürzten. Ganz ehrlich? Allein die Aussicht aus dem Hubschrauber war die Gebühren für diese Expedition wert!

Samagaun selbst liegt an einem Ausläufer des Manaslu. Allerdings hat sich der Berg uns noch nicht gezeigt. Er versteckt sich hartnäckig hinter einer Wolkenbank, die Monsunzeit klingt gerade erst aus. Aber die Anspannung steigt.

Ich schreibe diese Zeilen in einem örtlichen Teehaus, während neben mir ein Holzfeuer knistert. Die Betreiberin des Gästehauses, Shashi, hat uns mit wärmendem Milchkaffee versorgt, und ich habe mich schon über meinen Proviant hergemacht. An den Holztischen sitzen Bergsteiger aus aller Welt, und wir alle sind drauf und dran, zu einem einzigartigen Abenteuer aufzubrechen.

Viele von euch wissen ja, dass ich für gescheiterte Bergtouren bekannt bin. Doch Charles hat das bemerkenswerte Talent, selbst dem unsichersten Menschen Selbstvertrauen einzuflößen. Unter seiner Anleitung kann ich es schaffen, das weiß ich. Mit jeder Faser seines Körpers strahlt er Siegesgewissheit aus. Selbst in den wenigen Minuten, die ich in Kathmandu mit ihm verbringen durfte, war nicht zu übersehen, dass er eine ganze Bergsteigergeneration inspiriert. Und das ist die Art von Mensch, die wir feiern sollten. Jeder Schritt, den er an einem Berg macht, bringt uns dem Moment näher, da wir alles über den Haufen werfen, was wir über die Leistungsfähigkeit des menschlichen Körpers wissen – selbst in den unwirtlichsten Regionen dieser Erde. Mir kommt die Ehre zuteil, diese Schritte aus nächster Nähe mitzuerleben.

Aber was sind nun unsere nächsten Schritte? Zunächst müssen wir uns an die hiesige Höhe und die dünnere Luft gewöhnen. Dies wird ein wiederkehrendes Thema dieser Reise sein: Getreu der alten Bergsteigerregel geht es tagsüber auf den Berg und dann wieder nach unten, damit sich der Körper akklimatisiert. Im Klartext heißt das: Wir unternehmen mehrere Touren, immer dieselben Routen hoch und wieder zurück, und dabei stellen wir uns ein ums andere Mal denselben furchterregenden Hindernissen – turmhohen Séracs, tiefen Gletscherspalten und annähernd senkrecht abfallenden Eiswänden.

Natürlich will Charles dies alles ohne Sauerstoff und Sicherungsseile angehen. Dabei ist er berühmt dafür, wie gut er die Höhe wegstecken kann und auf achttausend Metern fast ebenso leichtfüßig unterwegs ist wie auf Meereshöhe.

Was mich angeht ... habe ich nicht die leiseste Ahnung, ob ich es schaffe, zusätzlicher Sauerstoff hin oder her. Und so etwas lässt sich im Vorfeld auch nicht voraussagen. Kein Training der Welt bereitet den Körper wahrhaft darauf vor. Ich kann tatsächlich nur einen Schritt nach dem anderen machen, bis ich irgendwann auf dem Gipfel stehe – oder bis mir jemand sagt, dass ich umkehren muss.

Und natürlich wäre der Gipfel erst die halbe Miete. Viele Bergsteiger behaupten, dass der Abstieg eine ebenso große Herausforderung darstellt.

Drückt mir also die Daumen! Ich kann es brauchen. Denn am Berg kann alles passieren.

4

Die Sonne kam hinter den Bergrücken hervor und tauchte die Terrasse des Teehauses in Licht und Wärme. Heißer Tee dampfte in Cecilys Händen. Notizbuch und Stift hatte sie beiseitegelegt. Sie stützte sich auf das Holzgeländer, das bedenklich knarzte. Im Hof unter ihr blökte eine Ziege. Ansonsten war alles still. Zu früh für die meisten anderen.

Sie hatte die Aussicht für sich allein – ihre erste Gelegenheit, alles in Augenschein zu nehmen. Ihr Handy hing am Ladekabel in ihrem Zimmer, die Kamera steckte noch tief in ihrer Tasche. Statt den Augenblick zu dokumentieren, nahm sie noch einen Schluck Tee, ließ den Blick schweifen und nahm alles in sich auf.

Der scharf konturierte Doppelgipfel und der Ostgipfel ragten in den Himmel wie der Schwanz eines Meeresungeheuers, das gleich in einen tiefblauen Ozean abtauchen würde. Dagegen war sie winzig, eine Pfrille. Dass sie dort hinaufsteigen würde, schien ein Ding der Unmöglichkeit zu sein.

Sie fragte sich – nicht zum ersten Mal –, wie sie so überheblich sein konnte, es auch nur zu versuchen.

Für sie stand alles auf dem Spiel. Ihre Karriere. Ihre Finanzen. Ihr Zuhause. Besser, sie konzentrierte sich jetzt aufs Wesentliche. Auf den Berg, der sich vor ihr auftürmte.

Der Duft von Puri, dem traditionellen gebratenen Brot, wehte aus der Küche. Allmählich war Bewegung in den Zimmern, und das Teehaus erwachte zum Leben. Auf der anderen Straßenseite tauchten auf der Terrasse des benachbarten, blau bemalten Gasthauses weitere Leute auf, streckten sich und inhalierten die frische Himalaja-Luft.

»Magisch, oder?«

In knallpinkfarbener Softshelljacke und Strickmütze kam Elise die Treppe zur Terrasse hoch, begleitet von mehreren französischen Bergsteigern aus der Summit-Extreme-Gruppe, die sie am Vorabend kennengelernt hatten. Cecily streifte ihr Notizbuch mit einem flüchtigen Blick. Sie hatte sich die Namen aufgeschrieben – Alain und Christophe. Die beiden waren zu Fuß von Kathmandu heraufgekommen und würden ein paar Nächte in Samagaun bleiben, um sich an die Höhe zu gewöhnen, bevor sie zum Basislager weiterziehen wollten.

»Sieht irgendwie unwirklich aus«, antwortete Cecily.

Einer der Franzosen – Alain, wenn sie sich nicht irrte – stellte sich neben Elise. Beim Kaffee am Ofen hatte er sie tags zuvor mit Geschichten seiner letzten Bergtour unterhalten. Irgendwo in Afghanistan? Cecily hatte den Namen des Berges noch nie gehört. Es hatte beeindruckend geklungen und ziemlich gefährlich, irgendeine Art von Erstbesteigung.

So viele Gipfel, so viele Geschichten, so viele Egos, so viele Bärte ... Sie waren nicht ganz leicht auseinanderzuhalten.

»Das wird ein Kinderspiel«, sagte Christophe und schoss ein Handyfoto von der Aussicht.

»Was?« Cecily starrte den Mann ungläubig an.

Er zuckte mit den Schultern. »Komm schon, der Manaslu ist doch nicht schwer. Dieses Jahr wollen zweihundertfünfzig Leute dort hoch. Das Fixseilteam ist schon in Lager zwei. Das wird eine Achttausender-Via-ferrata.«

Cecily fühlte sich stellvertretend für den Manaslu beleidigt. Sie war einmal im Lake District eine Via ferrata gegangen – einen »Eisenweg« über Leitern und Drahtseilbrücken, die selbst schwierige Passagen zu sicheren Wanderwegen machten. Sogar mit Seilen würde das hier tausendmal schwieriger werden.

»Der Manaslu war mal als ›Killer Mountain‹ bekannt«, wandte sie ein.

Christophe schnaubte. »Jeder Berg kann in der richtigen Jahreszeit zum Killer werden. Aber der Manaslu ist inzwischen fast schon so kommerzialisiert wie der Everest.«

»Und warum bist du dann hier?«

Um die Gipfel hatten sich wieder Wolken gesammelt und wie Schleier darumgelegt. Der Wind dort oben musste gewaltig sein.

»Warum? Ja wohl eher: Warum auch nicht?«

Cecily wollte schon etwas erwidern, als sein Freund Alain dazwischenging: »Ignorier ihn einfach. Er macht bloß Witze. Du hast schon recht, der Manaslu ist alles andere als ungefährlich. Aber das gilt für sämtliche großen Gipfel. Ich habe mich jahrelang von Achttausendern ferngehalten, weil sie mir zu riskant waren.«

Sie spähte über Alains Schulter. Elise und Christophe waren über die Terrasse geschlendert, um Fotos aus anderen Blickwinkeln zu schießen.

»Wie kommt's, dass du deine Meinung geändert hast?«

»Ich bin hier, um einem Freund die Ehre zu erweisen. Pierre Charroin.« Kurz schien Schmerz in seinem Gesicht aufzuflackern. »Er ist dieses Jahr am Everest verunglückt.«

Cecily keuchte auf. »Gott, das tut mir leid! Was ist passiert?«

»Wir wissen es nicht genau. Angeblich ist er auf dem Rückweg zu Lager vier ... verschwunden. Er hatte es bis auf den Gipfel geschafft.« Auf seinem Handy rief er das Foto eines jungen Mannes auf, der mit einer blau verspiegelten Sonnenbrille vor einem Durcheinander aus Gebetsfahnen auf dem Gipfelplateau des Everest kniete. »Sein Climbing Sherpa hat das Foto gemacht. Pierre war ein erfahrener Bergsteiger ... Es war wirklich ein Schock.«

»Es muss schrecklich sein, auf diese Weise einen Freund zu verlieren.«

»Es ist mehr als schrecklich. Es ist unbegreiflich.« Er seufzte. »In der Todeszone kann man nicht mal richtig suchen, geschweige denn Ermittlungen durchführen. Ich bin hergekommen, um ihm zu Ehren eine Flagge auf den Gipfel zu bringen.«

»Das ist wirklich rührend, Alain. Aber ... Moment – Ermittlungen? Warum Ermittlungen?«

»Eigentlich will ich nicht darüber reden.« Ihm versagte die Stimme, und er drehte sich von ihr weg in Richtung Berg.

Sie hätte am liebsten die Hand zu einer tröstlichen Geste ausgestreckt. Sie hatte zwar das Gefühl, als könnte eine schlichte Berührung die tief reichende Trauer nicht überbrücken, aber irgendwas musste sie tun.

»Selbstverständlich ... Willst du vielleicht einen Tee?«, fragte sie mit einem bangen Lächeln. Sie griff zu der Thermosflasche, die Shashi ihr in die Hand gedrückt hatte, und nahm sich einen der kopfstehenden Becher vom Stapel auf dem Beistelltisch. Sie goss Alain einen Tee ein, ehe sie ihren eigenen Becher auffüllte. Einen Augenblick später nahm er mit einem verkniffenen Lächeln das dampfende Getränk entgegen und nippte daran. Seine Schultern sackten kaum merklich nach unten. Tee half einfach immer.

Sie folgte seinem Blick in Richtung Gipfel. »Ich hoffe, wir haben bei unserer Expedition mehr Glück.« Sie gab sich alle Mühe, dass ihre Stimme nicht zitterte.

»Die Extrembergsteigerei ist von Haus aus gefährlich. Jeder, der so weit oben unterwegs ist, weiß das genau.« Er atmete langsam und tief aus. »Gewisse Unfälle dürfen trotzdem nicht passieren.«

»Sprichst du jetzt wieder von Pierre?«

Er seufzte und kehrte dem Berg den Rücken zu.

»Tut mir leid«, sagte sie eilig, »du musst nicht darüber reden …«

»Das ist es nicht. Ich wünschte mir nur, ich wüsste mehr. Sein Climbing Sherpa meint, er muss sich vom Fixseil ausgehängt haben, um sich zu erleichtern, und ist dabei abgestürzt. Aber Pierre hätte sich nicht ausgeklippt. Da bin ich mir sicher.« Sein Blick loderte, und da war eine Wut in seiner Stimme, die Cecily verblüffte.

Sie ging einen Schritt näher. »Könnte er höhenkrank gewesen sein? Vielleicht hat er nicht mehr klar denken können …«

»Möglich.«

»Aber du glaubst nicht daran.« Sie sah ihm unverwandt ins Gesicht.

Er zögerte, blies über seinen Tee. »Nein, tue ich nicht.« Dann wandte er sich Cecily zu und flüsterte so leise, dass sie noch näher auf ihn zugehen musste, um ihn zu verstehen: »Und zwar aus gutem Grund. Ich habe noch mit ihm gesprochen. Über ein Satellitentelefon, unmittelbar nachdem er den Gipfel erreicht hatte. Er war nicht annähernd so aufgeregt, wie ich vermutet hätte. Er hat mir erzählt, dass er allein unterwegs und von seinem Climbing Sherpa getrennt worden sei und dass jemand ihn verfolge ... Jemand, vor dem er Angst hatte. Der ihm schaden wollte. Ich dachte noch: Gott, er ist höhenkrank, er halluziniert. Aber ich hatte ihn nie zuvor so erlebt. Seine Stimme ... die klang nach ... Todesangst. Und bevor ich irgendwas sagen konnte, brach die Verbindung ab.« Er holte tief Luft. »Und dann habe ich erfahren, dass er nie in Lager vier angekommen ist. Einfach so ... weg.« Er schnippte mit den Fingern. »Verschwunden. Ein fantastischer Bergsteiger – einfach verschollen.«

»Was willst du damit andeuten? Dass ihm jemand etwas angetan hat?«

Er stellte seinen Becher mit Wucht auf dem Tisch ab. »Da stimmte irgendwas nicht. Und deshalb bin ich hier. Ja, ich will eine Flagge für ihn oben lassen, aber ich will mich auch umhören. Ich habe dieselbe Agentur gebucht, mit der er unterwegs war, und denselben Expeditionsleiter.«

»Und der wäre?«

»Dario Travers. Ich will einfach nur wissen, was dort tatsächlich passiert ist. Ein so erfahrener Extremtourengeher wie Pierre wäre nicht abgestürzt.«

Er biss sich auf die Zähne, und als Cecily nach unten sah, hatte er das Geländer so fest umklammert, dass seine Fingerknöchel schon ganz weiß waren. Sie wusste genau, was sie tun sollte, sie konnte regelrecht hören, wie James – der *wahre*

Bergreporter – sie anfeuerte, weitere Fragen zu stellen. Er hätte sämtliche Details zutage gefördert und Alain zu allen Einzelheiten eines verdächtigen Todesfalls im Hochgebirge ausgequetscht. Doch im Schatten des Manaslu hatte Cecily einfach nur schlagartig Angst. Hier lauerte der Tod selbst den erfahrensten Bergsteigern auf. Und sie war ein Frischling. Sie wollte keine weiteren Fragen stellen. Sie musste sich daran festklammern, dass schon alles glattgehen würde.

Aber sie war auch aus beruflichen Gründen hier. Vielleicht würde sie das ja von den Gefahren ablenken, die weiter oben drohten. Sie versuchte, den Kloß im Hals hinunterzuschlucken.

»Alain, ich weiß nicht, ob du dich noch daran erinnerst, was ich gestern Abend erzählt habe, aber ... Ich bin für *Wild Outdoors* hier, um über Charles zu schreiben. Trotzdem darf Pierres Geschichte nicht in Vergessenheit geraten, und wenn ihm etwas zugestoßen sein sollte, dann will ich das bekannt machen. Wärst du bereit, mir noch ein paar Fragen zu beantworten?« Selbst wenn Pierre bei einem tragischen Unglück ums Leben gekommen wäre, würde sie Alains Informationen in die Reportage über Charles einflechten können. Es würde in Teilen erklären, warum manche Leute auf diese hohen Berge stiegen – das Risiko, die Opferbereitschaft ... Leben, die auf dem Weg zu lebenslangen Zielen erloschen waren. Charles' Leistung im größeren Kontext.

Er zog eine Augenbraue hoch. »Du bist Journalistin?«

»Keine Sorge, ich schreibe kein Wort über das, was du mir gerade erzählt hast. Aber vielleicht könnte ich dich ganz offiziell interviewen?«

Nach ein paar langen Sekunden nickte er. »Komm ins Summit-Extreme-Basislager, da können wir ausführlich reden. Ich habe noch mehr Fotos von Pierre – vielleicht willst du die verwenden?«

»Na klar. Ich kann mit Charles ohnehin erst sprechen, wenn ich es zum Gipfel geschafft habe, insofern habe ich viel Zeit, die ich deinem Freund widmen kann.«

»Was soll das heißen: ›wenn ich es zum Gipfel geschafft habe‹?« Alain rieb sich das stoppelige Kinn.

»Er gibt mir das Interview nur unter der Bedingung, dass ich oben ankomme.«

Er runzelte die Stirn. »Hör mal, ich bin ja nicht dein Expeditionsleiter, und ich bin eindeutig weniger fit als Charles. Aber die Vorstellung gefällt mir nicht. Keiner sollte zum Gipfel genötigt werden. Einen Berg zu besteigen – und erst recht einen dieser Giganten – gehört zum Härtesten, was man seinem Körper antun kann. Es auch nur zu versuchen sollte doch ebenso ehrenwert sein wie der Gipfelsieg an sich.«

»Du glaubst, dass ich es nicht schaffe.«

Er schüttelte den Kopf. »Das ist es nicht.« Er streckte sich nach ihr aus und legte seine Hand auf ihre. »Es ist nur … Der Berg wird auch weiterhin da sein. Geh keine unnötigen Risiken ein, nur um auf den Gipfel zu kommen.«

»Und an mein Interview …«

Er sah sie nachdenklich an. Womöglich war ihr die Verzweiflung ein bisschen zu deutlich anzusehen.

Das Scheppern von Töpfen und Pfannen setzte dem Moment ein Ende. »Frühstück, alle Mann!«, rief Doug durch die Tür zum Speisesaal.

»Ich muss los.« Cecily sah zurück zum Berg. Der Gipfel war hinter einer dichten Wolkenwand verschwunden. Sie kniff die

Augen zusammen. Das war verdammt schnell gegangen. Sie drückte Alains Hand. »Noch mal: Das mit Pierre tut mir wirklich leid. Ich hoffe, du bekommst die Antworten, nach denen du suchst.«

»Das hoffe ich auch«, sagte er – und dann etwas leiser: »Pass dort oben gut auf dich auf!«

»Du auch.« Sie lächelte ihn an.

Im Speisesaal hatten Grant, Zak und Mingma sich an einem der langen Holztische niedergelassen. Andere Teams waren ebenfalls da, und es waren zig Sprachen und Akzente zu hören. Jeder hatte seine eigenen Gründe, zum Gipfel aufsteigen zu wollen. Und jeder hatte eine Geschichte.

Am rückwärtigen Ende des Speisesaals kam Elise mit Shashi, der Teehausbesitzerin, aus der Küche, stellte einen großen Heißwasserbehälter auf den Tisch ihres Teams und setzte sich.

Der einzige weitere freie Platz war der neben Grant. Er schien schon den zweiten Morgen in Folge verkatert zu sein und hatte sich die Baseballkappe tief in die Stirn gezogen.

Sie beschloss, sich nicht sofort neben ihn zu setzen, sondern ließ sich zunächst auf einem Hocker am gusseisernen Ofen nieder, der angenehme Wärme ausstrahlte. Die Wand über ihr war übersät mit Fotos berühmter Sherpas und Bergsteiger, einige Fotos waren sogar signiert. Und natürlich war auch Charles darunter, oder vielmehr sein Werbeplakat zur Mission *Fourteen clean.*

Aus heiterem Himmel stand ein unfassbar großer Mann vor ihr und beugte sich zu ihr herab. »Cecily?«

Ihr klappte die Kinnlade herunter, und sie schlug die Hände vors Gesicht. »O Gott! Ben?«

5

Sogar wenn er den Kopf einzog, streifte er die Deckenbalken – Ben Danforth, ihr Three-Peaks-Fahrer, ebenfalls Reisejournalist und einer von James' ältesten Freunden.

»Du liebe Güte, was machst du denn hier?« Nach ein paar Sekunden in Schockstarre sprang sie auf und fiel ihm um den Hals.

»Das könnte ich dich genauso fragen! Ich bin zum Bergsteigen hier. Hat James gar nichts erzählt?«

»Nein ...«

»Shit. Tut mir leid!« Er schlug sich an die Stirn. »Ich weiß doch, dass ihr euch getrennt habt. Ich bin echt so ein Idiot!«

Sie zuckte mit den Schultern. »Trennen« hörte sich irgendwie zu freundlich an für den Umstand, dass sie von jetzt auf gleich vor die Tür gesetzt worden war, nur weil sie ein großes Interview an Land gezogen hatte. Sie sah an Ben vorbei, um Blickkontakt zu einem ihrer Teamkameraden aufzunehmen, zu irgendjemand anderem, mit dem sie würde reden können, doch alle waren ins Gespräch vertieft. Sie schluckte trocken. »Bist du beruflich hier?«

»Nee. Die Achttausender zu besteigen war immer schon ein Lebenstraum. Ich gehe solo, hänge mich aber an die Logistik von Summit Extreme dran.«

»Mir war gar nicht klar, dass du *so* ein krasser Bergsteiger bist.« Nur auf die »Logistik« eines Veranstalters wie Summit Extreme zurückzugreifen bedeutete, dass Ben jede weitere Entscheidung bei der Besteigung allein treffen würde und seinen eigenen Akklimatisierungs- und Zeitplan hätte. Er würde seine Sauerstoffflaschen selbst tragen und seinen Proviant, allerdings würde er die Lager nutzen, die Summit Extreme errichtet hatte, und auf der letzten Etappe zum Gipfel wäre ein Climbing Sherpa dabei. Nicht einmal er war erfahren genug, um den Gipfelsturm gänzlich allein anzugehen. Das schaffte nur die Weltspitze.

Er ließ sich auf einer Bank nieder, und zögerlich setzte sie sich zu ihm. Dass er ebenfalls hier war, musste sie erst mal verdauen.

»So ist es billiger«, fuhr er fort. »Seit James und ich am Aconcagua waren, hat mich das Gipfelfieber gepackt. Das ist wie ein Mückenstich, den ich ständig kratzen muss. Aber dies hier ist seit einiger Zeit der erste Gipfel, den ich wieder angehe. Mit Familie reist es sich einfach nicht mehr so leicht.«

Er zückte sein Handy und hielt ihr sein Displaybild hin: ein Foto zweier rotwangiger Kinder mit Zahnlücken. Sie gab das obligatorisch begeisterte »Ooooh!« von sich, auch wenn ihr noch immer der Kopf schwirrte. Er hatte behauptet, er sei nicht beruflich hier, aber ... würde er es ihr denn erzählen, wenn *Wild Outdoors* ihn geschickt hätte? War er ihr potenzieller Ersatzmann? Oder arbeitete er für die Konkurrenz?

Sie musste irgendwas sagen, sie war schon zu lange still, und wenn er als Konkurrent hier war, dann wollte sie nicht, dass er ihr anmerkte, wie misstrauisch sie war. Sie kramte in ihrer Erinnerung nach dem Namen seiner Frau. »Dann … hat Mel kein Problem damit, dass du hier bist?«

Ben suchte bereits nach einem Foto von ihm und seiner Frau. Er lächelte schief und zuckte mit den Schultern. »Sie kommt damit klar. Das hier ist nun mal mein Traum. Ich bin vielleicht nicht bei der Familie und könnte mich verletzen … aber das hier ist die reinste Obsession. Ich dachte, ich hätte es hinter mir gelassen, als unser Sohn zur Welt kam, aber … hier bin ich wieder. Und ich finde, wenn ich meinen Traum noch wahr machen und auf dem Dach der Welt stehen will, dann muss ich ihn angehen, solange ich noch jung und leichtsinnig genug dafür bin.«

Er lachte, und Cecily hatte so eine Ahnung, dass Mel in England alles andere als lachte, während sie »damit« (wohl mit den zwei Kindern) »klarkam«, wie Ben es ausgedrückt hatte. Sie hoffte nur, dass ihm bewusst war, wie glücklich er sich schätzen konnte.

»Und was bringt dich zum Manaslu?«, fragte er. »Ein Riesenschritt vom Snowdon! Bin übrigens froh, dass es dir wieder gut geht.« Er gab ihr einen freundschaftlichen Klaps auf die Schulter.

Schlagartig war sie angespannt und biss die Zähne zusammen. Bens flapsige Art war ihr immer schon unangenehm aufgefallen – diese verquere Macho-Version eines Schutzmechanismus, der die Folgen jenes schrecklichen Vorfalls bagatellisierte. Er war ebenfalls dort gewesen. Er hatte mit eigenen Augen gesehen, wie es ihr dort ergangen war.

Sie räusperte sich. »Ich bin hier, um für *Wild Outdoors* über Charles' letzten Gipfel zu schreiben.«

Er machte große Augen. »Verdammte Hacke! *Du* hast das Exklusivinterview gekriegt? Unfassbar! Charles ist der Mallory unserer Zeit! Schön, dass ein Landsmann an der Spitze steht.«

»Finde ich auch.«

Er rieb sich die Nase und schniefte. »Das ist echt cool. Und ein Bombenauftrag! Weiß James Bescheid?«

»Ja«, sagte sie durch die zusammengebissenen Zähne.

»Wette, er geht die Wände hoch, weil er ihn nicht gekriegt hat.« Sie konnte Ben regelrecht ansehen, wie er die Teile des Puzzles im Kopf zusammenfügte: dass nicht James, sondern sie die größte Story überhaupt gelandet hatte und dass die beiden inzwischen getrennt waren. »Sag mal ... Könntest du mich vielleicht mit Charles bekannt machen?«

Das Flackern in seinem Blick erwischte sie eiskalt. Diese Art von Blick kannte sie aus ihrer Zeit mit James nur zu gut. Den hatte er immer bekommen, wenn er eine Story gewittert hatte.

Ihr gefror schier das Blut in den Adern. Sie sah über die Schulter und war erleichtert zu sehen, dass Doug sie zu sich winkte. »Ich fürchte, Charles dürfte ziemlich beschäftigt sein, sobald er hier ankommt, insofern werden wir sehen ... Ich gehe besser rüber zu meinem Team.« Sie stand auf und schlug sich um ein Haar den Kopf am Ofenrohr.

»Warte kurz ... Treffen wir uns im Basislager?«

»Keine Ahnung, ich bin ja mit meinem Team dort ...« Sie machte einen Schritt von ihm weg.

Er hielt sie an der Hand fest. »Cecily, bitte! Ich bin hier allein.« Er kicherte gekünstelt, als wäre ihm das Lachen im Hals stecken geblieben.

Sie schluckte trocken. Womöglich wollte er sie gar nicht ausbooten. Es war bestimmt schwer, an einen solchen Ort zu kommen und auf sich allein gestellt zu sein, dem Tod ins Auge zu blicken, ohne ein ganzes Team oder auch nur einen Begleiter dabeizuhaben, auf den man vertrauen konnte. Möglicherweise war er einfach nur froh, ein bekanntes Gesicht zu sehen. Oder er war ein *echt* guter Schauspieler.

Sie wollte nicht riskieren, die Deckung runterzulassen. »Ich spüre dich dort sicher auf«, sagte sie mit einem gepressten Lächeln.

»Das wäre toll. Danke, du bist eine Wucht.« Er ließ ihre Hand wieder los. Sie schob sich zum Tisch ihres Teams durch und rutschte neben Mingma auf die Bank.

Dort atmete sie erst mal tief aus. Ben war hier ... und was immer ihn hergeführt hatte, er würde sie bestimmt nicht mehr aus den Augen lassen. Und unter Garantie würde er James von ihrer Begegnung erzählen, wenn nicht sogar einer konkurrierenden Redaktion. Lauerte er auf ihr Scheitern? Erwartete er, dass sie abbrechen würde?

Sie reckte das Kinn vor, drückte den Rücken durch und ließ den Blick über die Gesichter in der Runde schweifen. Doug, Mingma, Elise, Zak, Grant ... Das waren ihre Leute – und dann natürlich Charles und die Sherpas. An deren Selbstsicherheit würde sie sich halten, bis sie ihre eigene wiedergefunden hätte.

Mingma stupste sie an. »Tee?«

»Definitiv«, antwortete sie. Aus dem Augenwinkel beobachtete sie, wie Ben aufstand und den Speisesaal verließ – und endlich ließ die Anspannung nach, die ihr zwischen den Schultern gesessen hatte.

Mit Tellern beladen kam Shashi an ihren Tisch. Am Vorabend hatte Cecily bei ihr Bananenpfannkuchen vorbestellt. Grant, der ihr direkt gegenübersaß, bekam Pfannkuchen, Eier, Brot und Haferbrei. Im Vergleich dazu sah ihre eigene Mahlzeit mickrig aus.

Doug lehnte sich vor und stützte die Ellbogen auf. Sie schob ihren Teller zur Seite, um Platz für ihr Notizbuch zu machen, und zückte ihren Stift.

»Heute ist Ruhetag, immerhin sind wir auf dreitausendfünfhundert Metern«, erklärte Doug. »Lasst es langsam angehen, esst und trinkt viel. Sofern das Wetter hält, geht es morgen weiter zum Basislager.«

Mingma nickte. »Wenn ihr irgendwas braucht – Wasser oder mehr Essen –, gebt Shashi in der Küche Bescheid.«

»Ich weiß, dass es für einige von euch das erste Mal auf so einem hohen Berg ist. Deshalb machen wir im Basislager ein paar Trainingseinheiten, ehe wir mit den Akklimatisierungstouren starten. Unser Ziel sollte sein, mindestens zwei Nächte auf über sechstausend Metern zu verbringen, bevor wir ins Basislager zurückkehren und den richtigen Moment für den endgültigen Anstieg abwarten. Wir brauchen mindestens vier Tage gutes Wetter, die richtigen Windverhältnisse und Temperaturen, um sicher zum Gipfel und wieder zurück zu kommen. Sicherheit ist oberstes Gebot.«

»Hast du auch Pinkelpausen eingeplant?«, rief Grant dazwischen, und Zak kicherte.

Doug hingegen verzog keine Miene. »Wenn alles gut geht, sind wir in drei Wochen wieder in Kathmandu, haben alle den

Manaslu geschafft und feiern den erfolgreichen Abschluss von Charles' Mission. Aber …«, kam er einem weiteren Kommentar von Grant zuvor, »unterschätzt diesen Berg nicht. Der Manaslu ist gefährlich. Er ist nicht nur hoch, die Niederschläge – ob nun Regen oder Schnee – können für erschwerte Bedingungen sorgen. Das größte Risiko sind die Lawinen, aber der Schnee kann auch Gletscherspalten verdecken, wir könnten im Eisbruch Probleme kriegen, und weiter oben kann es schon mal heftig stürmen. Wenn das Zeitfenster in Richtung Winter verrutscht, wird es zu kalt und die Bedingungen zu instabil, als dass wir weitergehen könnten.«

»Herrgott, das klingt ja, als wäre es unmöglich«, kommentierte Zak.

»Nein, nicht unmöglich, aber ich will auch nicht, dass ihr loszieht, ohne euch über die Risiken im Klaren zu sein.«

Elise quietschte begeistert auf und strahlte in die Runde. »Das ist alles so aufregend! Ich kann es kaum erwarten, dass wir loskommen!«

»Noch Fragen?«, wollte Doug wissen.

»Wo sind denn die anderen Sherpas?«, erkundigte sich Zak.

»Die sind bereits am Berg und errichten das Basislager.«

»Oh, ist Phemba auch dabei?«, fragte Elise.

Doug nickte.

»Yay! Wir hatten so viel Spaß in Pakistan! Er ist einer meiner absoluten Lieblingsmenschen – und der beste Tänzer aller Zeiten!« Sie ruckelte mit den Schultern. »Bergsteigen ist toll, aber Partys eben auch!«

»Darauf hoch die Tassen«, sagte Grant und kippte den Rest seines Kaffees in sich hinein.

Sobald sie fertig gefrühstückt hatten, planten sie ihren Erholungstag. »Gibt's hier irgendwo WLAN?«, fragte Zak und zog ein ultradünnes Tablet aus der Tasche. »Ich will meinen Kindern ein Video vom Berg schicken. Die werden außer sich sein, wenn sie sehen, dass wir angekommen sind.«

»Shashi stellt es um fünf Uhr an«, antwortete Doug. »Schaffst du es bis dahin ohne?«

»Sicher«, grummelte Zak. Dann machte sich ein Grinsen auf seinem Gesicht breit. »Hey, es ist ja nicht so, als müsste ich jede Menge Follower bespaßen wie Elise. Einhunderttausend – und wie alt bist du? Fünfundzwanzig?«

»Zweiundzwanzig«, sagte sie mit einem verschämten Lächeln.

»Ein Baby!«

»Apropos Instagram, Elise ...« Grant lehnte sich zurück, verschränkte die Hände hinter dem Kopf und pfiff durch die Zähne. »Nette Fotos! Das vom – was war es gleich wieder? Broad Peak? Das hat mir besonders gut gefallen. Wette, damit hat Pakistan nicht gerechnet, als du dort eingereist bist. Willst du solche Fotos auch am Manaslu machen?« Er wackelte mit den Augenbrauen.

»Nicht, solange du in der Nähe bist, Blödmann.« Sie verpasste ihm einen freundschaftlichen Knuff. Trotzdem hatte Cecily das Gefühl, als hätte sie einen scharfen Unterton gehört. Sie wusste genau, welches Foto Grant meinte: Elise oben ohne, mit dem nackten Rücken zur Kamera und weit ausgebreiteten Armen. Solche aufsehenerregenden Aufnahmen liebten ihre Follower. »Außerdem – hättest du die Bildunterschrift gelesen und nicht nur gegafft, wüsstest du, dass ich das nur gemacht habe, weil ich einfach froh war, am Leben zu sein. Der Broad Peak hat mich fast umgebracht. Ich habe nicht vor, das hier zu wiederholen.«

»Ist das der gefährlichste Gipfel, auf dem du bisher warst?«, hakte Zak nach.

»Nein, das war die Eiger-Nordwand. Da habe ich meine *Maman* angerufen, um mich von ihr zu verabschieden, weil ich dachte, das war's …«

»Aber sie lässt dich immer noch bergsteigen?«, fragte Grant.

Elise zuckte mit den Schultern. »Hat sie eine Wahl? Ich würde ja doch wieder losziehen. Die Berge sind nun mal mein Leben.«

»Ich weiß genau, was du meinst«, sagte Zak. »Was ich in Alaska am Denali erlebt habe … Sagen wir mal, das hat mich verändert. Und trotzdem brauche ich mehr davon.«

Cecily rutschte nervös auf ihrem Platz hin und her. Nach weiteren Geschichten über gescheiterte Aufstiege und Todesfälle stand ihr nicht der Sinn. Es schien das Einzige zu sein, worüber Bergsteiger reden wollten – dieses ständige Gerangel, wer mehr Risiken eingegangen war.

Jemand strich ihr über den Arm. Mingma. »Alles in Ordnung?«

Sie blinzelte und nötigte sich ein Lächeln ab. »Gibt es im Dorf irgendwas Nettes zu sehen? Ich würde gern ein bisschen spazieren gehen.«

»Ja, ein paar Minuten von hier gibt es ein Kloster. Und es gibt einen Bergsee, der nicht weit entfernt ist, den Birendra Taal, der sich aus dem Gletscher speist.«

»Klingt genau richtig.«

»Du gehst vom Teehaus links und dann einfach den Wanderweg hoch«, erklärte er. »Du kannst ihn gar nicht verfehlen.

Pass aber auf: Wenn die Felsen nass sind, rutscht man dort leicht aus.«

Als sie sich vom Team verabschiedete, war Mingma der Einzige, der ihr nachsah. Die anderen waren viel zu sehr damit beschäftigt, dramatische Berggeschichten auszutauschen.

6

Draußen im Hof wurden ihre Taschen gewogen, die später auf die Träger und Esel verteilt würden. Bergsteigen war so viel mehr als nur ein riskantes Abenteuer. Die ganze Logistik erforderte eine Planung, die der eines Militärmanövers gleichkam.

Sie folgte Mingmas Wegbeschreibung und kam auf dem mit flachen Steinen gepflasterten Weg an bunt bemalten Häusern mit niedrigen Dächern vorbei. Das Wetter hatte aufgeklart, und obwohl der Gipfel des Manaslu immer noch wolkenverhangen war, konnte sie andere Berge ringsum aufragen sehen. Deren Gipfel waren für Bergsteiger nicht interessant – die meisten waren nie bestiegen worden –, trotzdem war Cecily von deren Höhe und von den wunderschönen Felsgebilden beeindruckt. Wie wäre es wohl, im Schatten solcher Giganten zu leben, besonders im Schatten des Manaslu, wenn er erst sichtbar war? Wie wäre es, in einem fort an ihre Stellung in der Welt erinnert zu werden?

Der Weg war teils schlammig. Unterwegs begleitete sie das Plätschern eines Bachs, der den Pfad säumte. Immer wieder blieb sie stehen und kraulte ein paar kleine, wuschelige Hunde, die ihr auf die Anhöhe jenseits des Dorfes gefolgt waren.

Wenige Minuten später sah sie eine Reihe Mani-Gebetsmühlen vor sich: auf Spindeln sitzende Bronzewalzen, die mit Mantras verziert waren. Eine Nonne mit einem rostbraunen Tuch über den gebeugten Schultern ging im Uhrzeigersinn um die Walzen herum und setzte sie in Bewegung. Cecily zögerte. Sie hätte es der Frau gern gleichgetan, war sich aber nicht sicher, ob sich das gehörte. Oder wäre es ein Zeichen mangelnden Respekts, wenn sie untätig an den Mühlen vorbeigehen würde?

Sie folgte ihrem ersten Impuls, trat auf die nächstbeste Walze zu und griff zu der kleinen Holzkurbel, mit der die Gebetsmühle angetrieben wurde. Sie knarzte, aber es funktionierte. Mit der nächsten machte sie weiter, dann mit der übernächsten, bis sich alle Walzen drehten. Als die letzte allmählich langsamer wurde, sprach sie ein stummes Gebet und bat um ein Zeichen, dass es richtig gewesen war, sich für diese Reise zu entscheiden.

Die Nonne drehte sich zu ihr um und lächelte Cecily an. Cecily neigte den Kopf zum Gruß. Sie war überrascht, wie sehr das runzlige Gesicht sie an ihre Großmutter erinnerte. Wenn das mal kein gutes Omen war. Sie hatte ihre Großmutter nur selten gesehen, nachdem diese zurück nach Suzhou gezogen war, und bereute nichts mehr im Leben, als dass sie sie vor deren Tod nicht noch mal besucht hatte.

Von allen Menschen in ihrem Leben war ihre Großmutter die Person gewesen, die ihr die meiste Geborgenheit und Liebe vermittelt hatte. Als Cecily ihren Schulabschluss vermasselt hatte, hatte ihr Vater ihr die Leviten gelesen, und ihre Mutter hatte sie genötigt, zig Universitäten anzuschreiben und um einen Studienplatz zu betteln, während ihre Großmutter sich einfach nur hingesetzt und ihr beigebracht hatte, wie man ihr Leibgericht – Jiaozi – zubereitete. *Warum nicht einfach etwas lernen, was dir Freude macht?*, hatte ihre Nai Nai gesagt.

Cecily hatte Englische Literatur studiert, war dann aber nach ihrem Abschluss von einem Job zum anderen gezogen und hatte nirgends recht Fuß gefasst. In jenen Jahren hatte sie ziemlich viele Teigtaschen gemacht: bei Bewerbungsabsagen. Bei Trennungen. Bei Ebbe-auf-dem-Konto-und-nur-gut-dass-sie-noch-eingefrorene-Jiaozi-hatte.

Die Erinnerung zauberte ihr ein Lächeln ins Gesicht. Ihre Großmutter wäre unendlich stolz darauf gewesen, dass Cecily es mit dem Manaslu aufnehmen wollte. Sie war eine toughe Frau gewesen und mit nicht mehr als zehn Pfund in der Tasche und ohne nennenswerte Englischkenntnisse nach Großbritannien eingewandert. Dass ihre Enkelin so weit gekommen war, einen der höchsten Berge der Welt zu erklimmen – das hätte ihr gefallen. *Schwimm dich frei, Ceci!*

Die Nonne hatte sie angesprochen, und Cecily wünschte sich, sie könnte sie verstehen. Doch die Nonne lächelte sie immer noch freundlich an, daher neigte sie den Kopf. *»Monastery?«*, fragte sie, und die Nonne zeigte auf ein baufällig wirkendes Gebäude – das Kloster. *»Dhanyabad«*, bedankte sich Cecily in wackligem Nepali.

Das Kloster war wegen Renovierungsarbeiten geschlossen. Doch gleich daneben entdeckte sie ein Schild, das den Weg zum Bergsee wies: BIRENDRA TAAL.

Sie hatte keine Eile, also beschloss sie, dort hinaufzuwandern.

Die Wege rund um das Kloster waren überwuchert und mit tiefen Löchern übersät, als sollten dort demnächst die Fundamente für künftige Bauten gesetzt werden. Für Bergsteiger stellten sie Fallen dar, in denen man sich den Knöchel verletzen konnte, noch bevor die eigentliche Besteigung angefangen hatte. Ihr fiel wieder ein, was Mingma ihr mit auf den Weg gegeben hatte, und sie ging übervorsichtig weiter.

Der Weg schlängelte sich durch den Wald. Je weiter sie sich von der Siedlung entfernte, umso mehr kam sie zur Ruhe. Sie balancierte auf ausgelegten Stämmen über mehrere sprudelnde Bäche hinweg und stieg zwischen den Bäumen hindurch hangaufwärts.

Nach und nach wurde der Bewuchs spärlicher, und immer mehr blanker Fels und Geröll wurden sichtbar. Sie kletterte auf mehrere Felsbrocken, und mit einem Mal lag der Bergsee vor ihr. Die Aussicht war atemberaubend. Der Birendra Taal leuchtete türkis, und dahinter ragte eine Felswand bis in die Wolken hinauf. Wasserfälle stürzten am gegenüberliegenden Ufer herab, und sie hörte den Manaslu-Gletscher knistern und knacken. Über kalkgraue Felsbrocken und um beiseitegetretenes Geröll herum kletterte sie hinunter ans Ufer. In dem unebenen Gelände musste jeder Schritt sitzen. Geröllsplitter, die sie zuvor selbst losgetreten hatte, rieselten ihr um die Füße.

Sogar die Ausläufer des Berges hatten ihre Tücken.

Vor ihr schimmerte das stille, einladende Wasser. Angesichts der weißlichen Steine unter ihren Füßen sah das ruhige Blau umso blasser aus. Sie ging in die Hocke und hielt die Hand ins Wasser. Es war eisig.

»Gehst du schwimmen?«

Beim Klang der tiefen Männerstimme zuckte sie heftig zusammen. Sie sprang auf, und als sie herumwirbelte, war sie unendlich erleichtert, dass es Alain war. In seinen Brillengläsern spiegelte sich das türkisblaue Wasser. Er hatte einen Rucksack geschultert.

»Oh, ich wollte dich nicht erschrecken ...« Er streckte ihr die Hand hin.

Lächelnd griff sie danach und fand auf den losen Steinen am Ufersaum wieder festen Halt. »Schon in Ordnung. Ich habe nur nicht damit gerechnet, dass noch jemand hier ist.«

»Toller Anblick, was? Also ... gehst du rein?« Er zeigte über das sich kräuselnde Wasser.

Sie schüttelte den Kopf. »Lieber nicht. Ich habe für einen Badeausflug nicht die richtigen Sachen dabei.«

»Schade. Nichts ist besser zur Vorbereitung auf den Anstieg als ein Bad in eiskaltem Wasser.«

»Ob das noch hilft, wenn ich bis jetzt nicht bereit bin?«, murmelte sie. »Hast du nicht Angst, dir den Tod zu holen?«

Sie sah weg, als er seinen Rucksack absetzte, sich das Trekkingshirt über den Kopf zog und für jemanden, der schon auf die sechzig zugehen musste, einen ziemlich durchtrainierten Körper entblößte.

»Ich mache so etwas schon seit vielen Jahren. Die Kälte schärft die Sinne und bereitet Körper und Geist auf das vor, was noch kommt. So bleibe ich hellwach. Für einen Achttausender muss man jederzeit sämtliche Sinne beisammenhaben.« Er tippte sich an die Schläfe.

»Vielleicht bin ich ja mutig genug, mit reinzugehen, wenn wir den Gipfel geschafft haben«, sagte sie.

Vom gegenüberliegenden Ufer war ein lauter Knall zu hören, und Eisbrocken und Schnee prasselten ins Wasser.

Cecily erschauderte und machte einen Schritt vom Ufer weg.

Alain lächelte sie an. »Du bist hier, Cecily. Du hast den Mut, den du brauchst, doch schon bewiesen.«

Dann watete er ins Wasser, und stellvertretend für ihn keuchte sie auf, als er den Kopf untertauchte. Kreischend kam er wieder hoch, schüttelte sich wie ein Hund und verspritzte Wasser in alle Richtungen. Cecily spürte den eisigen Biss eines Tropfens auf ihrer Wange, lächelte aber. Diese Verbindung, diese Leidenschaft, die er für die Wunder der Natur aufbrachte, war eindeutig ansteckend.

Insgeheim ärgerte sie sich, dass sie sich nicht überwinden konnte, ihm ins Wasser zu folgen, auch wenn es ohne Handtuch, ohne Badesachen und ohne jede Erfahrung mit eiskaltem Wasser eindeutig vernünftiger war, trocken zu bleiben und sich warm zu halten. James wäre binnen eines Wimpernschlags dort hineingesprungen, da war sie sich sicher.

»Ich gehe dann mal weiter«, rief sie Alain zu, doch statt zu antworten, winkte er nur und kraulte kraftvoll von ihr weg.

Cecily machte sich auf den Rückweg durch das Geröllfeld und ließ die Ruhe des Bergsees hinter sich. Diesmal nahm sie einen anderen Weg, der sich zu einem höher gelegenen Aussichtspunkt schlängelte, und als sie die Kuppe erreicht hatte, schoss sie mit dem Handy ein Panoramafoto.

Sie versuchte, Alain im Wasser auszumachen, aber entweder hatte er seine Runde beendet, oder er war gerade unter Wasser getaucht.

Im selben Moment hörte sie ein Geräusch.

Einen Pfiff, der vom Fels widerhallte, eine Abfolge von Tönen: tief, tief, hoch, tief.

Schlagartig schnürte es ihr den Hals zu, und ihr Herz fing an zu rasen. Ein zweiter Schwimmer? Sie wartete darauf, dass die Person, die gepfiffen hatte, sich zeigte.

Aber da kam niemand. Die Moräne ringsum war vollkommen verwaist.

Dann fand sie ihre Stimme wieder. »Hallo?«, rief sie in Richtung Fels.

Das Pfeifen verstummte.

Aber es kam keine Antwort.

Sie blieb stocksteif stehen, lauschte, wartete. Hatte Gänsehaut an Armen und Rücken. Es fühlte sich genauso an, wie wenn sie nachts eine Straße überquerte, die Faust um ihren Schlüsselbund ballte und schneller ging. Es war das gleiche Schaudern, bei dem sie lieber über eine belebte Straße lief, als todesmutig durch eine dunkle Unterführung zu gehen.

Ihre Intuition sagte ihr, dass sie verschwinden sollte, und mit pochendem Herzen kehrte sie auf den Hauptweg zurück. Ein Felsbrocken kippte unter ihrem Schritt zur Seite, sie stolperte und fiel hart auf ihr Knie, ein kurzer Schmerzenslaut drang aus ihrer Kehle, und mit einem Mal fühlte sie sich in eine Situation zurückversetzt, in der ihr in der Höhe schwindlig geworden war – sie hatte auf einem Felsvorsprung gestanden, der schmaler gewesen war als ihr Fuß, unter ihr nur der Abgrund, Regen und Wind in ihrem Rücken, und sie hatte sich so fest an den Fels gekrallt, dass ihre Handflächen noch wochenlang wund gewesen waren.

Wieder ein Geräusch, diesmal jedoch kein Pfeifen. Eher ein leises Surren, als wäre ein Schwarm Bienen hinter ihr her. Sie neigte den Kopf leicht zur Seite, um herauszufinden, aus welcher Richtung das Surren kam.

Eine kleine Drohne schwirrte über sie hinweg und verschwand in Richtung See. Vorsichtig richtete sie sich wieder auf und rieb sich die Stelle an dem Knie, auf das sie gefallen war. Wartete darauf, dass sich der Drohnenpilot zu erkennen gab. Doch wer immer es war, er ließ sich nicht blicken.

Angst rieselte ihr den Rücken hinab. Sie beschleunigte ihre Schritte und lief zurück ins Dorf.

7

Zurück in Samagaun überlegte sie, ob sie Doug von dem Vorfall erzählen sollte, doch außer einem mulmigen Gefühl und einer Drohne, die sie gesehen hatte, gab es nichts zu berichten. Bestimmt existierten zig gute Gründe, warum Leute den See aus der Luft filmten, und sie wollte nicht paranoid wirken.

Am Abend bekam das Team Nudeln und Momos vorgesetzt, leckere nepalesische Teigtaschen mit Hackfleisch- und Gemüsefüllung. Die feine Fältelung des Teigs erinnerte sie erneut daran, wie sie mit ihrer Nai Nai gekocht hatte. Es fühlte sich fast an, als wäre ihr Gebet am Kloster erhört worden: Sie verspürte einen Hauch von Heimeligkeit, von Zuhause, auch wenn sie von dort Abertausend Meilen entfernt war. Das flaue Gefühl, das sie am See beschlichen hatte, löste sich anhand der warmherzigen, freundlichen Atmosphäre im Teehaus in Wohlgefallen auf.

Zudem lag Vorfreude in der Luft. Tagsüber waren neue Teams eingetroffen und eingezogen, teils Hochtourengeher wie Cecily, teils Leute, die auf den niedriger gelegenen Wegen wandern wollten. Jeder einzelne Tisch war voll besetzt.

»Wie war dein Spaziergang?«, wollte Mingma wissen, als sie fertig gegessen hatte.

Sie lächelte ihn an. »Der See sah fantastisch aus! Das Wasser war so klar und rein – und das Dorf herrlich ruhig, obwohl die Leute dort ihrer Arbeit nachgingen.«

»Ruhig wird es hier nicht lange bleiben. Bei den Touristenmassen, die herkommen, wird das Dorf von Jahr zu Jahr größer. Bald wird das hier ein zweites Namche Bazaar.«

»Stammst du von dort?«

Er schüttelte den Kopf. »Nein, ich bin zwar in der Khumbu-Region zu Hause, mein Dorf liegt allerdings ein gutes Stück höher. Meine Frau wohnt immer noch dort.«

»Ich wusste gar nicht, dass du verheiratet bist. Deine Familie muss dir sehr fehlen.«

Er legte die Hand aufs Herz. »Jeden Tag.« Dann schob er ihr einen Zettel zu. »Das hier brauchst du vielleicht. Das da ist das WLAN-Passwort. Es greifen allerdings ziemlich viele darauf zu, insofern ist die Verbindung womöglich langsam.«

»Mingma, du bist ein Schatz!« Sie tippte das Passwort in ihr Handy ein.

Anschließend rief sie ihre E-Mails auf und scrollte durch die Inbox. Zwei Nachrichten von Michelle. Sie rief die erste auf.

> Cecily, bist du schon am Berg? Denk daran, mir ASAP deinen nächsten Blogbeitrag zu schicken, damit ich ihn online stellen kann. Die Leute wollen mehr von deiner Reise hören! Dein erster Text hatte jede Menge Klicks, und die Leser brauchen ein Update. Deine Sichtweise als Bergsteiger-Frischling bringt dem Hochgebirgsklettern eine ganz neue Leserschaft ein!

Sie schmunzelte in sich hinein. Mehr Beiträge bedeutete doch wohl, dass Michelle inzwischen zusehends darauf vertraute, dass sie es schaffen würde. Es hieß aber auch, dass sie jetzt unter Druck stand: Sie stand unter Beobachtung, die Leute wollten erfahren, ob sie es zum Gipfel schaffte. Sie klickte die zweite Nachricht an, die einige Stunden später eingetrudelt war.

Liebe Cecily,
ich hoffe, du weißt, wie wichtig diese Geschichte für unser Magazin ist, aber auch für deine weitere Karriere. Ich habe eine leicht besorgniserregende E-Mail von James gekriegt – könntest du bitte Bescheid sagen, ob es dir gut geht und ob du immer noch weitermachen willst? Wenn nicht, müssten wir schleunigst umdisponieren … Persönlich hoffe ich ja, dass du weitermachst, aber ich will dich zu nichts zwingen.
Sag Bescheid!
Michelle

Sie musste die E-Mail mehrmals lesen. In ihrer zweiten Nachricht klang Michelle wie eine andere Person, viel förmlicher und verhaltener. Nach all den Mühen, die Cecily sich gemacht hatte, um Michelles Vertrauen zu gewinnen, war ihr unbegreiflich, was da geschehen war. Und was meinte Michelle damit, dass James geschrieben hatte? Er hatte seit Monaten nicht mehr mit Cecily gesprochen. Sie hatte insgeheim damit gerechnet, dass er sich irgendwann schon wieder einkriegen und sich entschuldigen würde – und wenn es nur wäre, um sich die Exklusivgeschichte mit Charles zu erschleichen. Aber nichts. Kein Mucks. Warum schrieb er Michelle jetzt eine E-Mail?

Sie musste sich zusammenreißen, um nicht augenblicklich auf Antworten zu drücken. Zunächst musste sie sich überlegen, was sie zurückschreiben wollte. Doch erst klickte sie eine E-Mail ihrer Mutter an.

Schätzchen, ich habe mich ein bisschen über diesen Berg schlaugemacht. Mir gefällt das nicht, dass du allein dort bist. Wir haben in deinem Blog gelesen, dass Charles nicht mal vor Ort ist. Warum bist du dann überhaupt dort? Es war anders, als du deine Abenteuer noch zusammen mit James unternommen hast, der auf dich aufpassen konnte.
Sei jetzt nicht böse, aber wir haben mit ihm gesprochen. Er meint, er würde schon länger trainieren, und wenn du tauschen willst, ist er bereit, nach Nepal zu fliegen und für dich einzuspringen. So könntest du wieder nach Hause kommen. Kein Artikelchen der Welt ist diese Sache wert! Wir vermissen dich und wollen nur, dass du in Sicherheit bist.

Ihre Mutter hatte den Link zu einem Artikel über die Manaslu-Tragödie aus dem Jahr 2012 angehängt. Cecily musste ihn nicht einmal anklicken. Sie kannte den Text.

Aber das war natürlich des Rätsels Lösung. Ihre Eltern hatten James kontaktiert. Das war dann wohl der springende Punkt. Bei all ihren vorigen »Abenteuern« hatte sie immer jemand Stärkeren an ihrer Seite gehabt, der hätte einspringen, sie beschützen oder – im Ernstfall – retten können. Die Erwartungen ihrer Eltern schienen zu definieren, wozu Cecily fähig war.

Die *geringen* Erwartungen …

Sie hatten nie daran geglaubt, dass sie es schaffen würde. Und bislang hatte Cecily ihre Eltern diesbezüglich auch nicht enttäuscht. Zu scheitern war ihr alles andere als fremd. Kein Wunder, dass sie nun versucht hatten, James zu überreden, ihren Platz einzunehmen. Und Cecily hätte wetten können, dass er sich dafür sogar wie ein edler Ritter fühlte.

Allein herzukommen und die Chance zu ergreifen hätte der Beweis sein sollen, dass sie zu mehr imstande war, als man ihr zutraute. Es hätte die natürliche Fortsetzung ihres Blogbeitrags »Dem Aufstieg nicht gewachsen« werden sollen: der neuerliche Versuch, auch wenn ihr klar war, dass sie erneut scheitern könnte.

Ihr fiel wieder ein, was Alain gesagt hatte: *Du bist hier, Cecily. Du hast den Mut, den du brauchst, doch schon bewiesen.* Sie hatte bereits einen Riesenschritt gemacht. Und jetzt würde sie allen zeigen – ihren Eltern, ihrer Redakteurin, ihrem Ex –, wozu sie tatsächlich imstande war.

Sie tippte eine Antwort an Michelle.

Ich gehe gar nirgendshin – außer auf den Gipfel.
Blogfortsetzung folgt!

Als Nächstes rief sie WhatsApp auf und schrieb eine Nachricht an Rachel, ihre beste Freundin, den einzigen Menschen auf der Welt, der die ganze Geschichte kannte. Cecily hatte nach der Trennung von James auf Rachels Sofa geschlafen, und Rachel hatte aus erster Hand miterlebt, wie die anmaßende Haltung ihrer Eltern Cecilys Selbstvertrauen in jeglicher Hinsicht unterminiert hatte.

Ich bin Tausende Meilen gereist, und meine Eltern versuchen immer noch, mich an der kurzen Leine zu halten.

Die Antwort kam postwendend und entlockte Cecily ein Lächeln.

Du bist angekommen! Ich hab die ganze Zeit mein Handy nicht mehr aus der Hand gelegt!

Und dann Sekunden später:

Vergiss sie – du schaffst das! Ich glaube an dich! Pfeif auf deine Eltern und pfeif auf James!

Natürlich hatte Rachel sofort geahnt, dass auch James involviert war. Sie war ein Ass, wenn es darum ging, in Cecilys Nachrichten zwischen den Zeilen zu lesen. Cecily tippte eilig zurück:

Du bist die Beste! Danke, dass du immer die richtigen Worte findest!

Es folgte eine Reihe Herzchen-Emojis.

Cecily scrollte durch ihre Kontaktliste und blieb bei James' Profilbild hängen. Ob er wohl nur auf den Anruf wartete, dass er nach Kathmandu fliegen und ihren Job übernehmen sollte? Ein schwacher Moment, und sie klickte sein Foto an. Vielleicht sollte sie ihm schreiben, dass sie seinen Kumpel Ben getroffen hatte. Dann fing ihr Herz an zu rasen. Er war »online«.

Seine jüngste Nachricht sprang sie regelrecht an. Und verhöhnte sie.

Viel Glück. Wirst du bestimmt brauchen.

Die Versuchung, ihm zurückzuschreiben, diese Konversation wieder aufzunehmen und ihm zu erzählen, was sie hier machte ...

DU SCHREIBST IHM NICHT!

Rachels nächste Nachricht erschien oben auf dem Display, und der Bann war gebrochen. Was Gedankenlesen anging, war auf ihre Freundin Verlass. Cecily seufzte, und ehe sie es sich anders überlegen konnte, löschte sie den Thread zwischen ihr und James.

Und wieder ploppte eine Nachricht von Rachel auf:

Und wenn du nur den Hauch von Signal hast, will ich hören, dass es dir gut geht! Ich warte auf Nachrichten!

Cecily tippte eine überschwängliche Nachricht an ihre Eltern, in der sie schilderte, wie begeistert sie bislang war, wie gut vorbereitet und wie sicher sie sich in ihrem Team fühlte. Sie würden ihr kein Wort glauben, doch das war ihr egal. Sie würden sie jetzt nicht mehr aufhalten können.

Dass die beiden James kontaktiert hatten, sprach sie mit keinem Wort an.

Als Nächstes rief sie Instagram auf. Die App lud quälend langsam, aber irgendwann hatten sich die Fotos aufgebaut. Elise hatte schon Posts abgesetzt, ihren eigenen Spaziergang durchs Dorf dokumentiert und dafür Tausende Likes eingefahren. Sie hatte ein Selfie vor dem Birendra Taal gepostet.

War Elise die Drohnenpilotin gewesen? War sie die mysteriöse Pfeiferin? Wenn ja, konnte Cecily umso erleichterter sein, dass sie Doug von alldem nichts erzählt hatte. Sie hätte bloß als Spinnerin dagestanden.

Elise hatte in ihrer Bio einen Link zu Charles' Spendenseite gepostet. Cecily sah sie durch. Mit jedem einzelnen Post waren die Spenden in die Höhe geschossen.

»Hat einer von euch vielleicht Alain gesehen?« Christophe war am Tischende aufgetaucht und knetete nervös seine Strickmütze.

»Zuletzt heute Vormittag, tut mir leid«, antwortete Cecily stirnrunzelnd.

»Hab ihn auch nicht gesehen«, sagte Elise.

»Wer ist denn Alain?« Zak zupfte sich die Kopfhörer aus den Ohren.

»Mein Kletterpartner. Er wollte spazieren gehen, aber anscheinend ist er noch nicht wieder zurück, was ich ein bisschen komisch finde.«

»Hast du schon in den anderen Gästehäusern herumgefragt?«, erwiderte Mingma. »Auf der anderen Straßenseite sind auch Bergsteiger untergebracht.«

»Ah, ja. Vielleicht ist er dort zum Essen geblieben, das könnte sein. *Merci* – und entschuldigt die Störung!« Wenig überzeugt wandte Christophe sich ab.

Unwillkürlich sah sie Alain vor sich, wie er in das eisige Wasser eingetaucht war. Womöglich saß er irgendwo an einem prasselnden Feuer und wärmte sich auf. Cecily klappte ihren Laptop auf und machte sich daran, den nächsten Artikel für Michelle zu schreiben. Sie hatte beschlossen, das Team zu porträtieren, das Charles zusammengestellt hatte.

Zak, der Geschäftsführer
Elise, die Influencerin
Grant, der Filmemacher
und sie selbst, die Journalistin

Eine bunte Truppe. Unter der Leitung ihres mysteriösen Bergführers Doug. Über ihn würde sie mehr herausfinden müssen.

Nach all der Recherche, die sie bislang für ihren Blog betrieben hatte, waren noch immer zig Reiter geöffnet. Während Dougs Bergerfolge bestens dokumentiert waren, hielt Google sich, was sein Privatleben anging, ziemlich bedeckt. Nirgends war erwähnt, ob er Familie hatte, nirgends eine feste Wohnadresse und auch nichts zu den Gründen, warum er Summit Extreme verlassen und seine eigene Firma gegründet hatte. Auf der Summit-Extreme-Webseite sprang ihr indessen ein anderer Name ins Auge: Dario Travers. Nicht nur war er Dougs Kollege gewesen, auch Alain hatte ihn erwähnt. Er war Pierres Expeditionsleiter am Everest gewesen. Ein bisschen mehr über ihn in Erfahrung zu bringen würde sich bestimmt lohnen. Sie tippte den Namen in die Suchmaske ein und erzielte unzählige Treffer! Er hatte mehr oder weniger jedem Outdoor-Magazin und Online-Forum Interviews gegeben, schien ein beliebter Bergführer und erfahrener Extremtourengeher zu sein und stammte gebürtig aus einer Kleinstadt in den österreichischen Alpen. Eine Art Berg-Playboy, wie es aussah – auf den Bildern, die über die Jahre in den diversen Artikeln erschienen waren, hatte er seinen Arm stets um eine andere Frau gelegt.

Ein Absatz im jüngsten Porträt stach ihr ins Auge.

Ich bin Summit Extreme sehr dankbar dafür, dass sie mir ermöglichen, meine Leidenschaft zum Beruf zu machen. Kunden auf diese herrlichen Gipfel zu führen ist eine große Bereicherung. Das Beste an meinem Job ist jedoch, neue Gipfel zu erforschen, die potenzielle neue Ziele für meinen Arbeitgeber darstellen könnten. In solchen Momenten weiß ich wieder, wie froh ich sein kann, dass ich dies alles tun darf.

Ihre Bergtouren mit James hatten Cecily gelehrt, zwischen den Zeilen zu lesen. Von dem, was Dario da beschrieb, konnte man kaum leben. Leute, die so viel Begeisterung für das Bergsteigen aufbrachten, dass sie es zu ihrem Beruf machten, verabscheuten die Massen und gingen lieber eigene Wege. Allein das Geld brachte sie immer wieder zurück auf dieselben ausgetretenen Pfade. Und über die Kundschaft hatten sie nicht zu entscheiden. Dario schien sich als kommerzieller Bergführer auf den üblichen Routen eindeutig verschwendet zu fühlen. Aber natürlich war die Art und Weise, wie Charles seine Bergtouren anging, auch nicht ganz ohne: Er war ziemlich offen damit umgegangen, wie schwierig es war, genügend Geld dafür zusammenzukratzen und der Logistik Herr zu werden – all der Papierkram, die Visa und nötigen Permits, die eingeholt werden mussten ... Doch die Freiheit, sich für den eigenen Weg entscheiden zu können und sich in diesen unwirtlichen Höhen einen Namen zu machen – für Charles schien der Traum jedes Bergsteigers wahr geworden zu sein. Sie war sich sicher, dass ihm bei seinen Aufstiegen der Neid der anderen gewiss war.

Die WLAN-Verbindung brach im selben Moment ab, als sie ihren Text an Michelle schicken wollte. Als Nächstes wäre wohl der Strom an der Reihe. Auf ihrer Uhr war es gerade einmal kurz nach acht. Trotzdem war sie todmüde, und sie war nicht die Einzige: Während sie ihren Artikel geschrieben hatte, hatte das Teehaus sich merklich geleert.

Von draußen hörte sie mehrere Stimmen. Elise hatte sich auf der Terrasse auf einem Holzstuhl niedergelassen und die Füße aufs Geländer gelegt. Jemand stand neben ihr und nahm einen Schluck aus einem Flachmann. Grant. Um sie herum ein Grüppchen junger Frauen mit Bier in der Hand, die sich zwischen Schulabschluss und Studienbeginn eine Auszeit genommen hatten und eine Bergtour unternehmen wollten.

»Cecily, komm rüber zu uns!«, rief Grant ihr zu.

Sie stieg die durchgetretenen Stufen hinauf, zog ihre Jacke enger und die Schultern gegen die Kälte hoch.

»Bist du auch mit Charles unterwegs?«, fragte eins der Mädchen mit starkem australischem Akzent und North-Face-Jacke.

Cecily nickte.

»Echt mutig von dir! Ich könnte nie auf diese hohen Berge steigen. Hast du da nicht Todesangst?«

Ihr Blick streifte Elise und Grant. »Ich habe ein tolles Team – und auf das muss ich mich verlassen. Am mutigsten ist immer noch Elise. Sie will den Aufstieg sogar ohne Sauerstoff schaffen.«

Grant schnaubte. »Scheiße, ist das dein Ernst?«

Elise nahm die Füße vom Geländer und setzte sich in den Schneidersitz. »Japp.«

»Weiß Doug darüber Bescheid? Die Möglichkeit hat er mir gar nicht angeboten.«

»Warum fragst du ihn nicht?« Elise nahm einen Schluck Tee.

»Gehst du mit Sauerstoff?«, fragte er an Cecily gewandt und stellte seinen Flachmann mit einem Rums auf dem Geländer ab.

»Natürlich. Ohne hätte ich gar keine Chance. Das hier ist mein erstes Mal auf so einem Berg.«

»Ernsthaft? Was war denn bislang dein höchster?«

»Ich war letztes Jahr am Kilimandscharo, bin aber noch vor dem Stella Point umgekehrt.«

»Moment – du warst am Kili nicht mal ganz oben?« Grant lachte bellend. »Und jetzt ein Achttausender? Bist du wahnsinnig?«

Cecily spürte, wie ihr die Röte in die Wangen stieg. »Charles hat mich dazugebeten. Ich habe das Training absolviert und eine Menge Vorarbeit geleistet.«

»Keine Sorge«, warf Elise ein. »Doug würde niemanden mit hochnehmen, der nicht dazu in der Lage ist. Wir sind hier alle auf unserer eigenen Reise.«

»Also, ich bewundere euch alle«, sagte die Australierin. »Ich hoffe, ihr schafft es bis zum Gipfel!«

»Wird schon werden. Solange nicht wieder so etwas wie am Cho passiert«, sagte Grant. »Da hat der Fehler eines Einzelnen den Aufstieg für alle zunichtegemacht. Mein Team musste umkehren, nachdem irgendein indischer Bergsteiger in Schwierigkeiten geraten war.«

»Du warst dabei, als es passiert ist?«, hakte Elise nach.

»O ja, verdammt. Unsere Sherpas wurden für die Rettung abgezogen, und der Rest von uns musste kehrtmachen. Wenn Charles nicht gewesen wäre, wäre es noch viel schlimmer gekommen. Um ehrlich zu sein … Ich dachte die ganze Zeit nur: Das hätte einen tollen Film ergeben. Deshalb bin ich auch hier: um zu filmen, wozu Charles imstande ist. Unsere Version von *Free Solo.* Vielleicht springt am Ende ja auch dafür ein Oscar heraus!«

»Klingt großartig«, rief eine der Wanderinnen und schob sich näher an Grant heran. »Darum haben sich bestimmt eine Million Filmemacher gerissen!«

»Eine Million und mehr.« Grant griff zu seinem Flachmann und stieß ihn gegen die Bierflasche der Frau. »Ich bin einfach nur der Glückspilz, der es geschafft hat, Charlie-Boy auf sich aufmerksam zu machen.«

Cecily verspürte ein Hämmern in den Schläfen. Die Höhe forderte ihren Tribut. »Ich muss rein. Gute Nacht zusammen!«

»Musst du dich von deinem Sturz erholen?«, fragte Grant.

Ihr blieb die Spucke weg. Sie hatte niemandem von ihrem Malheur auf den Felsen oberhalb des Bergsees erzählt. War er dort gewesen? War er derjenige, der gepfiffen hatte? Sie nickte nur, tat so, als hätte sie es überhört, und kehrte in den Hof zurück.

Zu ihrer Überraschung lief Elise ihr hinterher. »Mach dir seinetwegen keinen Kopf«, sagte sie. »Wir müssen alle irgendwo anfangen. Ich bin mein Leben lang auf Berge gestiegen, trotzdem fühle ich mich wie eine Anfängerin.«

»Machst du Witze? Du bist eine Legende!« Cecily seufzte. »Ich will nur das Team nicht hängen lassen.«

Elise schnaubte. »Wird nicht passieren. Und indem ich ohne Sauerstoff aufsteige, bin ich ja wohl diejenige, die eine Gefahr für das Team darstellt. Aber wenn ich es nicht bis ganz oben schaffe, dann versuche ich, es sportlich zu sehen: Der

Gipfel ist nächstes Jahr auch noch da. *Es ist der Berg selbst und nicht der Gipfel, von dem ich lerne.*«

Cecily kniff die Augen zusammen. »Stammt das aus meinem Artikel?«

Elise lächelte sie an. »Siehst du? Ich erzähle dir nur, was du längst weißt.« Sie tätschelte Cecilys Schulter und wandte sich in Richtung ihres Mehrbettzimmers.

Cecily ließ sich auf ihrer Bettkante nieder und angelte ihr Notizbuch heraus. Sie wünschte sich, was Elise gesagt hatte, wäre wahr.

Denn diese Chance, den Gipfel zu besteigen, wäre mitnichten noch nächstes Jahr da. Der Versuch allein zählte nicht, daran hatte die Begegnung mit Ben sie erneut erinnert. Sie war nur aus einem einzigen Grund hier: um die Story ihres Lebens zu landen. Und dafür musste sie den Gipfel erreichen. Das hatte Charles zur Bedingung gemacht. Und diese Bedingung war nicht verhandelbar.

Im Licht ihrer Stirnlampe schrieb sie sich alles auf, was sie an diesem Tag gehört hatte und woran sie sich noch erinnern konnte. Vor allem die Unterhaltung mit Alain auf der Terrasse wollte ihr nicht aus dem Kopf gehen. *Ich will einfach nur wissen, was dort tatsächlich passiert ist. Ein so erfahrener Extremtourengeher wie Pierre wäre nicht abgestürzt.*

Sie hoffte für ihn, dass er die Antworten bekäme, nach denen er suchte. Doch aus irgendeinem Grund war sie sich da nicht so sicher. Die Berge wussten, wie sie ein Geheimnis bewahrten.

Bis Cecily so weit war, dass sie ihre Stirnlampe ausschalten konnte, schlief Elise bereits tief und fest. Cecily wollte noch kurz nach ihrer Wasserflasche greifen, stellte aber fest, dass sie sie im Speisesaal vergessen hatte. Sie war drauf und dran, sie dort stehen zu lassen, obwohl ihr Hals wie ausgedörrt war und sie wusste, dass sie am Morgen Probleme bekäme.

Sei wachsam ... Mit einem Mal fiel ihr das Mantra ein. Die Erinnerung daran, konzentriert erst die kleinen Dinge in Angriff zu nehmen, ehe die größeren dran waren. Eine andere Bergsteigerin hatte ihr das beigebracht – eine Perle der Weisheit, die von einem Bergsteiger zum anderen weitergegeben wurde. Und diese Weisheit trieb sie nun unter der schweren Decke hervor und hinaus in die kalte, dunkle Nacht.

Auf dem Hof blieb sie stehen und legte den Kopf in den Nacken. Ihr stockte der Atem, was mit der Höhe jedoch nichts zu tun hatte: Der Himmel war übersät mit Sternen, dichter, als sie es je erlebt hatte.

Und direkt vor ihr der Manaslu.

Vor der funkelnden Sternenkulisse war der Gipfel, diese riesenhafte, unheilvoll schwarze Masse, klar zu erkennen. Der Berg dominierte den Horizont, ragte hinauf in den Himmel, und der Gipfel trug die Sterne wie eine Krone.

8

Als sie aufwachte, fiel Sonnenlicht auf ihr Kissen. Elise kam eben zurück ins Zimmer und griff nach ihrem Rucksack. »Tut mir leid, wenn ich dich geweckt habe! Ich hatte gehofft, du wärst schon wach.«

»Ich hätte längst aufstehen müssen …« Cecily schälte sich aus ihrem Schlafsack und kniff leicht die Augen zusammen, als sie Elises ernsten Gesichtsausdruck sah. »Ist alles in Ordnung?«

Elise zögerte kurz und schüttelte dann den Kopf. »Komm besser mit raus.«

Cecily nahm ihre Daunenjacke vom Fensterbrett, zog sie sich über die Funktionswäsche und schlüpfte in ihre Schuhe. Dann lief sie Elise hinterher.

Im Hof hatten sich jede Menge Leute versammelt. Doug stand neben Mingma und Zak, und dann entdeckte sie Christophe, der an der niedrigen Steinmauer kauerte. Ben hatte ihm den Arm um die Schultern gelegt. Heute würden sie zum Basislager aufsteigen, und es hätte der bislang aufregendste Moment sein sollen – doch über der Gruppe hing eine düstere Wolke, die selbst die Sonne nicht vertreiben konnte.

»Was ist denn los?«, fragte Cecily.

Elise seufzte. »Sie haben eine Leiche am See gefunden.«

Sofort schlug ihr das Herz bis zum Hals. »O mein Gott! Wer ist es?«

»Sie glauben, es ist Alain.«

»Was?« Cecily blieb der Mund offen stehen. »Das kann nicht sein. Ich … Ich hab doch gestern noch mit ihm gesprochen. Wir wollten ein Interview führen. Ich hab ihn am See gesehen, er war schwimmen …« Cecily verstummte. »Was ist denn passiert?«

»Klingt, als wäre er auf den Felsen schwer gestürzt. Anscheinend hat einer der Locals ihn entdeckt, als sie am frühen Morgen Ausrüstung zum Basislager hochtransportieren wollten. Ich bin gestern die halbe Strecke zum Basislager hochgewandert und habe den See von oben fotografiert. Ich habe die Fotos schon durchgesehen – er war nicht drauf.«

»Es ging ihm gut, als ich von dort weggegangen bin.« Cecilys Mund war staubtrocken. War sie die Letzte, die Alain lebend gesehen hatte? »Warte! Ich hab eine Drohne in seine Richtung fliegen sehen, und ich meine, ich hätte jemanden pfeifen hören. Vielleicht hat ihn nach mir noch jemand gesehen?«

»Das finden wir sicher heraus. Es ist so furchtbar traurig.« Elise schüttelte den Kopf und nahm einen Schluck aus ihrer Wasserflasche.

Cecily spähte zu ihr hinüber. Vor Entsetzen schnürte sich ihr die Kehle zu, als sie sich vorstellte, wie Alain gestürzt war und dort am See im Sterben gelegen hatte … Elise schien es eher nüchtern zu betrachten, so als hätte sie die Nachricht bereits verarbeitet und damit abgeschlossen. Cecily wusste, dass in der Bergsteigerwelt der Tod immer zum Greifen nah war, einem tagtäglich vor Augen stand. Womöglich konnte man da nur mit klarem Verstand weitermachen, indem man sich von allem abschottete.

Doch so weit war Cecily noch nicht. »Wer informiert seine Angehörigen? Und seine Frau?«

»Ich nehme an, darum kümmern sich Christophe und das Summit-Extreme-Team«, antwortete Elise, und Cecily nickte.

Christophe schien unter Schock zu stehen und ließ den Kopf hängen. Sie wollte sich gar nicht ausmalen, was in ihm vorging. Alain war hierhergekommen, um einem Freund, der in den Bergen gestorben war, die letzte Ehre zu erweisen, und jetzt war er ebenfalls tot. Er hatte Antworten gewollt, die ihm eindeutig Kopfzerbrechen bereitet hatten. Er war aus dem gleichen Grund wie sie zum Bergsee gelaufen – um den Kopf freizubekommen, um sich auf den bevorstehenden Anstieg vorzubereiten. Nur dass sie von dort zurückgekehrt war, während er nie wieder auch nur einen Schritt gehen würde.

Jemand tippte ihr auf die Schulter, und sie zuckte zusammen. Ihr war nicht klar gewesen, wie angespannt sie war, doch ihre Hände zitterten. Hinter ihr stand Doug und sah sie finster an. »Teamtreffen, drinnen. Ich rufe alle zusammen.«

»Whoa, wer ist gestorben?« Grant kam aus einem der Zimmer und fuhr sich mit beiden Händen durchs nasse Haar. Eine der Australierinnen vom Vorabend folgte ihm in seiner Daunenjacke.

»Épais«, zischte Elise, als sie an ihm vorbei in Richtung

Speisesaal stampfte. Cecily zog die Augenbrauen hoch. Womöglich war Elise doch nicht so gelassen.

»Was denn?« Grant nahm die Hände hoch. Zak trat auf ihn zu, um ihn ins Bild zu setzen, und Cecily blieb allein stehen. Ihr brannten Fragen auf den Nägeln, sie musste mit Christophe reden, wollte ihn aber nicht belästigen. Mingma berührte sie diskret am Arm und geleitete sie ins Teehaus. Ratlos und wie betäubt ging sie nach drinnen.

Auf dem Tisch standen zwei große Thermoskannen mit gesüßtem schwarzem Tee. Cecily goss sich einen Becher ein und hielt ihn so fest umklammert, dass sie sich fast die Finger verbrannte, doch nur so konnte sie verhindern, dass sie wieder zu zittern begann.

Auch als sie zuletzt auf einem Berg gewesen war, war jemand gestorben, und nun war Alain ebenfalls tot. Sie wusste natürlich, dass es irrational war, trotzdem fühlte sie sich wie der gemeinsame Nenner. Wie ein schlechtes Omen.

Und es sah fast so aus, als würde die Expedition abgesagt, noch ehe sie richtig begonnen hatte.

Doug rieb sich die Schläfe und wartete, bis sich alle am Tisch niedergelassen hatte. »Mingma und ich haben heute Morgen das Basislager angefunkt.«

»Super!«, rief Grant. »Wann geht's los?«

Cecily starrte ihren Landsmann entgeistert an. »Wir können jetzt doch nicht einfach weitermachen. Da ist jemand *gestorben!*«

Grant zuckte bloß mit den Schultern. »Und? Ist ja nicht so, als wäre er in unserem Team gewesen. Kannst darauf wetten, dass so etwas Charles nicht aufhält. Und ich muss auf diesen Berg und mich akklimatisieren, bevor Charles hier ankommt.«

»Ist das dein Ernst?« Doch als sie sich Hilfe suchend unter den anderen im Team umblickte, stellte sie fest, dass niemand auch nur in ihre Richtung sah, nicht einmal Elise. »Die Todesursache ist doch noch gar nicht klar! Sollten wir nicht wenigstens so lange warten, bis jemand das untersucht hat?«

»Es war ein *Unfall*, Cecily. Aber sofern irgendwem unwohl dabei ist, wenn wir weitermachen, und er lieber gehen will, dann mache ich ihm keinen Vorwurf«, sagte Doug leise. »Dann organisieren wir einen Hubschrauber, der zurück nach Kathmandu fliegt, kein Thema.«

Niemand sagte etwas. Nach einem kurzen Moment schüttelte sie leicht den Kopf. Die richtige Entscheidung – und diejenige, die Alain die Ehre erwiesen hätte – wäre eindeutig, den Berg zu verlassen. Allerdings schien sie mit dieser Überzeugung allein zu sein. Sie ahnte, dass das der Schock war. Vielleicht beeinflusste er ihre Urteilsfähigkeit.

»Gut. Ich finde heraus, ob Summit Extreme angesichts des Unglücks Unterstützung braucht. Wir ziehen wie geplant um 9 Uhr los in Richtung Basislager. Wir sehen uns also abmarschbereit in einer Stunde draußen vor der Tür.«

Cecily und Elise kehrten in ihr Zimmer zurück.

»Findest du das richtig?«, fragte Cecily von der Bettkante aus.

Elise, die gerade ihren Schlafsack in die Hülle gestopft hatte, hielt abrupt inne. Dann setzte sie sich neben Cecily. »Ich habe Vertrauen in Doug, und ich habe Vertrauen in Charles. Ich habe ihm geschrieben, was passiert ist, und er hat geantwortet, dass er findet, wir sollten weitermachen.«

Cecily riss die Augen auf. »*Das* hat Charles gesagt?«

»Es ist immer hart, wenn so etwas passiert. Eine Tragödie.

Auch wenn es nicht unser Team getroffen hat ... Trotzdem müssen wir weitermachen. Alain hätte nicht gewollt, dass du deinen Traum einfach aufgibst.«

Cecily zupfte an ihrem Laken. »Ich bin mir nicht sicher, ob das hier wirklich mein Traum ist.«

»Aber du willst doch auf den Gipfel, oder?«

Cecily nickte. »Ich will es versuchen. Und ich muss, wenn ich das Interview kriegen will.«

»Dann bin ich froh, dass du an Bord bleibst. Wir erweisen Alain am Berg die Ehre. Es nützt nichts und niemandem, wenn wir nach Hause fahren.«

Cecily musste daran denken, dass Alain vorgehabt hatte, Pierre zu Ehren ein Andenken mit auf den Gipfel zu nehmen. Vielleicht sollte sie etwas Ähnliches machen. »Danke, Elise.«

Sie gingen erneut das Zimmer ab, um sicherzustellen, dass sie nicht irgendwo einen Handschuh übersehen oder ein Kabel liegen gelassen hatten. Wenn sie irgendetwas vergessen hätten, würde der Rückweg beschwerlich werden. Als Cecily mit ihrem Rucksack auf der Schulter nach draußen trat, war die Stimmung dort erneut umgeschlagen. Die Träger beluden die Esel mit Taschen und Fässern voller Ausrüstung. Die Glöckchen um den Hals der Tiere schepperten. Cecily blieb kurz am Durchgang zum Speisesaal stehen und sah sich das Treiben an.

»Was für ein Morgen.« Von der anderen Seite des Hofs kam Ben auf sie zu.

Sie war schlagartig angespannt. »Ich hab dich bei Christophe gesehen. Wie geht es ihm?«

Er zuckte mit den Schultern. »Er bleibt hier in Samagaun

und stellt sicher, dass Alain nach Hause überführt wird. Ich glaube nicht, dass wir ihn im Basislager noch mal zu Gesicht bekommen. Verrückt, oder? Ich hab den Typen gerade erst vor ein paar Tagen kennengelernt, und jetzt ist er tot.«

Cecily erschauderte. In Bens Nähe war ihr immer noch unwohl, und sie wollte nicht, dass er ihr die Unsicherheit ansah. »Es ist grässlich …«

Ben beugte sich näher an sie heran. »Ich habe mich ein wenig umgehört. Zum See zu wandern gehörte anscheinend zu Alains Akklimatisierungsplan. Womöglich hat er sich dort oben auf den Felsen vertreten … Was für eine Tragödie.«

»Er ist dort schwimmen gegangen, meinte, das würde ihm helfen, sich auf die Herausforderung einzustimmen.«

»Du warst dort?«

Sie nickte. »Wir haben uns kurz unterhalten, aber ich bin weitergezogen, als er noch im Wasser war.«

»Okay … wow. Hast du noch jemand anderen da oben gesehen?«

»Nein. Ich hab eine Drohne gesehen, aber nicht, wer sie gesteuert hat.«

»Schau an … Es gibt meines Wissens nur eine Handvoll Leute, die Drohnen dabeihaben. Die Permits sind schweineteuer. Als du oben warst, fandst du es dort gefährlich?«

»Einige Felsbrocken waren locker … aber das war nichts, was einem erfahrenen Bergsteiger wie Alain Probleme bereitet hätte.« Cecily runzelte die Stirn. »Du stellst gerade ziemlich viele Fragen. Weißt du mehr?«

»Vielleicht, ja. Ich habe mit dem Local gesprochen, der ihn gefunden hat.« Ben senkte die Stimme. »Alain war schwer verletzt. Anscheinend hatte er eine tiefe Wunde am Kopf.«

»Was? O Gott ...« Sie hielt inne, um tief durchzuatmen. »Dann glauben sie, er ist auf den Kopf gestürzt?«

»Kann schon sein ... Hat er dir von seinem Freund Pierre Charroin erzählt?«

»Der am Everest verschwunden ist? Ja, der Arme. Klang nach einem weiteren tragischen Unglück.«

»Na ja, unter uns ...«

Cecily gab ihm mit einem Nicken zu verstehen, dass er weitersprechen sollte. Trotz allen Misstrauens wollte sie Bens Hypothese hören.

»Ich bin mir da nicht ganz sicher«, fuhr er fort. »Aber es sieht doch ziemlich verdächtig aus. Alain war hier, um ein paar ernste Fragen zu stellen. Und jetzt ist er tot. Klingt für mich nicht nach Zufall.«

Besorgnis machte sich in ihr breit. Sie musste sich zusammenreißen, um nicht ihr Notizbuch zu zücken und die Stichworte aus ihrem Gespräch mit Alain durchzugehen.

»Ist das dein Ernst – dass es kein Unfall war?«

»Ich sage nur, dass die Sache nicht ganz so eindeutig ist, wie sie auf den ersten Blick scheint.«

»Und was passiert jetzt?«

»Die nepalesischen Behörden sind schon hinzugezogen worden und nehmen Ermittlungen auf.«

»Gut«, sagte sie. »Aber so tragisch ein Unfall wäre, ich hoffe trotzdem, sie finden keinerlei Hinweise, dass jemand anders involviert war.«

Der Rest ihres Teams schlenderte heraus auf den Hof, bereit, zum Basislager aufzubrechen. Ben gab Doug die Hand, ehe er noch kurz die Brauen in Cecilys Richtung krauszog und wieder nach drinnen verschwand.

Es lief ihr eiskalt den Rücken hinunter. Da hatte Ben eine Bombe platzen lassen, und sosehr sie hoffte, dass es nicht wahr wäre, gingen seine Andeutungen ihr nicht mehr aus dem Kopf. Sie warf einen letzten Blick hinauf zum Berg. Selbst erfahrenste Bergsteiger kamen auf Gipfeln wie jenem um, zu dem sie gerade hochstarrte. Und zu dem sie nun hochsteigen würde.

Ein falscher Tritt, und es wäre das Ende.

Oder ein Stoß …

Sie hatte es nicht einmal denken wollen. Sie schluckte und schloss eilig zu den anderen auf.

9

Handbemalte Blechschilder säumten die Route und wiesen den Weg zum Manaslu-Basislager. Sie gingen hintereinanderher: Doug vorn, dahinter Grant und Elise. Doug hatte die Hände tief in die Taschen gesteckt und ließ die Schultern hängen. Als Nächstes kamen Zak und Mingma, und Cecily bildete die Nachhut. Sie hielt ihre Rucksackschlaufen fest umklammert und versuchte, sich nur auf eins zu konzentrieren: den Weg zum Basislager zu schaffen.

Leichter Nebelregen fiel, als sie das Dorf hinter sich ließen und den Hang hinaufliefen. Sie durchquerten einen Wald mit üppigen Rhododendren, sich schälenden Birken und Tränenkiefern. So grün hatte sie es sich hier bei Weitem nicht vorgestellt. Doch je höher sie kamen, umso schlammiger wurde der Weg, den seit der ausklingenden Monsunzeit Hunderte schwerer Bergschuhe beim Auf- und Abstieg ausgetreten hatten.

Ein Stück höher wurde der Baumbewuchs spärlicher, und um sie herum erstreckten sich herrliche Bergwiesen, auf denen zwischen hohen Gräsern immer wieder Büschel zarter pink- und lilafarbener Blumen aufblitzten. Sie wünschte sich, sie könnte die Landschaft genießen. Doch in ihrem Kopf drehte sich immer noch alles nur um Alain.

Zak warf einen Blick auf seinen Höhenmesser. »Soeben haben wir die viertausend Meter geknackt.« Er blieb stehen und wartete auf Cecily.

»Also nur noch ein paar Hundert Meter für heute«, erwiderte sie, blieb ebenfalls stehen und trank einen Schluck Wasser. Sie wies auf seine sichtlich teure Smartwatch. »Die sieht aber schick aus!«

»Das ist einer unserer TalkForward-Prototypen. Wir hoffen, im nächsten Frühling damit rauszukommen.«

»Oh, wow. Ich wusste nicht, dass das eins eurer Produkte ist. Toll! Bist du immer schon im Technologiebereich tätig?«

»Japp. Ich hab an der Caltech studiert, dann in Petaluma meine Firma gegründet und es nie bereut. Ich wollte immer schon Weltklasse-Kommunikation in die entlegensten Ecken der Welt bringen. Wir wollen die Pioniere ausstatten, die Jungs, die die größten Risiken eingehen, und sie mit sicheren Satellitentelefonen, GPS-Sendern und Kameras versorgen, auf die sie sich verlassen können – bei Unwettern, in Höhlen oder im tiefsten Dschungel.«

»Und auf den höchsten Bergen …«

»Na klar. TalkForward ist mein Ein und Alles. Ich arbeite mit den cleversten Leuten der Welt zusammen, und sie fiebern gerade alle mit mir mit.«

Sie lächelte. Er klang aufrichtig und begeisterungsfähig. Sie konnte sich denken, dass er ein motivierender Chef war. Seine Angestellten klangen eher nach Familie. »Ein würdiges Ansinnen.«

»Und es bedeutet mir viel. Ich arbeite seit fünfzehn Jahren nur darauf hin. 2010 bin ich mit ein paar Ingenieuren zum Mount Rainier gereist, um ein paar Geräte zu testen und als teambildende Maßnahme. Und auch wenn es zum Schwierigsten gehört, was ich im Leben geleistet habe, war ich schockverliebt – in die Herausforderung, die Landschaft, dieses unfassbare Gefühl, wenn man den Gipfel erreicht und sich weiter getrieben hat als je zuvor. Später an der Bar im Rainier-Basislager hat einer der Bergführer die Seven Summits erwähnt, und da war die Sache für mich klar. Ich konnte nicht mehr genug davon kriegen. Und es passt ja auch perfekt zu unserer TalkForward-Philosophie: Technologie ohne Limits. Als ich von der Mission *Fourteen clean* gehört habe und dass Charles Schwierigkeiten hatte, genug Geld zusammenzukriegen, wusste ich einfach, dass ich mitmachen musste. Ich hab ihm in Aussicht gestellt, den letzten Teil seiner Mission zu finanzieren, wenn er mich mit hochnehmen würde und wir dort einen Teil unserer Geräte testen dürften. Und hier bin ich! Live dabei, wie der Mann zur Legende wird!«

»Und deine Familie hat nichts dagegen?«

»Hey, ich tue das hier *für* meine Familie, um ihnen eines Tages nicht nur eine Firma zu hinterlassen, sondern etwas Echtes, Persönliches. Ich will, dass meine Söhne – Josh und River – zu mir aufblicken und stolz auf mich sein können, verstehst du? Ich will ihnen zeigen, dass Geld nicht alles im Leben ist. Und du? Wolltest du immer schon Journalistin werden? Vielleicht könntest du nach deinem Porträt von Charles ja eins von mir schreiben.«

Sie zuckte mit den Schultern. »Ich bin eher zufällig beim Journalismus gelandet. Als Kind wollte ich Ärztin werden, wie mein Bruder und meine Mutter. Wir sind eine Medizinerfamilie.«

»Und was ist passiert? Hast es nicht gepackt?«

Fast hätte sie sich an ihrem Wasser verschluckt. Erst als sie sein Augenzwinkern sah, entspannte sie die Schultern und lächelte. »So was in der Art. Ich würde sagen, ich habe mich eine Zeit lang erst neu orientieren müssen. Hab Englisch studiert und einen Lifestyle-Blog betrieben und nebenbei als Verkäuferin gejobbt. Dann hat mein Freund – oder vielmehr mein Ex – mir gezeigt, wie ich meine Blogbeiträge besser formulieren kann. Er hat mich mit Leuten aus Redaktionen bekannt gemacht, solche Sachen. Und irgendwann bin ich als Freie für meine Artikel bezahlt worden. Er ist Abenteuer- und Reisereporter, schreibt über den Everest und die ganz großen Berge.«

»Ist nicht dein Ernst! Der muss doch blass vor Neid sein, dass du jetzt hier bist.«

»Ja ... und das ist auch der Grund, warum er mittlerweile mein Ex ist.«

»Keine weiteren Fragen. Ich habe verstanden. Also – wie hast du trainiert?«

Sie lachte. »Ich bin jede Menge Treppen gestiegen.«

»Guck einer an! Ich hab einen Monat lang in einer Barokammer trainiert, um mich schon vorab zu akklimatisieren. Hab sogar da drin geschlafen. Da wird der Sauerstoffpartialdruck von bis zu achttausend Metern Höhe simuliert.«

»Wow, Hightech!«, sagte sie und dachte: *... kostet ein Vermögen.* »Hat es gewirkt?«

»Na klar! Diese Kammern und Höhenzelte haben die Bergsteigerbranche revolutioniert. Ich habe meine Vorbereitungen schon ziemlich früh umgestellt, um möglichst effizient zu sein. Schade, dass du keine Ärztin bist. Du hättest meine Sauerstoffwerte messen können.«

Sie hatte schon ewig nicht mehr daran gedacht, dass sie einmal Ärztin hatte werden wollen. Am Gymnasium hatte sie genau wie zuvor ihr Bruder Alexander die richtigen Fächer belegt. Alexander war ein echter Überflieger, lief einen Marathon nach dem anderen und hatte sogar am Ironman Mallorca teilgenommen. (Und wenn man nur eine Viertelstunde mit ihm verbrachte, ließ er das auch garantiert ins Gespräch einfließen.) Er war ihr großes Vorbild gewesen, bis ihr irgendwann gedämmert hatte, dass sie ihren eigenen Weg gehen musste, statt in seine Fußstapfen zu treten. Sie hatte ihm angesehen, wie enttäuscht er war – und ihre Eltern ebenfalls –, als sie ihnen mitgeteilt hatte, dass sie es sich anders überlegt hatte und stattdessen Englisch studieren wollte. Alex hatte sich alle Mühe gegeben, ihre Entscheidung zu verstehen, aber er hatte es nicht gekonnt. Er selbst hatte immer gewusst, was aus ihm werden sollte, während sie in eine Sackgasse geraten war … oder vielmehr zwischen den Stühlen gesessen hatte: zwischen dem Bedürfnis, ihre Familie stolz zu machen, und ihrer wachsenden Leidenschaft, Geschichten zu erzählen. Sie hatte sich danach gesehnt, mehr von der Welt zu sehen, sich aber nicht getraut, allein loszuziehen.

Dann war sie James begegnet. Sein Dating-Profil hatte sie umgehauen. Er war ein Abenteurer, wie er im Buche stand, fuhr nicht nur Ski, sondern Backcountry, und nicht nur Rad, sondern mit dem Mountainbike durch die wilden Karpaten. Er war ausgebildeter Bergführer, erfahrener Kletterer und hatte obendrein ein Talent für Texte, was ihn zum begehrten

Outdoor-Journalisten machte. Dazu das scharf konturierte Kinn und die warm schimmernden honigbraunen Augen. Cecily konnte ihr Glück kaum fassen.

Im Vergleich dazu sah ihr eigenes Profil gähnend langweilig aus. Auf ihren Fotos nippte sie in Brighton an Cocktails, stand vor einer Graffitiwand in Shoreditch, tanzte auf Rachels Hochzeit. Er erzählte ihr, er habe nur nach rechts geswipt, weil er ihr Lächeln gemocht habe und den Hauch Witz und Wärme, der in ihrem Text anklang, auch wenn es bloß ein kurzer Absatz war, den sie für die Dating-App über sich selbst verfasst hatte. Und während manche Männer auf jenem Dating-Portal Abenteuerlichkeit ziemlich großzügig auslegten, um die Damenwelt zu beeindrucken, war James der Inbegriff des Abenteurers. Vom ersten wackligen Date an – auf einem Paddleboard auf der Themse – trieb er sie aus ihrer Komfortzone. Er war auch derjenige, der sie ermunterte, über die viel beschriebenen »Luxusreisen« hinauszublicken und lieber Artikel über Abenteuer abseits der ausgetretenen Pfade zu verfassen. Er hatte ganz sicher nicht damit gerechnet, dass diese Ermunterung einmal dazu führen würde, dass sie ihm die größte Story überhaupt abluchste. Sonst wäre er wahrscheinlich nicht derart nachdrücklich gewesen.

Eine Zeit lang waren sie in ihrer Glücksblase von allem anderen abgeschirmt gewesen, hatten das Abenteuer und die Spontaneität zelebriert, und das fehlte ihr seither so sehr, dass es sie schmerzte, auch wenn sie längst erkannt hatte, dass all das nie real gewesen war. Er hatte eine Vision für sie gehabt – für die Person, von der er glaubte, dass sie sie sein könnte. Doch als nach und nach die Realität zum Vorschein kam, spürte sie, wie er sich von ihr zurückzog.

Wahrscheinlich war der Kilimandscharo der Anfang vom Ende gewesen. Er war vom Aconcagua wiedergekommen und hatte den höchsten Berg Afrikas als perfekte gemeinsame Herausforderung vorgeschlagen. Ihr war bei der Vorstellung zwar angst und bange gewesen, trotzdem wollte sie ihn nicht enttäuschen.

Also wurde es der Kilimandscharo.

Sie hatte im Vorfeld nicht viel trainiert, obwohl sie nie zuvor bergsteigen gewesen war. Sie hatte nicht mal die Treppe drei Stockwerke hoch zu ihrer Wohnung genommen. Andererseits handelte es sich um einen Berg, den Tausende Touristen im Jahr bestiegen. Sie ging davon aus, dass sie dafür keine spezielle Vorbereitung benötigte.

Die Realität war dann eine ganz andere. Sie schnaufte und keuchte sich zu jedem neuerlichen Camp hinauf und litt unter der Höhe und Kälte. Obwohl Träger ihre Ausrüstung für sie nach oben brachten, machte sie auf einem Plateau kurz vor dem Stella Point halt und war nicht mehr imstande, auch nur einen Schritt weiter in Richtung Gipfel zu gehen.

James blieb bei ihr und hielt ihre Haare zurück, als sie die üppige Mahlzeit erbrach, die der Expeditionsveranstalter ihnen vorgesetzt hatte. *Polepole* – langsam, langsam! –, ermahnte sie der Swahili, der sie begleitete. Doch sie war schlichtweg nicht mehr in der Lage weiterzugehen. Also ging auch James nicht weiter. Sie war dankbar und hatte zugleich ein schlechtes Gewissen. Er machte die Höhe dafür verantwortlich, während sie sich da nicht ganz so sicher war. Es fühlte sich eher an, als gäbe es einen tieferen Grund, irgendeine grundlegendere Schwachstelle. Als wäre ihre mangelnde Belastbarkeit genetisch bedingt.

Dann kam die Three Peaks Challenge ... Im Nachhinein hatte sie sich gefühlt, als hätte sie vollends versagt. Darüber zu schreiben war kathartisch gewesen, allerdings hatte James beim besten Willen nicht nachvollziehen können, warum sie den Beitrag veröffentlichen wollte. Er habe ihr doch bescheinigt, dass sie eine Heldin sei. Warum wollte sie sich da selbst als Versagerin definieren?

Die Heldin und Versagerin. Mutig und feige. Abenteuerin und Stubenhockerin. Sie fragte sich, ob diese gegensätzlichen Pole immer schon Teil von ihr gewesen, ob sie ihr bei der Geburt mitgegeben worden waren. Asiatisch und zugleich westlich – und in keiner der beiden Welten so richtig zu Hause. Mit zwei Kulturen aufgewachsen? Wohl eher zwischen ihnen.

»Gott, ist das der See – du weißt schon ... wo es passiert ist?«, fragte Zak.

Sie waren mittlerweile ein gutes Stück oberhalb der Baumgrenze unterwegs, und unter ihnen schimmerte der Birendra Taal türkisgrün wie ein friedliches Paradies. Nur dass am Rande seiner stillen Oberfläche eine Tragödie passiert war.

»Der arme Alain«, murmelte sie.

Zak schob seine TalkForward-Baseballkappe zurecht. »Völlig irreal! Dass jemand einfach so« – er schnippte mit den Fingern – »ausrutscht und nicht mehr da ist.«

Unwillkürlich musste sie an Bens Theorie denken. »Vielleicht ist er ja gar nicht ausgerutscht.«

Zak sah sie stirnrunzelnd an. »Was soll das heißen?«

Sie schluckte trocken. »Ben, einer der Summit-Extreme-Teilnehmer – ich kenne ihn von zu Hause, er ist auch Journalist –, hat mir erzählt, dass Alain eine verdächtige Kopfverletzung hatte. Ich gehe davon aus, dass sich die Behörden das ansehen.«

»Ist er überfallen worden?«

Dieser Gedanke war ihr noch gar nicht gekommen. »Keine Ahnung.«

»Bei den ganzen Touristen und Wanderern hier weiß man echt nie ... Gott, bin ich froh, wenn wir im Basislager sind! Leute, die uns ausrauben, weil die Gelegenheit gerade günstig ist, können wir hier echt nicht brauchen. Mit meinen ganzen TalkForward-Sachen, Grants Kameras und Elises Technikkram sind wir ja laufende Zielscheiben!«

»So ein Blödsinn«, kommentierte Doug mürrisch. Er hatte auf sie gewartet, und Cecily war nicht klar gewesen, dass sie schon in Hörweite waren. »Es war ein tragischer Unfall, nichts weiter. Hier oben gibt es keine Diebe. Ihr gebt besser Gas, ihr fallt nämlich zurück.«

Sie schluckte erneut.

»Vielleicht wollte dein Journalistenfreund dir ja nur Angst einjagen«, unkte Zak mit hochgezogener Augenbraue, ehe er Doug hinterherstapfte.

Cecily blieb noch kurz stehen und nahm einen Schluck aus ihrem Trinkrucksack. Sie konnte den Blick nicht vom See losreißen, von diesem sanft schimmernden Wasser und den Felsen ringsum, die sich als tödlich erwiesen hatten.

Der Snowdon hatte ihr deutlich vor Augen geführt, wie schnell die Situation auf einem Berg umschlagen konnte. Sie konnte nur hoffen, dass sie das Unheil hinter sich ließen, je höher sie aufstiegen.

10

Bei einem improvisierten »Teehaus« – einem Unterstand an der Felswand – machten sie halt. Unter dem rostigen Blechdach schürten ein paar Locals ein Feuer und kochten Tee und Momos. Hier waren die Momos mit Kartoffeln gefüllt und wurden mit einer feurig scharfen Soße serviert, die für die Gorkha-Region anscheinend typisch war. Cecily stopfte sich die kleinen Täschchen gierig in den Mund. Sie waren der perfekte Bergsteiger-Snack.

»Der Gletscher hat früher viel tiefer gereicht«, erklärte Doug. »Bis vor ein paar Jahren gab es Ausläufer bis hier herunter ins Dorf.«

»Der Klimawandel«, schnaubte Zak.

Cecily war überrascht, wie Zak den Anstieg bislang gemeistert hatte – oder vielmehr nicht gemeistert: In der vergangenen halben Stunde hatte er schwer geatmet, stark geschwitzt und sah genauso erschöpft aus, wie sie sich fühlte. Das Hypoxiezelt hatte wohl doch nicht so gut gewirkt, wie er es sich erhofft hatte.

Sie sah, wie Doug sie nacheinander musterte. »Die Hälfte wäre geschafft«, sagte er. »Lasst euch Zeit.«

Sie war dankbar für die Pause. Sie musste an ihr eigenes Training denken – die Meilen, die sie am Box Hill zurückgelegt hatte, dem steilsten Anstieg, den es rund um London gab. Hoch und runter, hoch und runter. Sie war heilfroh, dass sie sich so geschunden hatte.

Elise stand ein Stück abseits und machte Fotos. Zak ließ sich neben ihr auf einen Baumstamm fallen. Nachdem er einige Momos gegessen hatte, kramte er eine kleine, schwarz schimmernde Gerätschaft in der Größe einer Kreditkarte aus seiner Tasche. Erst als er sie herumschwenkte, erahnte Cecily die Linse auf der Vorderseite.

»Ist das eine Kamera?«, wollte sie wissen. »Eine so kleine hab ich ja noch nie gesehen!«

»Schick, oder? Eine der neuen TalkForward-SatCams, die ich in der Höhe testen will. Die Kamera lädt via Satellit die Fotos direkt in die Cloud. So kann mein Team – und meine Familie – meine Reise zu Hause verfolgen.«

»Ein Livestream von einem Achttausender? Dagegen wirkt ein Blog richtig altmodisch!«

»Genau das ist die Idee dahinter. Wir sind immer noch in der Testphase, aber die Qualität ist astrein und könnte, wenn es denn funktioniert, die Reisefotografie revolutionieren – besonders in entlegenen Gegenden. Allerdings soll das Hauptaugenmerk eher darauf liegen, dass Hilfe in isolierte Gegenden geschickt werden kann, wenn dort etwas passiert. Es ist jedenfalls Teil meines Ohne-Limits-Projekts. Ich wollte Charles eigentlich einen der Prototypen mitgeben, aber er wollte nicht damit losziehen.«

»Drück ihm bloß keine Kamera in die Hand! Das Filmen ist mein Job«, warf Grant ein, der herübergeschlendert kam.

Cecily blinzelte. »Und was, wenn er nicht die Hauptroute nimmt? Wie kannst du ihn filmen, wenn er im Alpinstil geht?«

»Dafür habe ich das hier dabei.« Er tätschelte eine Seitentasche. »Eine Höhendrohne. Hab sie am Cho bis auf siebentausend Meter hochgekriegt und hoffe, dass sie hier noch höher geht.«

»Du hast eine Drohne?« Cecily riss die Augen auf.

»Natürlich.« Es hätte nur noch gefehlt, dass er die Augen verdrehte. Am liebsten hätte sie ihn gefragt, ob er damit den Bergsee gefilmt hatte, aber er hatte sich bereits hangaufwärts gewandt, weil Doug zum Aufbruch mahnte.

»Sieht so aus, als würde es weitergehen«, stellte Zak fest. »Weiter geht's! Und höher!« Er hängte die Kamera in seinen Jackenreißverschluss ein und stemmte die Hände auf die Oberschenkel, um aufzustehen.

Oberhalb der Verpflegungsstation ließen sie die Bergwiesen und schütteren Bäume hinter sich, tauchten in die Felsausläufer des Bergs ein und betraten nun erstmals die karge Gletschermoräne. Mehrmals mussten sie seitlich ausweichen, weil ihnen kleine Eselkarawanen mit je zwei riesigen Taschen pro Eselsrücken entgegenkamen.

Einige Stunden später war von der allgemeinen Vorfreude darüber, dass es jetzt ernst wurde, kaum noch etwas zu spüren. Ein ums andere Mal redete sie sich ein, dass das Lager gleich hinter der nächsten Anhöhe liegen musste – vergebens. In dieser Höhenlage gab es auch kaum noch etwas zu sehen, das sie hätte ablenken können. Dichter Nebel war aufgezogen und verschleierte die Sicht, und unter ihren Füßen sah sie nur Fels, Schlamm und Eis.

Der Anblick des ersten gelben Zeltes kam ihr vor wie ein

Leuchtfeuer – was für eine Erleichterung! Schon bald tauchten mehr Zelte im Dämmerlicht auf, kleine Juwelen inmitten des Nebels, und Cecily hatte das Gefühl, dass es auf der ganzen Welt keinen besseren Ort gab als diese grell leuchtende Zeltplanensiedlung. Denn die legte nahe, dass ihr eigenes Lager nicht mehr weit sein konnte. In den vergangenen viereinhalb Stunden waren sie auf knapp fünftausend Meter gestiegen – höher als jeder Alpengipfel. Trotzdem waren sie immer noch nicht ganz am Ziel.

Doug zeigte auf einen schmalen Pfad. »Wir sind noch ein Stückchen höher.«

Cecily hatte die Hände auf die Knie gestützt und keuchte. Sie hatte wirklich geglaubt, dass sie endlich da wären. Dann spürte sie Mingmas Hand auf der Schulter. »Sieh es mal so: Das heißt nur, dass der Weg zu Lager eins umso kürzer ist.«

»Na klar.« Cecily nötigte sich ein Lächeln ab, auch wenn sie sich fühlte, als würden ihr jeden Moment die Füße abfallen.

Das Basislager hatte gigantische Ausmaße. Reihenweise Zelte, zu Teams angeordnet, erstreckten sich über das Gletschergeröll und folgten der Struktur des Geländes. Die meisten Zelte waren winzig und beherbergten lediglich eine Person, doch mittendrin ragten auch größere auf – die Koch- und Essenszelte, Zelte für Kommunikationsgeräte und Ausrüstung. Einige der größeren Expeditionen hatten hinter transparenten Plastikkuppeln, die wie große Iglus aussahen, gemütliche Aufenthaltsbereiche eingerichtet. Sie entdeckte Träger, die sogar Tische und Lehnstühle für die schwerreichen Kunden heranschleppten. Das war der Everest-Effekt: Die Kundschaft forderte eine zusehends bequemere Unterbringung. Der größte Anbieter war Summit Extreme, und allem Anschein nach war er auch derjenige mit der attraktivsten Ausstattung.

Jede einzelne Zeltgruppe war mit Flaggen geschmückt, auf denen der Name der Expeditionsagentur, Sponsoren und die Nationalität der Teilnehmer standen. Für dieses Abenteuer kamen Leute aus aller Welt zusammen. Eine Multikulti-Miniaturstadt im Herzen des Himalajas.

Ihr fiel ein Stein vom Herzen, als sie das Manners-Mountaineering-Lager erreichten. Eine MM-Flagge markierte den Eingang – daneben ein Banner für die *Fourteen-clean*-Mission von Charles McVeigh.

Sie hatte es geschafft.

11

Wie bei einem Hochzeitsempfang hieß ein Dutzend lächelnder Gesichter sie willkommen. Cecily schüttelte erst einmal jedem Mitglied ihres Basislagers und sämtlichen Sherpas die Hand.

»Willkommen zu Hause«, sagte der Letzte in der Reihe. Er hatte ein auffallend schönes Gesicht, ein scharf konturiertes Kinn, dunkle Haut und ernst dreinblickende braune Augen. Er legte ihr einen Kranz aus leuchtend orangefarbenen Ringelblumen um den Hals und war in etwa gleich groß wie sie, wenn auch sichtlich muskulöser. »Ich heiße Galden. Gratuliere, du hast es ins Basislager geschafft.«

»Ich bin Cecily. Nicht zu glauben, dass ich wirklich hier bin!« All die Mühen und Schmerzen der vergangenen Stunden holten sie ein, und sie winselte in sich hinein, als sie den Rucksack auf ihren Schultern zurechtrückte.

Galden sah sie alarmiert an. »Gib ihn mir.« Dann griff er zu den Schlaufen, damit sie sich herauswinden konnte.

»Danke«, sagte sie mit einem dankbaren Lächeln. Er warf sich ihren Rucksack über die Schulter und wandte sich dem Lager zu.

»Komm, ich zeig dir dein Zelt, dort kannst du dich ausruhen. Da drüben ist der Essbereich«, sagte er und zeigte auf das größte Zelt am Rand des Lagers. »Dahinter siehst du die Küche, und die zwei kleineren Zelte dort sind die Toiletten.«

Cecily verzog das Gesicht, als ihr dämmerte, was das Leben am Berg von nun an für sie bedeuten würde.

Als Nächstes zeigte Galden ihr Elises Zelt, das unmittelbar neben dem Essenszelt stand, und ein paar Meter dahinter die Zelte von Grant und Zak. Ihres war das hinterste: ein grellgelbes Trekkingzelt, das im felsigen Boden verankert war. Dahinter fiel das Gelände jenseits aufgehäufter Felsbrocken steil in Richtung Tal ab. Zumindest würde sie auf diese Weise nachts vom Hin und Her der anderen nicht gestört werden.

»Hier«, sagte Galden. Ihre Taschen lagen bereits vor dem Zelteingang. »Und jetzt komm erst mal an.«

Sie ging in die Hocke, zog den Reißverschluss am Zelteingang auf und seufzte erleichtert: Matratze und Kissen lagen schon bereit. Sie kroch hinein und ließ sich rücklings auf den weichen Schaumstoff fallen. Unfassbar, dass sie jetzt hier war – am achthöchsten Berg der Welt!

Sie schloss die Augen, und die Anstrengungen des Tages rollten über sie hinweg. Die anderen wirkten so selbstsicher und stark – und von Alains Tod kein bisschen erschüttert. Sie hätte sich gern entspannt, wurde jedoch das Gefühl nicht los, dass hier irgendetwas nicht stimmte. Dass Alain unter verdächtigen Umständen zu Tode gekommen war, hatte Doug rundheraus beiseitegewischt, doch sie selbst wurde die Besorgnis – die Angst – nicht so leicht los.

Beschäftigung. Beschäftigung würde ihr helfen. Zuallererst

setzte sie sich auf und zerrte ihr Gepäck ins Zelt. Sie zog die erste Tasche auf und fing an auszupacken. Allzu systematisch ging sie nicht vor. Ihr Schlafsack war jetzt das Wichtigste, dann saubere Unterwäsche und Strümpfe ... Innerhalb von wenigen Minuten war ihr Zelt mit Sachen übersät, mit all den Dingen, die sie zusammengepackt hatte und die jetzt zum Einsatz kommen würden.

Es raschelte, und die Zeltplane am Eingang wurde zur Seite geschlagen. Sie machte einen Satz rückwärts, landete mit hämmerndem Herzen in der Zeltwand und sah Galden ins lächelnde Gesicht. »Ich habe dir etwas zu trinken gebracht, Didi. Du darfst nicht dehydrieren.«

Sie lachte verlegen auf. Dass ihre Nerven derart angespannt waren! Sie war nur froh, dass Galden so sehr darauf konzentriert war, keinen Tee zu verkleckern, dass er es nicht bemerkt hatte.

»Didi? Äh, ich heiße Cecily«, erwiderte sie, sobald sie ihre Stimme wiedergefunden hatte.

»*Didi* heißt in meiner Sprache ›große Schwester‹. Du bist jetzt am Berg, wir sind hier eine Familie.«

Mit immer noch zitternden Fingern nahm sie den Becher entgegen, und prompt runzelte er die Stirn.

»Ist alles in Ordnung?«

Sie schüttelte den Kopf. »Jemand, den ich in Samagaun kennengelernt habe, ist gestern gestorben. Wir haben es heute Morgen erfahren.« Es war geradezu aus ihr herausgesprudelt, ohne dass sie es hätte verhindern können, doch als sie aufblickte, sah sie, dass Galden die Lippen zusammenpresste und nickte. Wenigstens schien er nicht zu glauben, dass sie überreagierte oder paranoid war.

»Ja, davon habe ich gehört. Er gehörte dem Summit-Extreme-Team an, oder?«

»Ich bin wohl immer noch ein bisschen außer Fassung …«

»Verstehe. Aber jetzt bist du hier bei uns. In Sicherheit.«

Es schnürte ihr die Kehle zusammen. »Ich war möglicherweise die letzte Person, die ihn lebend gesehen hat.«

Galdens Stirnfalte wurde tiefer. Dann verschaffte er sich einen Überblick über ihre Sachen, sagte aber nichts weiter. Stattdessen streckte er sich nach vorn aus und griff nach ihrer Khata – dem orangegoldenen Schal, den sie zu Beginn der Reise bekommen hatte. »Die hängen wir hier hin. Als Glücksbringer und Schutz vor dem Bösen.« Er steckte den Stoff unter dem Zeltdach fest, sodass er vor dem Eingang baumelte. »Und jetzt trink bitte deinen Tee. Ruh dich aus und entspann dich. Wir essen um sechs. Kommst du bis dahin klar?«

»Ja, danke, Galden. Das hilft schon mal sehr.« Sie legte ein Lächeln auf, das ihn zu besänftigen schien, weil er sich daraufhin zurückzog. Das mulmige Gefühl im Bauch hatte sich trotzdem nicht verzogen.

Ausruhen klang wirklich gut. Allerdings musste sie noch einiges erledigen. Sie musste ihr Handy aufladen, denn der Akku hatte während des Tagesmarschs den Geist aufgegeben. Sie musste mit Grant reden und herausfinden, ob er die Drohne gesteuert hatte, die am Bergsee über sie hinweggeflogen war. Sie wollte Ben aufspüren und in Erfahrung bringen, ob er schon etwas von den Ermittlern gehört hatte.

Und sie musste einen Blogbeitrag schreiben und ihren Job machen, für den sie hergeschickt worden war. Sie konnte es sich nicht leisten, dass ein einziger trauriger, wenn auch aller

Wahrscheinlichkeit nach unverdächtiger Zwischenfall sie von ihrer Arbeit abhielt.

Irgendwie musste sie es schaffen, das alles von sich fernzuhalten. Sie musste die Angelegenheit den Ermittlungsbehörden überlassen.

Galden hatte recht: Sie war hier in Sicherheit.

Ihr Kopf war schon so weit. Jetzt musste sie nur noch ihren Bauch davon überzeugen.

Aus Cecily Wongs Expeditionsbericht »Manaslu: Der letzte Berg«
5. September
Basislager
4800 m

»Manaslu« ist Sanskrit und bedeutet »Berg der Seelen«. Doch der friedvolle Name täuscht über die vielfältigen Gefahren an diesem Berg hinweg. Leider wurden wir schon in Samagaun mit einer Tragödie konfrontiert: Alain Flaubert, ein Teilnehmer der Summit-Extreme-Expedition, ist auf den Felsen an einem Gletschersee bei einem Unfall ums Leben gekommen. Mein Mitgefühl gilt seinen Freunden und seiner Familie in Chamonix.

Unsere Expedition macht trotzdem weiter, und heute Vormittag sind wir zum Basislager aufgestiegen. Von hier betrachtet, verdeckt der haifischflossenförmige östliche den tatsächlichen Gipfel, allerdings haben wir einen unverstellten Blick auf den Gletscher. Ich schreibe diese Zeilen aus meinem kleinen Zelt – wenn man mir vor einem Jahr erzählt hätte, dass ich einen ganzen Monat auf einem Gletscher an einem der entlegensten Orte der Welt zubringen würde, hätte ich es nicht geglaubt. Und doch bin ich hier.

Wie viele Leute hier oben sind, erstaunt mich jedoch am allermeisten. Anscheinend sind in dieser Saison mehr als 200 Permits für den Manaslu ausgestellt worden, sodass am Berg einiges los ist.

Und da frage ich mich: Warum?

Dass Leute den Mount Everest besteigen wollen, ist wesentlich leichter nachzuvollziehen. Immerhin ist er der höchste Berg der Welt – was an sich schon ein Grund ist: sofortige Hochachtung, weltweite Anerkennung. Aber warum sollte man den Manaslu besteigen – oder auch andere, weniger bekannte Achttausender? Um Erfahrung zu sammeln für »Big E«?

Und was noch dazukommt: Auch wenn der Manaslu nicht annähernd so bekannt ist wie der Everest oder der berüchtigte K2, ist er nichtsdestoweniger gefährlich. Nach der Todesrate zu urteilen ist er tatsächlich der viertgefährlichste Achttausender. Der Manaslu ist berüchtigt für seine Lawinen. Die Instabilität der Aufstiegsroute, die vermeintliche »Wärme« des Berges, die Sonne, die einem im Gesicht steht, und in der Monsunzeit heftige Niederschläge sorgen dafür, dass man nirgends einen wirklich »sicheren« Ort hat, an dem man sein Lager aufschlagen kann – anders als etwa am Everest, wo das Western Cwm, das Tal des Schweigens, durch seine Breite und Tiefe vor Lawinen verhältnismäßig geschützt ist.

Der Manaslu verlangt von seinen Besteigern, dass sie schnell unterwegs sind, sämtliche Vorsichtsmaßnahmen treffen – und beten. Es ist noch nicht lange her, dass er als »Killer Mountain« verschrien war, und er wirkt tatsächlich ... unheilvoll.

Doch jetzt, da ich hier bin und zum bildschönen Ostgipfel emporstarre, hat er durchaus auch etwas Verlockendes. Er ist zweifellos imposant. Und wenn die Bedingungen optimal sind, soll der Aufstieg sogar für Anfänger wie mich eine machbare Herausforderung sein.

Wie Doug uns in Samagaun dargelegt hat, wollen wir über die Nordostflanke aufsteigen. Ein Trupp erfahrener Climbing Sherpas »fixt« für uns die Piste und befestigt Tausende Seilmeter am Fels. Sobald wir uns im Basislager hinreichend akklimatisiert haben, bewegen wir uns entlang der Strecke, die sie für uns versichert haben, Stück für Stück den Berg hinauf. Die erste Etappe zum Lager eins soll mit einigen felsigen Hängen sowie einem breiten Gletscher halbwegs unkompliziert sein.

Der Aufstieg von Lager eins zu Lager zwei ist die schwierigste Etappe, weil wir den Manaslu-Eisbruch betreten. Der Eisbruch ist der gefährlichste Teil eines Gletschers, weil er sich in diesem Bereich am schnellsten bewegt – es handelt sich buchstäblich um einen Wasserfall aus Eis. Dort treffen wir höchstwahrscheinlich auf breite Spalten, die wir über eine Abfolge aus Leitern überqueren, die dasselbe Team für uns angebracht hat, das auch die Seile fixiert. Wir treffen dort auch auf die Schlüsselstelle, die schwierigste Stelle des Aufstiegs: eine steil aufragende Wand, die angeblich mehr technisches Know-how erfordert als jedes Hindernis im Khumbu-Eisbruch am Everest. Dort werden wir unsere Fähigkeiten im Eisklettern unter Beweis stellen müssen – und das unter Zeitdruck: Geschwindigkeit ist hier entscheidend, weil man sich unter den überhängenden Séracs – den turmartigen Eisgebilden, die jederzeit brechen und auf die Aufstiegsroute krachen können – nicht länger als unbedingt nötig aufhalten will.

Jenseits von Lager zwei ist die Route wieder relativ gut begehbar, auch wenn wir durchgehend auf Geröll von oben aufpassen, das andere Bergsteiger losgetreten haben, und jeden Fehltritt vermeiden müssen, der eine Lawine auslösen könnte.

Lager drei gilt als gefährlichstes Lager. Riesige Eisvorsprünge ragen über den Zelten auf, auch wenn das Gelände an sich bis hoch zu Lager vier als zusehends leichter zu besteigen gilt: Es geht lang gezogen und leicht, aber stetig aufwärts.

Oberhalb von Lager vier liegt unser Ziel: der Gipfel. Wobei um den »wahren« Gipfel immer wieder Diskussionen entbrennen. In manchen Jahren – je nach Wetter- und Schneeverhältnissen – ist der höchste Punkt des Berges unmöglich zu erreichen, weil man dorthin einen riskanten, stark überwechteten Grat überqueren muss. Wenn dieser Grat von zu viel weichem Schnee bedeckt ist, errichtet das Fixseilteam bereits auf dem Vorgipfel – nur wenige Höhenmeter unterhalb des höchsten Punkts – den Aufbau für die traditionellen Gebetsfahnen. Solche Jahre sind in der Himalayan Database mit einem Sternchen markiert, was bedeutet, dass die Bergsteiger der Saison den Hauptgipfel nicht erreicht haben. Wir alle hoffen natürlich, dass der Schnee uns in diesem Jahr unseren Gipfelgang nicht durchkreuzt. Und was Charles angeht: Weil er im Alpinstil unterwegs ist, also ohnehin auf Fixseile verzichtet, sollte er auch bei widrigen Bedingungen den Gipfelsieg erringen.

Wir haben noch einen Monat Zeit, um unsere Expedition ans Ziel zu bringen, ehe es Winter und das Wetter zu heimtückisch wird, um weiterzumachen. Dieser Monat sollte reichen, um uns zu akklimatisieren, ein paar Ausflüge am Berg zu machen und es dann sicher hinauf zum Gipfel und wieder zurück zu schaffen. Wir müssen lediglich die Daumen drücken, dass wir ein gutes Wetterfenster erwischen – und zu den Göttern des Berges um einen sicheren Auf- und Abstieg beten.

Unterdessen gehe ich meine Karabiner durch und vergewissere mich, dass sie reibungslos schließen. Ich checke die Steigeisen, damit sie auch scharf genug sind. Meine Gebete könnten ungehört verhallen, doch ich werde alles in meiner Macht Stehende tun, um gewappnet zu sein, wenn es zu guter Letzt losgeht.

12

Sie kroch aus ihrem Zelt. Als sie neben ihrem Laptop aufgewacht war, hatte sie für einen Augenblick nicht mehr gewusst, wo sie sich befand.

»Didi, hier!« Galden winkte sie zu sich zum Küchenzelt, und von drinnen hörte sie bereits Töpfe klappern und roch würzige Linsen. Ihr Magen knurrte. Seit sie in Nepal angekommen war, hatte sie unzählige Male Dal Bhat gegessen, doch irgendwie war sie es immer noch nicht leid.

Sie folgte Galden nach drinnen. Ihre Climbing Sherpas und einige der Träger, die ihr Gepäck herauftransportiert hatten, waren schon da und schaufelten riesige Portionen in sich hinein.

Sie fühlte sich, als wäre sie ins Allerheiligste vorgelassen worden. So gab man den Bergsteigern also das Gefühl, auserwählt zu sein: indem man ihnen nicht etwa ein gesondertes Zelt für »Bequemlichkeiten« zuwies, sondern dafür sorgte, dass sie sich als Teil der Sherpa-Familie fühlten.

»Hier, probier mal!« Galden tauchte einen Löffel in den nächstbesten Topf und hielt ihn Cecily hin.

Noch vor dem ersten Bissen schlugen ihr die Schärfe von Chili und die Säure von Essig entgegen. »Gott, ist das scharf!«, rief sie.

»Zu scharf?« Galden zog beunruhigt die Brauen kraus.

»Nein, lecker!«, antwortete sie, auch wenn ihr Mund brannte.

»Schön, dass es dir schmeckt, Didi. Das ist unser traditionelles Bergessen.«

»Meins ab sofort auch!«

»Das dort ist Dawa, unser Koch.« Galden zeigte auf einen Mann, der sich zu ihnen umwandte und mit der Hand vor der Brust verneigte.

Sie erwiderte die Geste. »Schön, dich kennenzulernen. Ich freue mich schon darauf, was du noch für uns zauberst.«

»Und das sind unsere Sherpa-Brüder Tenzing und Phemba, die du ja schon getroffen hast.«

Cecily lächelte beide an und war froh, eine Gelegenheit zu haben, die zwei besser kennenzulernen. Sie war bei ihrer Ankunft im Basislager zu durcheinander und angespannt gewesen, um sich Namen und Gesichter zu merken.

Auf den ersten Blick war Tenzing der Älteste. Er hatte eine ruhige Ausstrahlung – wahrscheinlich das Selbstvertrauen, das er aus langer Erfahrung auf diversen Bergen geschöpft hatte. Phemba und Galden hingegen schienen eher in Elises Alter zu sein. Ihr fiel wieder ein, wie Elise gesagt hatte, dass Phemba einer ihrer Lieblingsmenschen sei, und Cecily hatte so eine Ahnung, warum das so war. Er hatte ein spitzbübisches Lächeln und ein ansteckendes Lachen, wenn er auf Nepali mit den Küchenleuten Scherze machte. Im Vergleich dazu wirkte Galden todernst.

»Didi, geh schon mal vor ins Essenszelt. Dort gibt es gleich Abendessen.«

»Danke, Galden.«

Im Essenszelt war der Platz neben Elise und gegenüber von Grant noch frei. Kurz hoffte sie, ihm ein paar Fragen nach seiner Drohne stellen zu können, doch dann schlenderte Doug durchs Vorzelt herein. Er zählte sein Team durch und nickte knapp. »Gut. Dann essen wir jetzt.«

Als hätte er nur auf seinen Einsatz gewartet, kam Dawa mit einem riesigen Topf herein, der randvoll mit wässriger Gemüsesuppe war. Er tat ihnen allen einen großen Löffel voll auf, und Cecily schlürfte ihre Schüssel in beachtlicher Geschwindigkeit leer.

Der nächste Gang war eine Art Pizza aus hausgemachtem Teig und jeder Menge gebratenem Hühnchen und Gemüse – eine echte Überraschung, nachdem Cecily insgeheim damit gerechnet hatte, dass sie sich mehr oder weniger ausschließlich von Dal Bhat ernähren würden.

»Das Essen hier ist viel besser als am Broad Peak«, stellte Elise fest und nahm sich das nächste Stück Pizza.

»Wie war das dort?«, hakte Cecily nach. Sie hatte eine Handvoll Bildunterschriften auf Elises Account überflogen, aber ein persönlicher Bericht wäre etwas ganz anderes. »Es war dein zweiter Versuch, oder?«

»Ja. Beim ersten Versuch war ich erstmals ohne Sauerstoff in der Todeszone.« Sie atmete vernehmlich aus. »Nichts auf der Welt hätte mich darauf vorbereiten können, wie hart das war. Als ich die Achttausend erreicht hatte, war es wie ... *bämm!*« Sie schlug mit der flachen Hand auf den Tisch. »Als wäre ich gegen eine Wand gerannt. Ich war total benebelt, hab

Phemba sogar erzählt, ich hätte Aliens auf uns zukommen sehen! Wie sich herausstellte, war es bloß ein anderes Expeditionsteam ... So etwas habe ich in meiner ganzen Alpinistenkarriere nicht erlebt – dass ich Dinge gesehen habe, die gar nicht da waren. Dass ich keine Kraft mehr hatte. Meine Beine wollten einfach nicht mehr. Phemba hat gesehen, wie ich gekämpft habe, und beschloss umzukehren. Ich wollte nicht, und das war wirklich der schwierigste Entschluss in meinem Leben. Deshalb war ich auch so froh, in diesem Sommer wiederzukommen, um es noch mal zu versuchen. Und diesmal hab ich es langsam angehen lassen. So habe ich es auf den Gipfel geschafft.« Es war nicht ganz leicht, sich dieses quirlige Persönchen auf einem entlegenen Gipfel im Karakorum vorzustellen, aber es gab Fotos von Elise und Berichte, die all das bestätigten.

»Warum hast du eigentlich auf Sauerstoff verzichtet?«, wollte Zak wissen. »So hättest du doch, statt denselben Berg zweimal anzugehen, längst schon den nächsten abhaken können.«

»Ich will doch nichts abhaken! Ich will ausloten, was ich schaffen kann. Für mich ist es einfach wichtig, die Begehungen ohne Sauerstoff zu machen. Und wenn es nicht sofort hinhaut, versuche ich es eben ein weiteres Mal.« Sie wischte sich die langen Haare von den Schultern. »Der Broad Peak soll ja angeblich einer der ›einfacheren‹ Berge sein, genau wie der Manaslu und der Cho Oyu – aber erzähl das mal Dorje, der sterben musste, weil eine Schneebrücke unter ihm einbrach ...« Sie verstummte.

Cecily spürte ein Kribbeln im Nacken. Trotzdem dämmerte ihr allmählich, worum es bei alldem hier ging. Könnten all diese Extrembergsteiger den Tod nicht hinter sich lassen, würden sie in den Bergen selbst nicht lange überleben.

»Der Cho *ist* aber auch einfach«, murmelte Grant, dem Cecilys Unbehagen entgangen zu sein schien. »Es sei denn, irgendein Idiot weigert sich umzukehren, obwohl er dazu aufgefordert wird.« Er öffnete eine Flasche Cola und setzte sie an.

»Wen meinst du damit?«, hakte Zak nach.

»Ich war in Lager zwei, weil ich für einen Kunden ein paar spektakuläre Drohnenaufnahmen machen wollte, als die Meldung über Funk reinkam. Vor uns war eine ziemlich große indische Expedition unterwegs, rund zwanzig Teilnehmer, schätze ich. Die meisten haben es bis zum Gipfel geschafft, aber einer kam nicht mehr zurück ins Lager. Zum Glück war Charles ein Stück höher unterwegs. Wir saßen alle um dieses eine Funkgerät herum, während er seine Suchfortschritte durchgab. Als mir klar wurde, dass er genau oberhalb des Kamms suchte, an dem unser Lager stand, hab ich meine Drohne ausgepackt und wollte sehen, ob ich ihn vielleicht orten konnte.«

»Wow! Und hat es funktioniert?«, fragte Elise.

Grant zwinkerte ihr übertrieben zu. »Da musst du wohl warten, bis der Film in die Kinos kommt, Baby.«

Sie verzog das Gesicht.

»Was war dem Bergsteiger denn passiert?«, wollte Cecily wissen.

»Charles hat ihn in einer Spalte entdeckt. Er musste sich zu ihm abseilen – mit Prusikschlinge und allem – und ihn wieder rausholen. Was für eine Aktion! Aber wenn man auf diese Weise von jemandem gerettet werden will, dann von Charles, das könnt ihr mir glauben.«

Cecily kramte einen kleinen Spiralblock aus ihrer Jackentasche, schrieb sich das Wort »Prusikschlinge« auf und umkringelte es zweimal. Das würde sie später nachschlagen, aber für den Moment wollte sie nicht als unwissend dastehen.

»Jedenfalls«, fuhr Grant fort, »wäre der Typ definitiv hopsgegangen, wenn Charles nicht gewesen wäre. Sobald sie aus der Spalte raus waren, ist unser Sherpa-Trupp losgezogen und hat den Kerl ins Basislager gebracht – was leider hieß, dass aus meinem Gipfelversuch nichts mehr wurde. Wie sich später herausstellte, hatten sie ihn schon Stunden zuvor zurückgeschickt, aber er hatte es ignoriert. Manche Leute scheinen ihre Grenzen nicht zu kennen.«

»So was ist Mist«, pflichtete Zak ihm bei.

»Das kannst du laut sagen.« Grant machte ein finsteres Gesicht. »Aber verdammt, als Charles mit dem Inder im Arm durch den Nebel ins Lager kam, war das, als wäre da ein Superheld einmarschiert, eine Art Hochgebirgs-Avenger. Wenigstens hatte ich so die Gelegenheit, ihn in Aktion zu filmen.« Er griff in seine Jacke, zauberte eine dicke Festplatte in einer angestoßenen orangefarbenen Hülle hervor und tippte bedächtig darauf. »Das Material hier drauf hat ihn davon überzeugt, dass ich der Richtige bin, um die letzte Etappe seiner Mission zu filmen.«

»Sicherst du so was irgendwo in einer Cloud?«, fragte Zak.

»Weißt du, wie übel die Upload-Geschwindigkeit in Kathmandu ist? Das würde Jahre dauern! Nein, dieses Ding hier würde sogar eine Bombe überleben. Das hier ist so was wie mein Baby – das lasse ich nicht aus den Augen.«

»Die Sache mit dieser Drohne, Grant ...«, hob Cecily an, doch im selben Moment betrat Dawa mit einer riesigen »Willkommen am Berg«-Sahnebiskuittorte das Zelt. Wie er hier oben einen Kuchen hatte backen können, war ihr vollkommen schleierhaft.

Sobald jeder von ihnen ein Stück vor sich hatte, beugte Doug sich vor und verschränkte die Hände.

Alle drehten sich zu ihm um. Doug hielt sich hier im Basislager eindeutig aufrechter als noch in Kathmandu oder auch in Samagaun und drückte jetzt die Schultern durch.

»Willkommen in eurem neuen Zuhause, alle miteinander. Hier verbringen wir also den kommenden Monat, und deshalb müssen wir uns auch alle am Riemen reißen, Ordnung halten und respektvoll miteinander umgehen. Wenn abends der Generator läuft, könnt ihr eure Elektrogeräte aufladen. In diesem Zelt gibt es jeden Abend um Punkt sechs Essen sowie das Briefing für den nächsten Tag, seid also pünktlich. Morgen ist Ruhetag, weil auf dieser Höhe nicht mal die Hälfte des Sauerstoffs in der Luft ist, an den ihr gewöhnt seid. Ihr werdet ein bisschen Zeit brauchen, um euch darauf einzustellen.«

Er warf ein kleines Gerät auf den Tisch.

»Das ist ein Pulsoximeter. Das klemmt ihr euch an den Zeigefinger und wartet ein paar Sekunden. Messt jeden Abend um dieselbe Zeit den Wert. Er sollte mit jedem Tag steigen. Wenn ihr plötzliche Abweichungen feststellt oder bis nächste Woche nicht über achtzig Prozent gekommen seid, gebt mir unbedingt Bescheid.«

Cecily klemmte sich das Gerät an den Finger und zog die Stirn kraus, als auf dem Display achtundsechzig Prozent angezeigt wurden. In einem Krankenhaus würde sie jetzt ins Sauerstoffzelt gesteckt. Andererseits war das hier oben zu erwarten, nachdem sie gerade erst binnen eines Tages mehr als eintausend Höhenmeter aufgestiegen waren. Auch ihr Puls ging ungewöhnlich schnell und war mit achtzig Schlägen pro Minute wesentlich höher als ihr üblicher Ruhepuls.

Sie schrieb sich die Werte auf und gab das Oximeter an Zak weiter.

»Um hier oben gesund zu bleiben, ist die Flüssigkeitszufuhr entscheidend. In den nächsten paar Tagen geht es bitte *langsam* an. Das meine ich ernst. Sobald wir mit den Akklimatisierungstouren starten, müsst ihr fit und bei Kräften sein, sonst habt ihr umsonst ein Vermögen bezahlt. Das heißt übrigens auch, dass ihr in den nächsten Tagen nicht duschen geht. Nichts bringt den Körper bei diesen Temperaturen und Wetterbedingungen schneller aus der Fassung oder verhindert, dass ihr euch erholt.«

Cecily verzog das Gesicht. Nicht dass sie mit einer schön heißen Dusche gerechnet hätte, trotzdem behagten ihr Dougs Ausführungen nicht. Sie musste sich jetzt schon die Haare zu festen Zöpfen flechten, um sie unter Kontrolle zu halten.

»Ich habe inzwischen in Erfahrung gebracht, dass unser Fixseilteam in Lager zwei angekommen ist und gut vorankommt. Insofern dürften wir in ein paar Tagen mit unseren Akklimatisierungstouren anfangen können. Wir steigen auf bis Lager eins, laden dort einen Teil der schwereren Ausrüstung für weiter oben am Berg ab und übernachten dort. Ihr teilt euch die Zelte: Cecily mit Elise, Grant mit Zak. Sobald ihr euch gut fühlt, geht es weiter ins Lager zwei, und wenn irgendwann jeder von euch mindestens eine Nacht in Lager drei verbracht und es sicher zurück ins Basislager geschafft hat, warten wir auf unser Gipfelfenster. Da ist Geduld ganz entscheidend.«

Diesen Aspekt am Bergsteigen hatte Cecily nie verstanden, bis sie mit James zum Aconcagua gestartet war. Die Ausflüge am Berg waren der Schlüssel zur Höhenakklimatisierung, auch wenn sie bedeuteten, dass man dieselben Abschnitte mehrmals auf- und wieder abstieg, ehe man zu guter Letzt den Gipfel in Angriff nahm.

Von sämtlichen Gefahren, die im Gebirge drohten, machte die Höhe ihr am meisten Angst. Die Auswirkungen waren unvorhersagbar. Und weitgehend unbehandelbar. Besser wurde es nur, indem man wieder abstieg. Und selbst frühere Höhenerfahrungen hatten keinerlei Aussagekraft für die aktuelle Situation.

Mit Kopfschmerzen ging es los. Dann die verstopfte Nase, mitunter begleitet von Nasenbluten. Erschöpfung. Diese Symptome trafen jeden, waren aber mit Geduld, hinreichend Flüssigkeit und Schmerztabletten beherrschbar. Bei akuter Höhenkrankheit – AMS – kamen Appetitlosigkeit, Übelkeit, Schwindel und zu niedrige Sauerstoffsättigungswerte hinzu, die eine zusätzliche Medikation erforderten. Sie hatte mehrere Medikamente dabei, nur für alle Fälle, auch wenn es eindeutig besser war, sich auf natürliche Weise zu akklimatisieren, weil Tabletten nur gegen die Symptome halfen. Die nächste Stufe war dann sehr schnell sehr viel schlimmer: Da kamen HAPE und HACE, das Höhenlungenödem und das Höhenhirnödem.

Keuchhusten. Atemnot. Halluzinationen. Delirium. Flüssigkeitseinlagerungen im Hirn. In der Lunge.

In einem solchen Zustand war an einen Gipfelsturm nicht mehr zu denken. Da blieb als einzige Option nur die sofortige Umkehr und der Abstieg.

Sich zu weigern hieße zu sterben – und das konnte binnen Minuten passieren.

»Denkt immer daran«, fuhr Doug mit ernster Stimme fort, »ihr müsst die kleinen Details im Blick behalten. Füllt eure Flaschen immer wieder auf, tragt regelmäßig Sonnenschutz auf, habt immer Ersatzhandschuhe parat. Verlasst euch nicht darauf, dass das Team für euch sorgt. Dafür sind unsere Sherpas nicht da. Die Einzigen, die euch auf den Berg hochbringen, seid ihr selbst.«

Stille machte sich breit. Ihr bevorstehendes Abenteuer war derart riesig, derart monumental – und doch konnte der kleinste Fehler alles zunichtemachen. Mit der entsprechenden Erfahrung war es sicher leichter, doch ausgerechnet die hatte Cecily nicht.

»Sei wachsam ...«, flüsterte sie, und Doug schreckte sichtlich zusammen.

»Was?«

Cecily schüttelte den Kopf. »Ach, das war nur etwas, was mir mal eine andere Bergsteigerin gesagt hat. *Sei wachsam.* Eine Art Mantra.«

»Klar.« Seine Kiefermuskeln spannten sich an, und er sah nach unten.

»Ich hab nachgedacht. Ich will den Aufstieg ohne Sauerstoff machen«, verkündete Zak. Er schien auf eine Reaktion zu warten, doch Dougs versteinerter Gesichtsausdruck blieb unverändert.

Am anderen Ende des Tischs unterdrückte Elise ein Kichern.

»Ja, richtig – ich gehe auch ohne Sauerstoff«, fügte Grant hinzu.

Cecily starrte die beiden abwechselnd an und konnte kaum glauben, was sie gerade gehört hatte.

»Nichts da«, erwiderte Doug. Seine Kiefermuskulatur zuckte erneut, und er blähte die Nasenlöcher auf. Binnen eines Wimpernschlags war seine Stimmung umgeschlagen. Da war keine Ruhe vor dem Sturm gewesen – ein falsches Wort, und schlagartig kochte er vor Wut, was er nur schlecht hinter der Maske der Zivilisiertheit verbergen konnte, die er um der Professionalität willen trug. »Habt ihr überhaupt eine Ahnung, in welche Gefahr ihr uns damit bringen würdet? Jedes Mal, wenn wir euch den Berg hochbringen, hängt unser Leben von euch ab. Und ihr wollt auf lebensnotwendige Maßnahmen verzichten? Nicht mit mir.«

Zu Cecilys Überraschung versuchte Zak allen Ernstes zu protestieren. »Aber Elise …«

»Elise ist, was ihre Leistungsfähigkeit angeht, über jeden Zweifel erhaben. Und das ist mehr, als ich von dir behaupten kann. Nur weil du in der Vergangenheit schon den einen oder anderen Berg bestiegen hast, heißt das auf achttausend Metern rein gar nichts. Du hast echt keine Ahnung, verdammt. Keine Ahnung!«

Er stürmte aus dem Zelt, dass die Zelttür hinter ihm herflatterte.

»Das war wohl ein Nein …« Zak kicherte nervös in sich hinein.

»Dann können wir jetzt anfangen zu feiern? Ich habe mein traditionelles Fläschchen mitgebracht.« Grant grinste wie ein Klassenclown, griff unter den Tisch und zog eine halb volle Flasche Captain Morgan hervor, die er mit einem Klirren auf dem Tisch abstellte.

Elise verdrehte demonstrativ die Augen, und Cecily musste sich das Lachen verkneifen, winselte jedoch im nächsten Moment in sich hinein, als ihr heftige Schmerzen in die Schläfen schossen. Unfassbar, dass Grant in dieser Höhe über Alkohol auch nur nachdenken konnte.

Umso überraschter war sie, als Zak sich die Hände rieb und rief: »Na dann!«

»Cheers!« Grant gab einen ordentlichen Schuss in seinen Kaffee und füllte auch Zaks Becher auf. Dann hob er die Flasche in Richtung der anderen. Cecily schüttelte den Kopf. Von den Sherpas und von Elise kam nur ein höfliches Hüsteln.

»Bleibt umso mehr für mich«, sagte Grant und kippte den Kaffee in sich hinein.

Cecilys Kopf wummerte, und sie konnte kaum noch geradeaus sehen. Sie nahm einen großen Schluck Wasser.

»Die Höhe«, flüsterte Elise und tätschelte Cecilys Bein. »Hast du Tabletten dabei?«

»Im Zelt.«

Elise kramte in ihrem Hüftbeutel und zog eine Blisterpackung Ibuprofen heraus. »Hier.«

»Du bist meine Rettung! Trotzdem glaube ich, ich muss mich hinlegen«, sagte Cecily, stand auf, geriet ins Wanken und hielt sich an der Tischkante fest. Dann kniff sie die Augen zu und zwickte sich in den Nasenrücken.

»Gib mir deine Trinkflasche.« Elise nahm ihr die Flasche ab und befüllte sie mit heißem Wasser aus dem Wassertank. »Nimm die mit in deinen Schlafsack. Hilft gegen die Kälte. So geht dir außerdem das Wasser nicht aus.«

Sie presste sich die Flasche an die Brust, und sofort breitete sich in ihr Wärme aus. »Danke …« Sie brachte kaum mehr ein Flüstern heraus.

»Nicht der Rede wert.« Elise lächelte sie an.

Cecily schlüpfte aus dem Essenszelt und hinaus in die eisige Nacht. Sie zog den Reißverschluss zu ihrem Zelt auf und schob die warme Wasserflasche in ihren Schlafsack. Ehe sie hinterherkrabbelte, brachte sie kaum noch die Kraft auf, ihre Schuhe auszuziehen.

Erneut führte sie sich vor Augen, wie überwältigend dieses Abenteuer war. Ihr standen mindestens drei Wochen Zeltlager inmitten von Eis und Schnee bevor, Welten entfernt von ihrem eigenen warmen Bett. Sie war Tausende Meilen – in fast jede Richtung – von der nächsten ihr bekannten Menschenseele weg … Unwillkürlich musste sie an Alain denken, der inzwischen wohl in einem Leichensack steckte, draußen in der Kälte lag und wer weiß wie lange darauf warten musste, in einen Hubschrauber verladen und nach Hause überführt zu werden. Seine Mitstreiter würden ihre Expedition fortsetzen und ihn zurücklassen, um ihre jeweils eigenen Ziele zu verfolgen.

Und sie musste an Pierre denken, den Mann, der einfach … verschwunden war. Der sich am Berg in Luft aufgelöst hatte.

Auch ihr konnte jederzeit etwas zustoßen. Und wer würde sich darum scheren?

13

Mitten in der Nacht wachte sie mit wahnsinnigen Kopfschmerzen auf. Ihr Schädel fühlte sich an, als würde er entzweigesägt. Sie tastete den Zeltboden ab und suchte nach ihrer Stirnlampe. Sie brauchte eine Tablette, und zwar sofort.

Ordnung. Ordnung wäre hilfreich gewesen. Doch die Cecily vom Vortag war nicht *wachsam* genug gewesen, um sich die Sachen aus ihren Taschen ordentlich zurechtzulegen. Ihre Armbanduhr leuchtete viel zu grell. 23:03 Uhr? War es wirklich erst ein paar Stunden her, dass sie ins Bett gegangen war? Sie musste in derselben Sekunde eingeschlafen sein, als sie die Augen zugemacht hatte.

Mithilfe der Stirnlampe spürte sie ihre rote Reiseapotheke auf. Sie kramte die Schachtel Ibuprofen hervor und schluckte gleich zwei Tabletten, noch ehe ihr die Wasserflasche wieder einfiel. Das Wasser darin war noch warm und beförderte die Tabletten umso leichter hinunter.

Sie blieb kurz sitzen, schloss die Augen und holte ein paarmal tief Luft. Vom Aufstieg ins Basislager hatte sie schwere Beine und Muskelkater. Sie verzog den Mund, und wie immer stand ihr sofort wieder das Schlimmste vor Augen: Sie war nicht fit genug, um weiterzumachen, und Doug würde ihrer Reise ein Ende setzen, noch bevor die Expedition gestartet wäre. Sie zwang noch einen Schluck in sich hinein.

Als von draußen ein Geräusch zu hören war, zuckte sie heftig zusammen.

Ein Stein kullerte an ihrer Zeltkante entlang. Bestimmt vom Wind vor sich hergetrieben, redete sie sich ein.

Doch kaum dass sie sich wieder zu atmen traute, hörte sie wieder etwas – ein Pfeifen. Vier Töne. Tief, tief, hoch, tief. Dann Schritte. Langsame, schwere Schritte, die näher kamen.

Augenblicklich hatte sie Herzrasen.

Eilig hielt sie ihr Uhrendisplay zu, damit das Leuchten sie nicht verriet, auch wenn die Person, die dort draußen war, natürlich wissen dürfte, dass sie hier drin wach geworden war. Mit einem Mal war sie sich nur allzu bewusst, dass sie von der Person – wer auch immer es war – nur eine dünne Nylonschicht trennte.

Da war es wieder, das Pfeifen. Exakt die gleiche Tonabfolge, die sie am Bergsee gehört hatte.

Kurz bevor Alain ermordet worden war!

Es war das erste Mal, dass sie sich erlaubte, an dieses Wort auch nur zu denken, doch ihr wachsendes Unbehagen führte unwillkürlich dazu, dass sie vom Schlimmsten ausging. Irgendwer hatte ihn vorsätzlich verletzt, es war kein Unfall gewesen …

Und jetzt waren sie hinter ihr her!

Noch ein Schritt näher auf ihr Zelt zu, noch ein Steinchen, das gegen den Eingang kullerte … Bestimmt nur irgendwer, der einen Spaziergang machte. Aber aus welchem Grund würde jemand den ganzen Weg bis zu ihrem Zelt gehen? Es stand nicht am Weg zu anderen Zelten. Wer immer dort draußen war, musste gezielt zu ihr gekommen sein.

Tief, tief, hoch, tief.

Lass mich in Ruhe, flehte sie stumm. Sie kniff die Augen zu und wollte nichts lieber, als wieder in ihren Schlafsackkokon zu schlüpfen und so zu tun, als wäre sie irgendwo anders.

Der Pfiff verhallte in der Nacht. Die Angst jedoch blieb, und bei jedem Geräusch zuckte sie abermals heftig zusammen. Irgendwann schlief sie vor Anspannung zutiefst erschöpft ein – ein Kaninchen, das sich im abgedunkelten Bau zusammengekauert hatte und sich fragte, ob der Fuchs immer noch draußen auf der Lauer lag.

Der nächste Morgen begann hell und klar. Unter einem so heiter blauen Himmel verblasste die nächtliche Angst, und Cecily versuchte, das Pfeifen als Hirngespinst abzutun, als unschuldiges Geräusch, das sich in ihrem schmerzgeplagten Schädel in etwas Furchteinflößendes verwandelt hatte.

Stattdessen dehnte sie ihre Glieder und blickte am Berg empor. Eine merkwürdig linsenförmige Wolke schwebte über dem Gipfel – eine Leewalze. Ein Hinweis darauf, wie turbulent es dort oben zuging. Von ihrer Position aus sah der Ostgipfel aus, als wäre er unerreichbar. Dass sie selbst bald noch weitaus höher steigen würde, war vollkommen unvorstellbar.

Ihre Kopfschmerzen waren zu einem dumpfen Pulsieren abgeklungen, trotzdem nahm sie zur Sicherheit erneut zwei Tabletten ein. Bevor sie sich die Schuhe schnürte, ließ sie den Blick über das Durcheinander rund um ihren Schlafsack schweifen und schwor sich aufzuräumen, ehe irgendwer es sehen und sie dafür verurteilen konnte.

Nach einem Abstecher ins Toilettenzelt putzte sie sich mit dem Rest ihres Wassers die Zähne, spuckte den Schaum ins Geröll und ... entdeckte einen Stiefelabdruck im schlammigen Boden vor ihrem Zelt.

Er war eindeutig größer als ihre eigenen Abdrücke.

In der vergangenen Nacht war wirklich jemand hier gewesen.

Sie hatte sich das Pfeifen nicht eingebildet.

14

Sie lief auf das Essenszelt zu.

Zak war als Einziger bereits da und schlürfte seinen Kaffee, doch als sie das Zelt betrat, stellte er seinen Becher ab. »Whoa, was ist denn mit dir los?«

»Irgendwer ist gestern Nacht um mein Zelt geschlichen. Erst war ich mir nicht sicher, aber gerade habe ich einen Stiefelabdruck direkt vor dem Eingang im Schlamm entdeckt …«

»Jetzt mal tief durchatmen.« Er legte ihr die Hände an die Schultern und führte sie zu einem Stuhl. »Hör mal, wahrscheinlich hat sich da bloß jemand verlaufen oder so. Kein Grund, den Kopf zu verlieren. Wetten, da hat jemand das Klo nicht gefunden? Bei all dem Geröll verliert man schon mal die Orientierung.«

Seine Hände an ihren Schultern fühlten sich warm und beruhigend an. Cecily spürte, wie das Adrenalin in ihren Adern allmählich verebbte. Trotzdem schüttelte sie den Kopf. Sie hätte es nicht erklären können, aber irgendwas stimmte hier nicht. Zak sah sie an, als würde sie völligen Nonsens von sich geben, dabei schrillten bei ihr alle Alarmglocken.

»Hey, hast du nicht erwähnt, es wäre noch ein anderer Journalist hier?«, fragte er. »Von der Konkurrenz?«

»Ben?«

»Ja, genau! Schon mal darüber nachgedacht, dass er versuchen könnte, dich in die Flucht zu schlagen? Hat er dir nicht auch diese Geschichte von dem Mann, der gestorben ist, eingeflüstert?«

Sie runzelte die Stirn und musste an das Blitzen in Bens Blick denken, als ihm gedämmert hatte, dass sie wegen eines Riesencoups hier war. Er hatte ihr zwar erzählt, dass er nicht beruflich hier sei, war dann aber losgezogen und hatte die Dorfbewohner zu Alains Tod befragt. »Ich glaube, er hat auch die verdächtige Kopfverletzung erwähnt …«

»Der versucht, dich ins Bockshorn zu jagen, wetten? Selbst wenn sich jemand bei deinem Zelt herumgetrieben hätte – na und? Wer bitte schön würde hier inmitten von zig Sherpas mit Eispickeln irgendwas aushecken?« Zak klatschte in die Hände, als wäre das Problem damit ausgeräumt. »Und jetzt mache ich dir einen Kaffee.«

Sie atmete tief durch. Bestimmt hatte Zak recht. Ben hatte ihr weismachen wollen, dass Alains Tod *kein* tragischer Unfall gewesen war. Aber dass er so weit ging und ihr Todesangst einjagte? Es klang ziemlich weit hergeholt, doch dann fiel ihr wieder ein, was James wiederholt erzählt hatte, wie er und Ben um die großen Exklusivgeschichten konkurriert hatten.

Das Interview könnte dein Leben verändern, rief sie sich ins Gedächtnis. *Vielleicht glaubt Ben ja, es könnte auch seines verändern.*

Sie hätte den lieben langen Tag darüber nachgrübeln können, allerdings war klar, was sie jetzt tun musste. Sie musste mit Ben reden. Möglicherweise wusste er inzwischen mehr über die Umstände, unter denen Alain zu Tode gekommen war. Und wenn er tatsächlich versucht hatte, ihr Angst einzujagen, würde sie ihm klarmachen, dass sie sich nicht einschüchtern ließ.

Doch auch während des Frühstücks ließen die finsteren Gedanken sie nicht mehr los. Dawa brachte Schüsseln voller Porridge, der mit nepalesischem Honig gesüßt war. Sie stocherte bloß darin herum und blickte erst wieder auf, als Doug das Zelt betrat. Cecily versuchte, seinen Blick aufzufangen, um ihn zu fragen, wie sie zum Summit-Extreme-Lager käme, doch er sah nicht einmal in ihre Richtung.

Am Tischende stützte er sich auf die nächstbeste Stuhllehne und beugte sich leicht vor. »Also, Team, der Plan für heute lautet wie folgt ... Ich weiß schon, eigentlich hab ich gesagt, heute wäre Ruhetag, aber weil das Wetter wesentlich besser ist als gedacht, fangen wir stattdessen mit dem Training an.«

Cecily rutschte das Herz in die Hose. Ihre eigenen Pläne konnte sie sich abschminken. Sie hatte überdies herausfinden wollen, wie sie ins Internet käme, um ihren jüngsten Bericht an Michelle zu schicken. Sie war noch nicht bereit, den Berg zu besteigen.

»Wir treffen uns gestiefelt und gespornt in einer halben Stunde wieder hier.«

Sobald Doug gegangen war, gab Grant ihrem Koch ein Zeichen. »Dawa, Kumpel, wäre es möglich, noch ein paar Spiegeleier zu bekommen? Ich bin am Verhungern!«

Unterdessen verdrückte Cecily den letzten Rest ihres Porridges und kehrte zu ihrem Zelt zurück. Sie hätte sich ohrfeigen können. Sie war schließlich nicht hier, um Nachforschungen zu Alains Tod anzustellen oder sich wegen eines mysteriösen Fußabdrucks den Kopf zu zerbrechen. Sie war hier, um diesen Berg zu besteigen und dann ein ausführliches Porträt über einen der aufsehenerregendsten Extremsportler der Welt zu schreiben. Wenn sie diese Chance nicht an Ben verlieren wollte, brauchte sie dieses Training.

Sie zog ihren Gurt heraus und ging erneut sämtliche Ausrüstungsgegenstände durch, damit sie auch garantiert alles beisammenhatte. Irgendwann schob sie den Eispickel durch die Rucksackschlaufen und war bereit.

Sobald sie vor ihrem Zelt stand, kam Doug auf sie zu, um alles zu inspizieren. Er rieb sich die grauen Stoppeln am Kinn. »Wo ist dein Messer?«

Sie sah an sich hinab, obwohl sie genau wusste, dass an ihrem Gurt keines befestigt war. »Ich hab keins. Das stand nicht auf der Liste …«

Er schnaubte, zog ein Klappmesser aus seinem Klettergurt und hängte es mithilfe eines Karabiners an eine ihrer Gurtschlaufen. »Auf der Liste stand: ›voll bestückter Gurt‹. Hier, mein Zweitmesser. Es könnte dir das Leben retten.«

»Warte, Doug, eine Sache noch.« Sie hielt inne. Würde er ihr überhaupt zuhören? Immerhin blieb er stehen. »Wenn ich das Summit-Extreme-Team aufsuchen müsste, wie würde ich da hinkommen?«

Kurz herrschte Stille. »Warum fragst du?«

Sie wollte ihm nichts von Ben erzählen. Sie wusste natürlich, dass Doug von dessen Theorie zu Alain nichts hielt. »Äh … Ich möchte mich mit einem der Bergführer unterhalten, mit Dario Travers. Alain hat ihn noch am Morgen, bevor er gestorben ist, erwähnt. Er hat mir diese schreckliche Geschichte erzählt, was seinem Freund Pierre am Everest passiert ist ... Bei der Expedition war Dario Bergführer. Ich hab ein paar Fragen an ihn.«

Mit seinen dunklen Augen schien Doug sie zu mustern. »Er wird dir nicht viel erzählen können. Ich war an dem Tag ebenfalls oben. Pierre ist abgestürzt, es war ein Unfall. Genau wie bei Alain. Ich an deiner Stelle würde die Sache auf sich beruhen lassen.«

»Und warum?« Cecilys Herzschlag beschleunigte sich, und ihre Fingerspitzen kribbelten. »Ben hat erzählt ...« Sie sprach nicht weiter, weil Doug bereits den Kopf schüttelte.

»Hör mal gut zu, Cecily. Ich kann verstehen, dass Alains Unfall dir zusetzt. Aber du musst noch einiges lernen, wenn du es zum Gipfel und wieder zurück schaffen willst. Ich brauche hier deine ungeteilte Aufmerksamkeit. Du musst zu einhundert Prozent im Hier und Jetzt sein. Du denkst jetzt nicht weiter über Todesfälle nach, die dir verdächtig vorkommen. Der Berg ist so schon gefährlich genug, auch ohne eingebildete Dramen.« Mit diesen Worten marschierte er davon.

Sie hatte ein schlechtes Gewissen, weil sie ihm offenkundig die Laune verdorben hatte. Sie würde für ihr Porträt definitiv auch ihn interviewen müssen, schließlich war er derjenige, der Charles bei seiner Mission am nächsten stand. Er war auf jedem Gipfel dabei gewesen. Bei jeder Rettungsaktion. Bei jedem Schritt. Wenn jemand ihr Einblicke in Charles' Denkweise eröffnen konnte, dann Doug. Sie durfte nicht riskieren, dass sie es sich mit ihm verscherzte.

Mingma winkte sie zu sich, und gemeinsam ließen sie das Basislager über die Gletschermoräne hinter sich. Nach einer Stunde Fußmarsch verließen sie die Trekkingroute, die sie zum ersten Zwischenlager gebracht hätte, und blieben an einem eis- und schneebedeckten Steilhang stehen. Phemba winkte ihnen von oben. Dort hatten er und die anderen Sherpas den Großteil des Morgens Fixseile angebracht, um nachzustellen, was weiter oben am Berg auf sie warten würde.

»Wir trainieren an dieser Wand, weil sie steiler ist als alles, was uns beim Aufstieg bevorsteht«, erklärte Doug und ließ seinen Rucksack am unteren Ende der Seile auf den Boden fallen. »Das wird eine gute Übung für das ganze Team. Auch für dich, Elise. Hier kannst du deine Skills auffrischen.«

»Sieht machbar aus«, kommentierte Zak, stemmte die Hände in die Hüften und lehnte sich zurück, um die Steilwand in Augenschein zu nehmen. »Nichts im Vergleich zu dem, was wir am Denali leisten mussten.«

»Dann seil dich an und zeig uns, wie es geht. Galden, du behältst Grant und Zak im Blick, und Elise und Cecily kommen mit mir. Wir üben das Gehen mit Steigeisen und den Einsatz des Eispickels.«

Es war verhältnismäßig mild, und ihre Hände fingen in den dicken Handschuhen bereits an zu schwitzen. Sie biss hinein und zog sie mit den Zähnen aus, um die Bindung über ihren Schuhen zu schließen. Die Steigeisen mussten perfekt sitzen.

Dougs riesenhafter Schatten tauchte neben ihr auf. Sie blickte zu ihm hoch. Er hatte die Stirn in tiefe Falten gelegt.

Jetzt lass mich endlich in Ruhe, dachte sie bei sich, vergewisserte sich, dass die Steigeisen fest saßen, und war fast stolz darauf, wie sie es hingekriegt hatte: Die flachen, breiteren Riemen lagen eng auf Zehen und Ferse auf, sie hatte sie richtig herum angelegt und die Bügel ordentlich umgeklappt. Soweit sie es sehen konnte, war ihr kein dummer Fehler unterlaufen.

Sie zuckte mit den Schultern. Vielleicht hatte sie sich die Missbilligung in seinem Blick nur eingebildet.

»Das würde ich am Berg niemals machen«, sagte er, als sie sich aufrichtete.

»Was?« Sie bückte sich und schwang sich den Rucksack über die Schulter.

»Die Handschuhe einfach so zur Seite werfen.«

Es war wie ein Schlag in die Magengrube. *Natürlich!* Ihr war ein Riesenfehler unterlaufen. Mit das Erste, was James ihr am Kilimandscharo beigebracht hatte, war, *nirgends Zeug herumliegen zu lassen.* Ein Stück höher, und eine Windbö hätte die Handschuhe mitreißen können. Die Folge wäre gewesen, dass sie für den Rest ihres Lebens keine Finger mehr gehabt hätte oder – noch wahrscheinlicher – gestorben wäre.

Sie riss die Handschuhe an sich und presste sie sich an die Brust.

Darum ging es beim Bergsteigen. Es erforderte Geistesgegenwart in jeder Hinsicht, und das ausgerechnet an Orten, wo dem Gehirn hinreichend Sauerstoff vorenthalten war. Deshalb musste man jede Bewegung in eine logische Abfolge von kleinen Schritten zergliedern, wie bei einer Art Checkliste, damit jeder Handgriff idiotensicher war und man selbst als Idiotin nichts mehr falsch machen konnte.

Sei wachsam.

Handschuhe immer am Körper tragen. Sie zog die Schlaufen über den Handgelenken fest. Sie fühlte sich wie ein Kleinkind mit Fäustlingen an einem Wollfaden, der durch die Ärmel und über den Jackenrücken verlief, damit die Handschuhe nicht verloren gingen. Aber hier musste nun mal alles kleinkindsicher sein.

Immer Sonnenschutz auftragen. Sie holte ihren Fettstift hervor und fuhr sich damit nicht nur über die Lippen, sondern auch über die Nase und die exponierten Stellen an ihren Wangen.

Immer genug trinken. Sie nahm einen Schluck aus ihrer Flasche.

Danke, Carrie.

Dann eilte sie Doug und Elise hinterher.

Sie trainierten eine halbe Stunde lang, übten ein, wie sie sich am besten auf steilem Gelände vorwärts bewegten, arbeiteten sich im Seitschritt den Steilhang hinauf, rammten die Zacken der Steigeisen ins Eis und vergewisserten sich, dass sie sicher standen, ehe sie den nächsten Schritt machten. Cecily setzte extralange Schritte, damit sie nicht über ihre eigenen Füße stolperte oder die Gamaschen mit den Steigeisen aufschlitzte, was eine Katastrophe gewesen wäre.

Als sie den Hang bis auf halbe Höhe geschafft hatten, legte sie eine Verschnaufpause ein, stützte sich auf die Knie, dass sie fast vornüberfiel, und versuchte, wieder zu Atem zu kommen.

Doug schüttelte den Kopf, und sie verstand die Welt nicht mehr. Was hatte sie jetzt wieder falsch gemacht? Dass sie ein Päuschen einlegte, konnte doch wohl nicht so schlimm sein.

»Du wirst beim Aufstieg immer wieder Pausen einlegen müssen«, belehrte er sie. »Zum Beispiel, wenn es sich vor einer Leiter staut. Du glaubst jetzt vielleicht, dass eine Pause eine gute Sache ist, aber du musst dich auch richtig ausruhen. Du darfst nie unterschätzen, dass du mit all deiner Ausrüstung, mit dem schweren Rucksack und den schweren Bergschuhen an den Füßen deinen Körper in Stress versetzt. Und dieser Stress muss raus, allerdings ohne dass du deine Gelenke belastest. Wenn du also stehen bleiben musst, versuch unbedingt, die Beine durchzustrecken. Schau dir deine Knie an: Deine Knochen sind stärker als deine Muskeln, deshalb mag es sich vielleicht komisch anfühlen, aber es hilft wirklich. Nimm das Gewicht von dem Bein, das oben steht, und stell dich leicht gegen den Hang.«

Es dauerte eine Weile, bis sie den Dreh raushatte, doch als es endlich so weit war, schien tatsächlich kaum mehr Gewicht auf ihren Beinen zu lasten.

»Nächster Punkt: Auch wenn ihr nur kurz stehen bleibt, will ich, dass ihr immer genau eine Sache macht. Ratet, welche das ist.«

Er legte eine Kunstpause ein.

»Atmen«, murmelte Elise.

Doug nickte. »Genau. Atmen.« Er holte tief Luft, sodass Brust und Bauch anschwollen, hielt die Luft ein, zwei Sekunden lang in der Lunge und ließ sie nur langsam wieder entweichen. »Ihr müsst Sauerstoff in euch hineinpumpen. Ihr werdet beim Aufstieg so auf eure Bewegungen konzentriert sein, dass das Atmen nicht annähernd so natürlich vonstattengeht, wie ihr vielleicht denkt. Aber es hilft bei allem: beim Wachbleiben, gegen erschöpfte Muskeln, bei der Akklimatisierung, für die Sauerstoffsättigung. Atmen!«

Sie tat wie geheißen und füllte ihre Lunge mit frischer Gebirgsluft. Er hatte recht, augenblicklich fühlte sie sich besser.

Sie arbeiteten sich zurück zu den Aufstiegsseilen. Zak war soeben am Standplatz angelangt und hatte sich neben Phemba eingeklippt. Vor Anstrengung war er pink im Gesicht, trotzdem riss er den Arm hoch, um enthusiastisch mit dem Sherpa einzuschlagen.

Grant hingegen seilte sich bereits ab, sodass gleich Elise und Cecily hochklettern konnten. Elise klippte sich in das Seil ein und wieselte in einem Affenzahn die Wand hinauf.

Dann war Cecily an der Reihe.

Sie versuchte, ihren Puls unter Kontrolle zu bringen. Würden ihr alle ansehen, dass dies ihr erstes Mal war, dass sie die Steigklemme am Berg benutzte? Natürlich hatte sie zuvor geübt – auf einer kleinen Anhöhe im Brockwell Park, wo sie ein Seil zwischen zwei Bäume gespannt hatte. Doch da hatte sie nicht die komplette Ausrüstung getragen. Dort war es ein Leichtes gewesen. Als sie jetzt die Felswand emporblickte, war es alles andere als das.

»Bereit, Didi?«, fragte Galden. Sie nickte und nahm die Steigklemme von ihrem Gurt. Beim Aufstieg würde sie das Gerät einfach am Seil hinaufschieben, während in die andere Richtung kleine Metallzähnchen in die Seilfasern bissen und den Kletterer vor dem Abrutschen bewahrten. Zumindest in der Theorie. Sie nestelte an den Hebeln herum, versuchte, das Seil senkrecht in die Steigklemme einzufädeln, und endlich gelang es ihr. Dann machte sie sich bereit für den ersten Schritt, doch Galden hielt sie mit einer Hand zurück. Mit der anderen griff er zu einem Stück Seil, das seitlich an ihrem Klettergurt hing, und hängte es oberhalb der Steigklemme ein. »Dein Sicherungsseil«, sagte er und gab ihr einen Klaps auf die Schulter. Das hatte sie völlig vergessen – die Absicherung der Absicherung. Galden ging geflissentlich darüber hinweg. Stattdessen machte er einen Schritt zurück und gab den Weg frei für ihren ersten zaudernden Aufstieg am Seil.

Die Steigklemme war ein Wunderwerk. Cecily schob sie am Seil hoch, wenn auch nicht allzu weit. Sie müsste sie jederzeit erreichen können, wenn sie abrutschen würde. Sobald der Klemmnocken griff, konnte sie einfach die Wand hinauf nach oben steigen, ohne sich Gedanken machen zu müssen. Wann immer sie müde wurde, konnte sie sich einfach zurücklehnen, die Zähne griffen ins Seil und hielten sie an Ort und Stelle. So war selbst während eines steilen Aufstiegs eine Ruhepause möglich.

Und Seile gäbe es auf dem ganzen Weg bis hinauf zum Gipfel.

Wasser strömte gleich neben ihrem Schuh an der Felswand hinunter und war steingrau, dort, wo sich Schlamm mit Eis vermischt hatte. Es schürfte Rillen in die Oberfläche, dort, wo es hinabrann. Nur noch ein paar wenige Schritte, und sie hatte den Vorsprung erreicht und war oben.

»Gut gemacht, Cecily«, sagte Phemba, der ihr entgegentrat und sie am Arm packte, ihr half, die Steigklemme abzuziehen, und ihr Sicherungsseil am Fixpunkt arretierte. Stolz ballte sie die Faust. Sie hatte ihre erste Steilwand bezwungen, und die Anspannung perlte von ihr ab wie das Gletscherwasser von ihren Schuhen.

»Okay, dann kommt jetzt das Abseilen dran. Fühlst du dich dabei sicher?«, wollte Phemba wissen.

»Könntest du mir erst noch mal zeigen, wie ich dieses Bremsding einsetze?«

»Klar.«

Sie nahm eine weitere Vorrichtung von ihrem Klettergurt: einen Gegenstand aus orange lackiertem Metall fast in Form einer Acht. Phemba legte das Seil zusammen, fädelte es durch die breitere Öse des Achters und schlug die Schlinge über die schmalere Öse um. Auf diese Weise würde das Seil nur langsam über das Metall gleiten – und sie halten, wenn sie das freie Ende des Seils anziehen würde. Die Bremsleine.

Anschließend zog er das Seil wieder ab, damit sie es ihm nachmachen konnte. Sie brauchte ein paar Versuche, doch dann hatte sie es richtig eingelegt. Sie lehnte sich zurück, spürte ihr Körpergewicht über dem Abgrund und wie sich das Seil um die Metallösen spannte. Sobald sie sich sicher fühlte, setzte sie den ersten Schritt die Steilwand hinab. Das Seil glitt durch ihre behandschuhten Hände, die Reibungshitze war überraschend stark, und sie war froh, dass ein Lederbesatz ihre Handfläche schützte. Das Seil hatte bereits nach kurzer Zeit den orangefarbenen Lack des Achters abgeschliffen, sodass das darunterliegende blanke Metall hervorblitzte. Ihre rechte Hand war die Bremshand – und je weiter sie sie vom Körper weghielt, umso schneller lief das Seil durch den Achter hindurch. Doch im selben Moment, da sie die Hand hinter den Rücken zog, kam sie zu einem Halt. Sie versuchte, gleichmäßige Schritte zu setzen und kontrolliert nach unten zu gelangen.

Dann schloss sie für einen Moment die Augen und fühlte sich schlagartig auf den Gebirgsgrat Crib Goch am Snowdon versetzt. Und steckte dort fest.

Verstiegen nannten sie es, das wusste sie mittlerweile. Unfähig, sich weiter vorwärts oder zurück zu bewegen. Sie war vor Angst wie gelähmt gewesen, hatte zweihundert Meter in die Tiefe geblickt – es wäre der sichere Tod gewesen –, und in ihren durchnässten Sneakers und dem leichten Regenponcho hatte sie am ganzen Leib gezittert.

Dann hatte sie eine Frau von oben rufen hören, ebenfalls eine Bergsteigerin, allerdings eine, die weitaus besser vorbereitet gewesen war: mit Seilen, Klettergurt, ordentlichen Bergschuhen und Regenkleidung. Ihre Retterin.

Nein. Daran durfte sie jetzt nicht denken. Sie versuchte, sich wieder auf diese Wand aus Eis, auf den Gletscher, den Manaslu zu konzentrieren.

Aber dafür war es inzwischen zu spät.

Ihr Körper hatte ihr damals nicht gehorcht, und jetzt war die gleiche Panik wieder da. Sie flutete ihre Muskeln, sodass alles an ihr starr wurde. Sie geriet ins Straucheln, ihr Steigeisen verfing sich im Hosenstoff, sie hörte ein grässliches Ratschen, und als sie dann auch noch nach unten blickte, verlor sie vollends den Halt. Sie konnte sich gerade noch am Seil festhalten, als sie mit der Schulter auch schon in die Wand krachte und dabei ordentlich Schnee schluckte.

Ihr wurde schwarz vor Augen, und ihre Arme zitterten, je länger sie sich an das Seil klammerte. Wenn sie jetzt losließe, würde sie abstürzen.

»Cecily!«, rief Galden von unten herauf.

Sie sah nicht hin. Stattdessen holte sie, sobald sie sich endlich nicht mehr am Seil drehte, tief Luft, rammte ihre Steigeisen in den Schnee und ließ erst dann das Seil erneut durch die Hand gleiten. So arbeitete sie sich hinunter.

15

»Okay, Leute, das war genug für heute. Packen wir zusammen«, sagte Doug, sobald Cecily die Steilwand zum dritten Mal ohne Zwischenfälle bezwungen hatte.

Sie setzte den Helm ab. Ihr klebte das schweißnasse Haar an der Stirn. Mit dem Handschuh wischte sie sich das Gesicht ab und packte ihre Siebensachen ein. Ihre Schulter protestierte zwar immer noch, als sie ihren Rucksack aufsetzte, doch sie biss die Zähne zusammen und fiel in einen Laufschritt, um zu Elise und Doug aufzuschließen, die sich schon auf den Rückweg zum Basislager gemacht hatten.

Der Schnee knirschte unter ihren Sohlen, und Elise drehte sich zu ihr um. »Das hast du gut hingekriegt! Ich weiß ja, dass du vorher nicht oft eisklettern warst.«

»Danke. Ja, fühlte sich am Ende doch halbwegs gut an ... Nur dieser erste Ausrutscher war heikel. Moment – Doug?«

Er marschierte vorneweg, ohne auf Cecilys Ruf zu reagieren. Sie runzelte die Stirn.

»Er ist schlecht drauf«, erklärte Elise.

Cecily wand sich. »Ich glaube, gestern habe ich ihn ganz schön strapaziert.«

Elise zuckte mit den Schultern. »Der Ruf des missmutigen Bergopas eilt ihm voraus. Hat eben immer die Gefahren im Blick. Ist immer auf Habacht. Und macht immer ein finsteres Gesicht.«

»Bist du schon oft mit ihm klettern gewesen?«

»Kann ich nicht behaupten. Ich bin schon in anderen Basislagern gewesen, als er ebenfalls da war – wie am Broad Peak vor einigen Monaten, mit Summit Extreme. Da waren Doug und Charles auch vor Ort. Ich hab mich gewundert, als Charles dort erwähnt hat, dass er für seinen letzten Berg ein Team zusammenstellt. Ich hatte eigentlich nicht mehr vor, in diesem Jahr noch einen Achttausender zu machen, aber als er mich gefragt hat, dachte ich mir: Warum nicht?«

Cecily zupfte an ihrem Zopf. »Ich wusste gar nicht, dass du auch schon mit Summit Extreme unterwegs warst. Dann heißt das, du kennst Dario Travers?«

Elise sah sie misstrauisch an. »Warum fragst du?«

»Ich habe gehofft, ich könnte ihn vielleicht interviewen. Sein Name ist bei meiner Recherche immer wieder gefallen.«

Nach kurzem Zögern nickte Elise. »Ja, ich kenne ihn. Er war unser Bergführer am Broad Peak. Ich könnte euch miteinander bekannt machen.«

»Das wäre klasse!« Cecily sah Doug hinterher, der sich immer weiter von ihnen entfernte. »Ich finde es ehrlich gesagt ein bisschen komisch, dass er so missmutig ist. Schließlich verdient er doch sein Geld mit Kundenbetreuung.«

Elise antwortete nicht sofort. Sie holte einen kleinen Lippenstift aus ihrer Brusttasche und zog mithilfe des Spiegels auf der Rückseite ihres Handys die Lippen leuchtend rot nach. Dafür hatte Cecily Elises Instagram-Beiträge mit am meisten bewundert: Sie schien sich kein bisschen verstellen zu müssen, um ernst genommen zu werden. Sie hatte auch kein Bedürfnis, sich kleinzumachen oder ihre Weiblichkeit herunterzuspielen, um in dieser männlich dominierten Welt respektiert zu werden. Sie gehörte genau so, wie sie war, hierher: mitsamt Make-up, Schmuck und allem Drum und Dran.

Ihre Erfolge sprachen zudem für sich. Sie hatte mehr Ausdauer, mehr Kraft selbst in höheren Lagen, ein größeres Lungenvolumen als Männer – Sportler –, die doppelt so groß waren wie sie. Auf zusätzlichen Sauerstoff wollte sie verzichten. Und darauf gründete wohl der Respekt. Dass sie all das schaffte, während sie gleichzeitig Lippenstift trug und die Haare perfekt gestylt hatte – das machte Elise eben aus.

Sie war die Pionierin, die drauf und dran war, die vorgefasste Meinung darüber, was es bedeutete, Alpinist zu sein, über den Haufen zu werfen. Die Speerspitze einer neuen Generation junger Frauen, die sich und ihren Körper zu Höchstleistungen trieben.

Auch Cecily war Teil einer neuen Generation – einer noch größeren –, die im Hochgebirge in Wahrheit jedoch nichts zu suchen hatte. Bergsteigerfrischlinge, die unbedingt einen Hauch dünner Achttausenderluft schnuppern wollten. Todeszonentouristen, die auf die Sherpas angewiesen waren. Aber vielleicht war das auch übertrieben, und mit einer besseren Ausrüstung und höchsten Sicherheitsstandards war das Extrembergsteigen mittlerweile einfach nur viel leichter zugänglich. Und warum sollte es das Hoheitsgebiet einer Handvoll

Hochleistungssportler bleiben, wenn anderen die Möglichkeit doch ebenfalls offenstand?

»Wenn man in den Bergen Geld verdienen will, ist der Job als Bergführer eine von wenigen Optionen. Und nach allem, was man so hört, ist Doug ein toller Führer, mal abgesehen von seinen sozialen Kompetenzen. Ich weiß nicht genau, warum er bei Summit Extreme gehen musste«, sagte Elise. »Das war ziemlich ... geheimniskrämerisch. Aber als Charles verkündet hat, dass Dougs Unternehmen ihn bei seiner Mission unterstützen sollte, waren wohl eine Menge Leute sehr überrascht.«

Sowie Elise »geheimniskrämerisch« gesagt hatte, war Cecily hellhörig geworden. Da schien eindeutig mehr dahinterzustecken. »Nur weil Charles keine etablierte Agentur engagiert hat?«

»Genau. Andererseits finde ich das sogar echt nett von ihm. Indem er Doug mit der Logistik betraut hat, konnte Doug schon wieder Geld verdienen, ohne sich allzu viele Gedanken um seine Kundschaft zu machen, bis Charles so weit war. Seit seine Frau ihn verlassen hat, sind die Berge alles, was Doug noch geblieben ist.«

»Er war verheiratet?«

»Ja, und ich meine, sie hatten sogar ein Kind, auch wenn er zu beiden wohl keinen Kontakt mehr hat. Der typische Bergmensch eben – war immer lieber hier draußen als daheim. Aber er ist auch einer der besten Bergführer, die es gibt. Also, wer bin ich, über ihn zu urteilen.« Noch während sie das Geröllfeld vor dem Basislager überquerten, kam die Sonne hinter den Wolken hervor. Elise blieb stehen, um sich den Schuh neu zu binden. Als sie sich vorbeugte, rutschte ihre Kette aus dem Jackenkragen.

»Wow, ist der schön!«, sagte Cecily.

»Der hier?« Elise nahm den Anhänger hoch, damit Cecily ihn besser sehen konnte. Er hatte die Form einer altmodischen Kamera und schien aus Acrylglas zu bestehen. Die Rückseite war mit einer Handvoll Sternen dekoriert. »War ein Geschenk von meinem Papa, hat er für mich anfertigen lassen. Vorn die Kamera, für die Branche, in der ich mein Geld verdiene, und hinten Sterne, die eine Bergkette bilden.« Sie zwinkerte Cecily zu und stopfte den Anhänger wieder unter den Kragen. Dann zog sie ihr Haargummi ab und schüttelte die Haare aus. »Apropos, würdest du vielleicht ein Foto von mir machen?« Sie drückte Cecily ein dünnes schwarzes Rechteck in die Hand.

»Ist das auch eine dieser TalkForward-Kameras?« Sie hatte die gleiche Größe und den gleichen schnittig schwarzen Korpus wie jene, die Zak herumgezeigt hatte.

»Ganz genau. Zak hat mich gefragt, ob ich sie für seine Firma testen will. Scheint echt cool zu sein.« Sie sprang so leichtfüßig an einem größeren Felsbrocken hinauf, als wären dort Stufen herausgehauen worden. Obendrauf stellte sie sich in Pose, sodass im Hintergrund die Steilwand zu sehen war, an der sie trainiert hatten.

Cecily hielt den Auslöser gedrückt und schoss gleich mehrere Fotos aus unterschiedlichen Blickwinkeln.

Elise sprang wieder nach unten. »Danke. Sind für meine Accounts, du weißt schon.«

»Ich hoffe, eins davon ist etwas geworden!«

»Bestimmt. Ich kann dich ja taggen«, sagte sie.

»Was Social Media angeht, bin ich nicht gerade weit vorn …« Sie lächelte. »Aber die Zahl deiner Follower ist echt beeindruckend. Toll zu sehen, wie eine Frau die Bergsteigercommunity aufmischt! Ich würde dich ja gern interviewen – vielleicht später, wenn wir wieder zurück im Basislager sind, und natürlich nur, wenn du Lust hast.«

»Bien sûr!« Sie klippte die Kamera an ihren Reißverschluss, und gemeinsam marschierten sie hangabwärts.

Aus Cecilys Notizen: Interview mit Elise Gauthier
6. September

Elise Gauthier mischt sich ihr Lieblingsgetränk am Berg: Malzmilch mit Kakao- und Instantkaffeepulver und mehreren gehäuften Teelöffeln Zucker. Sie schießt ein Foto von ihrem dampfenden Becher. Im Hintergrund unscharf die Silhouetten der Gipfel.

Rund eine Viertelmillion Menschen wollen genau solche Fotos von Elise sehen: Schnappschüsse eines Hochgebirgslebens, kuratiert von der stylishsten Influencerin der Bergsteigerwelt. Ihr Social-Media-Feed lockt die großen Sponsoren an, die ihr ausgedehnte Expeditionen bis in die entlegensten Winkel der Welt ermöglichen.

Doch wer bei ihrem Anblick denkt: »Hübsch, aber blöd«, liegt falsch. Ihre Erfolge am Berg sind ernsthaft beeindruckend: Sie war die erste Kanadierin, die mit nur siebzehn Jahren und solo die Eiger-Nordwand durchstiegen hat, und mit zweiundzwanzig gilt sie als eine der besten Bergsteigerinnen der Welt. Sie hat den Broad Peak in diesem Sommer ohne Sauerstoff bestiegen, und das bei ihrem zweiten Versuch. Nun wagt sie am Manaslu zum zweiten Mal eine Begehung im Alpinstil.

Mit dem Berg im Rücken und an den Knöcheln überkreuzten Beinen balanciert sie auf einem Felsblock und sieht völlig unbekümmert aus. Sie hat ihr lockiges, fast hüftlanges Haar aus dem Zopf gelöst, und ein breites Stirnband mit geometrischem Neonmuster hält es ihr aus dem Gesicht. Sie hat den typischen Hochgebirgsteint und blassere Ringe um die Augen – der Schatten ihrer Sonnenbrille.

CECILY: Erste Frage – wie bist du zum Bergsteigen gekommen?

ELISE: Meine Eltern haben mich schon als kleines Mädchen mit in die Berge genommen. Mein Vater war Skilehrer in Saint-Sauveur, einem kleinen Skiort in den Laurentinischen Bergen, und ich stand auf Skiern, noch bevor ich laufen lernte. Später bin ich mit ihm kreuz und quer durch Europa gereist, über all die berühmten Alpenrouten, auf den Mont Blanc, das Matterhorn und den Eiger.

CECILY: Du warst die jüngste Kanadierin, die die Eiger-Nordwand durchstiegen hat. Wie hat sich das angefühlt – im Alter von gerade mal siebzehn Jahren?

ELISE: So was wird gern geschrieben, zumindest für eine gewisse Zeit ... Aber »die erste Dies« oder »die jüngste Jenes« spielt für mich keine Rolle. Trotzdem ist der Eiger bis heute einer der schwersten Aufstiege und überhaupt mein Lieblingsberg. Da geht's um Technik und einfach ....um den Genuss.

CECILY: Und jetzt steht dir der Manaslu bevor. Was hat dich ursprünglich in den Himalaja gelockt?

ELISE: Ich bin erstmals vor zwei Jahren mit meinem damaligen Freund nach Nepal gereist. Ich habe die Ama Dablam bestiegen, stand dort auf dem Gipfel, habe zum Everest rübergeblickt, zum Lhotse und zum Makalu. Im selben Moment war mir klar, dass ich sie alle ohne Sauerstoff besteigen wollte. Ich weiß, bis es so weit ist, wird es noch Jahre dauern, aber das ist nun mal von Herzen mein Traum.

CECILY: Warum ein so großes Risiko eingehen, noch dazu ohne zusätzlichen Sauerstoff?

ELISE: Dafür gibt es wohl mehrere Gründe. Einer ist langweilig: Ich habe nicht das Geld, wie einige andere Bergsteiger, und bin darauf angewiesen, dass Sponsoren mir helfen, mein Ziel zu erreichen. Ohne Sauerstoff dort hochzugehen unterscheidet mich von den anderen. Trotzdem musste ich mein Auto verkaufen, meine Wohnung untervermieten und jede Menge Sponsorenveranstaltungen durchstehen, um herzukommen. Aber ohne Sponsorengelder könnte ich nie auf diesem Niveau klettern gehen. Zum Zweiten hat nun mal jeder eigene Ansprüche. Der Berg ist doch fast schon zu einer politischen Angelegenheit geworden: wer Sauerstoff benutzt, wer Fixseile benutzt, wer neue Routen erschließt und und und … Für mich geht es da einzig und allein um die persönliche Entscheidung. Ich will in Erfahrung bringen, was mein Körper zu leisten imstande ist. Wenn ich Sauerstoff benutzen würde, könnte ich auch die Tour de France mit einem E-Bike fahren, verstehst du? Und trotzdem: Solange Integrität mit im Spiel ist, unterstütze ich jeden zu einhundert Prozent in der Art und Weise, wie er den Berg besteigen will.

CECILY: Heißt das, du findest, dass in den Bergen auch Leute unterwegs sind, die nicht integer sind?

ELISE: Natürlich. Wie in jedem anderen Sport auch. Da gibt's diejenigen, die den einfachsten Weg gehen, die lügen und betrügen. Das Bergsteigen war immer schon … Wie soll ich sagen … *Vertrauenssache?* Man muss den Leuten eben glauben, dass sie den Gipfel bezwungen haben, dass sie keinen Sauerstoff benutzt haben oder ein Fixseil bei einem schwierigen Abstieg. Bei so viel Druck, bei so vielen Beobachtern und all den technischen Neuerungen in der Dokumentation ist es vielleicht nicht mehr ganz so leicht, sich durchzumogeln, aber mal ehrlich: wenn so viele Egos im Spiel sind? Da ist es doch nur natürlich … Aber solange es sich nur um Prahlerei handelt und nicht behauptet wird, man habe eine Erstbesteigung gemeistert oder irgendeinen Weltrekord eingestellt, soll mir das alles egal sein.

CECILY: Ich nehme an, Charles hat unter anderem ein ganzes

Team mit hierhergebracht, weil wir so für ihn die Hand ins Feuer legen können, seine Leistung bezeugen und für seine Integrität bürgen. Erzähl doch mal: Wie hast du Charles kennengelernt?

ELISE: Ich glaube, das war vor zwei Jahren, in Kathmandu. Ja, da muss es gewesen sein. Nach der Lawine in Tadschikistan. Du weißt, welche ich meine, oder? Dort am Pik Lenin hat er seine beiden Berggefährten verloren. Er selbst hat überlebt, sogar völlig unverletzt – eine Wahnsinnsgeschichte! Wenn man so was erlebt, steht man am Scheideweg: Entweder hört man auf, oder man muss immer weitermachen. Er hat sich für das Weitermachen entschieden, und womöglich brauchte er etwas noch Größeres. Um seine verunglückten Kameraden zu ehren. Seine Mission war da nur eine vage Idee, und als er mir erstmals davon erzählte, schien sie für ihn unerreichbar zu sein. Aber wahrscheinlich war genau das der Trigger.

CECILY: Sagst du »unerreichbar«, weil er vorhat, ungesichert zu gehen?

ELISE: Ganz genau. Der Alpinstil ist die purste Form des Bergsteigens. Es könnte dich nie jemand dafür kritisieren, wenn du ungesichert gehst. Ich habe dafür noch nicht genügend Erfahrung und Know-how, aber vielleicht ja eines Tages. Ich bin mir allerdings nicht sicher, ob ich für ein so hohes Risiko wirklich geschaffen bin. Ich will nicht zur Legende werden. Ich will einfach nur die Möglichkeit haben, jeden Tag meines Lebens in den Bergen zu sein. Das ist meine große Leidenschaft.

CECILY: Auch das ist ja ein hehres Ziel! Aber was Charles angeht, frage ich mich doch ... Hast du als jemand, der diese Bergwelt so gut kennt, eine Erklärung dafür, was ihn wirklich antreibt?

ELISE: Puh, na ja, da ist zum einen immer der Druck, dass man noch mehr leisten kann, dass man Schlagzeilen machen könnte, dass man die Grenzen des Alpinismus verschieben kann, wenn du verstehst, was ich meine? Charles ... Er ist der Typ, der *bekannt* dafür sein will, dass er der Beste ist. Er will die Anerkennung. Und die hat er ja auch verdient! Er ist womöglich der stärkste Bergsteiger, den ich je erlebt habe. Ich bin in diesem Sommer am Broad Peak mit Dario geklettert, und da sind wir natürlich auch Charles begegnet. Es war eine echt harte Expedition mit einigen Problemen ...

CECILY: Richtig. Hast du nicht erwähnt, dass da ein Sherpa gestorben ist? Wie hieß er gleich wieder?

ELISE: Dorje. Dorje Norbu. Stimmt, was da passiert ist, war wirklich unglücklich ... Charles, Doug, Dario und ein paar andere haben ihr Bestes getan, um ihn zu retten, aber es ging nicht mehr. Als ich später gehört habe, dass Charles diese Expedition zum Manaslu zusammenstellt, hab ich Interesse bekundet. Daraufhin hat er angerufen und mich dazugebeten. Schien die perfekte Gelegenheit zu sein, noch mal mit ihm bergsteigen zu gehen, ihn zu beobachten und so viel von ihm zu lernen wie möglich. Wenn ich nicht lerne, kann ich nicht besser werden. Und wenn ich nicht besser werden kann – was wäre dann der Sinn?

16

Cecily hatte schon zuvor über Elises Schulter zu den dunklen Wolken gespäht, die aus Richtung Samagaun heraufzogen. Dann öffneten sich die Schleusen, und die beiden suchten eilig Schutz im Essenszelt. Grant und Zak waren ebenfalls dort und starrten gebannt auf ihre elektronischen Geräte. Cecily ärgerte sich, dass sie das Interview hatten abbrechen müssen und sie nur wenige Fragen zu Charles hatte stellen können. Außerdem hätte es bestimmt noch viel zu Elises Bergsteigerreise zu erzählen gegeben, doch der Lärm des Regens auf dem Zeltdach erschwerte jede weitere Unterhaltung.

Elise hatte überdies schon zu ihren Kopfhörern gegriffen und machte sich daran, einen Riss in ihrem Fleece zu flicken. Nachdem sie geschildert hatte, welche Schwierigkeiten sie bei der Finanzierung von derlei Expeditionen hatte, konnte Cecily auch verstehen, warum. Jeder Penny zählte.

Cecily nutzte die Gelegenheit, um sich ein paar Notizen zu machen, solange sie alles frisch im Gedächtnis hatte. Eine Sache, die Elise erwähnt hatte, ließ ihr keine Ruhe. Dass so viele große Egos am Berg unterwegs waren und Schummeleien heraufbeschworen ... Sie spulte ihren Mitschnitt zurück, hörte sich die Passage abermals an und wünschte sich, sie hätte die Handykamera laufen lassen. Irgendetwas war in Elises braunen Augen aufgeblitzt, und ihre rot bemalten Lippen hatten gezuckt, was ihren Ausführungen einen gewissen Unterton verliehen hatte – und tatsächlich: Als sie den Mitschnitt erneut abspielte, meinte sie zu hören, wie sich Elises Stimmlage verändert hatte, wie sie irgendwie unversöhnlich geklungen hatte.

Auch Dario Travers' Name war wieder gefallen, was Cecily von Neuem daran erinnerte, dass sie das Summit-Extreme-Lager aufsuchen musste, und das nicht nur, um mit Ben über Alains Tod zu sprechen. Es klang fast, als könnte Dario gut über Charles Auskunft geben. Natürlich stand Doug auf ihrer Liste immer noch ganz zuoberst, dann Mingma und die anderen Sherpas – Galden, Phemba und Tenzing. Weder Grant noch Zak war zuvor mit Charles bergsteigen gewesen, daher hatten die beiden fürs Erste keine Priorität.

Grant hatte sein Kameraequipment vor sich auf dem Esstisch ausgebreitet, überprüfte diverse Objektive, lud Akkus auf und hatte sämtliche Steckdosen in Beschlag genommen.

»Wie kommen deine Sachen eigentlich mit der Kälte klar?«, fragte Zak.

»Ganz ehrlich? Es ist ein Albtraum!«, antwortete Grant. »Das war auch am Cho mein größtes Problem. Ich hab die Akkus immer in meinem Expeditionsanzug, abgesehen davon hab ich für jedes Gerät zig Ersatzteile dabei. Aber diese Drohne ist wirklich fantastisch.« Er griff unter den Tisch und nahm eine schwarze Kiste hoch, entriegelte sie und hob ein kleines, spinnengleiches Gerät heraus.

Sofort fiel Cecily der Zwischenfall am See wieder ein. Möglicherweise war sie die Letzte, die Alain lebend gesehen hatte. Vielleicht hatte die Drohne ihn aber auch aufgezeichnet, die dort über sie hinweggeflogen war? Es platzte regelrecht aus ihr heraus: »Diese Drohne – hast du die auch an dem Tag benutzt, als Alain gestorben ist?«

Grant lehnte sich auf seinem Stuhl zurück. »Ich glaube, ich habe in Samagaun einen Testflug gemacht, ja. Genau weiß ich es nicht mehr.«

Cecily verspürte ein Kribbeln in den Fingern. So leicht würde er ihr nicht davonkommen. »Wie kannst du das nicht mehr wissen? Das ist doch gerade erst ein paar Tage her. Hast du sie über den Bergsee geflogen? Hast du da irgendetwas gesehen?«

Grant nahm die Hände hoch. »Whoa, werden jetzt die Daumenschrauben ausgepackt, Poirot?«

»Brütest du immer noch darüber, dass Alains Tod etwas anderes als ein Unfall gewesen sein könnte?«, mischte Zak sich ein.

Cecily nickte. »Ich will erst mal nichts ausschließen. Vielleicht hast du ja etwas gefilmt …«

Grant zog die Augenbrauen hoch. »Du darfst dir die Aufnahmen gern ansehen. Ich hab das Ding nur übers Dorf geflogen, aber vielleicht hat sie am Seeufer etwas erwischt …«

»Wenn das okay wäre?«

Er zeigte auf seinen Laptop. »Tu, was du nicht lassen kannst.«

Sie rückte ihren Stuhl näher an Grant heran. Er rutschte auf seinem herum, sodass sein Bein gegen ihres stieß, und als er dann auch noch die Hand nach unten bewegte, lag sie mit einem Mal auf Cecilys unterem Rücken. Sie tat so, als müsste sie ihren Stuhl auf dem unebenen Boden zurechtrücken, und rückte ein Stück von ihm weg.

»Schauen wir doch mal ... Oh, nicht *den* Ordner anklicken, da sind private Videos drin. Du weißt schon, solche, die man sich nur nachts im eigenen Zelt anschauen sollte.« Er grinste sie an, und Cecily verdrehte die Augen. »Da haben wir es doch, die Filmchen von vor zwei Tagen.« Er klickte eine Datei an, und sein Gesicht erschien auf dem Bildschirm – aus nächster Nähe, wie er die Kamera ausrichtete. Dann stieg die Drohne senkrecht nach oben. Er musste auf der Terrasse ihres Teehauses gestanden haben, das bemalte Geländer war klar zu erkennen.

Dann kam Samagaun ins Bild, allerdings reichte der Winkel des Objektivs nicht, um auch den See zu erfassen. Überdies wackelte das Bild, weil Grant die Drohne ruckartig steuerte und drehte. Er schien nicht der erfahrenste Pilot zu sein. Andererseits würden die Aufnahmen später sicher noch geschnitten werden.

»Darf ich?«, fragte sie und zeigte auf die Tastatur.

»Natürlich«, antwortete Grant.

Sie klickte sich vor, doch an keiner Stelle war der Bergsee zu sehen. Sie schaltete das Video ab.

Und klickte auf das nächste in der Liste.

Türkisblaues Seewasser.

»Du warst da!«, rief sie.

Er lehnte sich auf seinem Stuhl zurück. »Tja, anscheinend.«

Sie konnte den Blick nicht vom Bildschirm abwenden und suchte jeden Millimeter ab. Die spiegelglatte Wasseroberfläche. Nirgends am Seeufer irgendein Lebenszeichen – allerdings wusste sie auch nicht, ob die Aufnahmen vor oder nach ihrem Ausflug entstanden waren. Sie versuchte, den Zeitpunkt anhand des Lichteinfalls zu bestimmen, doch dann brach das Video abrupt ab, und es war niemand zu sehen gewesen.

»Zufrieden?«, fragte Grant. »Kein Alain, keine Verdächtigungen.«

Sie stieß einen enttäuschten Seufzer aus. Eine Sache jedoch störte sie: Das Video schien kürzer zu sein als die anderen auf der Liste. Hatte er das Material bearbeitet? Aber warum hätte er das tun sollen?

»Der Typ war doch sowieso verrückt«, murmelte er.

»Was soll das heißen?«, entgegnete Cecily. »Ich wusste gar nicht, dass du ihn kanntest.«

»Ich *kannte* ihn nicht, aber ich hatte schon von ihm gehört. Ich verfolge mehrere Bergsteiger-Feeds, und er hatte wilde Verschwörungstheorien unter einen Post gepackt, in dem es um irgendeinen Everest-Verunglückten ging. Ich meine, das war auf Reddit, insofern war zu erwarten, dass alle möglichen Spinner ihren Senf dazugeben würden, aber bei Alain klang es so, als wäre da irgendwas vorsätzlich passiert. Er hat einen verwirrten Eindruck gemacht. Bin nicht überrascht, dass er dann diesen Unfall hatte. Er war wohl nicht mehr ganz Herr seiner Sinne.«

Sofort griff Cecily zu ihrem Handy, um den Beitrag zu googeln, den Grant erwähnt hatte, doch sie hatte immer noch kein Netz. Frustriert schrieb sie sich eine Notiz, um den Post später nachzulesen.

»Kannst du dich noch an irgendwas anderes erinnern? Wie haben die Leute darauf reagiert?«

Grant winkte ab. »Das war alles Blödsinn. So, und jetzt

bringe ich besser meine Sachen zurück in mein Zelt.« Er klaubte seine Geräte auf und rauschte aus dem Essenszelt nach draußen.

Sie biss sich auf die Lippe. Einer Antwort auf ihre Fragen zu Alain war sie kein bisschen näher gekommen. Bislang hatte sie es wohl tatsächlich nur mit Spekulationen zu tun. Oder nicht? Sie musste erneut an Dougs ernsten Rat denken, sich auf den Berg zu konzentrieren. Andererseits hatte Ben geunkt, Alains Nachforschungen könnten ihn ins Unglück gestürzt haben ... und Grant hatte Alain eindeutig gekannt, noch ehe er hier heraufgekommen war. Dann die Länge des Videoclips. Es hatte ganz danach ausgesehen, als wäre er zusammengeschnitten worden. Sie wollte lieber nicht darüber nachdenken, was das bedeuten mochte, und trug ihren Stuhl wieder zurück zur anderen Tischseite. Auf Grant würde sie jedenfalls ein Auge haben müssen.

»Weiß jemand, wann das Internet wieder läuft?« Zak hielt sein Handy hoch, als wollte er ein imaginäres Signal auffangen.

Er hatte seine Frage kaum fertig gestellt, als Doug das Zelt betrat.

»Später«, antwortete er.

»Und wie spät?«, hakte Cecily nach. Nicht nur wollte sie diverse Dinge nachrecherchieren, sie hätte auch längst ihren nächsten Blogbeitrag an Michelle schicken sollen.

»Wenn das Signal in ein paar Tagen immer noch nicht da ist, können wir immer noch runter nach Samagaun wandern«, sagte Doug.

Zak fiel schier das Handy aus der Hand. »In ein paar Tagen? Augenblick mal, Freundchen. Charles meinte, wir hätten im

Basislager Internet. Wie soll ich mit meinen Entwicklern in Verbindung bleiben? Oder mit meiner Familie? Und ich bin sicher nicht der Einzige, der Internet braucht. Was ist mit Elise und ihren Social-Media-Sachen? Cecily und ihrer Arbeit?«

Doug sah ihn finster an. »Wir sind hier im Himalaja, nicht im Hilton. Elise hat das begriffen. Wenn das WLAN hier mal funktioniert, dann haben wir Glück.«

Die Anspannung ließ nach, als Mingma das Zelt betrat. Grant kam hinter ihm her. Mingma strahlte sie alle an und schwenkte sein Funkgerät in ihre Richtung. »Gute Nachrichten! Das Fixseilteam ist schon in Lager drei!«

»Gut. Wenn das Wetter wieder besser wird, können wir also in den nächsten Tagen die ersten Aufstiege machen.« Doug tippte auf sein Handy-Display. »Ich habe heute Morgen die Wettervorhersage bekommen: Morgen bleibt es noch verregnet, aber danach sieht es ziemlich gut aus. Allerdings« – er zeigte in Richtung Zelteingang – »ist die beste Wettervorhersage immer noch, den Kopf rauszuhalten und selbst nachzusehen.«

Er swipte über das Display und sah sich die Langzeitvorhersage an.

»Das hier ist wesentlich weniger verlässlich, nehmt mich also nicht beim Wort, aber wenn alles gut geht, wird das Wetter Ende der Woche sehr ordentlich. Wenn wir bis dahin unsere Akklimatisierung abgeschlossen haben und die Piste zum Gipfel versichert ist, könnte sich unser Fenster öffnen.«

Zak legte sein Handy zur Seite. »Fantastisch! Das geht ja schneller als gedacht! Am Denali mussten wir gefühlt wochenlang warten, bis das Fenster aufging. Eindeutig der schlimmste Teil der ganzen Expedition.«

»Wir könnten schneller auf dem Gipfel sein als gehofft«, rief Elise.

»Und Charles?«, fragte Cecily. »Schafft er es denn rechtzeitig hierher?«

»Mach dir mal keine Gedanken. Vielleicht hält ihn der Regen in Kathmandu länger auf als befürchtet, aber wenn *unser* Gipfelfenster aufgeht, dann kann er auch den Heli hier herauf nehmen.«

»Oh, gut.« Sie hatte zwar das Gefühl, Doug wollte sie mit seiner Antwort vorführen, trotzdem hatte sie sich wegen des Interviews Sorgen gemacht. Sie wollte einfach nicht, dass alles Kopfzerbrechen, die Angst und Anstrengungen umsonst gewesen wären.

»Wichtig ist im Übrigen noch, dass wir morgen unsere Puja haben«, fügte Mingma hinzu.

»Was ist denn eine Puja?«, fragte Cecily.

»Eine Segnung. Zwei Lamas aus dem Kloster in Samagaun kommen herauf, bitten den Berg um Erlaubnis, dass wir ihn besteigen dürfen, und segnen unser Equipment, damit wir beschützt sind.«

»Es kommen Leute aus dem ganzen Basislager«, fügte Doug hinzu. »Wir feiern alle zusammen.«

»Großartig«, rief Grant, und Elise schnippte mit den Fingern.

Leute aus dem ganzen Basislager? Überraschenderweise hatte Cecily dabei ein mulmiges Gefühl. Na ja, vielleicht nicht überraschend. Bis sie sicher wusste, dass Alains Tod wirklich ein Unfall gewesen war, bestand immer noch die Möglichkeit, dass hier am Berg jemand etwas im Schilde führte.

Und am Berg hieß inzwischen: im Basislager.

17

Als Doug das Zelt wieder verließ, sah Cecily ihren Moment gekommen. Sie lief hinter ihm her in Richtung Kommunikationszelt, das ihm zugleich als Schlafplatz diente. Neben seinem ordentlich beiseitegeräumten Schlafsack lagen ein Buch von Joan Didion mit einem tiefen Knick im Buchrücken und ein ledergebundenes Tagebuch. Für einen kurzen Moment schloss er die Augen, rollte die Schultern aus und atmete tief durch. Sie hatte ihn in einem Moment der Ruhe gestört und versuchte noch, unbemerkt wieder zu verschwinden, doch dann stieß sie gegen einen Tisch, und das Equipment darauf schepperte.

Doug wirbelte herum. Mit angespanntem Gesicht starrte er sie an. Cecily schluckte. Aus irgendeinem Grund, der über ihr Missgeschick an der Steilwand hinauszureichen schien, konnte er sie nicht ausstehen. Weil sie Journalistin war, Fragen stellte, nachforschte, trotz anderslautender Aufforderung keine Ruhe gab? Dabei wusste er doch genau, weshalb sie hier war. Sie war hier, um ihren Job zu machen.

»Wäre jetzt vielleicht ein guter Zeitpunkt für ein schnelles

Interview?«, fragte sie und hatte schlagartig einen trockenen Mund.

»Du schreibst über Charles. Ich wüsste nicht, warum du mit mir reden willst.« Er schob ein paar Unterlagen auf seinem Tisch herum.

Sie trat ein Stück näher auf ihn zu. »Nur ein, zwei Fragen? Du kennst Charles besser als jeder andere. Du bist auf dem Weg hierher jeden Schritt mit ihm gegangen, hast dich um die ganze Logistik gekümmert ... und es ist alles glattgelaufen. Ich weiß nun mal, dass er ohne dich nie so weit gekommen wäre.«

Er zögerte, starrte ein Blatt Papier mit einer unübersichtlichen Grafik an. »Meinetwegen. Ein, zwei Fragen.«

»Fantastisch!« Cecily zückte ihr Handy, verzog dann aber das Gesicht, als der Akku leer war. Sie würde sich auf die altmodische Art behelfen müssen. Doug setzte sich in einen Campingstuhl, und sie lehnte sich mangels Alternativen an einen Beistelltisch. »Wie habt ihr euch kennengelernt?« Sie war so weit, hielt Stift und Papier bereit.

»Das war in Schottland, in der Glenmore Lodge. Damals war er einfach nur irgendein junger Typ in meinem Winterbergsteigerkurs.«

»Es heißt ja immer: Wer einen schottischen Winter überlebt, überlebt alles«, sagte sie und neigte den Kopf leicht zur Seite.

Er erlaubte sich ein schiefes Lächeln. »Wohl wahr.« Dann seufzte er und kratzte sich über die ergrauenden Bartstoppeln.

»Wie alt war er da?« Sie lehnte sich vor.

»Hm, vielleicht sieben?«

Cecily machte große Augen. »Seine Eltern haben ihn mit sieben Jahren in die schottische Wildnis gehen lassen?«

»Das war Teil eines Freizeitprogramms, das ich damals angeboten habe. Für Kinder mit ... mit schwierigen Backgrounds. Aber schon da hat er Potenzial an den Tag gelegt. Hat Techniken sofort verinnerlicht, hatte mehr Ausdauer und Willenskraft als alle anderen. Ich hab nie jemanden getroffen, der sich in den Bergen mehr zu Hause gefühlt hätte – er ist eher Bergziege als Mensch. Und er hatte diesen Ehrgeiz, den man selten erlebt. Im Jahr darauf ist er wiedergekommen. Er hatte seine Bergsteigergeschichte gelernt, das hat mich beeindruckt. Im Herbst, nachdem er achtzehn geworden war, wollte ich die Ama Dablam besteigen. Da habe ich ihn mit auf eine Summit-Extreme-Expedition eingeladen.«

»Muss ein Erlebnis für ihn gewesen sein.«

»Er hatte nicht viel Geld und durfte günstiger mit, hat aber im Gegenzug vor Ort ausgeholfen.«

»Ist das normal? Scheint mir sehr großzügig von dir gewesen zu sein.«

Er zuckte mit den Schultern. »Das Bergsteigen ist eine Sportart, die auf Mentorenschaft basiert. Diesbezüglich etwas zurückzugeben ist meine Pflicht.«

Cecily ließ ihn bei seinen Ausführungen nicht aus den Augen. Er hatte einen weichen, fast entrückten Blick bekommen, als er über Charles als kleinen Jungen geredet hatte. Er hielt auf ihn eindeutig große Stücke. Und es fühlte sich nach mehr an als nur nach Mentorenschaft. »Klingt, als wärst du eher eine Vaterfigur für ihn.«

»Mag sein«, sagte Doug.

»Dann seid ihr später viel zusammen geklettert?«

Doug schüttelte den Kopf. »Er ist allein losgezogen und hat einen Gipfel nach dem anderen abgehakt, während ich als Bergführer gearbeitet habe. Er hat seine Fähigkeiten verbessert, wurde immer autonomer. Als er den Everest bezwungen hat, war ich unendlich stolz. Wir haben uns nie aus den Augen verloren.«

Cecily tippte mit ihrem Stift auf den Block. »Und wann hat er angefangen, Rekorde zu brechen und sich wirklich einen Namen zu machen?«

Doug antwortete nicht sofort. »Darum war es früher nie gegangen. Bis sich bei ihm etwas verändert hat … nach der Lawine.«

»Am Pik Lenin?«

»Ja.«

Wieder der Pik Lenin. Auch Elise hatte ihn erwähnt. Abgesehen von ein paar übersetzten Zeilen einer österreichischen Webseite hatte sie online nicht viel darüber finden können. Sie wusste nur, dass die anderen beiden Bergsteiger aus dem Team aus Salzburg gewesen waren. »Was ist da passiert?«

»Sie haben beim Gipfelsturm mit ihren Bergschuhen eine Lawine ausgelöst. Alle drei wurden mitgerissen. Charles war der Einzige, der sich daraus befreien konnte. Er hat die ganze Nacht lang nach seinen Kameraden gesucht. Als er zurück ins Basislager kam, hatte er kaum eine Schramme am Leib. Ein echtes Wunder.«

Cecily schrieb so schnell mit, wie sie konnte. Die Tinte floss in dieser Höhenlage nicht mehr besonders gut und stockte immer wieder. Irgendwann sah sie ein, dass es zwecklos war. »Warum ist darüber nicht viel mehr berichtet worden? Das klingt fürchterlich.«

»Tja, auch wenn jeder einzelne Todesfall im Gebirge eine Tragödie ist, ist der Tod eben auch allgegenwärtig. So etwas erregt nicht allzu viel Aufmerksamkeit in den Medien, besonders wenn es um einen der kleineren Gipfel geht. Und Charles war damals wie gesagt noch nicht daran interessiert, im Rampenlicht zu stehen.«

»Gut für mich, dass er inzwischen der Liebling der Medien ist! Vielleicht kann ich ja darauf aufmerksam machen, was damals an diesem Berg passiert ist.«

Dougs Stirnfalte wurde tiefer, und fast unmerklich schüttelte er den Kopf. Sie musste ihn zum Weiterreden ermuntern, ehe die zarte Verbindung, die sich zwischen ihnen entwickelt hatte, wieder zunichte war. »Dann hat diese Erfahrung Charles verändert?«

Es entstand eine längere Pause, und Cecily fragte sich schon, ob ihre Chance vertan war. Doch dann hob er zu einer Antwort an, und sie atmete auf. »Danach hat er sich nicht mehr damit zufriedengegeben, einfach nur bergsteigen zu gehen. Er wollte mehr Anerkennung. Ruhm. Er hat mir von seiner *Fourteen-clean*-Idee erzählt, und wenn ich ehrlich sein soll, hab ich erst gelacht.«

»Wirklich?« Sie konnte sich nicht einmal vorstellen, dass Doug überhaupt lachen konnte.

»Auf dem Papier sah das Ganze unmöglich aus. Alle vierzehn Achttausender, ohne Sauerstoff und Sicherung, in weniger als einem Jahr? Aber als mir gedämmert hat, dass er es ernst meinte, wurde es für mich ebenfalls ernst. Wir gingen die Planung an ... Und du hast ihn ja erlebt. Er hat einen Berg nach dem anderen bezwungen. Und jetzt sind wir hier.«

»Ziemlich knapp formuliert ...«

Er schnaubte. War das etwa ein Lachen? »Sagen wir es so … Es waren die längsten und zugleich die kürzesten acht Monate in meinem Leben. Aber Charles hat meine Mentorenschaft damit in höchstem Maße beglichen.«

Cecily ließ den Blick über die Funkausrüstung und das Durcheinander aus Kabeln schweifen. Klobige schwarze Akkusätze und Satellitentelefone hingen an Ladekabeln, ein Funkempfänger und mehrere Laptops mit verstärkten Deckeln lagen auf dem Tisch. In der Ecke stand ein kleiner Generator, der ihn unabhängig vom restlichen Team mit Strom versorgte. Und all das, nur damit Doug Wettervorhersagen erhalten und mit der Außenwelt in Kontakt bleiben konnte. »Was hält eigentlich deine Familie davon, dass du ständig bergsteigen gehst?«

Er stutzte. »Ich dachte, es ginge um Charles?«

»Ja, aber …«

»Ich rede über Charles und sonst nichts.«

Sie nickte. »Okay. Ein gemeinsamer Zug von euch beiden scheint ja zu sein, dass Charles im Lauf seiner Mission ein paar riskante Rettungsaktionen gestartet hat, bei denen du ihn organisatorisch unterstützt hast. Was geht einem durch den Kopf, wenn so ein Funkspruch hereinkommt?«

»In den Bergen sind wir alle ein Team. Wenn jemand in Schwierigkeiten steckt, und wir haben die Möglichkeit zu helfen, dann ist das auch unsere Pflicht, finde ich. Jeder am Berg, der anders denkt, ist meiner Ansicht nach fehl am Platz.«

»Eine ehrenwerte Einstellung. Gab es eine Rettung, die besonders war?«

»Besonders? Jedes Leben, das wir retten, ist besonders.«

Sie zuckte zusammen. »Schlechte Wortwahl … Eine, die dir besonders in Erinnerung geblieben ist?«

»Darüber haben wir schon gesprochen ... aber der Everest in diesem Jahr war wirklich traurig. Allein die Menge der Leute am Berg ... Wir haben noch nie so viele Notrufe reingekriegt. Während des Gipfelfensters fast einen pro Stunde! Einige sind glimpflich davongekommen, andere nicht. Fünfzehn Todesfälle in einem Jahr sind einfach zu viel. Aber so ist es eben, wenn zu viele untrainiert hochgehen. Ich glaube nicht, dass ich dort noch mal hinwill, ganz egal, wie viel Geld sie mir bieten.«

»Ich nehme an, Pierre war einer der Toten.« Sie legte den Stift an die Lippen. Sie war fasziniert und entsetzt gleichermaßen – *fünfzehn* Todesfälle, an einem einzigen Berg. Ihr zog sich der Magen zusammen. Sie fragte sich, ob es ihr weniger ausgemacht hätte, wenn sie derzeit nicht selbst einer ähnlichen Herausforderung wie am Everest und ganz ähnlichen Gefahren entgegenblicken würde.

»Ja, das war ganz besonders unglücklich.«

Bei Dougs Tonfall wurde sie hellhörig. »Was soll das heißen?«

»Ich dachte, Charles hätte ihn schon gefunden ... Aber da haben wir uns über Funk missverstanden. So etwas kommt vor. Er war unterwegs auf jemand anderen gestoßen, der ebenfalls Hilfe brauchte, und bis er die Lage geklärt hatte, war von Pierre nirgends mehr eine Spur. Er war der Letzte auf dem Gipfel und muss abgestürzt sein.«

»Dann war zu dem Zeitpunkt niemand noch höher am Berg als Pierre? Niemand, der hinter ihm hergekommen wäre?«

Doug schüttelte den Kopf. »Nein. Wo die anderen waren, wussten wir.«

»Und sein Climbing Sherpa?«

»Der war bei uns in Lager vier. Warum, fragst du besser ihren Expeditionsleiter.«

Dougs Geschichte klang überzeugend. Er war dabei gewesen. Es schien fast, als hätte Pierre tatsächlich halluziniert, als er Alain angerufen hatte – eines der Symptome eines Hirnödems.

Cecily biss sich auf die Lippe. »Und was war am Dhaulagiri? Die Rettung dieser beiden Italiener klang ziemlich gewagt, und dann hat Charles leider nur einen von ihnen herausholen können. Du bist auch hochgestiegen ...«

Er seufzte und rieb sich die Braue. Als er die Hand sinken ließ, wirkte sein Blick verschleiert. Sie nahm den Satz nicht wieder auf.

Sie hatte ihn verloren.

»Ich muss noch ein bisschen was für die Puja morgen vorbereiten. Wär das okay?« Er sprach leise und klang erschöpft.

Sie nickte.

Ihre Notizen waren ein einziges Durcheinander, die Tinte war irgendwann zur Hälfte hin gestockt, trotzdem hatte sie mehr in Erfahrung gebracht als erhofft. Doug sah angespannt, abgehärmt aus. Er hatte sein Leben lang die Flucht vor Menschen ergriffen und sein Heil in den entlegensten, gefährlichsten Nischen der Welt gesucht. Er war es nicht gewohnt, mit Fragen bombardiert zu werden.

»Schon in Ordnung. Danke, dass du dir die Zeit genommen hast. Ich bin schon gespannt auf die Puja.« Sie schlug ihren Notizblock zu und rutschte von der Tischkante.

»Cecily?«

Sie war schon fast durch den Zelteingang geschlüpft, drehte sich aber erneut zu ihm um.

»Vorbereitung ist der Schlüssel zum Erfolg. Was du heute gesagt hast ... *Sei wachsam.* Das hat man besser immer im Kopf. Galden hat mir das von deinem Zelt erzählt ...«

»Ich kümmere mich darum«, sagte sie und eilte nach draußen. Sie wollte nicht, dass Doug sah, wie ihr Tränen in die Augen stiegen, während ihre Gedanken um die Frau kreisten, die ihr das Mantra mit auf den Weg gegeben hatte. Sie fühlte sich auch so schon angreifbar genug.

18

In dieser Nacht waren ihre Träume realer als sonst – und beunruhigender.

Sie war zurück am See, oder genauer: im See. Eiskaltes Wasser schwappte ihr um den Hals. Alain schlenderte auf das Ufer zu, und sie forderte ihn panisch auf umzukehren – nur dass sie keinen Ton herausbrachte. Blut lief an seiner Schläfe hinab und kroch in Richtung Mundwinkel. Er streckte die Arme nach ihr aus und schürzte die Lippen.

Und pfiff. Dieselbe Tonfolge, dieselbe misstönende Kadenz.

Sie riss die Augen auf. Und hörte es wirklich. Das Pfeifen hatte sie nicht geträumt. Auch diesmal kam es von außerhalb ihres Zeltes.

Da war jemand.

Doch diesmal würde sie es nicht wie gelähmt aussitzen. Sie musste herausfinden, wer dahintersteckte. Sie streifte sich ihre Daunenjacke über, zog so leise wie möglich den Reißverschluss an ihrem Zelt auf und schlüpfte nach draußen.

Es dauerte kurz, bis sich ihre Augen umgestellt hatten. Doch dann sah sie ihn. Groß, athletisch gebaut, das Gesicht in der Dunkelheit nicht zu erkennen.

Den Pfeifer.

Grant? Der Körperbau kam seinem am nächsten.

Sie runzelte die Stirn. Der Mann stand hinter ihrem Zelt auf dem Felssturz und starrte in Richtung des Berges. Er hatte ihr den Rücken zugewandt und war nur als Silhouette im blassen Mondlicht zu sehen.

Dann verlagerte er das Gewicht, sah aus, als wollte er sich umdrehen – und sie ging in Deckung. Wer immer es war, sie wollte nicht, dass er sie dabei ertappte, wie sie ihn mitten in der Nacht anstarrte.

Stattdessen verschwand er jenseits der Felskante in den Abgrund.

Cecily schlug beide Hände vors Gesicht und musste sich zusammenreißen, um nicht aufzuschreien. In dieser Richtung standen nirgends mehr Zelte, es gab keinen Grund, dort hinunterzuspringen. Wenn es Grant gewesen war, was hatte er dann dort zu suchen?

Sie kämpfte gegen die wachsende Panik an und gegen den plötzlichen Wunsch, dass James hier wäre. Er hätte sich zu helfen gewusst. Er wäre zu der Felskante gelaufen, hätte den Mann zur Rede gestellt und in Erfahrung gebracht, was er dort mitten in der Nacht trieb. Aber James war nicht da. Sie war auf sich allein gestellt.

Doch Gewissheit war immer besser, als sich wegzuducken und im Kopf alle möglichen Szenarien durchzuspielen. Also holte sie tief Luft, hielt den Atem an und lief auf einen großen Felsbrocken zu. Langsam ließ sie die Luft wieder entweichen, der erste Schritt war getan. Sie schob sich hinauf, spähte über den Felsvorsprung und entdeckte einen schmalen Pfad, der an der Kante entlang verlief – ein gutes Stück unter ihr, und ohne Stirnlampe war schwer zu sagen, wie tief es dort hinunterging. Aber wenn der Pfeifer gesprungen war … Ohne weiter zu überlegen, hangelte sie sich hinab.

Ihre Fußspitzen tasteten über den Fels. An der Felskante würde sie sich nicht mehr lange festhalten können. Sie glitt allmählich ab, allerdings ging es nicht tief. Dann tastete sie sich voran, immer mit einer Hand am Fels, nur für den Fall, dass sie nicht sicher auftrat …

Wenn es jetzt regnen würde, wäre das hier wie …

Nicht. Denk nicht daran.

Erleichtert atmete sie aus, als sie einen Felsbrocken umrundete und sich die Kante zu einem kleinen Plateau erweiterte. Sie duckte sich und kauerte sich hinter einen Felsvorsprung. Als sie um die Kante spähte, entdeckte sie den Mann erneut.

Inzwischen hatte er seine Stirnlampe eingeschaltet. Er stand mit dem Rücken zu ihr, sodass sie sein Gesicht noch immer nicht erkennen konnte, allerdings sah sie jetzt, worauf er hinabblickte.

Ein Zelt. Kleiner als diejenigen, die Manners Mountaineering benutzte, und in einer anderen Farbe: rot mit blauen Akzentstreifen. Keins der leuchtend gelben, in denen ihr Team schlief. Im vorüberhuschenden Lichtkegel der Stirnlampe konnte sie ein X aus Panzertape erkennen, das eine Art Überzug zusammenhielt. Um das Zelt herum lag jede Menge Müll.

In gekauerter Position fingen ihre müden Beine an zu zucken. Ein Steinchen löste sich und kullerte in Richtung des mysteriösen Pfeifers.

Die Gestalt hob jäh den Blick. Cecily duckte sich hinter den

Fels und lehnte den Kopf so weit zurück, wie sie nur konnte, um in den Schatten zu verschwinden. Der Lichtkegel der Stirnlampe huschte über die Felswand direkt vor ihr.

Sie wartete ein paar quälend lange Sekunden. Immer noch kein Knirschen von Sohlen auf Stein, stattdessen wanderte der Lichtschein erneut nach unten, und dann hörte sie den Reißverschluss des Zelteingangs rattern.

Noch ein paar Atemzüge, und sie riskierte einen weiteren Blick. Der Mann war in seinem Zelt verschwunden, das Licht der Stirnlampe sickerte nur noch durch die Nylonplane. Sie nutzte die Gelegenheit und lief den Pfad zurück, ohne auf ihre Schritte zu achten. Sie wollte nur noch in ihr Zelt, ins Manners-Mountaineering-Lager, wo Leute ihr zu Hilfe kämen, wenn sie schreien würde.

Wer bitte schön zeltete allein dort draußen? Hatte das etwas mit Alains Tod zu tun?

Sie musste erneut an den Fußabdruck vor ihrem Zelt denken. Der war zu nahe gewesen, als dass es ein Zufall sein konnte.

Und sie dachte über das Pfeifen nach. Der Mann hatte gewollt, dass sie sich darüber im Klaren war, dass er sich in der Nähe befand.

Aber wenn das stimmte ... was wollte er von ihr? Und warum?

19

Nach ihrem nächtlichen Ausflug konnte sie nicht gleich einschlafen. Sie nahm noch ein paar Schmerztabletten und spülte sie mit dem lauwarmen Wasser aus ihrer Trinkflasche hinunter. Als sie das nächste Mal aufwachte, war sie immer noch von Kopf bis Fuß angespannt.

Sie musste Doug Bericht erstatten. Wenn jemand in der Nähe ihres Lagers zeltete, sollte ihr Expeditionsleiter das wissen. Sie lief hangabwärts in Richtung Kommunikationszelt. Es war früh am Morgen, noch war niemand sonst auf den Beinen, trotzdem war sie sich sicher, dass er bereits wach sein würde.

»Doug?«, rief sie durch den Zelteingang.

Nach ein paar Sekunden tauchte er stirnrunzelnd vor ihr auf.

Cecily schluckte. Bei seinem Anblick beschlichen sie sofort Zweifel, und sie fragte sich, ob sie die Sache nicht doch zu sehr aufbauschte. Dann hob sie den Blick. *Nein, diesmal nicht.* »Ich weiß, es klingt verrückt … Aber ich glaube, da zeltet ein Fremder ein Stück hinter meinem Zelt.«

»Aus einem anderen Team?«

Sie schüttelte den Kopf. »Nein. Es ist ein Einzelzelt. Ein einzelner Mann.«

Doug verschränkte die Arme und schob sich die Hände in die Achselhöhlen. »Ungewöhnlich. Aber es gibt Leute, die ohne Team bergsteigen.«

Cecily zupfte am Ende ihres Zopfes herum. Den würde sie bald neu flechten müssen, er hatte sich vom Hin- und Herwälzen auf ihrem Kissen gelockert. »Dass da ein Fremder nachts an meinem Zelt vorbeischleicht, behagt mir nicht ... Könntest du nicht mitkommen und herausfinden, wer das ist?«

Er seufzte. »Ernsthaft?«

Sie antwortete nicht. Doug war es gewohnt, in entlegenen Gegenden zu zelten, und machte sich aller Wahrscheinlichkeit nach keine Gedanken darüber, wer sich dort in der Nähe herumdrückte und was das für seine persönliche Sicherheit bedeuten mochte. Ihr selbst war so etwas fremd, und dieser Unbekannte war zu nah an ihr dran, als dass sie sich damit wohlfühlte.

Zu ihrer Erleichterung richtete Doug sich auf. »Meinetwegen. Gehen wir.«

Er folgte ihr bis an den Rand des Lagers und weiter an ihrem Zelt vorbei. In der kalten Morgensonne wirkte es mit einem Mal völlig irrational, über den Felssturz zu steigen. Der Abhang dahinter sah noch steiler aus als in der vergangenen Nacht und der Pfad mehr oder weniger unpassierbar, ein Durcheinander aus Felsbrocken.

»Sicher, dass es dort zu dem Zelt geht? Das sieht instabil aus.« Doug reckte den Hals, um über die Kante zu sehen.

»Ich bin gestern Nacht selbst dort hinunter ... und hab das Zelt mit eigenen Augen gesehen.« Sie schob sich über die Kante und ließ sich fallen. Dann hörte sie, wie Doug ihr von oben folgte. Sie mäanderte zwischen den Felsbrocken hindurch und hoffte, bald das Plateau vor sich zu sehen, sonst hätte sie sich vollends zum Narren gemacht.

»Sei vorsichtig, wo du hintrittst«, sagte Doug und riss sie am Arm zurück, als ein Stein unter ihr in Bewegung geriet. Dann endlich etwas, was sie wiedererkannte: der Felsvorsprung, hinter dem sie sich versteckt hatte.

»Dahinter ist es«, sagte sie. Und genau wie gedacht lag vor ihnen das Felsplateau.

Nur dass es leer war.

Keine Spur von einem Zelt.

Halb schlitterte sie über das lose Geröll hinab auf das Plateau. »Hier stand es gestern Nacht, ich schwöre es, genau hier.« Grau und verwaist starrte der Fels zu ihr zurück. Unbeugsam.

Doug seufzte. »Ich hab noch was zu tun.«

»Es war rot mit blauen Akzenten, zumindest sah es im Licht seiner Lampe so aus. Die Akzente könnten auch schwarz oder dunkelgrün gewesen sein ... und es war eindeutig nicht mehr neu.«

Doug blieb jäh stehen und geriet auf dem Geröll fast ins Schlittern. Dann starrte er ausdruckslos zu Boden. »Manche Leute haben auf einer gewissen Höhe ziemlich lebhafte Träume.«

»Es *war* kein Traum.«

»Tja, aber hier ist ja nun mal niemand. Niemand, der an deinem Zelt vorbeischleichen würde. Du bist hier im Lager sicher.«

Sie runzelte die Stirn, trat mit der Fußspitze gegen einen Stein, und Doug hustete in die Hand.

»Cecily, allmählich mache ich mir Sorgen. Dieser Vorfall beim Training, die Fragen rund um Alains Tod ... und Zak hat etwas von einem Fußabdruck erwähnt ...«

»Du weißt davon?«

»Er hat es nur erwähnt, weil er sich Gedanken macht. Um diese Berge hier zu besteigen, braucht man eine positive Einstellung. Du musst Respekt für den Berg und für die Leute ringsum aufbringen. Wir sind so ein kleines Team, da schlägt sich die negative Stimmung eines Einzelnen auf alle nieder. Wenn du deine Paranoia nicht in den Griff bekommst ... wäre es vielleicht nicht die beste Entscheidung weiterzumachen.«

Cecily wich vor ihm zurück, als hätte er sie geschlagen. »Doug – ein Mann ist gestorben! Darf ich mir zu den Umständen jetzt nicht mal mehr Gedanken machen?«

»Mein Rat an dich ist und bleibt der gleiche: Wenn du nicht zu einhundert Prozent bei der Sache bist, dann nehme ich dich nicht mit hoch.« Mit diesen Worten marschierte er zurück ins Basislager.

Sie ballte die Fäuste, bohrte sich die Fingernägel in die Handballen. Dann suchte sie den Boden nach einem Beweis ab. Vor dem Zelt hatte jede Menge Müll gelegen – und tatsächlich: Am hinteren Ende des Plateaus blitzte etwas unter einem Stein, und sie ging in die Hocke.

Ein Flaschenverschluss, mit dem offenen Ende nach oben. Sie nahm ihn hoch. Natürlich kein wasserdichter Beweis, aber Cecily wusste, was sie gesehen hatte.

Es *war* jemand hier gewesen.

20

Als sie zurück ins Manners-Mountaineering-Lager kam, wimmelte es dort von Leuten, die sie nicht kannte.

Es war Puja-Tag. Sie versuchte, so gut sie konnte, die Ereignisse der vergangenen Nacht hinter sich zu lassen, und knetete sich die Anspannung aus den Schultern. Sie wollte alles mitbekommen, auf solche Momente hatte sie sich mit am meisten gefreut – bis Alains Tod ihre Ängste befeuert hatte. Außerdem musste sie Michelle mehr Text schicken. In ihrer Lage war selbst das bisschen Taschengeld, das sie für die Expeditionsberichte bekam, unverzichtbar. Die Puja würde einen tollen Blogbeitrag abgeben. Sie musste sich konzentrieren und das ominöse Zelt und die potenzielle Gefahr, die von jemandem hier am Berg ausging, fürs Erste beiseiteschieben.

Wenn Doug dich aus dem Team wirft, kannst du auch nicht weiter recherchieren, sagte sie sich. Sie musste zumindest den Anschein erwecken, bei Sinnen zu sein, auch wenn ihre Gedanken gerade Achterbahn fuhren.

Doug wich den Blicken sämtlicher Besucher aus und verschwand im Kommunikationszelt. Stattdessen hieß Mingma alle mit einem strahlenden Lächeln willkommen, als sich eine Gruppe in identischen T-Shirts näherte, nahm deren Teamleiter fest in die Arme, und sie klopften sich gegenseitig auf den Rücken.

»Schön, dich zu sehen, Dai!«

»Gleichfalls.« Der Mann hatte einen unverkennbar russischen Akzent und unterschied sich deutlich von den anderen Bergführern, die Cecily bislang kennengelernt hatte: Er war eher stämmig, und sein T-Shirt spannte über einem kleinen Bäuchlein. Über das lichte Haar hatte er sich ein Stirnband gezogen, auf dem in kyrillischen Buchstaben für eine Softdrink-Marke geworben wurde. Über Mingmas Schulter hinweg begegnete er ihrem Blick, machte einen Schritt zurück und musterte sie. Unwillkürlich fragte sie sich, was er in ihr sah. Jemanden, der für den Aufstieg geeignet war?

Je länger er sie ansah, umso unwohler fühlte sie sich. Dann gab sie sich einen Ruck. »Cecily Wong«, stellte sie sich ihm vor.

»Andrej. Ich bin der Teamchef von Elbrus Elite.« Er erwiderte ihren Handschlag. »Das erste Mal auf einem der ganz großen Berge?«

»Ja, mein erster Achttausender.«

Mit einem Schmunzeln auf den Lippen nickte er.

»Belästigst du die junge Dame, Andrej?« Eine Frau etwa Ende dreißig mit schulterlangem blondem Haar, gebräuntem Teint und einem spöttischen Schmunzeln trat neben ihn und tätschelte ihm die Schulter. Dann beugte sie sich zu Cecily vor. »Du musst entschuldigen – er kriegt hier nicht allzu oft Frauen zu Gesicht.«

Andrej raunte ihr etwas zu, was Cecily nicht verstand. Trotzdem schien er ihre Bemerkung sportlich zu nehmen. Um seine Augen bildeten sich Lachfältchen. Er wandte sich Grant zu, der herbeigeschlendert war, um sich ebenfalls vorzustellen.

»Ich bin Irina.« Die Frau beugte sich zu Cecily vor und gab ihr ein Küsschen auf jede Wange. »Dein Name ist Cecily, oder? Schön, dich kennenzulernen. Ist Charles auch da? Wir können es alle kaum erwarten, den britischen Ausnahmebergsteiger kennenzulernen!«

Cecily schüttelte den Kopf. »Er ist immer noch in Kathmandu, dürfte aber bald nachkommen.« Sie hoffte inständig, dass das stimmte.

»Na, dann eben ein andermal.« Die Frau drehte sich zu Grant um, und ihr Blick hellte sich auf, als sie den großen, attraktiven Engländer in Augenschein nahm. Als sich auf Grants Gesicht ein Lächeln breitmachte, mutmaßte Cecily, dass die Einschätzung wohl auf Gegenseitigkeit beruhte.

»Dieses Team strotzt vor Geld«, kommentierte Zak so leise, dass sie es fast überhört hätte. Sie hatte gar nicht bemerkt, dass er neben ihr stehen geblieben war. »Und Irina ist ehemalige Miss Russia.«

»Du machst Witze!«

Er schüttelte den Kopf. »Nope. Hat Galden mir erzählt. Er ist mit ihr am Makalu gewesen, und sie will noch ein paar mehr Gipfel abhaken.«

»Wow, unglaublich.«

»Und da kommen noch mehr Leute. Das gibt eine Party!«

Cecily ließ den Blick schweifen und fragte sich, ob auch Dario Travers gekommen war. Außerdem hielt sie nach Ben Ausschau, konnte ihn aber nirgends entdecken.

Sie straffte die Schultern und wollte sich gerade mit weiteren Besuchern bekannt machen, als sie ein ungewöhnliches Geräusch vernahm.

Ein Trommeln, erst leise, dann immer lauter. Sie drehte sich nach dem Geräusch um. Ein paar Mönche saßen auf einem kleinen Steinhügel gleich oberhalb ihres Lagers. Phemba und Tenzing wieselten um sie herum und schichteten Holz zu einem kleinen Feuer auf. Der aromatische Rauch wehte bereits über das Lager hinweg.

Die Puja ging los.

Im nächsten Moment trug Galden ein Bündel Wacholderzweige an ihr vorbei. Er berührte sie am Unterarm. »Bring den Lamas etwas mit, damit sie es segnen, Didi.«

»Was schlägst du vor?«

»Die meisten nehmen einen Gegenstand, der den Berg berührt. Schuhe, Wanderstöcke – so was in der Art.«

Sie nickte, und Zak und sie eilten zu ihren Zelten zurück. Cecily betrachtete ihre Sachen, und aus unerfindlichen Gründen sprang ihr der Eispickel ins Auge. Der wäre überlebenswichtig: Wenn sie einen Abhang hinabrutschte und Halt finden müsste, würde sie den Eispickel einsetzen müssen. Da würde ein Segen eindeutig helfen.

Sie stapfte zurück zu dem Steinhaufen und einem Altar. Hinter ihr sprach Elise einen Kommentar auf Video ein, den sie für ihre Follower streamen würde. Sie hielt ihre Steigeisen in der freien Hand. Gemeinsam legten sie ihre Habseligkeiten vor der Feuerstelle ab.

Zwei Lamas saßen auf einer Luftmatratze im Schneidersitz. Ein paar Schaumstoffpolster waren um sie herum im Halbkreis ausgelegt worden. Cecily stellte sich hinter die beiden. Über die Schulter des einen konnte sie ein längliches Pergament einsehen, von dem er etwas ablas, und die bildschönen Schriftzeichen sehen, mit denen das Blatt übersät war. Der Gesang war entspannend, fast schon hypnotisch, und wurde vom gleichmäßigen Trommeln und dem gelegentlichen Schlag auf ein Becken begleitet.

Sie schloss die Augen, fühlte sich ins Wohnzimmer ihrer Nai Nai zurückversetzt und sah den kleinen Altar in der Zimmerecke vor sich, den weißen Buddha, der stets makellos abgestaubt gewesen war, obwohl sich daneben in den Bücherregalen der Staub gesammelt hatte. Die kleinen glänzenden Schälchen zu beiden Seiten hatten Opfergaben enthalten. Einmal war sie dabei erwischt worden, wie sie ein Stück kandierte Frucht daraus stibitzt hatte. Dafür hatte sie einen Klaps auf die Hand erhalten.

An den Schrein hatte sie schon seit einer Ewigkeit nicht mehr gedacht. Seit sie erwachsen war, hatte sie für Religion nichts mehr übriggehabt, doch jetzt, im Schatten der höchsten Berge der Welt, spürte sie, wie ihr das Herz aufging und sich ihr Geist öffnete.

Die Lamas sandten ihre Gebete gen Himmel, die Wolkendecke riss auf und gab den Blick auf den zerklüfteten Ostgipfel des Manaslu vor einem leuchtend blauen Himmel frei. Als ihr Wacholderrauch und Räucherduft in die Nase stiegen, fühlte sie sich regelrecht auf den Gipfel versetzt. Das beteten sie hier also an – keinen Gott, sondern den Berg: Sie baten ihn um Erlaubnis, ihn besteigen und für ein paar Wochen – für den Berg selbst nur ein Hauch seiner Lebensspanne – über seine Schultern krauchen zu dürfen.

Der Manaslu sah erhaben aus, der haifischflossenförmige Gipfel wie eine Mahnung vor der Gefahr. Erneut musste sie an

Alain denken, der diese Reise nicht mehr antreten würde. Sie hoffte inständig, dass er seinen Frieden gefunden hatte.

Sie spürte, wie Angst, Aufregung und zu guter Letzt eine Art Ruhe durch sie hindurchströmten. Und abermals fragte sie sich, warum sie hier war. Was war der *wahre* Grund? Als Charles sie zu dieser Expedition eingeladen hatte, war sie zunächst hocherfreut gewesen, weil er tatsächlich zu glauben schien – weil er sich eindeutig sicher war –, dass sie es in seinem Team schaffen würde. Doch sie hatte auch ihr Snowdon-Trauma überwinden wollen. Und seit James sie verlassen hatte, wollte sie ihm mit dieser Reise obendrein beweisen, wozu sie tatsächlich imstande war. Aber mit jedem Schritt in Richtung Gipfel – von ihren Trainingsausflügen zum Box Hill bis zum Flug nach Kathmandu, vom Marsch herauf ins Basislager bis zu den Stunden, die sie an der Trainingswand verbracht hatten – büßte sie ein Stück ihrer Verbissenheit ein.

Die Puja fegte nun auch den letzten Rest fort.

Und sie war dankbar dafür. Derlei negative Gefühle opferte sie dem Berg nur zu gern.

Schwimm dich frei, Ceci. Der Rat ihrer Nai Nai. Cecily wusste, dass sie ihn befolgen sollte. Aber das bedeutete auch, dass sie jetzt die Schwimmflügel abstreifen musste.

Von nun an würde jeder Schritt, den sie tat, nur um ihrer selbst willen geschehen. Um *sich selbst* zu beweisen, dass sie keine Versagerin war, dass alles, was sie durchgemacht hatte, ihr schlussendlich zu jenem Moment verhelfen würde, in dem sie es zum Gipfel geschafft und sich aus der tiefen Kluft des Zweifels befreit hätte.

Auf Dougs Zeichen trat sie vor und nahm ihren Eispickel wieder entgegen, der neben Elises Steigeisen, Zaks Bergschuhen und Grants Kamera gelegen hatte. Hoffentlich würde ihr der Segen der Lamas am Berg umso mehr Sicherheit geben.

Sie wollte alle Hilfe in Anspruch nehmen, die sie bekommen konnte.

Kurze Zeit später errichteten Galden und Phemba über dem Feuer ein Gestänge, das mit langen Bahnen aus Gebetsfahnen geschmückt war: hellblaue Stoffstreifen für den Himmel, die weißen für die Luft, die roten für Feuer, grüne für das Wasser und gelbe für die Erde. Der Wind fuhr hinein und sorgte dafür, dass sich ein Flattern zu den berauschenden Gesängen gesellte.

Dann schlug die Stimmung jäh von friedvoll zu überschwänglich um: Die Sherpas griffen zu kleinen Gefäßen mit Tsampa-Mehl, die vor dem Altar gestanden hatten, setzten sich erst gegenseitig einen Tupfer davon auf die Stirn und wandten sich anschließend den Bergsteigern zu.

»Wofür ist das gut?«, fragte Cecily an Galden gewandt, der ihr Mehlstreifen auf die Wangen tupfte.

»Es ist der Wunsch, dass du leben mögest, bis dein Bart grau wird«, erklärte er lachend.

»Dann streu mir besser etwas in die Haare«, erwiderte sie, neigte den Kopf, und Galden tat wie gewünscht.

Einer der Lamas knotete ihr eine gelbe Schnur ums Handgelenk – ein Sungdi oder Schutzband. Dann reichte Mingma ihr eine Schüssel Reis, und sie nahm sich eine Faustvoll und warf den Reis in die Luft. Es herrschte eine ausgelassene Stimmung: Die Vorfreude auf den bevorstehenden Anstieg war schier mit den Händen greifbar. Nach einer Weile ging Whisky herum. Einen Moment lang war Cecily zögerlich, auf dieser Höhe zu trinken, doch dann nahm sie einen Schluck, ehe sie es sich anders überlegen konnte. Der Whisky brannte in ihrer Kehle. Sie war hier, um von ihren Erfahrungen bei einer Hochgebirgsexpedition zu berichten. Da musste sie eben mitmachen.

Die Party verlagerte sich vom Puja-Platz hangabwärts ins Zeltlager. Aus den Küchenzelten wurden weitere Flaschen gebracht, und Phemba zauberte aus seinem Zelt einen tragbaren Lautsprecher hervor und stellte ihn in die Mitte einiger Stühle, die im Kreis arrangiert worden waren. Im nächsten Moment schallte nepalesische Musik über die Moräne, und Phemba eröffnete die Tanzfläche. Sofort gesellte sich Elise zu ihm, und klatschend fingen sie an zu tanzen. Cecily und die anderen bildeten einen Kreis um die beiden herum, tranken und wiegten sich im Takt.

Irgendwann nahm Galden sie bei der Hand und zog sie in die Mitte, zeigte ihr und Elise ein paar Tanzschritte, die zur Musik passten, zu Liedern über unerwiderte Liebe, Hits aus nepalesischen Kinofilmen, die mit ihren mitreißenden Rhythmen und der ausdrucksstarken Choreografie vage an Bollywood-Stücke erinnerten. Sogar Tenzing, der älteste der Sherpas, stürmte die Tanzfläche und wirbelte die Hände in der Luft. Zwischendurch liefen auch westliche Songs – alles, was rhythmisch war. Whisky floss durch Cecilys Adern und überschwemmte ihren Kreislauf angesichts der Höhenlage noch viel schneller als sonst. Ihre Bewegungen wurden weicher, das Lächeln breiter. Sie hatte sich schon während der Puja gefühlt, als wäre sie auf eine höhere Ebene versetzt worden, doch jetzt fiel die Anspannung vollends von ihr ab.

Aus Dawas Küche wurden Tabletts voller Essen getragen: Momos, gebratene Wurst, Dörrfleisch- und Käsewürfel, Chipstütchen, Schokoriegel – all die kohlenhydrathaltigen und fettreichen, leckeren Energiequellen, auf die sie in den kommenden Wochen immer wieder zurückgreifen würden.

Zak tänzelte um sie herum und führte ein paar alberne Tanzschritte aus, die sie für ihn filmte, damit seine Familie sich amüsieren konnte. Auch sie wirbelte mit den Händen, ließ sich von der Musik mitreißen, wiegte und groovte hin und her und konnte gar nicht mehr aufhören zu lächeln.

»Da hat jemand eine Freundin gefunden!«, stellte Zak irgendwann fest und nickte in Grants Richtung. Cecily tänzelte halb herum, um einen Blick zu riskieren. Grant hatte den Arm um Irina gelegt. Offenbar ließ er nichts anbrennen. Zak beugte sich zu ihr. »Sieht ganz danach aus, als würde er sein Zelt lieber mit jemand anderem teilen als mit mir …«

Sie lachte.

Sie hatte nicht damit gerechnet, dass es im Laufe dieser Expedition zu so *netten* Momenten kommen würde. Ein Fest ganz am Ende – klar –, bei dem sie feiern würden, dass sie es geschafft hatten. Aber hier herrschte gerade eine ganz neue Art von Energie. Jeder hier wusste, dass sie zu einem lebensgefährlichen Abenteuer aufbrechen würden. Zu etwas potenziell Tödlichem. Und anscheinend brauchten sie dieses Ventil für all ihre aufgestaute Anspannung und Angst.

Dann fing sie Dougs Blick auf. Er starrte sie an und sah dann ebenso schnell wieder weg. Hatte sie sich das nur eingebildet? Oder vielleicht hatte der Alkohol ihr Urteilsvermögen eingetrübt? Nein. Diesmal wollte sie sich nicht verunsichern lassen. Wenn dies hier Kontaktzeit sein sollte, dann würde sie eben nun den Kontakt mit dem wichtigsten Mitglied ihres Teams pflegen: mit ihrem Expeditionsleiter.

»Komm schon, Doug, willst du nicht auch noch was trinken?«, fragte sie, als sie neben ihn trat.

Er schüttelte den Kopf. »Ich glaube nicht ... Ich hab schon genug intus. Immerhin wollen wir morgen hoch auf den Berg.« Er ließ den Blick über die Meute schweifen. Die Leute tanzten immer noch. »Vielleicht übermorgen wieder.«

»Die Puja ... Die war wirklich bewegend. Was für ein Erlebnis! So etwas hätte ich vor meinen anderen Aufstiegen auch gut gebrauchen können.«

»Ich habe inzwischen unzählige mitgemacht. Hab schon ganz vergessen, wie es ist, wenn man sie zum ersten Mal erlebt. Wie fühlst du dich jetzt?«

»Ich fühle mich ... bereit.«

»Gut.«

»Sicher, dass ich dich nicht zum Tanzen überreden kann?«

»Ganz sicher.« Irgendetwas jenseits ihrer Schulter weckte seine Aufmerksamkeit. »Scheiße, was macht der denn hier?«

Cecily hatte Doug nie zuvor fluchen hören. Sie folgte seinem Blick, während er bereits in die entgegengesetzte Richtung davonmarschierte. Was war denn da los gewesen? Der Mann, um den es allem Anschein nach ging, trug eine Daunenjacke mit Summit-Extreme-Logo und hatte eine auffällige Narbe an der Wange. Elise schien ihn zu kennen, weil sie ihn nach Art alter Bekannter mit zwei Küsschen auf die Wangen begrüßte.

Vom Alkohol beflügelt schlenderte Cecily auf die beiden zu. »Und wen haben wir hier?«

»Ich wollte dich gerade suchen gehen«, sagte Elise. »Das hier ist Dario. Wolltest du nicht mit ihm reden?«

»Ganz genau! Ich weiß, wer du bist«, sagte Cecily, ohne nachzudenken.

»Ach? Ich wusste gar nicht, dass ich so berühmt bin«, erwiderte er.

Elise legte ihre Hand an Cecilys Oberarm. »Das ist Cecily Wong. Sie ist ebenfalls Mitglied in Charles' Team. Sie ist eine supererfolgreiche Reporterin und schreibt für die besten Reisemagazine. Ist doch so, oder?«

Cecily trat von einem Bein aufs andere. »Na ja ... Ich schreibe für *Wild Outdoors* ...«

Dario schob seine Sportsonnenbrille in die Stirn. Dahinter kamen blassgrüne Augen zum Vorschein. »Eine Journalistin? Spannend! Wie unser Ben einer war.«

»Wo ist er überhaupt?«, wollte Cecily wissen und ließ erneut den Blick schweifen.

Dario nahm einen Schluck Bier. »Er ist nicht mehr Teil unseres Teams.«

»Was?«

»Das passiert, wenn man seine Expeditionsgebühren nicht bezahlen kann.«

»Oh, wie ärgerlich.« Sie strich sich über den Nacken. Sie war nie Bens größter Fan gewesen, auch wenn er eng mit James befreundet war, aber sie wusste auch, dass er am Boden zerstört wäre, wenn er den Berg verlassen müsste. Die Geldsorgen konnte sie natürlich nachvollziehen, schließlich standen auch ihre Finanzen auf Messers Schneide. Trotzdem war sie teils auch erleichtert. Wenigstens musste sie sich jetzt keine Gedanken mehr machen, dass er ihr die Story abspenstig machte. Oder an ihren Ex nach Hause berichtete. Sie räusperte sich. »Ähm, hör mal, Dario ... Wenn du irgendwann Zeit hättest ... würde ich mich gern mit dir unterhalten.«

»Jetzt gleich?«

»Klar, warum nicht?«

Er kam nicht mehr dazu, etwas zu erwidern, weil Doug dazwischenging. »Was hast du hier zu suchen?«, fauchte er Dario an.

»He, he! Feindseligkeit ist doch wirklich nicht nötig, Doug. Ich bin hier, um dem großen Charles McVeigh Respekt zu zollen.« Er hatte die Hände hochgenommen, als er geantwortet hatte, klang aber nicht, als meinte er es vollends ernst.

»Er ist nicht da.«

»Das sehe ich auch. Und warum nicht? Versteckt er sich seit dem Broad Peak vor mir?«

»Lass gut sein, Dario.« Dougs Stimme hatte einen unverkennbar scharfen Unterton.

Um Darios Augen machte sich ein angespannter Zug breit. »Ohne Sicherung – was für ein Witz! Wir wissen genau, dass er am Broad Peak unsere Seile benutzt hat.«

Hatte Cecily sich verhört? Dario glaubte, Charles hätte am Broad Peak betrogen? Sie sah von einem zum anderen und hätte am liebsten nachgehakt, aber ihr Mund war staubtrocken. Dario war groß, drahtig, sehnig, und er hatte die Hände in die Hüften gestemmt. Trotzdem schien Doug – der kleiner war, schon ergraut und mit ersten Falten – keinen Zentimeter vor ihm zurückzuweichen. Auch Elise trat nun von einem Bein aufs andere. Cecily versuchte, ihren Blick aufzufangen, doch die jüngere Frau ließ Dario nicht aus den Augen.

»Und hast du Beweise dafür?«, fragte Doug. Er schien kein bisschen überrascht von Darios Behauptung zu sein. Offenbar kam das Thema nicht zum ersten Mal auf. So ergab Dougs Feindseligkeit natürlich mehr Sinn.

Dario antwortete nicht.

Doug verschränkte die Arme vor der Brust. »Deine Anschuldigungen sind absurd, aus der Luft gegriffen und boshaft. Ich will dich hier in meinem Lager nicht mehr sehen. Verschwinde!«

»Ach komm schon …«

Doug gab Mingma mit einer Geste zu verstehen, dass er Dario der Feier verweisen sollte.

»Ich geh schon, ich geh schon«, sagte Dario.

Cecily sah ihm kurz nach und ergriff erst dann wieder das Wort. »Worum ging es da gerade?«, fragte sie Elise, doch als sie sich nach ihr umdrehte, war die andere Frau bereits verschwunden.

Sie kippte den Rest ihres Drinks in sich hinein, um sich Mut zu machen, ließ die Feierzone hinter sich und folgte dem Pfad in Richtung des Summit-Extreme-Lagers.

21

Im Summit-Extreme-Lager war es gespenstisch still, erst recht im Vergleich zu der Party, die sie gerade verlassen hatte, auch wenn hier wesentlich mehr Zelte standen als im Lager ihres eigenen Teams. Sie waren allesamt in militärisch akkuraten Abständen errichtet worden.

Die großen Iglus sahen noch luxuriöser aus, als sie sie sich vorgestellt hatte. Als sie am ersten vorbeikam, steckte sie kurz den Kopf hinein und war wie vom Donner gerührt, als sie echte Sofas, einen Projektor und einen Kaffeeautomaten entdeckte. Doug hatte Grant gegenüber gespottet, das Basislager sei nun mal nicht das Hilton. Tja, nur dass dies hier ziemlich nah dran war.

»Willst du das Team wechseln?«

Beim Klang von Darios Stimme direkt hinter ihr zuckte sie heftig zusammen. »O mein Gott … Du solltest Leute auf dieser Höhe nicht so erschrecken!«

»Vielleicht solltest du nicht durch anderer Leute Camps schleichen?«

Abseits des Trubels kam Dario ihr noch viel auffälliger vor.

Die aufsteigende Narbe mit den pinken Rändern, die über seine Wange verlief, sprach von einem Leben am Limit.

»Ich bin tatsächlich nur hier, um dich zu suchen«, sagte sie.

»Da fühle ich mich aber geschmeichelt. Was kann ich für dich tun?«

»Ich hatte gehofft, wir könnten uns ein bisschen ausführlicher unterhalten. Ich hätte ein paar Fragen an dich, wenn es dir nichts ausmacht.«

»Hartnäckig, was?« Er musterte ihr Gesicht. Dann bot er ihr mit einer Geste einen der Campingstühle an. Sie tastete ihre Jackentasche ab und war froh, dass sie ihren kleinen Notizblock und einen Stift eingesteckt hatte. »Was willst du wissen?«, fragte er und verschränkte die Hände über dem Knie.

»Na ja, erst mal ... Was hast du damit gemeint, als du zu Doug gesagt hast, Charles hätte die Fixseile am Broad Peak benutzt?«

»Direkt ans Eingemachte, okay. Tja ... Du weißt, worum es ihm bei seiner ›Mission *Fourteen clean*‹ geht, oder?« Mit den Fingern malte er Anführungszeichen in die Luft.

»Ja.«

»Gut. Seine Ansprüche sind da nämlich ziemlich genau: Alpinstil. Das heißt, dass er keins der Fixseile am Berg benutzt. Und das glaube ich ihm nicht. Ich glaube, er benutzt sie sehr wohl.«

»Wie kommst du darauf?«

»Jemand aus meinem Team hat ihn dabei beobachtet.«

»Aber nicht du selbst?«

»Ich war zu beschäftigt, nach meinen Kunden zu sehen.«

Cecily versuchte, sich nichts anmerken zu lassen, und wollte sich erst Darios Version der Ereignisse anhören, allerdings fühlte sich das Ganze nicht sehr belastbar an, und sie fragte sich, ob Dario ebenso unverfroren Anschuldigungen erheben würde, wenn Charles bereits hier wäre, um sich zu verteidigen. »Okay ... Hat dieses Teammitglied ein Foto gemacht? Oder ein Video?«

»Wenn ich Beweise hätte, hättest du längst davon gehört«, entgegnete er gereizt.

Cecily kaute auf dem Ende ihres Stifts herum. »Wenn du ihn also nicht gesehen hast und dein Kunde keine Beweise hat, wie kannst du dir dann so sicher sein?«

»Hab ich behauptet, dass es ein Kunde war? Ich hab bloß gesagt: ›jemand aus meinem Team‹. Und es war jemand, dem ich voll vertraue.«

»Kann ich mit dieser Person sprechen?«

Dario schüttelte den Kopf. »Nur so viel dazu: Diese Person war nicht die erste, die es behauptet hat. Am Everest hat jemand das Gleiche erzählt.«

»Wie kommt es, dass ich bislang nichts davon gehört habe? Es kommt mir vor, als hätte ich über Charles jeden Artikel im Internet gelesen, und niemand hat so was auch nur angedeutet. Was du da sagst, ist ziemlich ... heikel.«

Dario riss beide Hände hoch. »Sieh ihn dir doch an! Die Presse ist verrückt nach ihm. Er sieht gut aus, hat Charisma, Charme, ist zweifellos ein sehr, sehr talentierter Alpinist ... Es will doch niemand den Helden in Zweifel ziehen! Aber ich glaube an die Integrität unseres Sports, deshalb lasse ich es nicht einfach auf sich beruhen.«

»Kann ich mit der Person sprechen, die ihn am Everest gesehen hat?«

Dario seufzte. »Der Mann kann es auch nicht mehr beweisen. Er ist auf dem Rückweg vom Gipfel gestorben.«

»Moment – du redest jetzt aber nicht von Pierre Charroin?« Cecily kniff die Augen zusammen. »*Der* war der Meinung, Charles hätte die Fixseile benutzt?«

»Woher kennst du den Namen?«

»Ich habe mit dem Mann gesprochen, der in Samagaun gestorben ist – Alain. Er hat mir erzählt, dass er auf den Manaslu steigen wolle, um Pierre die letzte Ehre zu erweisen, weil sie gut miteinander befreundet waren. Außerdem wollte er dich darüber ausfragen, was wirklich am Everest vorgefallen war.«

Dario seufzte. »Scheiße ... Es war eine echt harte Saison. Jede Menge Todesfälle. Zu viele, wenn du mich fragst. Es tut mir sehr leid, was mit Alain und mit Pierre passiert ist. Was Pierre angeht, wünschte ich mir, ich hätte mehr tun können, um ihn zu retten.«

»Alain hat erzählt, dass er einen Anruf von Pierre bekommen habe, kurz bevor er abgestürzt ist. Bei diesem Anruf hat er wohl erzählt, es fühle sich an, als sei jemand hinter ihm. Oder hinter ihm *her* ...«

»Unmöglich. Es war niemand mehr hinter ihm.«

»Das hat Doug auch behauptet.«

»Dann sind Doug und ich ja mal einer Meinung.«

Sie nickte. »Du glaubst also nicht, dass an Pierres Tod irgendetwas verdächtig war?«

»Nein. Unglücklich, tragisch – aber nicht verdächtig.«

»Was mich zu meiner nächsten Frage bringt. Gibt es Neuigkeiten zur Untersuchung von Alains Tod?«

»Untersuchung? Da gibt es keine Untersuchung. Er ist gestürzt und hat sich den Kopf an einem Felsen aufgeschlagen.«

»Oh. Aber Ben …«

»Ben ist ein Lügner. Er hat unsere Zeit und Ressourcen vergeudet, indem er ohne ausreichende Mittel hierhergekommen ist. Dem würde ich kein Wort glauben.«

Sie spürte, dass Dario drauf und dran war dichtzumachen, und steuerte die Unterhaltung in eine andere Richtung. »Bist du schon lange Bergsteiger?«

»Seit dem Ende meines Wehrdienstes wusste ich, dass ich mein Leben in den Bergen verbringen wollte. In Österreich gibt es fantastische Gipfel.«

»Und was ist mit Summit Extreme? Wann hast du angefangen, als Bergführer zu arbeiten?«

Dario atmete langsam aus. »Uff … Das müsste vor gut fünfzehn Jahren gewesen sein.«

»Das ist ja schon eine ganze Weile. Findest du nicht auch, dass Agenturen wie deine dazu beitragen, dass das Bergsteigen immer mehr zum Breitensport wird? Nicht nur der Hype, der um Charles und andere berühmtere Bergsteiger entstanden ist …«

Dario neigte den Kopf leicht zur Seite. »Da hast du wahrscheinlich recht. Trotzdem nehmen wir die Sicherheit jedes Einzelnen hier oben sehr ernst.« Er stand auf. »Du gehst besser zurück zu eurer Puja und feierst noch ein bisschen. Charles dürfte nicht erfreut sein, wenn er hört, dass wir uns unterhalten haben, und Doug ebenso wenig. Du willst ihn nicht gegen dich haben, aber ich nehme an, das weißt du längst selbst. Er hat sein berühmt-berüchtigtes Temperament einfach nicht unter Kontrolle.«

»Das wollte ich dich tatsächlich auch noch fragen, weil du doch eng mit Doug zusammengearbeitet haben musst: Was hältst du von ihm? Weißt du, warum er Summit Extreme verlassen hat?« Ihre Finger kribbelten.

»Ich sage nur so viel: Doug ist einer der umsichtigsten Menschen, die ich je erlebt habe. Aber die Kündigung bei Summit Extreme? Danach fragst du ihn besser selbst.«

Sie ahnte, dass dieses Gespräch hiermit beendet war, und schob ihren Notizblock in die Tasche. Dario musterte sie erneut, als sie aufstand. Sie reckte das Kinn leicht vor.

Er schmunzelte in sich hinein. »Ich glaube ja, dass Charles einen Fehler gemacht hat, als er ausgerechnet dich als Reporterin angeheuert hat. Womöglich kriegt er jetzt mehr, als er wollte.«

»Was soll das heißen?« Sie war sich nicht sicher, ob es als Kompliment gemeint war, und aus irgendeinem Grund hielt sie den Atem an.

Doch Dario zuckte nur provokant mit den Schultern. Dann zeigte er in die Richtung des Manners-Mountaineering-Lagers, als hätte sie nicht gewusst, wo es langginge. Der Lärm von der Party, die immer noch in vollem Gange war, wehte bis hier herüber.

Als sie vorsichtig über den steinigen Weg zurückging, ging ihr erneut durch den Kopf, was Dario gesagt hatte.

Aus welchem Grund hatte Charles ausgerechnet sie ausgewählt? Wirklich nur, weil er ihre Artikel gemocht hatte? Oder weil er glaubte, dass sie clever genug wäre, die richtigen Fragen zu stellen? Oder weil sie so überwältigt von den Erfahrungen wäre, die sie hier am Berg machte, dass sie alles Heikle, alle Anschuldigungen links liegen lassen würde?

Um ehrlich zu sein, hatte sie von den Anschuldigungen vor ihrer Ankunft gar nichts gewusst. Bei aller Recherche, die sie im Vorfeld betrieben hatte, und in sämtlichen Artikeln über Charles war so gut wie einhellig positiv über ihn berichtet worden. Der Goldjunge des Gebirges.

Vielleicht war er am Ende ja doch nicht so golden.

Entwurf 2
Held oder Betrüger?
Fourteen clean – die Geschichte des Charles McVeigh
Von Cecily Wong

Fast fünf Kilometer Seil wird benötigt, wenn man einen Achttausender mit Fixseilen bestücken will. Fünfhundert Haken. Zweihundert Eisschrauben. Und ein Trupp aus Climbing Sherpas – Eisbruch-Chirurgen –, die vor Ort sachkundig die beste Route auswählen, Spalten umgehen, um Séracs herumnavigieren und den Weg durch hüfthohen Schnee bahnen. Für die große Mehrzahl der Bergsteiger, ob sie nun Sauerstoff benutzen oder nicht, stellen die Seile wortwörtlich Rettungsleinen dar.

Was einen Bergsteiger wie Charles McVeigh von dieser Mehrzahl unterscheidet, ist sein Ehrgeiz, den Berg im Alpinstil zu bezwingen, auf dem Weg zum Gipfel auf Fixseile zu verzichten.

Und zwar zu einhundert Prozent.

Wenn er ein Fixseil auch nur berührt, mag es ihm zwar das Leben retten, aber sein Ansinnen wäre damit gescheitert.

Beim Bergsteigen gibt es kein Regelwerk. Selbst die Himalayan Database, das umfangreichste Archiv sämtlicher Achttausender-Siege, beruht auf Vertrauen und gutem Glauben. Allerdings ist hier auch ein Vermögen zu holen, weil es mitunter um Sponsorengelder, mediale Aufmerksamkeit und sogar Anrufe aus Hollywood geht. Die Ansprüche sind hoch wie nie zuvor, und mit derlei hohen Ansprüchen treten Zweifler und Skeptiker auf den Plan.

Ich frage Charles, wie er sich unter den misstrauischen Beobachterblicken fühlt.

[Charles' Reaktion auf die Gerüchte einfügen]

22

Noch vor dem Frühstück am folgenden Morgen hatte Cecily sich in ihrem Schlafsack aufgesetzt und überflog abermals das Intro, das sie verfasst hatte. Sie hatte bei der Puja nach Doug gesucht – vergebens. Im Kommunikationszelt war er auch nicht gewesen. Eine Weile war sie noch am Festplatz geblieben und hatte die anderen beobachtet, ehe sie sich in ihr Zelt zurückgezogen und auf die Matte hatte fallen lassen. Es war ein langer Tag gewesen und ihr Geist ebenso erschöpft wie ihr Körper.

Was Dario erwähnt hatte, ließ ihr keine Ruhe. Sie hatte nie auch nur darüber nachgedacht, dass Charles bei seiner Mission unlautere Mittel anwenden könnte. Sein Ruf war makellos. Er war ein so begabter, starker Bergsteiger, dass seine Befähigung, seine Ziele im Alpinstil zu erreichen, vollkommen außer Frage stand. Aber was, wenn er sich unbeobachtet fühlte und ein Seil vor sich sah … Würde er danach greifen?

Würde das nicht jeder, wenn sein Leben davon abhinge? Aber das wäre doch sicher der einzige Grund.

Integrität versus Sicherheit. Wenn *Wild Outdoors* eine aufsehenerregende Story haben wollte, dann konnte dies hier genau das Richtige sein. Sogar besser als eine Geschichte über seinen Rekordversuch.

Als sie ihr Zelt verließ, war es draußen still, ganz im Gegensatz zur vergangenen Nacht. Trotzdem waren ihre Teamkollegen bereits auf den Beinen. Zak schlenderte am Rand des Lagers auf und ab und hielt sein Handy in die Höhe, um ein Signal aufzufangen, und Grant machte vor seinem Zelt Push-ups. Erschütternd, wie jemand auf solcher Höhe so viel Energie haben konnte. Doch als sie um die Ecke bog, ahnte Cecily auch, woran es lag: In einem Campingstuhl vor seinem Zelt saß Irina und nippte an einem Kaffee.

Sie musste die Nacht hier verbracht haben.

Doug und Mingma kamen aus dem Kommunikationszelt. Doug balancierte einen Laptop auf dem Unterarm. Sein Blick blieb an Grant beim Frühsport hängen, und er runzelte die Stirn. Mingma flüsterte ihm etwas zu, und Doug nickte knapp, ehe er im Küchenzelt verschwand.

»Grant, bitte, du musst dich ausruhen«, sagte Mingma.

»Ich muss am Ball bleiben. Ich will bereit sein, sobald wir mit dem Aufstieg beginnen«, antwortete Grant und unterbrach dafür nicht mal die Push-ups.

»Ich glaube, das war keine Bitte«, kommentierte Irina, stand auf und streckte sich. »Ich gehe besser zurück in mein Lager. War schön, euch alle kennenzulernen!«

»Fertig!« Rotwangig vor Anstrengung kam Grant auf die Beine. »Dann sehen wir uns am Berg, Irina?«

»Ohne jeden Zweifel«, antwortete sie.

Als sie sich auf den Weg aus dem Manners-Mountaineering-Lager machte, kam ihr Galden entgegen.

»Wer brauchte gleich wieder WLAN?« Der junge Sherpa

war am Rand des Lagers stehen geblieben und hatte die Hände in die Hüften gestemmt.

»Ich!«, rief Zak. In Wahrheit wollten sie alle ins Internet. Grant klatschte in die Hände, und auch Elise streckte den Kopf aus ihrem Zelt. Galden hätte es besser wissen müssen. Sie hatten alle nur darauf gelauert, dass die Verbindung endlich stand.

»Dann kommt mit!«

Cecily rannte zurück zu ihrem Zelt, um ihren Laptop zu holen, und dachte nicht mal mehr ans Frühstück, während Galden sie quer durch das Summit-Extreme-Lager zu einer kleinen Felsnase führte, auf der am höchsten Punkt eine dreieckige Antenne auf einem Steinsockel errichtet worden war. Andere Bergsteiger aus dem Basislager waren bereits da – einige hatten sich Camping-Klappstühle mitgebracht – und starrten auf ihre Displays.

»Willkommen am WLAN-Gipfel«, sagte Galden und kicherte in sich hinein.

Das Manners-Mountaineering-Team schloss zu ihm auf, und Galden nannte ihnen das Passwort. Cecily tippte es ein, so schnell sie konnte, und seufzte erleichtert, als ihr Telefon die Verbindung herstellte und eine Nachricht nach der anderen eintrudelte.

Sie rief den Internetbrowser auf und tippte PIERRE CHARROIN in die Suchleiste ein. Sie wollte unbedingt den Reddit-Post finden, den Grant erwähnt hatte. Dass Alain unverblümter als gedacht seine Verschwörungstheorie geäußert und sie selbst obendrein erfahren hatte, dass ausgerechnet Pierre das Gerücht über Charles' Schummelei in die Welt gesetzt haben könnte, war sicher kein Zufall.

Sie klickte den Link zu einem Bergsteiger-Thread mit dem

Titel »MANN AM EVEREST VERSCHOLLEN« an. Kein Wunder, dass der Thread ihr zuvor nie untergekommen war: Charles war darin mit keiner Silbe erwähnt. Der Text war aus einer Meldung über Pierres Verschwinden herauskopiert worden. Im ursprünglichen Artikel selbst stand nirgends zu lesen, dass es etwas anderes als ein tragisches Unglück gewesen sein könnte. Man nahm an, dass Pierre am Berg abgestürzt und gestorben war. Doch dann entdeckte sie, worauf Grant angespielt hatte: einen Kommentar, der mehrfach negativ bewertet worden war und der unter Garantie von Alain gestammt hatte. Der Username des Kommentators lautete AFlaubertChamx.

Ausführlich schilderte er den beunruhigenden Anruf, den er von Pierre erhalten hatte, und das obendrein sehr viel weniger verhalten, als er auf der Teehausterrasse ihr gegenüber gewesen war: Er nehme an, Pierre sei am Berg ermordet worden, von einem Felsvorsprung gestoßen, damit der Mord unentdeckt bleibe.

Der gesamte Thread war mehrere Hundert Kommentare lang, und einige Kommentatoren schrieben Pierres Notruf den Halluzinationen aufgrund von Sauerstoffmangel zu. Andere verwiesen auf zig Berichte von anderen Everest-Bergsteigern. Doch alle waren sich in einem einig: Pierre sei der Letzte auf dem Gipfel gewesen, und es sei niemand hinter ihm gewesen, der ihm habe nachstellen können. Cecily war fasziniert, dass sogar die sonst so verschwörungsverliebten Reddit-User samt und sonders davon ausgingen, dass Pierres Tod ein Unfall gewesen war. Und es passte zu den Versionen, die sie sowohl von Dario als auch von Doug gehört hatte.

Was aber auch hieß: Alain war nicht umgebracht worden,

weil er die falschen Fragen gestellt hatte, denn es war zuvor kein Verbrechen verübt worden. Alain hätte also auch keine anderslautenden Antworten bekommen. Sein Tod war unglücklich, unnötig, unvorstellbar – aber kein Mord. Sie hatte sich von Bens Mutmaßungen fehlleiten lassen, von jenem mysteriösen Pfeifer, von Alains Unfall ... und es war zwar beunruhigend, aber Doug hatte recht: Sie musste sich endlich aufs Wesentliche besinnen.

Während sie weiter nach unten scrollte, trudelten E-Mail-Benachrichtigungen am oberen Rand ihres Bildschirms ein. Eine von Michelle stach ihr ins Auge, und kurz blieb ihr das Herz stehen.

RUF MICH AN, stand in Großbuchstaben in der Betreffzeile, und die Nachricht war als dringend markiert.

Sie wusste nicht, ob die Verbindung stabil genug für einen Anruf war, trotzdem steckte sie sich die Kopfhörer in die Ohren und wählte Michelles Nummer. Es klingelte ein paarmal, dann nahm Michelle ab.

»Hallo aus dem Basislager!« Cecily versuchte, beschwingt zu klingen.

»*CECILY!* Gott sei Dank! Wo hast du gesteckt? Ich hab seit Ewigkeiten keine Nachricht von dir gekriegt!«

»Tut mir leid, Mich. Wir sind hoch ins Basislager gestiegen, hatten einen Trainingstag, dann die Puja. Und bis gerade eben gab es kein WLAN.«

»Ich hoffe, du hast einen neuen Blogbeitrag fertig. Wir müssen die Leute hier unbedingt mit mehr versorgen, erst recht, weil doch jemand gestorben ist! Hast du ihn gekannt?«

»Ja, hab ich ... Ist im Blog erwähnt. Aber ... Moment, woher weißt du das überhaupt?«

»Demnach hast du James' Bericht noch nicht gelesen?«

Cecily blieb die Spucke weg. »Nein ...«

Mit einem Mal klang Michelle verärgert. »Er hat eine Quelle oben am Berg.«

Cecily seufzte. »Himmel ... Das muss Ben gewesen sein.«

»Ben Danforth? Der ist auch da? Dann ist er derjenige, der James mit Material für *Nat Geo* versorgt. Sie sind nicht nur mit Updates über eure Expedition rausgekommen, sondern James hat auch schon ein ziemlich vernichtendes Porträt über deinen Expeditionsleiter geschrieben, über diesen Doug Manners. Irgendwas darüber, dass dein Team das erste ist, seit sie ihm in seinem letzten Bergführerjob mit Pauken und Trompeten gekündigt haben.«

Noch während Michelle redete, versuchte Cecily, James' Artikel ausfindig zu machen, und ihre Finger rasten nur so über das Handydisplay. »Ich weiß, ich hab die Geschichte gestern Abend erst gehört und wollte schon nachhaken ...«

»Ein bisschen spät, findest du nicht? Was treibst du eigentlich dort oben? James ist in London und kommt mit einer größeren Geschichte raus als du selbst, dabei bist du doch diejenige, die auf diesem verdammten Berg sitzt! Komm schon, Cecily, das muss besser werden! Hast du noch irgendwas anderes für mich?«

»Mach dir wegen Ben keine Sorgen. Er ist aus seinem Team geflogen, weil er die Permits nicht bezahlt hat.«

»Na, immerhin. Trotzdem klingt es für mich, als würdest du gar nicht mitbekommen, was direkt vor deiner Nase passiert.«

Cecily musste an ihren neuen Einstieg denken. Sie wollte nicht zu viel verraten, nicht bevor Charles angekommen war und sie ihm die Möglichkeit gegeben hatte, zu den Vorwürfen Stellung zu nehmen. Aber sie konnte ja etwas andeuten ...

»Ich hätte da was ... einen neuen Blickwinkel auf Charles, allerdings muss ich daran noch weiterarbeiten. Ich schicke dir gleich ein Update, außerdem mache ich eine Reihe Interviews mit meinen Teamkollegen ...«

»Mir wäre lieber, du ...«

Dann war die Leitung tot.

Zak jaulte frustriert auf. »Verdammt! Ich war noch nicht fertig! Ich wollte noch an einem Meeting meiner Firma teilnehmen. Und ich hab nicht mal den Video-Call mit meinen Kindern geschafft!«

Auch Cecily war frustriert. Jetzt würde sie ihren Blogbeitrag nicht mehr wie versprochen schicken können. Und auch James' Artikel war nicht mal zur Hälfte heruntergeladen. Bislang hatten sich nur die Überschrift und der Lead aufgebaut.

BAD MANNERS
Von James Clifford

Doug Manners, Gründer von Manners Mountaineering, gehörte früher zu den gefragtesten Bergführern von Summit Extreme – bis sein hitziges Temperament zu einer abgesagten Expedition und einem teuren Gerichtsprozess führte.

Bergführerregel Nummer eins: Du sollst keinen Kunden schlagen ...

James hatte immer schon alles in den Lead gesetzt. Verdammt. Cecily hatte tatsächlich den Schuss nicht gehört. Dario hatte Dougs berühmt-berüchtigtes Temperament erwähnt, aber sie hatte angesichts von Alains Tod und den Anschuldigungen gegen Charles diesbezüglich nicht nachgehakt.

»Wir sehen uns später im Lager, Leute«, verkündete Elise, schob ihr Handy zurück in die Tasche und schlüpfte in eins der nahe gelegenen Summit-Extreme-Zelte. Anscheinend wollte sie alte Freunde besuchen.

»Also, ich gehe nirgendshin. Ich warte hier so lange, bis das Internet wieder da ist.« Zak tigerte um die Antenne herum und starrte zu ihr empor, als könnte er allein durch die Kraft seiner Gedanken das Signal wieder heraufbeschwören. »Das ist doch echt schräg ... Nicht mal meine Satellitengeräte stellen eine Verbindung her. Das ist doch nicht normal! Ich habe gerade so eine Nachricht an mein Team durchgekriegt. Vielleicht können die das Problem von ihrer Seite lösen, aber ... Herr im Himmel!«

»Ihr zwei solltet allmählich an eurer Entspannung arbeiten«, kommentierte Grant, der sich in seinem Stuhl zurücklehnte und die langen Arme über dem Kopf dehnte. »Schaut euch lieber an, wo wir hier sind! Genießt das doch mal!«

Cecily sah die beiden abwechselnd an. »Vielleicht könnt ihr mir ja helfen ... Würde es euch etwas ausmachen, mir ein paar Fragen für meinen Artikel zu beantworten, während wir warten?«

»Überhaupt nicht. Leg los«, forderte Zak sie auf.

»Aber nur, wenn ich dabei gut wegkomme«, sagte Grant.

Aus Cecily Wongs Notizen:
Interview mit Grant Miles-Peterson und Zachary Mitchell
8. September

MÄNNER GESUCHT: für riskantes Abenteuer, bei schlechter Bezahlung, eisiger Kälte ... nonstop Gefahr [ANM.: präzise Formulierung nachschlagen, bevor ich es abschicke!]

Auch wenn es als unwahrscheinlich gilt, dass Ernest Shackleton diese *Times*-Suchanzeige für seine Antarktis-Reise wirklich geschaltet hat, ist es durchaus wahr, dass für eine solche Herausforderung eine ganz bestimmte Sorte Mensch erforderlich ist. Einen geschlagenen Monat lang wird man mit Wildfremden zusammengesteckt, oftmals an den entlegensten Orten der Welt, in gefährlichem Gelände und bei unvorhersehbaren Wetterbedingungen. Man muss zwar als Team zusammenarbeiten, doch letztlich ist jeder für sich allein verantwortlich, wenn es darum geht, wieder vom Berg herunterzukommen. Man sollte also sowohl teamfähig als auch unabhängig sein.

Jeder von uns, die wir an der Manners-Mountaineering-Expedition teilnehmen, ist von Charles persönlich angesprochen und zur letzten Etappe seiner Mission eingeladen worden. Wir sind alle hier, um ihn mit unseren individuellen Fähigkeiten zu unterstützen – in Form von Sponsorengeldern, Social-Media-Beiträgen, Filmaufnahmen und Artikeln.

Mein Interview mit meinen Teamkameraden Zachary Mitchell, 42, und Grant Miles-Peterson, 29, findet an einer Stelle im Basislager der Konkurrenz statt, die als »WLAN-Gipfel« bekannt ist, der einzige Ort, an dem wir hier derzeit Zugang zum Internet haben. Die Verbindung kann man bestenfalls als instabil bezeichnen, was an den Starkböen und am Regen liegt, die verhindern, dass Hubschrauber hochkommen. Deshalb verzögert sich auch Charles' Ankunft.

CECILY: Danke, dass ihr euch Zeit für mich nehmt. Ich würde gern mehr darüber erfahren, wie es dazu kam, dass ihr zwei an dieser Expedition teilnehmt.

ZAK: TalkForward ist der Hauptsponsor der *Fourteen-clean*-Mission, und als Geschäftsführer wollte ich diese Mission natürlich in vorderster Reihe miterleben! Letztlich stimmt unser Leitsatz eins zu eins mit Charles' Credo überein: *Technologie ohne Limits.* Charles' Mission kennt ja auch keine Grenzen.

GRANT: Zak steuert das Geld bei, ich die Kamera. Ich hab Charlie-Boy am Everest erlebt, allerdings habe ich dort nur Kunden im Basislager gefilmt. Dann durfte ich mit auf den Cho, weil ich den Aufstieg eines Saudis dokumentieren sollte. Charles war ebenfalls dort, und ich wollte ihn unbedingt kennenlernen. Unzählige Filmemacher, die ich kenne, haben ihn angesprochen, weil jeder einen Film über seine Mission machen will. Ich persönlich hoffe, meinen an Netflix zu verkaufen, aber andere Anbieter sind sicher auch interessiert. Die Konkurrenz ist hart. Wahrscheinlich genau wie bei deinen Artikeln, Cecily, stimmt's?

CECILY: Dann ist das hier die Story deines Lebens?

GRANT: Ich hätte buchstäblich alles getan, um diesen Job an Land zu ziehen! Am Cho war ich letztlich nur zur rechten Zeit am rechten Ort und konnte ihn endlich überzeugen.

CECILY: Du musst mit der Kamera ziemlich erfahren sein. Wie bist du so weit gekommen?

GRANT: Angefangen hab ich auf YouTube mit Filmaufnahmen von Pranks, Stunts, solchen Sachen. Aber die Teenagerscherze habe ich hinter mir gelassen. Inzwischen habe ich auf der ganzen

Welt gefilmt, wo immer ich eben unter Beweis stellen konnte, was ich draufhabe.

CECILY: Und du, Zak? Wie hast du Charles kennengelernt?

ZAK: Ich war zu einer Sponsorenveranstaltung in San Francisco eingeladen und habe eigentlich damit gerechnet, dass ich mich zu Tode langweilen würde. Das ist mit der verhassteste Teil meines Jobs, wenn du weißt, was ich meine. Es ist echt verdammt schwer, das richtige Projekt zu finden, das mit unseren TalkForward-Prinzipien und unserem Ethos zusammenpasst. Die Leute sprechen einen von allen Seiten an, und die meisten echt völlig wahllos. Ist für sie selbst und für uns reine Zeitverschwendung.

Dann kam dieser Typ – und hat die Bühne im Sturm erobert. Ich hab echt noch nie erlebt, wie jemand ein Publikum derart fesseln kann! Er hat ein Foto vom K2 an die Wand geworfen und erzählt, was er mit *Fourteen clean* erreichen will. Es klang völlig unmöglich! Ich dachte mir nur: Scheiße, das ist er! Wenn irgendwer auf dieser Welt das TalkForward-Logo tragen soll, dann er. Er hat die Denkweise, um die es uns bei TalkForward geht – *keine Limits* –, einfach verkörpert. Du kannst dir die Kämpfe nicht vorstellen, die ich danach mit unseren Versicherungsleuten hatte ... Die haben echt keine Ahnung. Aber ich hab's durchgekriegt!

CECILY: Charles scheint wirklich Eindruck zu hinterlassen ...

ZAK: Ich glaube, es lag daran, dass ich immer schon diesen Traum hatte, die Seven Summits zu schaffen, und dass er dann bei diesem Event aufgetaucht ist ... Das war so etwas wie Schicksal! Ich wusste sofort, dass ich mit ihm bergsteigen wollte. Vom Besten lernen! An dieser Stelle sind meine geschäftlichen und meine persönlichen Ziele zusammengekommen. Mein Traum! Und das ist mir sämtliche Risiken wert. Hier wird Bergsteigergeschichte geschrieben, und ohne Charles ...

Im selben Moment krachte und vibrierte es unter ihren Füßen. Zak sprang aus seinem Stuhl, sodass der rücklings umkippte. »Scheiße, was war das?«

Galden trat an den Rand des Felsvorsprungs und sah zum Berg empor. »Unglaublich, oder?«

»War das ein Erdbeben?«, fragte Cecily. Sie war vor an die Stuhlkante gerutscht, um jederzeit die Flucht ergreifen zu können.

»Kein Grund zur Sorge, das war bloß eine Lawine«, erklärte der Sherpa.

Wieder ein Krachen, diesmal wie ein Gewehrschuss. Zak schrie auf, als er Schnee und Eis von einer nahen Felskante rutschen sah.

»Shit, wo ist meine Kamera?« Grant suchte den Boden ab, ehe er sich seine Spiegelreflex von einem Felsen schnappte. Er stellte sich neben Galden, brummelte in sich hinein, dass er ein anderes Objektiv gebraucht hätte, filmte dann aber die Wolke aus Pulverschnee, die anschwoll und dann förmlich explodierte, als sie auf einen breiten Spalt im Fels traf.

Sie standen Schulter an Schulter da und sahen der Lawine nach. Cecily war die Letzte, die sich von dem Schauspiel abwandte.

»Das sah großartig aus«, sagte sie zu Galden, sobald klar war, dass kein Steinschlag oder Ähnliches mehr zu erwarten war. »Sag mal ... Könnte ich dich vielleicht auch interviewen?«, fragte sie dann. »Ich würde gern mehr darüber erfahren, warum du auf diese Berge steigst und woher du Charles kennst.«

Er nickte. »Na klar. Ich glaube trotzdem, wir sollten jetzt zurück ins Lager gehen. Es sieht aus, als würde schlechtes Wetter aufziehen.« Er zeigte auf ein paar düstere Wolken am Horizont über Samagaun.

Sie sah ein letztes Mal nach, ob die Internetverbindung wieder stand – vergebens. Michelle würde auf Updates warten müssen. Ganz egal, was James für die Konkurrenz schrieb, sie wusste, der Hauptgewinn wäre ihr Interview mit Charles. Und um das zu bekommen, durfte sie sich nicht ablenken lassen.

»Heilige Scheiße!«, rief Zak plötzlich aus, als ein riesiger Eisblock sich vom Gletscher löste und der Knall vom Tal widerhallte. Nach der gestrigen Puja wirkte es fast wie eine Warnung, als hätte der Berg ihre Bitten abgewiesen.

Galden schien ihre Gedanken zu lesen. »Mach dir keine Sorgen. Lawinen sind gut. Besser, es rutscht alles ab, was instabil ist.«

»Und warum?«

»Weil wir morgen genau dort hinwollen.«

23

Das WLAN-Signal kam nicht mehr wieder, und auch die Satellitengeräte funktionierten nicht mehr, daher konnte Cecily Michelle kein Follow-up schicken. Ihre Liste der Dinge, über die sie sich den Kopf zerbrach – wer der mysteriöse Pfeifer gewesen war, wie sie mehr zu den Betrugsvorwürfen erfahren sollte und was es mit Dougs unberechenbaren Temperamentsausbrüchen auf sich hatte –, wurde immer länger.

Und dann war da natürlich noch der Berg an sich.

Beim Abendessen verkündete Mingma, dass sie tags darauf mit den Akklimatisierungstouren starten würden. Als sie am folgenden Morgen aufwachte, fing Cecily entsprechend an, ihren Sechzig-Liter-Rucksack für den bevorstehenden Anstieg zu packen.

Auch andere Teams schienen zum Aufbruch zu rufen. Cecily sah zu, wie andere Bergsteiger im Gänsemarsch an ihrem Lager vorbeizogen und vor den höheren Bergen im Hintergrund die nächstliegenden Felsen erklommen. Kleine Wasserfälle plätscherten von den Vorsprüngen und über die Felskanten.

»Cecily, ich habe dir eins der guten Proviantpakete reserviert.«

Als sie sich umdrehte, warf Zak ihr ein Päckchen mit gefriergetrocknetem Essen zu.

»Ich hab alles durchprobiert, bevor ich hergekommen bin. Das einzig Essbare sind die Spaghetti bolognese.«

Zögerlich öffnete sie ihren ohnehin randvollen Rucksack und stopfte die Spaghetti obenauf. Als sie den Rucksack wieder schultern wollte, geriet sie kurz ins Wanken.

»Komm, ich helfe dir.« Galden packte den Rucksack, damit das Gewicht nicht allein auf ihren Schultern lastete, und klippte den ausladenden, schweren Schlafsack ab, den sie außen befestigt hatte.

»Nicht, Galden, ich kann das tragen«, protestierte sie.

Er schüttelte den Kopf. »Keine Sorge, Didi. Ich hab ihn schon.«

Galden kniete sich auf die Schlafsackhülle, bis er das Bündel so klein gedrückt hatte wie nur irgend möglich. Mitsamt dem Schlafsack hatte ihr Rucksack absurd große Ausmaße gehabt und an den Riemen gezerrt. Als Galden ihn hochnahm und an seinem Rucksack befestigte, hatte der Schlafsack sich bereits wieder um die Hälfte aufgeplustert. Mingma zog einen Plastikschutz über Galdens Gepäck, sodass alles vor Regen geschützt war.

»Danke.« Sie legte die Hand aufs Herz. Galden antwortete mit einem verschmitzten Lächeln.

»Muss schön sein, wenn man eine Frau ist«, grummelte Grant hinter ihr. Sein Rucksack war ebenfalls enorm, allerdings hauptsächlich, weil er ihn schlecht gepackt hatte. In der Mitte beulte er sich aus, sodass Grant ernsthaft Schwierigkeiten hatte, das Gleichgewicht zu halten. Womöglich all seine zusätzliche Filmausrüstung. Cecily hatte beobachtet, wie er sich die orangefarbene Festplatte in die Innentasche seiner Jacke geschoben hatte.

Zak fiel mit seiner glänzenden sonderangefertigten Jacke besonders auf. Von derlei teuren Sachen konnte sie nur träumen.

Selbst ohne den Schlafsack riss der Rucksack an ihrem Nacken. Doch jetzt war nicht der Moment, sich zu beklagen. Mit den Händen in den Taschen war Doug drauflos marschiert, zog an der Puja-Stelle vorbei und dann auf den Beginn der Piste zu.

Es nieselte leicht, und Cecily zog sich die Kapuze über den Kopf. Als sie ein paar Felsplatten überquerten, über die Wasser hinab zum Birendra Taal floss, passten sie besonders gut auf.

Nach anderthalb Stunden des Marschierens und Kletterns über größere Felsbrocken, was in Achttausender-Bergschuhen nicht ganz einfach war, überholten sie ein anderes Team, das sich auf den Felsen niedergelassen hatte und eine Pause einlegte. Leuchtend blaue Tonnen mit wasserdichten Verschlüssen standen am Fuß einer Felswand herum. Direkt dahinter lag ein weites Schneefeld, das stetig in Richtung des Eisbruchs anstieg. Sie hatten den Gletscher erreicht.

»Okay, ab hier nur noch mit Steigeisen. Aber erst machen wir Pause«, verkündete Doug. »Esst etwas und legt dann eure Steigeisen an. Der restliche Weg führt dort quer über den Schnee.«

Sobald er im Bergführermodus war, war Doug der Inbegriff des coolen, ruhigen, effizienten Anführers. Ihm war nicht mehr der Hauch unterschwelliger Wut anzumerken. Sie wusste, sie sollte ihn auf Darios Vorwürfe ansprechen, weil er Charles bei dessen Mission immer am nächsten gewesen war. Doch falls er tatsächlich so aufbrausend war, wie James und Dario angedeutet hatten, wäre es womöglich ein Risiko, wenn sie ihn provozierte, und vielleicht wäre er, was Charles anging, auch nicht vollkommen ehrlich zu ihr. Vielleicht stand er ja in Charles' Schuld? Wenn er zuvor in hohem Bogen rausgeflogen und ihm nur geblieben war, sein eigenes Unternehmen zu gründen ... Auch Elise hatte so etwas angedeutet, als sie auf dem Rückweg von der Trainingswand gewesen waren.

Sie ließ sich auf dem nächstbesten Felsbrocken nieder und war froh, als sie die Rucksackgurte von den schmerzenden Schultern streifen und ihrem schwirrenden Kopf einen Moment Ruhe gönnen konnte.

»Was Süßes?« Eine Frau mit schicker Sportsonnenbrille und blondierten Haaren, die sie sich mit einem Zopfband zurückgebunden hatte, hielt ihr eine Tüte mit sauren Gummibärchen hin.

»Oh! Irina!« Cecily lächelte sie an und nahm sich dankbar ein Gummibärchen. »Hast du dich von der Puja gut erholt?«

»War eine echt nette Party!« Irina sah wild aus. Ihre sonnengebräunte Haut spannte über den scharf konturierten Wangenknochen. Auch wenn sie der russischen Expedition angehörte, hatte sie den Hauch eines Londoner Zungenschlags.

»Wohnst du in England?«, fragte Cecily.

»Ja, in London, in der Innenstadt. Ich arbeite in der Modebranche. Ist echt langweilig, aber da verdiene ich so viel, dass ich in den Himalaja reisen kann.« Sie lachte. »Hast du gehört, was oberhalb von Lager eins abgeht? Eine einzige Warteschlange bis hoch zur Schlüsselstelle! Ist anscheinend dieses Jahr besonders hart. Aber das wird schon werden, wird schon werden«, wiederholte sie, als wollte sie sich selbst überzeugen. Cecily war drauf und dran nachzuhaken, doch im selben Moment setzte das Elbrus-Elite-Team sich wieder in Bewegung, und Irina stemmte sich hoch. »Hier, du kannst den Rest haben.«

»Nein danke«, antwortete Cecily, doch da hatte Irina ihr die Tüte bereits in die Hand gedrückt und sich abgewandt – nicht jedoch, ohne erst noch ein Küsschen in Grants Richtung zu werfen.

Cecily stopfte die Süßigkeiten in die Seitentasche ihres Rucksacks und schnallte ihre Steigeisen fest. Im nächsten Moment bat Doug auch schon um Aufmerksamkeit.

»Alle bereit? Dann geht's jetzt weiter.«

Sie machten sich auf den Weg über eine verschneite Ebene. Die Steigung war anfangs recht sanft, es war einfach fabelhaft. Ihre ersten richtigen Schritte am Manaslu! Sie war aufgeregt, gestärkt nach der kurzen Pause und ihrem Snack. Sie achtete genau auf jeden Schritt, lauschte dem Knirschen des Schnees unter ihren Füßen und atmete die frische Bergluft ein.

»Da oben ist Lager eins«, sagte Galden, als er an ihr vorbeizog. Sie folgte seinem Fingerzeig, konnte aber nicht erkennen, wohin genau er wies. War da ein orangegelber Fleck am oberen Ende des Anstiegs? Waren das Zelte? Wenn Lager eins schon in Sicht war, hieß das doch, dass es nicht mehr weit sein konnte. Sie klammerte sich an den Gedanken. Sie würde es schaffen.

Ein paar wenige Schritte über den Schnee, und sie stieß auf

ihr erstes richtiges Fixseil: eine leuchtend blaue Schnur, die sich über das Weiß schlängelte.

»Einklippen, alle Mann«, rief Doug. »Das Stück hier wirkt vielleicht einfach, und das Ein- und Ausklippen alle paar Schritte kommt euch womöglich nervig vor, aber in diesem Gletscher gibt es ein paar tiefe Spalten, und es ist eine gute Übung. Die Routinen, die wir uns jetzt aneignen, gehen uns so in Fleisch und Blut über.«

Sie nickten, doch nach nur wenigen Fixpunkten schnaubte Grant irritiert. Tatsächlich wirkte das Ganze fast sinnlos, weil die Piste gut einsehbar und eben verlief und bereits ordentlich ausgetreten war.

Trotzdem wollte Cecily kein Risiko eingehen. Zwei Karabiner baumelten von ihrem Gurt an zwei etwa armlangen Seilstücken, die mit Knoten an ihrer Anseilschlaufe befestigt waren. Beide Karabiner mussten eingeklippt sein, sodass sie beim Umklippen an einem Fixpunkt stets mindestens ein-, wenn nicht zweifach gesichert war. So lautete die Bergregel: Nie komplett vom Fixseil abklippen.

In den folgenden Stunden erwies sich ihr Marsch als eintönig. Alle paar Schritte ein Fixpunkt, aus- und umklippen, weitergehen. Sorgsam stellte sie sicher, dass ihre Karabiner jeweils verschlossen waren, aber selbst mit ihren dünneren Handschuhen war jedes Mal einige Fummelei nötig. Sie versuchte, in einen Rhythmus zu finden, doch die Bewegungen fühlten sich unnatürlich an, und jedes Mal, wenn sie länger brauchte, stauten sich hinter ihr andere Bergsteiger. Ein paarmal baten sie sie, überholen zu dürfen, und Cecily musste die Zähne zusammenbeißen, ihren Frust hinunterschlucken und den anderen gestatten, um sie herum zu manövrieren. Sie war nur froh, dass sie ihr Multifunktionstuch bis über die Wangenknochen gezogen hatte, sodass ihr die Peinlichkeit nicht anzusehen war.

Sie stapften so lange weiter, dass sie schon fürchtete, in eine Art Stumpfsinn zu verfallen, und Lager eins schien noch immer kein bisschen näher gerückt zu sein. Sie querten den Gletscher im Zickzack und kamen nur langsam hangaufwärts voran. Sie setzte ihre Schritte synchron zu den Karabinerklicks: gehen, bücken, umklippen, ausklippen, gehen. Grant verzichtete mittlerweile vollends aufs Fixseil.

Mit verschränkten Armen wartete Doug ein Stück hangaufwärts, bis sie zu ihm aufgeschlossen hatten. Ohne auch nur zu blinzeln, starrte er Grant an. »Was habe ich euch zu den Seilen gesagt?« Sein Unterton bescherte Cecily eine Gänsehaut.

»Ach, jetzt komm schon, Kumpel, wir laufen hier über festen Schnee. So hab ich's am Cho auch gemacht, und es ist gut gegangen.«

»Das glaubst du, ja?«

Er trat mit dem Fuß fest im Schnee auf. Es klang hohl.

Und dann brach der Boden unter seinem Schuh ein. Er griff nach seinem Sicherungsseil und machte einen langen Schritt zur Seite.

Vor ihm klaffte eine tiefe, offene Spalte.

Wenn Grant einfach weitergegangen wäre, wäre sein Bein mit dem nächsten Schritt dort hineingesackt. Womöglich wäre die Spalte nicht breit genug gewesen, um ihn zu verschlucken, aber vielleicht wäre die nächste es gewesen.

»Fuck«, murmelte Grant, fummelte an seinem Gurt nach dem Sicherungsseil und klippte sich ins Fixseil ein.

»Schneebrücken«, sagte Doug nur. »Eine der größten Gefahren am Berg. Die kannst du nicht voraussehen. Also: Eingeklippt bleiben!«

Cecily schluckte trocken, und Doug machte einen extralangen Schritt über die Spalte hinweg. Grant ging ihm nach, dann Elise, Zak und am Ende sie selbst.

Als sie nach unten blickte, konnte sie nur mehr Dunkelheit sehen. Sie holte tief Luft und sprang. Der Boden auf der anderen Seite war fest, und sie verpasste sich selbst einen Hieb in die Rippen, um den Erfolg still zu feiern.

Immer häufiger stießen sie auf Gletscherspalten. Über die meisten hätte man einfach drübersteigen können, doch die Fixseile mäanderten um sie herum und führten weiträumig daran vorbei. Das war der Grund, warum diese Route so weitschweifig war. Dann erreichten sie die erste Leiter.

Ihre Aufregung vermischte sich mit Furcht. In jeder einzelnen Everest-Doku und in jedem Film gab es diese eine obligatorische Szene, in der Bergsteiger eine abgrundtiefe Spalte auf einer wackligen Leiter überquerten, die an beiden Enden nur auf dünnen Eisplatten aufzuliegen schien, die jeden Moment brechen konnten. Und was, wenn man von der Leiter rutschte? Man würde in der Luft baumeln und das eigene Leben nur mehr davon abhängen, ob die Fixseile sicher verankert waren und einen auffingen.

Das Risiko war enorm. Überwältigend. Einer jener Momente, von denen man später zu Hause berichtete ... sofern man es schaffte und überlebte.

»Du zuerst, Cecily«, sagte Doug. Galden war bereits drüben. Er war in die Hocke gegangen und hielt das hintere Ende der Leiter fest. Mingma nahm sie bei der Hand und führte sie die ersten zaudernden Schritte weit. Warum hatte sie als Erste gehen sollen? Vielleicht wollte Doug einfach nur sicherstellen, dass sie es schaffte, und damit dem Rest des Teams signalisieren: Wenn Cecily es schaffte, dann schafften die anderen es auch?

Sie klippte sich in das Fixseil ein und hielt ihr dünnes Sicherungsseil in der behandschuhten Hand. Dann versuchte sie, genau zwischen den Front- und den hinteren Zacken auf den Sprossen aufzusetzen, machte einen Schritt nach dem anderen, hob langsam den Fuß und setzte ihn vorsichtig wieder ab. Doch jedes Mal blieben die Vertikalzacken an den Sprossen hängen, sodass die Leiter anfing zu schwingen und ihr das Herz bis zum Hals schlug.

Dann blieb sie mit dem Steigeisen zwischen zwei Sprossen stecken. Sie starrte nach unten auf ihren Schuh, doch statt ihn oder auch nur die Leiter zu sehen, blickte sie tief hinab in die Gletscherspalte, die wie eine Wunde im Schnee wirkte, ein tiefblauer Schmiss in endlosem Weiß. Wo er endete, war nicht zu erkennen.

Von dort gäbe es jedenfalls keinen Weg mehr zurück.

24

Die Manners-Mountaineering-Fähnchen flatterten im Wind. Lager eins! Dass sie es endlich bis hierher geschafft hatte, war so überwältigend, dass sie fast in die Knie ging. Sie war unendlich erschöpft, und auf ihren Wangen schimmerten Tränen. In der vergangenen Stunde war ihr Gehirn auf Turbo gelaufen, und sie hatte sich gefragt, wie lange sie noch würde gehen können, bevor die Beine ihr schlichtweg den Dienst versagten.

Sie stolperte in das größte Zelt, in dem es nach Diesel stank, aber wenigstens brannte dort ein Feuer.

Mit dem Rücken zum Eingang beugte Doug sich über sein Handy. Sie hatte gerade beschlossen, ihm die Möglichkeit zu geben, ihr zu erklären, was bei seiner letzten Expedition vorgefallen war, als Mingma den Kopf ins Zelt schob. »Ah, Cecily, hier bist du. Soll ich dir zeigen, wo du schläfst?«

Sie warf Doug einen Seitenblick zu. Er war ein paar Schritte weitergegangen und besprach etwas mit Phemba. Sie verzog leicht frustriert das Gesicht, weil ihr die Gelegenheit, mit ihm zu sprechen, entgangen war. Dann nickte sie Mingma zu. »Ja bitte. Wo soll's hingehen?«

Sie folgte ihm hinaus in den Schnee. Es war etwa vier Uhr nachmittags, sprich: Sie hatten gute sechs Stunden gebraucht, um zum Lager eins aufzusteigen. Wolken hingen dicht über dem Zeltlager und verstellten die Sicht. Sie winkte Irina zu, die vor ihrem eigenen Zelt nur ein paar Schritte vom Manners-Mountaineering-Lager entfernt zusammen mit ihren Elbrus-Elite-Kameraden Tee trank. Wiederum ein paar Schritte weiter wehte die Summit-Extreme-Flagge. Sie reckte den Hals und hielt nach Dario Ausschau, aber er war nirgends zu sehen.

»Euer Zelt ist da drüben. Elise hat schon ausgepackt, aber der Platz sollte für euch beide reichen.«

»Danke, Mingma.«

Sie schlüpfte in ihr Zelt.

Ihre erste echte Nacht am Berg. Nachdem sie sich den Bauch mit gebratenem Reis und Tee vollgeschlagen hatte und mit der Aussicht, früh geweckt zu werden, war Cecily so erschöpft, dass nicht mal mehr die Sorgen wegen des mysteriösen Pfeifers sie wach hielten.

Mit einer verstopften Nase, schmerzenden Muskeln und völlig gerädert wachte sie auf. Sie biss die Zähne zusammen und nahm erst einmal zwei Tabletten, um die Schmerzen am ganzen Leib in den Griff zu bekommen. Sie fühlte sich eindeutig nicht imstande, heute die Schlüsselstelle in Angriff zu nehmen: die gigantische Eiswand, über die sie schon so viel gelesen und gehört hatte.

Sie spähte zu Elise hinüber, die sich bereits auf die nächste Etappe des Aufstiegs vorbereitete, und das so beschwingt, dass es fast unnatürlich wirkte. Die Influencerin – selbst auf fast sechstausend Metern mit perfekt aufgetragenem Lippenstift –

konnte ihre Siebensachen annähernd doppelt so schnell packen wie Cecily. Es lag auf der Hand, was sie beide unterschied. Elise war routiniert und erfahren, Cecily nicht.

Bis sie endlich das Zelt verließ, war auch Zak bereit und hatte Gurt, Schuhe und Steigeisen angelegt. Er hatte sich das Zelt mit Grant geteilt und war augenscheinlich nicht sehr glücklich darüber.

»Der Typ verteilt seinen Scheiß überall«, murmelte er vor sich hin, als er an ihr vorbeiging. »Hab noch nie erlebt, dass jemand so viel Platz für sich beansprucht. Ich hab kaum ein Auge zugetan.«

Sie verzog das Gesicht. »Du Armer! Dabei ist am Berg zu schlafen auch so schon anstrengend genug!«

»Ganz zu schweigen von seinem Schnarchen …«

Kopfschüttelnd stapfte er weiter in Richtung Toilettenbereich. Selbst dort hörte er nicht auf zu grollen, doch Cecily eilte weiter.

Galden füllte ihre Trinkflaschen mit heißem Wasser, sie ließ ein paar Energietabletten hineinfallen und hörte zu, wie diese sich zischend auflösten. Anschließend schob sie die Flaschen in Isolierhüllen und verstaute sie in ihrem Rucksack. Dann vergewisserte sie sich, dass die Steigeisen fest saßen, der Gurt anlag, nirgends drückte und die Beinschlaufen nicht verdreht waren. Heute an der Schlüsselstelle musste alles perfekt laufen.

»Siehst du das da oben? Das ist die Route.«

Sie folgte Galdens Fingerzeig und entdeckte ein paar Summit-Extreme-Teammitglieder, die sich schon auf den Weg zu Lager zwei gemacht hatten.

Doug marschierte an ihr vorüber auf Grants und Zaks Zelt zu. »Bereit? Dann los«, knurrte er im Vorbeigehen.

Mit hochgezogener Augenbraue sah Cecily zu Galden. »Was ist denn mit dem los?«

»Er hasst Trödelei, und Grant hat sich seit geraumer Zeit nicht blicken lassen.«

»Whoa!« Zak war wieder aufgetaucht und sah mit großen Augen über Cecilys Schulter. »Brauchst du Hilfe, Mann?«

Tenzing hatte sich eine riesige Leiter auf den Rücken gewuchtet. Er hielt sie in der Waagerechten und schien darunter fast vornüberzufallen.

»Du liebe Güte! Wozu soll das denn gut sein?«, platzte es aus Cecily heraus.

»Eine der Leitern ein Stück weiter oben ist unter einem Sérac zerknickt. Ich bringe Ersatz nach oben.« Er hielt einen Moment lang inne und checkte die Seile, die er sich um die Arme geschlungen hatte. Dann lief er leichtfüßig los, als hätte er bloß einen normalen Rucksack geschultert.

Sie hatte nie auch nur darüber nachgedacht, wie die Leitern den Berg hinaufkamen. Staunend sah sie ihm nach. Auch wenn er nicht Teil des sogenannten Fixseilteams war, trugen sämtliche Sherpas dazu bei, die Piste instand zu halten, und vieles von dem, was sie taten, wurde für selbstverständlich erachtet. Ihr war nicht mal in den Sinn gekommen, dass irgendwer die Leitern auf den Berg bringen musste, wenn sie dort montiert werden sollten, und jetzt sah sie sechstausend Meter über Meeresniveau diesem Mann mit der Leiter auf dem Rücken nach, wie er sie über Spalten im Boden und steile Anstiege hinauftransportierte. Sie würde sich nie wieder über ihren Rucksack beklagen.

Vom ersten Schritt an war es ein anderer Anstieg als noch tags zuvor. Zum einen ging es deutlich steiler hinauf. Jetzt musste sie auf das zurückgreifen, was sie sich antrainiert hatte: Gleich zu Beginn klippte sie die Steigklemme ins Fixseil ein.

Entschlossen und konzentriert ging sie zu Werke. Es erforderte all ihre Geistesgegenwart und Körperkraft, und das war auch besser so, weil sie auf diese Weise keine Zeit hatte, über ihre Sorgen nachzugrübeln oder darüber, wie weit es noch war.

Irgendwann rief Zak von hinten: »Was zur Hölle ist das?«

Sie waren bereits den ganzen Morgen im selben Tempo unterwegs gewesen. Als sie sich nach ihm umdrehte, zeigte er mit dem Eispickel nach vorn.

Cecily hatte die ganze Zeit nur den Boden und das Fixseil angestarrt, sodass sie gar nicht bemerkt hatte, was ein Stück weiter vor sich ging. Eine größere Gruppe, vielleicht fünfzehn Leute, hatte sich entlang des Fixseils gestaut. Und stand Schlange. Vor ihnen ragte eine blanke Wand aus Eis in die Höhe.

Die Schlüsselstelle.

Sie hatte im Internet gelesen, dass sie auch »Hourglass« – »Sanduhr« – genannt wurde. Von ihrem derzeitigen Standpunkt aus ahnte sie auch, warum: Die Wand über ihr wurde an einer Stelle, wo zwei Seile entlangführten – eins für den Aufsteigenden, eins für den sich Abseilenden –, auffallend schmal. Und sie war wesentlich steiler als alles, woran Cecily bislang trainiert hatte.

Sie schluckte und schleppte sich weiter, bis sie zu Galden am Ende der Schlange aufgeschlossen hatte.

»Was dauert denn da so lange?«, wollte Zak wissen.

»Es kann immer nur eine Person in der Wand sein«, erklärte

Galden. »Und dann kommen auch noch Teams von oben runter, am zweiten Seil. Da ist kaum genug Platz, um aneinander vorbeizukommen, deshalb dauert es länger.«

»Herr im Himmel, wir können hier doch nicht ewig warten! Geht das die ganze Zeit über bis zum Gipfel so weiter?«

»Keine Ahnung.« Galden zuckte mit den Schultern.

»Jetzt verstehe ich auch, worüber sich die Leute am Everest aufregen. Das hier ist ja genauso schlimm wie der Stau in der Bay Area!«

»Oder die Schlangen vor dem Supermarkt an Heiligabend.« Cecily lachte.

»Steht nicht bloß rum und meckert«, mischte Doug sich ein. Er war hinter ihnen aufgetaucht, ohne dass Cecily es bemerkt hatte. »Denkt lieber darüber nach, was ihr stattdessen tun könnt. Fehlt irgendwas? Was braucht ihr gerade?« Wie um ihnen zu demonstrieren, was er meinte, zog er seine Thermosflasche aus der Rucksack-Seitentasche und nahm einen großen Schluck.

Natürlich hatte er recht. Dies war die perfekte Gelegenheit, nicht nur auszuruhen, sondern zu atmen, Wasser zu trinken, Kraft zu tanken. Nur dass er dafür wirklich nicht so missmutig hätte sein müssen.

Alle paar Minuten rückten sie ein Stück näher an die Wand heran. Es war aufreibend, die Leute zu beobachten, die sich die Wand hinaufmühten, und irgendwann ließ sie sich auf ihrem Rucksack nieder, um so viel Energie wie möglich zu sparen.

Erst als sie die Nächste in der Reihe war, legte sie den Kopf in den Nacken und blickte nach oben. Die Wand sah von unzähligen Bergsteigern vernarbt aus: überall Furchen, die von

Aberhunderten Steigeisen in das Eis geschlagen worden waren.

Um zum Fuß der Wand zu gelangen, musste sie eine weitere Spalte überqueren. Die Überreste einer kaputten Leiter baumelten in die Tiefe, und Tenzings neue Leiter lag quer darüber. Sie war eine Erinnerung daran, dass das Eis ständig in Bewegung war und sich vorwärts arbeitete wie ein Wasserstrom. Die Spur, die heute gelegt wurde, konnte morgen schon verschüttet und unbegehbar sein.

Sobald das Seil über ihr wieder locker herabfiel und die Person, die vor ihr ging, rief, sie habe den nächsten Fixpunkt erreicht, schob Cecily die Steigklemme über das Aufstiegsseil und machte ein paar zögerliche Schritte auf die Wand zu.

»Cecily, weg da!«, brüllte Doug plötzlich. Sie hatte kaum Zeit zu reagieren, sprang blindlings zur Seite, krachte in den Schnee und schlug mit beiden Knien gegen einen knochenharten Eisblock.

Sie spürte einen Windstoß an ihrem Hinterkopf, jemand schrie auf, und sie wirbelte herum. Ein leuchtend orangefarbener Schatten schlug am Boden auf und verschwand in der Gletscherspalte.

25

Umgeben von Eis sah der Mann zu ihnen hoch und schlug wild mit Armen und Beinen.

Er hatte sich abgeseilt, war abgerutscht, direkt in der Eisspalte gelandet und nur deshalb nicht abgestürzt, weil sein Rucksack so breit war, dass er sich in der Spalte verhakt hatte.

Galden und Doug bewegten sich wie Maschinen. Doug nahm die Seilschlinge, die er sich um den Oberkörper gelegt hatte, wickelte ein Stück ab und warf es dem Mann zu, der das Seil mit zitternden Händen an seinem Gurt befestigte. Als sie versuchten, ihn aus der Gletscherspalte zu ziehen, klemmte er tatsächlich fest. Der Rucksack, der ihn zunächst gerettet hatte, drohte jetzt zur Falle zu werden. Der Mann würde ihn abstreifen müssen.

Und was es umso schwieriger machte: Der Mann sprach kein Englisch, er war Teil einer chinesischen Expedition. Cecily entdeckte einen entsprechenden Aufnäher auf seiner Jacke. Niemand in nächster Nähe sprach Mandarin. Sie selbst konnte gerade genug, um ihn stammelnd zu fragen, ob es ihm gut gehe. Darüber hinaus bekam sie keinen Satz zustande.

Doch die freundliche Geste schien dem Mann viel zu bedeuten, der nun erstmals seit seinem Fehltritt tief Luft holte. Doug fing ihren Blick auf und nickte ihr anerkennend zu, auch wenn Cecily selbst erst wieder würde aufatmen können, wenn der Mann in Sicherheit wäre.

Er wand die Arme aus den Rucksackschlingen, griff noch danach, um seine Ausrüstung zu retten, doch dann verrutschte darin das Gewicht, und er konnte ihn nicht mehr halten. Weg war er, in der Tiefe verschwunden.

Damit war die Expedition für den Mann zu Ende. Er ließ den Kopf hängen, als Mingma ihm etwas zu trinken anbot, um den Schock zu lindern. Immerhin war er am Leben.

»Du bist dran, Cecily«, rief Doug ihr zu. »Los, hoch mit dir!«

Sie war immer noch voll auf Adrenalin, und das musste sie ausnutzen. Sie musste diese Wand bezwingen. Sie legte den Kopf erneut in den Nacken. Inzwischen schien sich die Wand noch höher über ihr aufzutürmen als zuvor.

Sie schob die Steigklemme so weit über Kopf, wie sie konnte, und fing an zu klettern. Mit jedem Schritt trieb sie die Zacken ihrer Steigeisen ins Eis, bis sie sich damit vollkommen sicher fühlte. Doch auch wenn die Steigklemme sie hielt und die Steigeisen fest saßen, war es viel schwerer, als sie befürchtet hatte.

Schnee und Eisbrocken regneten auf sie nieder, all das, was der vorherige Bergsteiger über ihr losgetreten hatte.

Sie erreichte eine schmale Kante im Eis und hielt inne, um wieder zu Atem zu kommen.

»Weiter!«, rief Doug. *Der hatte leicht reden.*

Ein paar Einschnitte in der Wand lagen weiter auseinander, als es von unten den Anschein gehabt hatte. Sie bekam den

Fuß auf den nächsten, allerdings nur, indem sie das Knie bis an die Brust zog. Jetzt ihren Körper nach oben zu hieven kam ihr unmöglich vor. Sie klammerte sich ins Seil und zog, doch sie rutschte mit dem Fuß ab.

Die Zähne der Steigklemme rasteten ein und fingen sie zwar auf, trotzdem verlor sie die Kontrolle, fing an, sich zu drehen, und versuchte verzweifelt, an der Wand Halt zu finden. Ihr stockte der Atem. Erst als sie wieder halbwegs ruhig dahing, bewegte sie eine Gliedmaße nach der anderen. Alles unverletzt.

Das Einzige, was Schaden genommen hatte, war ihre Würde.

Sie wollte gar nicht wissen, wer sie alles anstarrte und wem die Verachtung ins Gesicht geschrieben stand. Ihr Eispickel war am Rucksack befestigt, sodass sie ihn fürs Erste um besseren Halt im Eis nicht einsetzen konnte. Sie hatte nur ihre Hände, die Steigklemme und ihre Steigeisen. Sie schloss die Augen und holte tief Luft. Sie hing so nah vor der Wand, dass ihre Nase den Schnee berührte und das Eis sie regelrecht im Rachen kitzelte.

»Fuck«, flüsterte sie in sich hinein.

Sie befand sich annähernd in der gleichen Lage wie am Snowdon. Verstiegen. An diesem winzigen Vorsprung, keine Chance, vor- oder zurückzukommen. Sie blinzelte kurz und war im Geiste sofort wieder am Crib Goch.

Ich heiße Carrie Halloran. Und wie heißt du?

Die Stimme ihrer Retterin, klar wie ein Frühlingstag. Carrie hatte so cool und selbstbewusst gewirkt und der panischen Cecily Ruhe vermittelt. Sie konnte sich noch an einzelne kleine Details im Gesicht der Frau erinnern: an die Sommersprossen auf der Nase, die goldenen Flecken in den braunen Augen, die

Strähnen rotbraunen Haares, die unter der Regenkapuze hervorgelugt hatten. Sie hatte sich auf all diese Dinge konzentriert, und ihr Herzschlag hatte sich allmählich wieder beruhigt.

Ce... Cecily.

Keine Angst, Cecily. Bist du hier oben in Begleitung?

Mein Freund war dabei, aber der ist wahrscheinlich längst auf dem Gipfel. Tut mir leid ... Ich kann mich nicht bewegen ... Tränen waren ihr übers Gesicht geströmt. Wann immer sie auch nur versucht hatte, einen Arm oder ein Bein zu bewegen, um von allein von dem Felsvorsprung wegzukommen, ohne dass erst ein Hubschrauber gerufen werden müsste, hatten ihre Muskeln unkontrolliert zu zittern begonnen. Sie hatte nichts dagegen tun können.

Verstehe. Ich rufe jetzt jemanden zu Hilfe. Du musst dich weder bewegen noch reden. Das ist schon okay. Hör mir einfach nur zu.

Hier ist kein Netz, ich hab's schon probiert!

Ich schreibe eine SOS-Nachricht. Und dann warte ich hier mit dir.

Die Frau hatte eine Ersatzregenjacke aus ihrem Rucksack gekramt und sie Cecily gereicht. Dankbar hatte sie sie über ihren leichten Supermarkt-Regenponcho gestreift. Während sie warteten, hatte die Frau geredet, ihr erzählt, wie es war, in Nordwales zu leben – die ausgedehnten Strände von Anglesey entlangzujoggen, am Snowdon zu biwakieren, um dann zur sogenannten Welsh 3000s Challenge aufzubrechen und auf Streckenabschnitten quer über Weideland bockigen Schafen auszuweichen. Sie erzählte, sie komme wöchentlich und bei Wind und Wetter nach Snowdonia, um die verschiedensten

Grate zu gehen und sich am Berg immer neue Herausforderungen zu suchen.

Wie kann man nur immer wieder hierher zurückkehren?, hatte Cecily mit klappernden Zähnen gefragt.

Was, hierher in die Berge?

Cecily hatte genickt.

Die Berge liegen mir einfach im Blut. Aber um ehrlich zu sein, mag ich auch die Herausforderung. Diese Umgebung hier stellt sich dir mit allem, was sie hat, entgegen und verlangt dir alles ab. Mit den Jahren habe ich nicht nur gelernt, in diesen Bedingungen zu überleben, sondern es richtiggehend zu genießen. Es gibt mir Kraft.

Wie machst du das?, hatte Cecily wissen wollen.

Indem ich ständig auf der Hut bin und Gefahren abwäge. Mein Vater hat immer eines zu mir gesagt: »Sei wachsam.« Und das ist hier draußen mein Mantra. Sei wachsam. Sei wachsam, wenn du deine Ausrüstung checkst. Hab den Fettstift immer in derselben Tasche, sodass du genau weißt, wo er ist, wenn du ihn brauchst. Schnür deine Schuhe im selben Moment fest zu, in dem du spürst, dass sie sich lockern. Erschöpfung, sei sie mental oder körperlich, beeinträchtigt deine Wachsamkeit, und wenn das passiert, können am Berg selbst Kleinigkeiten lebensgefährlich werden. Im selben Moment, da du nicht mehr wachsam bist, büßt du die Fähigkeit ein, einen Berg zu besteigen.

Ihre Erzählung hatte Cecily von ihrer grässlichen Lage abgelenkt, vom Regen, der sie bis auf die Knochen durchweicht, und vom Wind, der ihr über den Rücken gepeitscht hatte.

Und jetzt stand sie hier an dieser schmalen Kante, Leute warteten oben und unten, und keiner von ihnen sprach ihr

Mut zu. Eissplitter regneten ihr in den Jackenkragen, und sie erschauderte.

Sie versuchte, sich auf die nächste Stufe zu konzentrieren, die sie erreichen musste.

Diesmal musste sie es schaffen. *Schaff es für Carrie,* redete sie sich ein.

Sie biss sich auf die schweren Handschuhe und zerrte daran, bis sie ihr an den Schlaufen von den Handgelenken baumelten. Darunter hatte sie um der Wärme willen Merinohandschuhe getragen. Auch die zog sie aus und stopfte sie sich in die Taschen. Sie brauchte jetzt die Geschicklichkeit und Beweglichkeit ihrer nackten Finger. Nur so würde sie es nach oben schaffen.

Sie nahm die Steigklemme in die eine Hand und zuckte zusammen, weil das Metall an ihrem Handballen eisig war. Dann schob sie sie so hoch wie möglich. Mit der anderen Hand griff sie nach einem winzigen Spalt im Eis. Dann hob sie erneut den Fuß und rammte das Steigeisen tief in die Eiswand hinein. Ihre Muskeln zitterten, und die Lunge brannte vor Anstrengung. Nur ein Versuch. Sie hätte nur einen Versuch. Sie musste es schaffen.

Immerhin wollte sie allen erzählen, dass sie es bis auf den Gipfel geschafft hatte.

Sie wollte das Exklusivinterview mit Charles.

Sie würde nicht aufgeben, ehe sie Lager zwei erreicht hätte.

Jetzt oder nie …

All das trieb sie an, als sie sich die Wand hinaufzog, sich mit aller Kraft festklammerte und betete, dass ihre Steigeisen halten würden. Ihr Fuß drohte erneut abzurutschen, doch sie schob die Steigklemme weiter hinauf, beschwor sie, beschwor die Zähnchen, im Seil zu halten … Ihre Fingernägel krallten sich ins Eis, und sie betete, dass der eisige Vorsprung nicht unter ihrem Griff zerbrechen würde.

Es reichte, gerade so. Sie hatte das Knie kaum auf dem Vorsprung aufgesetzt, als ihr Fuß wegrutschte, doch von dort aus kam sie wieder auf die Beine. Einen kurzen Moment lang stand sie an der Kante und keuchte. Sie hatte es geschafft.

Sie gönnte sich einen tiefen Atemzug, ehe der Umstand, dass unten Leute warteten, sie weitertrieb, auch wenn ihre Beine zitterten.

Noch ein paar Schritte, und sie stand auf dem Plateau.

Sie hatte die Schlüsselstelle gemeistert.

26

Oben wurde sie von einer Gruppe anderer Bergsteiger willkommen geheißen, die alle genauso entkräftet waren wie sie. Auch Irina war dabei, hatte sich auf eine Schneewehe gesetzt und knabberte an einem Müsliriegel. Sie blickte ihr entgegen und hob die Hand zu einem High Five. Cecily war so erschöpft, dass sie bei der Geste buchstäblich in die Knie ging und auf dem Hintern landete.

Irina half ihr in eine bequemere Sitzposition. Nach ein paar Atemzügen war Cecily so weit, dass sie ihren Rucksack abstreifen und ihren eigenen Proviant herauskramen konnte.

»Das war echt hart«, sagte Irina, sobald Cecily wieder aussah, als sei sie hinreichend bei Kräften, um sich unterhalten zu können. »Härter als auf den anderen Bergen. Gut gemacht!«

»Oh, gut zu wissen. Ich dachte schon, ich hätte komplett einen Affen aus mir gemacht.«

Irina lachte laut auf. »Nein, nein! Der Aufstieg *ist* schwierig! Die Sherpas haben sogar einen Namen dafür … Sie nennen ihn die ›Hängewand‹.«

Cecily erschauderte. »Ich dachte, ich hätte etwas von Hourglass gehört?«

»So heißt die Wand auch.« Irina nickte. »Aber egal, wie man sie nennt: Dass wir hier in ein paar Tagen noch mal hochklettern müssen, macht mir jetzt schon Angst. Ich bin mir nicht sicher, ob ich das noch mal schaffe. Aber genau das ist die Schwierigkeit bei der Akklimatisierung, oder? Dieses ständige Hoch und Runter entlang ein und derselben Route. Und ständig zu wissen, wie schwer es wird.«

Cecily riss die Augen auf. So hatte sie es noch gar nicht betrachtet. Jedes Mal, wenn sie die Strecke abermals hochsteigen würde, würde sie auch diese Wand erneut bezwingen müssen.

»Ich mache womöglich nur einen Akklimatisierungsgang«, verkündete Irina. »Wir haben geplant, morgen bis auf Lager drei hochzusteigen. Was ist mit euch?«

»Das Gleiche.«

»Habt ihr auch Leute dabei, die ohne Sauerstoff gehen?«

»Außer Charles? Nur eine. Elise.«

»Wahnsinn. Ich könnte das nicht. Aber gut zu wissen, dass eine Frau über die Grenzen geht.«

»Ganz ehrlich? Allein schon mit ihr das Zelt zu teilen kommt mir wie eine Meisterstunde im Bergsteigen vor! Und ich kann es kaum erwarten, dass Charles endlich hier ist, weil ich sehen will, wie er ohne Seile klettert.«

Zu ihrer Überraschung rümpfte Irina bloß die Nase, und Cecily runzelte die Stirn.

»Findest du nicht, was Charles macht, ist beeindruckend?«

»Äh, doch, natürlich ist das beeindruckend. Aber hier draußen gibt es für mein Empfinden fast schon zu viele große männliche Egos. Seit jeher, als die Männer noch unter sich waren, war es okay gewesen, den Berg zu besteigen, Seile und Sauerstoff zu benutzen und die Hilfe von Sherpas in Anspruch zu nehmen. Aber jetzt, da Frauen den Fuß in der Tür haben, reicht das plötzlich nicht mehr, und man muss im Alpinstil gehen, um ein echter Bergsteiger zu sein. Ist doch Blödsinn! Wir haben es ebenso sehr verdient, hier zu sein, wie sie.«

Cecily blinzelte. »Ich mag deine Sichtweise«, sagte sie mit einem Lächeln. Dann stieß sie mit ihrer Wasserflasche mit Irina an, bevor sie einen großen Schluck nahm.

Im selben Moment, da sie den Kopf in den Nacken legte, blieb ihr Blick an einem riesigen Sérac hängen, der über ihrer Route aufragte. Bei dem Anblick wurde ihr schlagartig angst und bange, und es lief ihr eiskalt den Rücken hinunter. Der Sérac war zweifellos bildschön, eine riesige Skulptur aus Eis, die aussah wie ein Tanzbär, der auf den Hinterbeinen stand und ein Vorderbein in Richtung Himmel streckte. Hinter dem ersten ragte ein zweiter Sérac empor, der an die abgeknickte Spitze eines Hexenhuts erinnerte. Es war fast, als würde sie wie früher Figuren in den Wolken entdecken, nur dass diese gigantischen Eistürme annähernd ohne Vorwarnung in sich zusammenstürzen konnten.

Mit einem Mal hatte sie es eilig weiterzukommen, doch aus ihrem Team hatte – abgesehen von Tenzing, der vor ihr gewesen war – noch niemand sonst die Wand bezwungen. Vielleicht war es aber auch besser so: Sie wollte nicht schon wieder die Letzte sein, die im Lager ankam.

»Ich gehe besser langsam weiter«, sagte sie zu Irina. »Ist noch ein gutes Stück bis ins Lager, und ich bin im Schneckentempo unterwegs. Kannst du den anderen ausrichten, dass ich schon vorgegangen bin?«

»Na klar. Aber langsam ist gut, so muss es sein. Lass dir nichts anderes einreden oder dir das Gefühl geben, du würdest hier nicht hergehören.«

Cecily quittierte den Rat mit einem Nicken und machte sich auf den Weg. Sie fiel in einen gleichmäßigen Rhythmus, und auch wenn sie auf weitere Anstiege traf, an denen sie die Steigklemme einsetzen musste, war keiner davon mit der Hängewand zu vergleichen. Ihr fiel auch kein anderer Name mehr dafür ein.

Lager zwei tauchte wesentlich schneller vor ihr auf, als es bei Lager eins der Fall gewesen war – nach nur vier Stunden auf den Beinen. Sie beschleunigte, sowie sie die gelben Zelte vor sich sah. Jetzt hatte sie den ganzen Rest des Nachmittags frei und konnte sich erholen.

Sie war die erste Kundin, die im Lager ankam. Sie half Tenzing, das Essen vorzubereiten, und schaufelte frischen, sauberen Schnee, den sie aufkochen würden, in einen großen Plastikbeutel. Sie war froh, dass sie sich nützlich machen konnte.

Außerdem war sie froh, die Aussicht genießen zu können, die sich meilenweit vor ihr zu erstrecken schien. Sie waren durch die Wolkendecke geklettert, die wie ein zuckerwatteweißer Teppich über dem Tal lag. In der Ferne ragten die Gipfel der umliegenden Bergketten auf, und sie konnte kaum glauben, dass sie bald sogar darauf hinabblicken würde. Angesichts der Großleistung, die sie jetzt schon vollbracht hatte, war ihr schlagartig schwindlig. Kein Wunder, dass Leute wie James, Ben und Charles geradezu süchtig waren nach solchen Herausforderungen. Sie fühlte sich … unbesiegbar.

Die verschiedenen Teams waren in diesem Lager ein gutes Stück weiter voneinander getrennt als in Lager eins. Die Manners-Mountaineering-Zelte waren entlang eines schmalen Felsvorsprungs errichtet worden, auf dem kaum zwei Zelte nebeneinandergepasst hätten, und die Russen waren das einzige Team in der Nähe.

Die Nächste, die ankam, war Irina. Cecily eilte auf sie zu, um sie zu begrüßen, doch Irina schien kaum noch Kraft zu haben, Cecilys Hallo auch nur zu erwidern. Die Frau schlurfte auf ein Elbrus-Elite-Zelt zu und ließ sich einfach hineinfallen.

Cecily war überrascht, wie erschöpft Irina aussah. »Soll ich dir einen Tee bringen?«, fragte sie durch die Zeltplane.

Sie hörte ein Grunzen, war sich aber nicht sicher, ob das ein Ja oder Nein gewesen war. Als sie mit einem dampfenden Blechbecher wiederkam, hoffte sie inständig, dass es Irina schon wieder besser ging. Doch erst als auch Andrej ankam und sofort nach ihr sah, konnte Cecily aufatmen.

Elise war die Nächste, die um die Kurve ins Lager kam. Sie war leicht zu erkennen an ihrer leuchtend neonfarbenen Sportkleidung. Mingma tauchte dicht hinter ihr auf.

»Ich habe heißes Wasser vorbereitet, wenn ihr Tee trinken wollt«, sagte Cecily.

Elise strahlte sie an. »Danke, *chérie*. Du darfst gern jederzeit wieder mein Mountain Buddy sein!«

Was aus Elises Mund ein Riesenkompliment war. Die beiden setzten sich vor Tenzings Zelt, tranken Tee und aßen Schokolade. Das strahlende Himmelblau über ihren Köpfen wirkte schier endlos, und sie badeten im warmen Sonnenlicht, plauderten und lachten. Während Cecily ihren Körper bis an seine Grenzen getrieben hatte, schien sie ihre Bedenken wegen der pfeifenden Gestalt im Basislager zurückgelassen zu haben. Sie waren hier auf so großer Höhe, so weit weg von allem, so abgeschnitten vom Rest der Welt, dass sie das Gefühl hatte, hier könnte ihnen nichts etwas anhaben.

Als Nächste kamen Zak, Doug und der Rest des Sherpa-Teams, Grant bildete die Nachhut. Doug machte ein Gesicht wie ein Donnerwetter. Cecily setzte sich gerade auf und fragte sich, was vorgefallen war.

Doug marschierte auf Mingma zu. Unter dem Vorwand, die Toiletten zu suchen, ging sie ein Stück näher, um sie zu belauschen.

»Der Typ hat vielleicht Nerven! Ich dachte schon, Galden würde ihn gleich vom Berg runterstoßen! Er hat ernsthaft verlangt, dass Galden den Rucksack für ihn trägt – zusätzlich zu seinem eigenen! Unfassbar!«

Mingma holte scharf Luft. Normalerweise war er die ruhigste, beherrschteste Person weit und breit, doch jetzt war er schockiert. »*Das* hat er verlangt?«

»Der kann mich mal! So etwas lasse ich hier nicht zu. Ich hab zu ihm gesagt: ›Wenn du nicht mal deinen eigenen Rucksack den Berg hochtragen kannst, dann hast du hier nichts verloren.‹«

Sie wusste immer noch nicht, von wem die Rede war. Aber um wen es auch ging, Doug war zu Recht stinksauer. Sie musste daran denken, wie streng sie zu sich selbst gewesen war, wie sehr sie sich selbst dafür gegeißelt hatte, an der Hängewand derart hin- und herzubaumeln. Trotzdem wäre ihr nie in den Sinn gekommen, Galden zu fragen, ob er ihr nicht das Gepäck abnehmen könne.

»Das war Grants letzter Freischuss. Erst die Sache mit dem

Sauerstoff und jetzt das. Ich wollte ihn von Anfang an nicht dabeihaben, aber dieser verdammte Charles …«

»Cecily? Welches ist eigentlich unser Zelt?«, rief Elise quer durchs Lager. Doug und Mingma verstummten augenblicklich, als ihnen dämmerte, dass jemand in Hörweite war. Ihr schlug das Herz bis zum Hals, als sie zurück zu ihrem Zelt eilte. Sie war erstaunt, dass Grant sich so verhielt, immerhin protzte er ständig damit herum, wie fit er war. Andererseits hatte er sich seit seiner Ankunft aufgeführt, als gehörte der Berg ihm allein. Sie war nicht wirklich überrascht, dass er den Sherpas gegenüber auf diese Weise auftrat.

Galden brachte ihnen das Abendessen, einen rehydrierten Essensbeutel. Und eines musste sie Zak lassen: Was die gefriergetrockneten Spaghetti anging, hatte er recht gehabt. Sie waren tatsächlich genießbar. Bedächtig kaute sie darauf herum. Ihr Magen war in dieser Höhe empfindlich, und alles bei sich zu behalten war nicht ganz leicht.

Hoffnung machte ihr allerdings, wie Elise aß: Sie schaufelte das aufbereitete Trockenfutter in sich hinein, und obendrein noch Junkfood: Chips, Schokolade, Gummibärchen. »Wir brauchen für Lager drei alle Energie, die wir kriegen können«, erklärte sie und bot Cecily eine Handvoll gesalzene Erdnüsse an.

Gemeinsam verputzten sie ihr Abendessen, während sie ihren persönlichen Aufgaben nachgingen: Cecily versuchte, die Einzelheiten des Tages in ihrem Notizblock festzuhalten, und Elise tippte wie wild auf ihrem Smartphone herum und bearbeitete ein paar Fotos, die sie unterwegs geschossen hatte. Sie war wirklich ein Foto-Crack: Ihre Finger huschten schneller über das Display, als Cecily gucken konnte. Sie beschnitt Fotos, setzte Highlights, spielte mit Farbsättigung und Kontrasten, sodass die Bilder am Ende Social-Media-fähig waren und Elise sie würde posten können, sobald sie wieder Netz hätten.

Die Kanadierin sah hoch konzentriert aus, und ihre Zungenspitze schob sich aus dem Mundwinkel. Manche Leute überzogen Influencer mit Hohn und Spott, aber die Mühe, die Elise sich gab, um ihren Account zu einem Erfolg zu machen, war durchaus beeindruckend.

Als es dämmerte, schlüpfte Cecily in ihren Schlafsack und machte sich bereit zu schlafen. Machten die anderen in ihren am Berg verstreuten Zelten ähnliche Erfahrungen wie sie? Hatten sie ebenfalls Schwierigkeiten zu essen? Waren sie auch so erschöpft? Hatten sie auch eine verstopfte Nase und diesen anhaltend pulsierenden Kopfschmerz? Elise neben ihr schniefte.

Und im selben Moment wurde Cecily klar, dass all dies – das an sich doch so einfache Einschlafen, Essen und Atmen – sie zu einhundert Prozent in Anspruch nahm. Da blieb kein Platz mehr für einen mysteriösen Pfeifer oder einen Übeltäter, der ihnen am Berg auflauerte. Sie machte sich auch keine Sorgen mehr um ihre Karriere, um den Schuldenberg, der zu Hause auf sie wartete, um die Tatsache, bei ihrer Rückkehr kein Dach mehr über dem Kopf zu haben.

Der Survivalmodus hatte eingesetzt.

Vielleicht hatte Charles ja genau deshalb gewollt, dass sie den Aufstieg selbst miterlebte.

Ihre Gedanken wanderten zurück zur Hängewand und zu dem Umstand, dass sie sich ernsthaft hätte verletzen können, wenn sie ohne die Steigklemme abgerutscht wäre. Sie konnte sich nicht einmal vorstellen, wie sie ohne Sicherungsseile klettern sollte, dabei hatte sie gerade erst Lager zwei erreicht. Dies alles warf ein gänzlich neues Licht auf Charles' Entschluss, den Berg ohne Sicherung zu besteigen.

Allerdings nur, sofern Charles tatsächlich ehrlich ist, was die Seile angeht, dachte sie.

Als sie die Augen aufschlug, war es dunkel. Das Display ihrer Uhr leuchtete ihr entgegen: 2 Uhr nachts.

Sie starrte zum Nylondach ihres Zeltes und sah ihrem Atem nach. Dann zog sie sich den Schlafsacksaum bis über die Nase. Es war eiskalt.

Elises Atmung ging ruhig und gleichmäßig, sie schlief tief und fest. Doch irgendetwas hatte Cecily geweckt. Ein Pfeifen. *Das* Pfeifen.

Schlagartig war ihr flau im Bauch.

Sie zitterte, war von Kopf bis Fuß angespannt, und ihr Herz raste. Sie hatte Angst davor, das Geräusch wieder zu hören, diese Sequenz misstönender Noten. Aber sie hörte nur Stille.

Doch jetzt, da sie wach war, musste sie auf die Toilette. *Dieses* Gefühl würde sie nicht ignorieren können. Widerwillig schälte sie sich aus dem wuchtigen Daunenschlafsack und versuchte – vergebens –, gleichzeitig ihre Jacke überzustreifen. Die Kälte war schneller, und Cecily schnappte nach Luft.

Elise ächzte in sich hinein, wachte aber nicht auf.

Cecily zog ihre Schuhe an und schlüpfte hinaus in die Dunkelheit. Sie nestelte am Schalter ihrer Stirnlampe und verfluchte die mangelnde Beweglichkeit ihrer eisigen, schlaftauben Finger.

Und mit einem Mal hörte sie Stimmen.

»Verschwinde!«, sagte eine Frau.

»Gestern Nacht hat es dir doch gut gepasst. Jetzt komm schon ...« Ein Mann.

»Da waren wir betrunken. Und ich mag dich ja, aber nicht hier!«

»Muss ja keiner wissen.«

Geduckt schlich Cecily auf die Stimmen zu. Eine Person hielt eine Taschenlampe in der Hand, auch wenn die Finger das meiste Licht ausfilterten. Doch es reichte, um zu sehen, wer dort miteinander redete. Die Frau war Irina. Und der Mann?

Grant. Diesmal war sie sich sicher.

»Verstehst du es immer noch nicht? Wir sind jetzt am Berg. Ich muss mich konzentrieren. Lass mich in Ruhe, oder ich schreie, und dann weiß jeder hier, was für ein Ferkel du bist. Du Schwein! Schwein! Grunz, grunz!« Sie warf den Kopf in den Nacken und lachte.

Grant wich von ihr zurück. Wenn er sich jetzt umdrehte, würde er Cecily entdecken. Sie wollte diesem Mann, der soeben zurückgewiesen worden war, nicht in die Quere kommen. Irina gackerte in der Dunkelheit immer noch vor sich hin und schien sich gar nicht mehr zu beruhigen.

»Du drehst ja völlig durch«, murmelte Grant, und im hin- und herhuschenden Licht der Taschenlampe musste Cecily ihm recht geben. Irina sah regelrecht besessen aus. Andererseits wäre sie selbst auch durchgedreht, wenn sich Grant Zugang zu *ihrem* Zelt verschafft hätte.

Als wieder alles still war, schlich sie zur Toilette und kehrte dann eilig zurück in den Schutz ihres Zeltes. Sie meinte, noch ein lautes Knacken und Kichern zu hören, doch das schob sie beiseite.

Irina konnte schon auf sich selbst aufpassen.

27

Elise war bereits wach und hatte fertig gepackt, als Cecilys Wecker klingelte.

»Gehen wir hoch zu Lager drei?«, fragte sie, immer noch übermüdet nach der Störung in der vergangenen Nacht.

Elise schüttelte den Kopf. »Ich habe es gerade von Mingma erfahren: Es kommt schlechtes Wetter auf. Da besteht das Risiko, dass wir am Berg stecken bleiben. Ohne Sauerstoff und mit zu wenig Proviant wären wir da mächtig in Schwierigkeiten.«

»Gut, dass wir zurückgehen«, erwiderte Cecily.

»Ich hoffe nur, es hat zur Akklimatisierung gereicht.« Elise kaute an ihrem Fingernagel, und überrascht stellte Cecily fest, dass sie Elise erstmals nervös erlebte. Allerdings war das verständlich, immerhin plante Elise einen Aufstieg ohne Sauerstoff. Da war die Akklimatisierung besonders wichtig.

»Doug passt schon auf, dass du fit genug bist.« Cecily streckte sich nach ihr aus und drückte Elises Hand.

Als sie nach draußen krochen, war Cecily verblüfft zu sehen, dass die anderen Teams bergauf unterwegs waren. Ein Bergsteiger winkte ihnen zu. Es war Andrej. Irina musste Teil der Gruppe sein, die ihm dicht nachfolgte, allerdings konnte Cecily sie nirgends erkennen.

»Und was ist mit denen?«, fragte sie Elise.

»Tja, jedes Team trifft seine eigenen Entscheidungen. Ich vertraue Doug und Mingma. Sie haben mir die Wettervorhersage gezeigt, und ich bin ganz ihrer Meinung. Runterzugehen ist die bessere Option. Leider.«

Cecily blieb vor ihrem Zelt stehen und sah den Russen nach, die sich den Berg hinaufschoben und in den oberen Eisbruch eintauchten.

»Ihr zwei könnt schon mal losgehen, wenn ihr wollt«, rief Doug von hinten, doch dann wurden sie von einem wütenden Schrei unterbrochen.

Mit Gewittermiene und geballten Fäusten kam Grant aus seinem Zelt geschossen. Er hatte einen grässlichen Sonnenbrand auf Nase und Wangen, und seine Augen waren – wenig überraschend – vom Schlafmangel rot unterlaufen.

»Alles in Ordnung, Grant?«, fragte Elise und stemmte die Hände in die Hüften.

Er schnaubte zur Antwort, ignorierte sie und stampfte stattdessen auf Doug zu. Er hielt seine orangefarbene Festplatte hoch, durch deren Hülle ein breiter Riss verlief. »Schau dir das an!«, brüllte er.

»Ben là.« Elise lehnte sich vor, um in sein Zelt zu spähen. »Da drin sieht es aus, als wäre eine Bombe hochgegangen«, sagte sie zu Cecily und zog eine Augenbraue hoch.

Cecily warf ebenfalls einen Blick hinein. Grants Schlafsack quoll aus der Hülle, leere Essensverpackungen und benutzte Taschentücher lagen in den Ecken. Neben seiner Bergsteigerausrüstung war auch sein Filmequipment überall auf dem Zeltboden verstreut, und einiges davon war kaputt und zerbrochen. Unwillkürlich dachte sie an die Ereignisse der Nacht zurück. Von Irina zurückgewiesen zu werden hatte ihn allem Anschein nach ziemlich aus der Fassung gebracht.

»Du bist gestern hart aufs Eis gekracht«, rief Doug ihm in Erinnerung.

»Und hab dabei *alles* zerstört? Nichts da! Das war jemand mit voller Absicht.«

»Komm, Cecily.« Elise berührte sie am Ellbogen. »Überlassen wir die beiden sich selbst. Ich will bis zum Nachmittag zurück im Basislager sein. Seit wir hier oben sind, kann ich an nichts anderes mehr denken als an Dawas Kochkünste.« Sie setzte sich ihre Sportsonnenbrille auf.

Cecily war hin- und hergerissen. Einerseits wollte sie hören, was bei Grants und Dougs Auseinandersetzung herauskam, andererseits wollte auch sie zurück. Erst als Grant einen der Campingstühle umtrat, dämmerte ihr, dass sie ihm besser nicht in die Quere kam. Sie ging hinter Elise her auf die Stelle zu, wo die Fixseile ansetzten. »Ich werde Thunfischpizza und Gemüsesuppe nie wieder als selbstverständlich erachten.«

»Da sagst du was!«

Auch wenn Elise die bessere Kletterin war, gelang es Cecily, mit ihr Schritt zu halten. Elise zeigte ihr, wie sie sich das Fixseil um den Arm schlingen musste, um »am Arm abzusteigen«. Das war sicherer, als das Seil festzuhalten, und es ging schneller, als wenn man sich abseilte.

Kein Zweifel, dass sie sich Elise inzwischen verbundener fühlte. Die Zeit, die sie gemeinsam im Zelt verbracht hatten, hatte sie einander nähergebracht. Doch sie fragte sich auch, ob vielleicht noch mehr dahintersteckte.

Der Berg war gefährlich, hielt aber für Frauen eine zusätzliche Ebene, ein besonderes Extra bereit. Was sie in den frühen Morgenstunden mit angehört hatte, war der Beweis dafür. Dieser Art von Expeditionen haftete etwas Ursprüngliches, etwas Urmenschliches an: die dauerhafte Gratwanderung zwischen Leben und Tod, das Eintauchen in die Natur, das Leben am Abgrund, Adrenalin in den Adern, in den Muskeln, im ganzen Körper ... Alles wirkte zugespitzt. Sie hatte erlebt, wie Männer aus anderen Teams sie angestarrt hatten, als wollten sie abschätzen, wer von ihnen das Vorrecht auf sie hatte. Cecily hatte so lange geschuftet und fürs Gebirge trainiert, dass sie gar nicht darüber nachgedacht hatte, wie sie in dieser Höhe unerwünschte Annäherungsversuche abwehren sollte. So etwas stand in keinem Bergsteigerhandbuch.

Weil die Handbücher von Männern für Männer geschrieben waren.

»Gestern Nacht ist übrigens etwas Spannendes passiert«, sagte Cecily, während sie weiter der eintönigen Routine des Ein- und Ausklippens nachgingen. »Ich habe Irina und Grant streiten sehen. Er war ein richtiges Arschloch.«

Elise lachte. »Ah, du kannst ihn nicht leiden, was?«

»Ich finde, er ist der typische Junge aus reichem Elternhaus und von der Privatschule. Irgendwie fies. War mir vom ersten Moment an nicht geheuer.«

»In den Bergen wird er zum echten Kerl ... Glaub mir, ich sehe so etwas immer wieder.«

»Findest du es nicht schwierig, damit umzugehen?«

»Wenn mir etwas unangenehm wird, dann sage ich mir

immer: Dieses Leben ist nicht das richtige, wenn man einen Partner haben will. Ich weiß schon, wie ich mir die Jungs vom Leib halte.«

Cecily sah sie mit erhobenen Augenbrauen an. »Ich hab so meine Zweifel daran, dass du Schwierigkeiten hättest, einen Partner zu finden.«

»Einen zu finden? Nein. Einen zu behalten, das ist das Problem. Ich gehe zu oft bergsteigen, bin immer auf Achse, verbringe zu viel Zeit auf Reisen. Erst finden sie das toll, glauben immer, sie *wollen* eine abenteuerlustige Freundin. Aber wenn es hart auf hart kommt, wollen sie jemanden, der zu Hause auf sie wartet und sie für ihre Abenteuer bewundert.«

»Ernsthaft? Sogar andere Bergsteiger?«

»Ich war mit ein paar zusammen, und ja, eine Zeit lang hat es immer funktioniert. Teils haben sie mich sogar bei meinen Vorhaben unterstützt. Aber irgendwann geht man dann doch getrennte Wege und sieht sich nicht mehr.« Sie zuckte mit den Schultern. »So ist es nun mal. Ich mag die Berge lieber, sie sind meine große Liebe. Das hier ist meine große Liebe!«, rief sie den Séracs zu.

Cecily lachte. Elises Energie war einfach ansteckend und belebend. Cecily war stolz auf sich, dass sie auf dem Rückweg ins Basislager mit der jungen Bergsteigerin mithalten konnte. In ihr keimte neues Selbstvertrauen.

Wenn James sie nur sehen könnte!

»Hast du zu Hause einen Freund?«, fragte Elise.

Cecily schüttelte den Kopf. »So was von nein«, murmelte sie und klang verbitterter als beabsichtigt.

Elise machte große Augen. »Klingt, als würde mehr dahinterstecken …«

»Es ist schon komisch … Mein Ex klingt ein bisschen nach dem, was du gerade beschrieben hast. Er war immer der Abenteuerlichere von uns beiden und hatte zig Geschichten parat, für die ich ihn bewundert habe. Er ist ebenfalls Journalist, arbeitet sogar schon viel länger für *Wild Outdoors* als ich. Und ich glaube, insgeheim hat er damit gerechnet, dass er diesen Job an Land ziehen würde.«

Sie musste wieder an den Abend in der Royal Geographic Society zurückdenken, an dem sie Charles erstmals auf der Bühne erlebt hatte. Sie wusste noch genau, was Charles anschließend zu ihr gesagt hatte. James hatte fast seinen Schampus ausgespuckt. *Es ist kein Zufall, dass ich dich bei der Expedition dabeihaben will. Klar, du bist die »Heldin vom Snowdon«. Aber ich habe auch »Dem Aufstieg nicht gewachsen« gelesen und war sehr beeindruckt.*

Sie war rot geworden. Dann hatte sie ihm die Hand geschüttelt. *Wirklich? Irgendwie peinlich, im Vergleich zu deinen Großleistungen …*

Er hatte gegrinst. *Kein bisschen.*

Cecily erzählte Elise davon und wie Charles am Ende *sie* für die Exklusivstory ausgewählt hatte. Elise warf den Kopf in den Nacken und brach in Gelächter aus. »Wetten, dein Ex war darüber nicht glücklich?«

»Nicht im Geringsten … Ein paar Tage später haben wir uns getrennt.«

Sie rechnete damit, dass sich das wohlbekannte Gefühl der Trauer bemerkbar machte, doch in Elises Anwesenheit konnte sie plötzlich auch die Absurdität des Ganzen erkennen. Natürlich tat es immer noch weh, trotzdem ertappte sie sich bei einem Lächeln.

»Was habe ich gesagt – Männer! Sie kommen einfach nicht damit klar, wenn Frauen besser sind.«

»Ganz ehrlich? Ich hab nicht geglaubt, dass ich Charles' Einladung annehmen würde. Und James hat wahrscheinlich der Schlag getroffen.«

»O nein, nimm ihn bloß nicht in Schutz! Aber … warum?«

»Warum was?«

»Du hast mir erzählt, wie das Ganze zustande kam … Warum hast du trotzdem Ja gesagt?«

Cecily kicherte in sich hinein. »Du wärst die bessere Journalistin als ich … Ich sollte mir sofort Notizen machen! Ich meine … Warum gehst *du* bergsteigen?«

Elise hielt kurz inne. »Warum sollte ich *nicht* bergsteigen?« Sie breitete die Arme aus. Sie hatte den perfekten Zeitpunkt gewählt: Die Wolkendecke war aufgerissen, und über ihnen leuchtete der Himmel kobaltblau. Von ihrem Standpunkt aus konnten sie in der Ferne das Tal erkennen, in dem Samagaun lag. Dahinter ragten weitere Berge in die Höhe und kitzelten mit ihren Gipfeln den Himmel.

»Schon lustig. Charles hat in seiner Rede vor der RGS etwas ganz Ähnliches gesagt. Er werde am häufigsten gefragt: ›Warum gehst du bergsteigen?‹ Du weißt schon, ob er es so sehe wie Mallory, der den Everest bestiegen hat, ›weil er eben da ist‹. Und Charles antwortet darauf, dass er es macht, ›weil ich es eben kann‹.«

Schweigend gingen sie ein paar Schritte. »Ich glaube allerdings, dass bei Charles mehr dahintersteckt«, sagte Elise nach einer Weile.

»Und was?«

Elise blieb stehen. Sie hatten die obere Kante der Hängewand erreicht. »Hier draußen entscheidet der Berg, wer überlebt und wer nicht. Wer den Gipfel erreicht und wer umkehren muss. Einige respektieren das. Andere sehen es als Herausforderung. Als etwas, was man überwinden und bezwingen kann.«

»Und wie siehst du es?«

»Ich habe genug gute Freunde gehabt – einige der besten Bergsteiger der Welt –, die es nicht lebend zurückgeschafft haben. Da habe ich gelernt, dass am Berg nichts jemals sicher ist.« Elise ging in die Hocke und untersuchte den Fixpunkt. Zwei Seile hingen daran, und sie zog an beiden. »Aber du lenkst ab. Du hast meine Frage nicht beantwortet.«

Cecily wollte gerade dazu anheben, als sie etwas in Elises Gesicht erahnte. »Was ist?«

»Das Abstiegsseil ist gespannt ... *Allô?*« Sie lehnte sich über die Kante und rief: »Ist da jemand am Seil?« Um ganz sicherzugehen, zog sie erneut daran, um der Person, die sich daran abseilte, zu signalisieren, dass sie oben warteten.

»Und was machen wir jetzt?«, fragte Cecily.

»Wir warten.«

»Okay.« Cecily ließ ihren Rucksack in den Schnee fallen und setzte sich darauf. Sie nahm sich etwas zu essen und Wasser, und in einträchtigem Schweigen nahmen sie etwas zu sich.

Nach ein paar Minuten checkte Elise das Seil erneut. Es war immer noch gespannt. Sie runzelte die Stirn. »Vielleicht hat es sich irgendwo verhakt? Das passiert schon mal.« Sie rief erneut nach unten, aber wieder kam keine Antwort. Sie zuckte mit den Schultern. »Ich nehme an, es ist frei.«

Über die Schulter sah Cecily, dass Doug und Mingma hinter ihnen aufschlossen und nur noch ein paar Minuten entfernt waren. Sie ahnte, dass die beiden wenig begeistert wären, wenn sie warten müssten.

»Da ist ja auch immer noch das zweite Seil«, sagte Elise. »Ich gehe zuerst runter, dann kannst du gleich nachkommen.«

»Warte, Elise.« Cecily biss sich auf die Unterlippe. »Kann ich nicht zuerst gehen? So könntest du kontrollieren, dass ich mich richtig sichere. Ich will nicht Doug fragen müssen …«

Elise nickte. »Na klar.«

Cecily hob das Seil an und fädelte es unter Elises wachsamem Blick in ihren Abseilachter ein. Sie brauchte mehrere Versuche, doch am Ende reckte Elise beide Daumen.

Diese Seite der Wand war nicht annähernd so zerhackt wie die andere, an der alle hochstiegen. Sie war vielmehr ein glatter, fast vertikaler Abhang mit einem schmalen Vorsprung auf halber Höhe, ehe es erneut senkrecht nach unten ging.

Das Seil lief problemlos durch den Achter und legte sich wie eine Schlange um das Metall. Der Anblick war fast hypnotisch.

Ohne Zwischenfälle erreichte sie den Vorsprung. Unter ihr kam der klaffende Spalt in Sicht, in den der Chinese gestürzt war. Unwillkürlich verstärkte sie den Griff um das Seil, doch als sie gerade den ersten Schritt über die Kante setzen wollte, entdeckte sie, warum das Abstiegsseil verhakt war.

Und konnte nur noch schreien.

»Cecily! *Dieu* – ist alles okay?«, rief Elise von oben.

Über das Rauschen in ihren Ohren hinweg hatte Cecily sie kaum gehört. Sie war auch nicht imstande zu antworten. Das Seil glitt ihr aus der rechten Hand, und sie taumelte rückwärts. In letzter Sekunde hielt sie sich fest, doch ihre Füße fanden nirgends mehr Halt. Bis zum Boden waren es nur noch wenige Meter, und als sie unten war, fiel sie auf die Knie und übergab sich in die Gletscherspalte.

Zitternd kauerte sie dort und wollte sich gar nicht mehr umdrehen. Nicht, nachdem sie wusste, was sie dort vor Augen haben würde.

Doch sie hatte keine Wahl. Sie blickte nach oben.

Dort baumelte jemand vor der Wand.

Langes blondes Haar hing der Frau ins Gesicht. Das Seil hatte sich ihr um den Hals geschlungen und tief in die Haut geschnitten. Die behandschuhten Hände hingen reglos – leblos – an ihren Seiten hinab. Eine Schulter ragte in einem unnatürlichen Winkel vor.

Das nackte Grauen packte Cecily bei der Kehle, als sie meinte, die Frau wiederzuerkennen. Sie konnte nur hoffen, dass sie sich irrte. Sie rief, so laut sie nur konnte: »Hilfe! Da hängt jemand am anderen Seil! Wir brauchen Hilfe!«

Das Seil, an dem sie gerade abgestiegen war, schlingerte. Anscheinend hatte es jemand zur Hand genommen.

Dann hörte sie Dougs tiefe Stimme: »Cecily, Vorsicht! Wir werfen ein zweites Seil runter, damit wir sehen können, was los ist!«

Sie wich so weit zurück, wie es die Sicherung erlaubte, und ging vor einem kleinen Schneehügel in die Hocke. Hinter ihr klaffte die Gletscherspalte, doch ohne Hilfe würde sie die Leiter nicht überqueren, nicht ehe ihre Beine aufgehört hatten zu zittern.

Das lose Ende des zweiten Seils schlug auf dem Vorsprung auf, und sowohl Doug als auch Mingma erschienen an der oberen Kante der Wand.

Doug erreichte die Frau als Erster. Er presste die Lippen zusammen. Dann versuchte er, die Leiche näher an sich heranzuziehen, doch das Seil war zu kurz. Mit Mingmas Hilfe sicherte er die Frau an seinem Gurt, dann zückte er ein Messer, schnitt ihr Seil durch, und Mingma fing ihr Gewicht auf.

Langsam arbeiteten sie sich nach unten. Sobald sie neben Cecily auf sicherem Boden standen, begannen sie mit Rettungsmaßnahmen, befreiten die Frau erst von dem Seil, versuchten, ihre Luftwege frei zu machen und zu sehen, ob sie noch reanimiert werden konnte. Mingma griff zum Funkgerät, kontaktierte umgehend Lager eins und das Basislager und forderte Hilfe an.

Doug strich der Frau die Haare aus dem Gesicht, und Cecily keuchte auf.

»O Gott! Es ist Irina!«

28

Als sie ins Basislager zurückkehrten, herrschte dort Grabesstimmung. Die Basislager-Crew der russischen Expedition hatte sofort Hilfe heraufgeschickt.

Elise hatte Cecily vom Ort des Geschehens weggeführt, damit sie nicht mitansehen musste, wie Irina in einen Leichensack gewickelt und wie ein Sack Müll von dort weggeschleift wurde.

Sie war den ganzen Rückweg wie in Trance unterwegs gewesen, und selbst bei ihrer Ankunft im Essenszelt konnte sie noch immer nicht klar denken. Elise redete ihr gut zu, sie solle essen, was Dawa, der Koch, für sie gezaubert hatte, eigentlich zur Feier des Tages, weil sie ihre erste Akklimatisierungstour auf den Berg geschafft hatten.

Stattdessen wurde Cecily schon übel, wenn sie das Essen nur ansah. Ihre Hände zitterten, als sie einen Schluck gesüßten Tee trinken wollte. Das Grauen saß zu tief.

»Mein Gott, die arme Frau«, wimmerte sie. Es waren die ersten Worte, die sie überhaupt sagte, seit sie die Wand hinter sich gelassen hatten.

Elise rieb ihr über den Rücken. »Es tut mir so leid, dass du das hast mitansehen müssen!«

Cecily holte schaudernd Luft. »Ich wollte ja zuerst gehen ... Wie hätten wir das denn ahnen sollen? Ich kann es einfach nicht fassen ... Ich dachte, sie wäre mit den anderen aus ihrem Team zum Lager drei unterwegs.«

»Es ist eine Tragödie.«

Cecilys Mund war wie ausgedörrt. Sie konnte immer noch nicht begreifen, was sie gesehen hatte. Sie hoffte, jemand mit mehr Bergerfahrung würde es ihr erklären. »Was glaubst du, was da passiert ist?«

Elise spielte an ihrer Kette. »Ich weiß es nicht ... hab es von oben nicht richtig sehen können. Aber sie muss abgerutscht sein und sich im Abstiegsseil verheddert haben. Vielleicht war sie ja müde oder verwirrt ... Vielleicht hat ihr die Höhe zugesetzt, und sie hat deshalb absteigen wollen.«

»Warte ... O Gott!« Cecily schlug die Hand vor den Mund.

»Was?« Elise sah sie stirnrunzelnd an.

»Der Streit ... zwischen Grant und Irina!«

»Worum ging es da?«

»Er wollte zu ihr ins Zelt ...«

Elise rümpfte die Nase. »Ist das dein Ernst? Er wollte in Lager zwei ein bisschen Spaß haben?«

»Sie hat ihm einen Korb gegeben. Sie war ziemlich ... Sie war echt gemein. Glaubst du, Grant könnte etwas damit zu tun haben?«

»Merde ...« Elise trommelte mit den lackierten Fingernägeln über die Kante der weißen Tischdecke. »Nein. Grant war heute früh bei uns im Lager. Ich hab ihn gestern klettern sehen. Der hätte es in der Nacht im Leben nicht zurück zur Hängewand ...«

Sie schüttelte sich. »Ich meine, zur Schlüsselstelle und wieder zurück geschafft. Du hast ihn dort nicht abrutschen sehen. Das war echt schlimm. Er mag ein unangenehmer Typ sein, mehr aber auch nicht. Klingt allerdings, als wäre Irina nicht sie selbst gewesen. So was passiert manchmal. In der Höhe verändert sich auch das Verhalten, da kann man schon mal wunderlich werden. Klingt mir womöglich sogar nach HACE.«

»Aber hätte sie sich dann nicht besser fühlen müssen, sobald sie abgestiegen war? Und warum war niemand bei ihr?« Cecily wurde das flaue Gefühl im Bauch einfach nicht los.

Elise zuckte mit den Schultern. Es gab noch so viele offene Fragen, doch bis Doug zurück war, würden sie keine Antworten erhalten.

Einige Stunden später betraten Zak und Grant mit hängenden Schultern das Essenszelt. Grant hielt direkt auf das Büfett zu. Zak ließ sich auf einen Stuhl fallen und rieb sich die Augenbrauen. »Mann, war das heftig«, sagte er. »Wir haben ewig an der Wand im Stau gestanden. Hat noch länger gedauert als beim Aufstieg. Wisst ihr vielleicht, was da los war?«

Elise warf Cecily einen besorgten Blick zu, ehe sie antwortete: »Eine Frau ist beim Abseilen an der Schlüsselstelle gestorben.«

»Scheiße, ist das dein Ernst?«

»Und zwar jemand, den wir kannten«, warf Cecily ein. Sie wandte sich zu ihrem Landsmann um und wollte sehen, wie er reagierte. »Grant, es war Irina.«

»Irina ist tot?« Grant ließ sein angebissenes Sandwich auf den Teller fallen. Er sah aufrichtig erschüttert aus, trotzdem ... Cecily kniff die Augen zusammen. Von Trauer war in seinem Gesicht keine Spur. Stattdessen wirkte er fast genervt. »Du willst mich verarschen. Wie kann ... Ich wollte noch mit ihr reden!«

Doug betrat das Zelt und richtete seinen dunklen Blick sofort auf Cecily. »Geht es dir gut?«

Sie ballte die Fäuste, damit ihre Hände nicht zitterten. »Ganz ehrlich? Nein. Mir geht's nicht gut. So etwas habe ich nie zuvor miterlebt.«

Doug nickte und stemmte sich auf die Rückenlehne eines Stuhls. »Natürlich nicht. Es ist für uns alle ein Schock. Ich habe Galden hochgeschickt, weil er Andrej Bescheid geben sollte, den ich über Funk nicht erreichen konnte. Er ist gerade zurückgekehrt und erzählte Folgendes: Irina hatte in Lager zwei Anzeichen von Höhenkrankheit entwickelt und wollte deshalb zurück. In ihrem Team ist ein Sherpa für zwei Bergsteiger verantwortlich, also hat sie beschlossen, allein zurückzugehen.«

»Gott ... Und was glaubt ihr, was passiert ist?«, wollte Zak wissen.

»Die Höhenkrankheit und Erschöpfung könnten dazu geführt haben, dass sie die Abseilgeräte nicht richtig eingesetzt hat. Wir glauben, dass sie ihren Achter über der Schließe ihres Karabiners angebracht hat, die dann beim Abseilen aufging. Sie hat den Halt verloren, ist gegen den Vorsprung gekracht und hat sich in ihrem Seil verheddert. Und so hat Cecily sie dann leider gefunden. Abseilfehler sind in den Bergen die häufigste Todesursache. Der Elbrus-Elite-Expeditionsleiter benachrichtigt ihre Familie und organisiert in diesen Minuten den Rücktransport per Hubschrauber. Der kommt, sobald das Wetter es zulässt.«

»Weiß der Rest des Teams schon Bescheid?«, fragte Cecily.

»Das soll Andrej selbst entscheiden ... Sie sind oben in Lager drei zur Akklimatisierung, und vielleicht müssen sie sogar dort übernachten, weil ein Unwetter aufzieht.«

»Brechen sie denn ab?«

Elise drückte unter der Tischplatte Cecilys Hand.

Doug hüstelte. »Ihr Tod ist natürlich tragisch. Aber sie war eine erfahrene Bergsteigerin. Sie hätte nicht gewollt, dass der Rest ihres Teams nur ihretwegen auf diesen Traum verzichtet. Das hier ist das Hochgebirge, da passieren Unfälle nun mal.«

Cecily war von Kopf bis Fuß kalt, und in ihrem Kopf herrschte Leere.

»Ich gehe nach meinen Kameras sehen«, verkündete Grant. »Ich muss herausfinden, wie groß der Schaden ist.«

»Ich weiß echt nicht, wie du so ruhig sein kannst, obwohl du doch wahrscheinlich der Letzte warst, der Irina lebend gesehen hat«, fauchte Cecily ihn an.

Doug zog die buschigen Brauen kraus. »Was war das?« Er drehte sich zu Grant um.

»Ich habe *keine Ahnung*«, erwiderte er, wich aber den Blicken der anderen aus. Sein Gesicht war gerötet und geschwollen, und die Haut schälte sich von seiner Nase.

Cecily stand auf. »Ich habe mitbekommen, wie du gestern Nacht versucht hast, dich in Irinas Zelt zu schleichen.«

»Das ist doch lächerlich! Ich war die ganze Nacht in meinem Zelt.«

»Zak, hast du nicht bemerkt, dass er raus ist?«, fragte sie an Zak gewandt.

Der nahm die Hände hoch. »Ich bin raus aus der Nummer. Hab nach einem eigenen Zelt gefragt, nachdem ich in Lager eins kein Auge zugetan hatte.«

Erneut kniff Cecily die Augen zusammen. »Dann habt ihr euch gestern das Zelt nicht geteilt?«

»Nein.«

»Spielt auch gar keine Rolle«, sagte Grant. »Okay, meinetwegen: Ich hab mich mit Irina unterhalten. Aber ich war auf dem Weg zu den Toiletten! Als ich zurückkam, waren meine Sachen kaputt. Weißt du noch, Doug, was ich heute Morgen gesagt habe? Und Irina war komplett neben der Spur! Es wird mich ein Vermögen kosten, wenn das Material im Eimer ist. Schaut euch an, wie meine Festplatte aussieht!« Er zog sie aus seiner Brusttasche. Sie sah noch schlimmer aus als zu dem Zeitpunkt, da Cecily sie in Lager zwei gesehen hatte: als hätte jemand mit einem Hammer darauf eingeschlagen.

Oder mit einem Pickel.

Cecilys Wangen brannten. In ihr loderte die Wut. »Und du gibst *ihr* die Schuld daran? Jetzt komm!«

»Das reicht«, ging Doug dazwischen. »Grant, darüber haben wir doch schon gesprochen. Deine Festplatte ist kaputt gegangen, als du an der Schlüsselstelle abgerutscht bist. Cecily, aus unserem Team hat niemand mit der Sache zu tun.«

»Mal abgesehen davon, dass ich sie gefunden habe«, murmelte Cecily. Sie geriet leicht ins Wanken, und die Erschöpfung drohte sie zu überwältigen. »Ich muss hier raus.«

»Mingma begleitet dich.«

»Nein, ist schon gut. Ich will einfach nur zurück in mein Zelt und mich ausruhen. Und ich will lieber allein sein.« Sie spürte die Blicke der anderen in ihrem Rücken, als sie durch den Eingang des Essenszelts und hinaus in den dämmrigen Abend trat.

Das Unwetter war näher gekommen. Dicke Schneeflocken

fielen. Sie blieb stehen und starrte in Richtung des Berges. Er war nicht mehr zu sehen, alles war nur noch grau. Sie erschauderte, und Kälte kroch ihr unter die Jacke. Sie konnte nur noch an Irina denken.

Ein zweiter Todesfall. Schon jetzt.

Wenn man hierherkam, an einen solchen Ort, riskierte man sein Leben, da gab es kein Vertun. Ganz egal, wie erfahren man war: Eine falsche Bewegung, ein falscher Schritt, und man war tot.

Der Berg war ein Killer, mit dem kein Mensch konkurrieren konnte.

Auf dem Rückweg zu ihrem Zelt setzte sie jeden Schritt mit Bedacht.

Und dann entdeckte sie es. Ein Stück Papier, das an der Außenseite ihres Zelteingangs haftete, knapp oberhalb der Unterkante.

Sie ging in die Hocke und zog den Zettel ab.

EIN MÖRDER IST MIT AM BERG.
BRING DICH IN SICHERHEIT!

29

In ihrem Zelt stopfte sie all ihre Sachen in ihren Rucksack. Sie hatte die Nase voll ... Wie konnte sie noch auf diesem Berg bleiben?

Als sie gerade die Khata vom Zelteingang abreißen und ebenfalls in ihre Tasche packen wollte, hing diese fest. »Komm schon«, schrie sie sie an, als die Angst und der Frust überhandnahmen. Im nächsten Moment fiel ihr die Khata in den Schoß, und sie nahm das orangefarbene Stück Stoff hoch.

Sie hätte ihr Glück bringen sollen ... und jetzt waren zwei Menschen tot. Zwei, die Cecily gekannt hatte, mit denen sie geredet hatte. Womöglich war sie die letzte Person, die beide lebend gesehen hatte. Ihr Snowdon-Pech war ihr bis hierher gefolgt. Vielleicht war *sie* ja das Problem.

Sie schloss die Augen, strich über den seidigen Stoff und versuchte, wieder ruhig zu atmen.

Dieser Zettel. *Den hat jemand für dich dort hinterlassen. Jemand will, dass du Angst hast. Nur wer?* Sie schlug die Augen wieder auf, kroch aus dem Zelt und suchte den Boden nach dem Zettel ab, den sie dort hatte fallen lassen. Die Buchstaben waren bereits verlaufen, weil der Schnee das Papier durchweicht hatte. Sie nahm ihn hoch und kehrte ins Zelt zurück.

EIN MÖRDER IST MIT AM BERG.
BRING DICH IN SICHERHEIT!

Sie zwang sich, nüchtern darüber nachzudenken.

Wer immer den Zettel geschrieben hatte, hatte ihn nicht unterzeichnet. Er wollte also anonym bleiben. Vielleicht hieß das, dass er sich nicht sicher war. Und sofern andere keine ähnliche Notiz bekommen hatten, war sie nur an Cecily gerichtet. *Warum?* Und war es eine Warnung … oder eine Drohung?

»Cecily?«, hörte sie jemanden von draußen.

Sie drückte den Zettel an die Brust. »Zak? Was gibt's?«

Er schob die Zelttür auf und steckte den Kopf herein.

»Hast du auch einen Zettel gefunden?«, fragte sie ihn.

Er runzelte die Stirn. »Einen Zettel? Nein. Aber du kommst besser mit. Dieser Dario hat anscheinend Neuigkeiten, und es klingt ernst.«

»Okay …?« Sie folgte ihm nach draußen und schob den Zettel in die Tasche. Der Schnee fiel immer noch in dicken Flocken und betupfte ihre Jacke.

Zak legte ihr die Hand auf die Schulter. »Du siehst blass aus. Muss ein Schock gewesen sein, sie dort zu finden.«

»Es war schrecklich. Aber Zak … Glaubst du, es könnte auch etwas anderes als ein Unfall gewesen sein?« Sie blieb vor dem Essenszelt stehen.

»Du meinst wie bei Alain?«

Sie ließ den Blick schweifen, um sicherzugehen, dass niemand sie belauschte. »Was, wenn irgendwer hier am Berg eine Gefahr für uns darstellt?«

»Ganz ehrlich? Ich glaube, dieser Ben hat dir irgendwas eingeflüstert … Selbst wenn jemand Gefährliches hier wäre – was ziemlich weit hergeholt klingt –, sind wir immer noch ein Team, oder? Niemand von uns zieht allein los, wie Irina es gemacht hat. Von uns hat jeder geschlafen, als das mit ihr passiert ist. Bei uns bist du also in Sicherheit.«

»Für Grant stimmt das aber nicht …«, murmelte sie.

»Du weißt, ich bin auch kein großer Fan von ihm. Er ist ein Jungbulle und ziemlich nervig. Aber gefährlich? Ach was. Der hätte nie und nimmer den Grips, das abzuziehen, was du dir gerade ausmalst. Und jetzt komm, Fräulein«, sagte er und zog sie an sich, »gehen wir rein.« Zak schob die Plastikplane zum Vorbau des Essenszelts beiseite.

Dario wanderte an der Rückwand nervös auf und ab. Dass jemand Selbstbewusstes wie er derart verunsichert wirkte, war wie ein Schlag ins Gesicht. Ihr Nacken fing an zu prickeln. Das hier musste mit dem Zettel zu tun haben, da war sie sich sicher.

Hinter ihr betrat Elise das Zelt, und dicht dahinter kam Doug. »Was hast du hier zu suchen?«, fuhr er Dario an.

Dario biss die Zähne zusammen. »Während wir auf Akklimatisierungsgang waren, ist unser Lager ausgeraubt worden. Jemand hat unser Gepäck durchwühlt und unsere Trinkgeldkasse geklaut.«

»Ist nicht dein Ernst«, sagte Elise mit großen Augen.

»Ich wollte, es wäre ein Scherz. Erst die Russin – und wenn das mal keine verdächtigen Umstände waren! Und jetzt mehrere Tausend Dollar aus dem Besitz meiner Kunden. Außerdem sind Teile der Ausrüstung weg. Das hier ist nicht irgendein kleiner Hügel. Hier oben zu sein ist auch Vertrauenssache. Muss ich meine Sherpas demnächst bewaffnen oder was?«

»Jetzt mal ruhig. Du bist dir sicher, dass du nichts verlegt hast?«, hakte Doug nach.

»Mach dich nicht lächerlich! Oder willst du damit andeuten, dass meine Kunden alle Lügner sind?« Er baute sich vor Doug auf, und schlagartig herrschte eine explosive Stimmung. Dario war in Dougs Revier eingedrungen. Aus dem Augenwinkel sah Cecily, wie Mingma und Galden aufstanden. Dario warf ihnen einen Blick zu und wich einen Schritt zurück.

»Dein Team war vor uns wieder hier, nicht wahr? Kannst du für alle die Hand ins Feuer legen?«

»Du gehst jetzt besser.« Es war kaum mehr als ein Flüstern, aber Dougs Tonfall war stählern.

»Ich frage doch nur.« Dario nahm die Hände hoch. »Wenn der Schuldige nicht aus deinem Team stammt – und das habe ich nie behauptet –, dann muss noch jemand anderes hier im Basislager sein. Wir hätten bessere Karten, ihn uns zu schnappen, wenn wir uns zusammentäten.«

»Wartet. Hat mal jemand nachgesehen, ob unser Geld noch da ist?«, warf Zak ein.

»Leute, bitte geht nachsehen, ob Geld oder Wertsachen, die ihr mit heraufgebracht habt, verschwunden sind«, forderte Doug sie auf.

Als Cecily auf ihr Zelt zulief, war ihr richtiggehend schlecht. Mit dem Blick streifte sie den Felsblock direkt dahinter, und mit einem Mal erinnerte sie sich wieder an das Einzelzelt, das sie auf dem Plateau entdeckt hatte. Die Behausung des mysteriösen Pfeifers. Wer immer dort untergeschlüpft war, hätte in ihrer Abwesenheit all ihre Zelte durchwühlen können. Er hätte einfach nur abwarten müssen, bis sie alle aufgebrochen waren.

Bei der Vorstellung war sie sich umso sicherer, dass sie abbrechen wollte. Ihre Taschen lagen schon am Zelteingang bereit, auch wenn die Reißverschlüsse zu platzen drohten, weil sie ihre Sachen einfach nur hineingestopft hatte. Sie hatte ihr Bargeld, das Trinkgeld für ihren Climbing Sherpa, in einem schlichten braunen Umschlag am Boden der größeren Packtasche versteckt. Nicht wahnsinnig originell, aber immerhin lag der Umschlag unter mehreren unbenutzten Drybags, Proviantbeuteln, Büchern und Ersatznotizblöcken.

Zu ihrer großen Erleichterung war der Umschlag noch da. Doch dann rutschte ihr das Herz in die Hose. Er fühlte sich zu weich in ihrer Hand an. Als sie ihn öffnete, hatte sie Gewissheit: Er war leer.

Es ging vielleicht kein Mörder im Lager um.

Aber definitiv ein Dieb.

30

»Wie gehen wir also vor?«, fragte Dario an Doug gewandt, als alle zurück im Essenszelt waren.

»Verdammt noch mal ... Erst mein Filmequipment und jetzt auch noch mein Geld!«, blaffte Grant und schlug mit der Faust auf den Tisch. »Das ist doch ein verdammter Witz!«

Doug beugte sich zu Mingma. »Hat Dawa vielleicht etwas beobachtet?«

Zak starrte in seine Kaffeetasse. Elise war den Tränen nahe. Und Cecily war einfach nur übel. Das war alles Geld gewesen, das sie noch besessen hatte ... Sie hatte ihr Gipfeltrinkgeld mühsam zusammengekratzt, und dass es jetzt weg war, bedeutete auch, dass sie den Hubschrauber nicht bezahlen konnte, der sie weg von hier und zurück nach Kathmandu gebracht hätte.

Aber das war es nicht allein. Sie fühlte sich verletzt. Irgendwer war in ihrem Zelt gewesen, hatte ihre Habseligkeiten durchwühlt. Sie hätte es nicht mal bemerkt, wenn Dario nicht gewesen wäre.

»Dawa hat nichts gesehen«, antwortete Mingma. »Während wir in Lager zwei waren, hat er Freunde im Summit-Extreme-Team besucht.«

Sie sah, wie Dougs Mundwinkel zuckten. Er kochte vor Wut. Ihr Lager war vollkommen unbeaufsichtigt gewesen.

»Wir sollten die übrigen Expeditionsleiter zusammenrufen und herausfinden, ob es den anderen auch passiert ist«, schlug Dario vor.

»Einverstanden.« Doug zwickte sich in den Nasenrücken und hielt noch kurz inne, ehe er fortfuhr: »Wir rufen gleich morgen früh alle zusammen. Das hier darf am Berg einfach nicht passieren. Und wir informieren die Polizei aus Samagaun. Der Beamte dort wird nicht begeistert sein, aber es ist wichtig, bevor das hier außer Kontrolle gerät.«

Beide Expeditionsleiter zogen sich zurück, und Cecily starrte den Rest ihres Teams an. Sie konnte nicht glauben, was hier gerade passierte.

Elise war außer sich. »Die Sherpas haben sich dieses Geld doch verdient! Ohne das Trinkgeld kann ich nicht auf den Berg gehen, so einfach ist das.«

»Das ist nicht dein Ernst?« Zak war entsetzt.

»Du hast leicht reden. Ich kann nicht einfach tausend Dollar aus der Tasche zaubern« – sie schnippte mit den Fingern – »oder einen Exklusivjob.« Sie gestikulierte in Cecilys Richtung. Ihre Lippen zitterten. Sie nestelte an ihrer Kette und rieb sie wie eine Gebetskette.

»Wir lösen das, Elise, sobald wir wieder in Kathmandu sind«, redete Cecily ihr gut zu. »Mach dir keine Sorgen. Wir lassen dich nicht allein. Ich helfe dir, wo ich kann. Wir sind ein Team.« Dass sie selbst nicht mehr in der Lage war, irgendwem Geld zu leihen, wollte sie lieber nicht zugeben.

Elise nickte. »Ich glaube, ich muss zurück in mein Zelt ... Ich muss sicherstellen, dass nicht noch etwas anderes fehlt.« Am Ausgang des Essenszelts blieb sie noch mal stehen. »Ich weiß, ich bin jung, aber ich bin seit Jahren überall auf der Welt in den Bergen unterwegs, und so etwas ist mir noch *nie* passiert. Ich verstehe das einfach nicht. Welcher Bergsteiger würde denn bitte die Leute bestehlen, die hier sind, um uns zu helfen?«

Cecily ließ sich auf einen Stuhl fallen. Ihre Beine zitterten. Der Diebstahl, Alains Tod, Irina ... Über der ganzen Expedition schien ein Fluch zu liegen.

»Hoffentlich hat das keine Auswirkungen auf unseren Gipfelsturm«, sagte Zak. »Ich hab ein Vermögen bezahlt, um hier zu sein.«

»Charles wird's schon richten«, stellte Grant fest. »Sobald er hier ist, gehen wir hoch, das garantiere ich dir.«

Dass die beiden immer noch über ihre Gipfelbesteigung diskutierten, verschlug ihr die Sprache. Das Geld hatte die zwei nicht im Mindesten gewurmt ... Cecily musste hier raus.

Zurück im Zelt holte sie erst mal tief Luft. Dann konzentrierte sie sich darauf, ihre Taschen neu zu packen, die sie zuvor nach dem Umschlag durchwühlt hatte.

Vor ihrem Zelt hustete jemand demonstrativ. Im nächsten Moment steckte Doug den Kopf durch den Zelteingang. »Noch irgendwas anderes, was fehlt?«

Sie setzte sich im Schneidersitz auf ihre Matratze, ließ die Hände in den Schoß sinken und atmete aus. »Ich hab nur oberflächlich nachgesehen, aber ich glaube, es fehlt sonst nichts. Die elektronischen Sachen hatte ich überwiegend am Körper. Hast du irgendeine Vorstellung, wer das Geld gestohlen haben könnte?«

Er schüttelte den Kopf. »Noch nicht. Die Polizei kommt morgen, aber erwarte nicht allzu viel ... Ich muss mich schon im Vorfeld dafür entschuldigen.«

»Zumindest ist nicht noch jemand gestorben ...« Stumm dachte sie an Irina, Alain und den Zettel. Sie hätte Doug am liebsten davon erzählt, aber so, wie er beim letzten Mal reagiert hatte, als sie ihren Verdacht äußerte, würde das wahrscheinlich nicht gut ankommen. Außerdem nagte das Misstrauen an ihr. Da war etwas, was Elise erwähnt und Zak wieder aufgegriffen hatte: dass Grant nicht fit genug gewesen wäre, Irina umzubringen und rechtzeitig ins Lager zurückzukehren ...

Wenn jemand aus dem Team die Fitness und Fähigkeiten hatte, Irina in der Nacht nachzustellen, sie umzubringen und rechtzeitig zurück zu sein, dann Doug.

»Na ja, deshalb bin ich hier ...« Er verlagerte das Gewicht und rutschte tiefer in ihr Zelt hinein. »Ich wollte dich etwas fragen, unter vier Augen ... Nach dem, was mit Irina passiert ist ... Wie fühlst du dich?«

Cecily blinzelte. Mit dieser Frage hatte sie nicht gerechnet, auch nicht mit dem besorgten Unterton. Sie wusste einfach nicht, ob sie ihm trauen konnte. »Soll ich ehrlich sein? Ich weiß es nicht.«

Doug nickte. »Nach dieser Erfahrung und dem Diebstahl bist du bestimmt durcheinander. Aber Dario und ich bringen das wieder in Ordnung.«

»Ist es für dich denn okay, mit ihm zusammenzuarbeiten?«

»Warum sollte es nicht okay sein?«

»Ich dachte nur ... nach dem, was zwischen dir und Summit Extreme vorgefallen ist?«

Seufzend fuhr er sich mit der Hand durch das ergrauende Haar. »Wir hatten hinsichtlich meiner Prioritäten als Bergführer unterschiedliche Auffassungen. Sie wollten, dass die Kunden zufrieden waren. Und ich? Für mich stehen der Berg und die Sicherheit der Kundschaft an oberster Stelle. Geld spielt da noch nicht mal eine Rolle.«

»Auch wenn das heißt, dass du einen Kunden k. o. schlägst?«

»*Das* hast du gehört?« Er starrte sie unter seinen buschigen Brauen an.

»Ich bin mir sicher, du hattest gute Gründe.«

»Nein. Hatte ich nicht. Ich hab die Kontrolle verloren. Wird mir nicht noch mal passieren. Ich will nicht, dass sich bei meinen Expeditionen Leute verletzen. Ich würde alles tun, um das zu verhindern. Alles.« Er hatte leise, aber nachdrücklich gesprochen.

Ein wutentbrannter Schrei weckte ihrer beider Aufmerksamkeit. Dann noch ein Geräusch – sonorer. Grollender. Eine Zurechtweisung?

Doug schlug sich auf die Knie. »Herr im Himmel, was ist denn jetzt schon wieder los?«

»Ich komme mit.« Sie krabbelte zum Eingang und kroch aus ihrem Zelt. Es war dunkel geworden, und die Lichtkegel von Stirnlampen huschten hin und her.

Sie gesellte sich zu Zak, der aus dem Essenszelt gelaufen kam. Doug verschwand im Getümmel.

»Was ist denn da los?«, wollte sie von Zak wissen.

»Ich glaube, sie haben den Dieb aufgespürt. Die Sherpas sind außer sich. Immerhin leben sie von unserem Trinkgeld. Und mit einem aufgebrachten Sherpa willst du dich lieber nicht anlegen …«

Cecily zog ihre Jacke enger und schlang sich die Arme um den Leib. »Und was glaubst du, was jetzt passiert?«

»Keine Ahnung. Aber ich hab jemanden gesehen – Galden womöglich? –, der mit einem Pickel losgezogen ist. Vielleicht tagt jetzt ja das Sherpa-Gericht ...«

»Gott, ist das dein Ernst? Und was ist mit der Polizei?«

Zak zuckte mit den Schultern. »Komm, stehen wir nicht weiter hier herum. Schauen wir uns an, was da passiert.« Er lief los in Richtung des Aufruhrs.

Sie wäre ihm lieber nicht gefolgt, aber sie musste in Erfahrung bringen, wer der Dieb war. Und vielleicht würden mehr Zeugen auch dazu führen, dass nichts Dummes, Unüberlegtes geschah.

Das Licht der Stirnlampen wies ihr den Weg. Es war ein regelrechter Mob zusammengekommen, und er wälzte sich in Richtung Zugang zum Basislager, wo bereits weitere Lampen zu sehen waren.

Als sie näher kamen, entdeckte Cecily einen Mann, der umringt von Sherpas auf den Knien am Boden kauerte und mit einem dicken Kletterseil gefesselt war. Dario stand direkt vor ihm und biss wutentbrannt die Zähne zusammen.

Der Mann auf Knien inmitten des Mobs war Ben.

Und vor ihm lag ein riesiger Haufen Geldscheine.

31

»O nein, Ben. Was ist passiert?« Sie schob sich durch die Menge und ging neben ihm in die Hocke, doch er riss so heftig an seinen Fesseln, dass sie rückwärts fiel.

»Ich hab's nicht geklaut!«, schrie er. »Das will mir jemand anhängen!«

»Lügner! Du wolltest dich gerade mit dem Geld davonmachen«, stellte Dario fest. Er kickte in den Boden, sodass Schotter und Dreck in Bens Richtung stoben.

Cecily zuckte zusammen, als sie sah, wie Ben vergeblich versuchte, schützend die Arme über den Kopf zu nehmen. Sie konnte regelrecht spüren, wie sich die Stimmung aufheizte, wie es durch sie alle hindurchpulsierte, als hätte die Meute einen ureigenen Herzschlag. Das hier konnte jeden Moment in eine Gewaltorgie umschlagen. Sie wandte sich an Dario. »Bitte! Hören wir uns wenigstens an, was er zu sagen hat. Ich kenne ihn von zu Hause. Es muss eine Erklärung für alles geben.«

»Das ist *mein* Geld«, rief Ben, sobald sich das schlimmste Getöse gelegt hatte. »Ich hab einen Anruf von meiner Frau gekriegt, meine Tochter ist krank. Ich muss nach Hause fliegen. Ich hab nachgesehen, und morgen ist das Wetter noch günstig. Ich muss also sofort vom Berg runter. Das ist die einzige Chance, die ich habe.«

»Das stimmt nicht!«, rief jemand aus der Menge.

»Ich könnte ihn *umbringen*!« Dario tigerte mit geballten Fäusten auf und ab. »Das hier ist der Witzbold, den wir aus dem Lager geworfen haben. Der nicht bezahlt hat. Sieht ganz so aus, als hätte er, statt zu verschwinden, die anderen Teams beklaut, um sich über Wasser zu halten.« Sein Blick loderte. Er sah tatsächlich so aus, als würde er Ben im nächsten Moment grün und blau prügeln wollen. Aber selbst wenn er Informationen an Cecilys Ex weitergegeben und versucht hatte, ihr die Story ihres Lebens abzuluchsen – und jetzt obendrein ihr ganzes Geld geklaut hätte –, wollte sie nicht erleben, dass Ben verletzt wurde.

»Nein!«, protestierte er.

»Ich weiß, wie wir herausfinden können, ob er die Wahrheit sagt«, mischte Zak sich ein und trat ein paar Schritte vor. »Ich markiere mein Geld. Wenn da irgendwo Scheine sind, die auf einer Seite einen roten Strich haben, dann gehören die mir.«

»Du *markierst* dein Geld?«, wiederholte Cecily.

»Na klar. Genau für solche Situationen.«

»Du hast doch nichts dagegen, Ben, oder?« Dario spie seinen Namen regelrecht aus. Ben ließ den Kopf hängen. Ihm blieb keine andere Wahl, als zuzustimmen.

Alle sahen zu, wie der Anführer von Darios Sherpas in die Hocke ging und die Scheine im Schnee abzählte. Weil jeder den Blick auf ihn gerichtet hatte, war es an der Stelle hell wie am Tag. Noch waren nirgends rote Markierungen aufgetaucht, und während die anderen auf das Geld hinabstarrten, starrte Cecily Ben an.

Sie hatte die Wahrheit vor Augen, noch ehe der erste rot markierte Schein aufgetaucht war. Bens Kiefer spannte sich an, und sein Blick wurde hart. Er war der Dieb, und er wusste, dass er gleich überführt würde.

»Ben ... warum?«, fragte sie.

Die anderen drehten sich zu ihr um. In der nächsten Sekunde kam Darios Ruf. Er griff nach einer Zwanzigdollarnote mit roter Markierung.

Ben wandte sich ab und zerrte erneut an den Fesseln an seinen Handgelenken, allerdings vergebens. Die gesamte Manaslu-Basislager-Belegschaft hatte ihn im Visier.

Dario machte einen Schritt vor, und Ben wich vor ihm zurück. »Okay«, rief er, »ich hab das Geld genommen. Ich musste doch irgendwie von diesem Berg runterkommen!«

»Hör bloß auf mit deinen Ausreden!« Dario winkte erbost ab.

Cecily versuchte, sich zwischen die beiden zu schieben. »Klingt, als müsste er nach Hause zu seiner Tochter. Er war verzweifelt und hat nicht nachgedacht. Stimmt doch, Ben?«

Zu ihrer Bestürzung schüttelte er den Kopf. »Ich musste wegen dieser Frau weg, die gestorben ist.« Ben hatte die Augen weit aufgerissen. Das Weiß war mit Äderchen durchsetzt. Seine Gesichtshaut sah fahl aus, die Wangen eingefallen, als hätte er seit Tagen nichts mehr gegessen. Er sah eindeutig krank aus. Es hatte schon Fälle von Hirnödemen auf Höhe des Basislagers gegeben. »Ihr Tod war kein Unfall. Jemand hat sie umgebracht.«

»Das ist doch lächerlich«, brummte Doug.

»Ist es nicht! Ich hab's gesehen!«

»*Was* hast du gesehen?« Schlagartig hatte Cecily Herzrasen.

»Es war zu dunkel ... und ich hab sein Gesicht nicht richtig erkennen können. Außerdem sieht in voller Montur doch jeder gleich aus! Aber ich habe gesehen, wie er sie gestoßen hat. Hier ist ein Mörder am Berg! Und ich musste von hier verschwinden, bevor ich das nächste Opfer geworden wäre.«

»Das ist doch Blödsinn! Holen wir ihn uns!«, rief einer aus dem Summit-Extreme-Team, woraufhin ein Sherpa mit erhobener Faust nach vorn stürmte. Galden folgte ihm auf dem Fuß.

»Nicht!«, schrie Cecily. Ihr war egal, welche Gründe Ben für den Diebstahl gehabt hatte, sie wusste nur, dass er es nicht verdient hatte, zu Brei geschlagen zu werden – oder Schlimmeres, wenn sie sich den Zorn der Leute so ansah.

Sie fing Galdens Blick auf, und zu ihrer Erleichterung riss der seinen Kollegen zurück, ehe jemand zu Schaden kam.

Doug zog sich die Strickmütze vom Kopf und wischte sich damit über die Stirn. »Du gehst zurück nach Samagaun. Da kümmern sich die Behörden um dich.«

»Aber die laufen mir nach und schlagen mich tot!«, protestierte Ben und zeigte auf die Sherpas und Dario.

Doug beäugte die Truppe. »Tenzing, du bringst ihn runter.«

Cecily atmete erleichtert auf. Sie war nur froh, dass Doug den höflichen, respektierten Tenzing für die Eskorte ausgewählt hatte. Unter dessen wachsamem Blick würde sich niemand trauen, Ben anzugreifen.

Der ältere Sherpa nahm ein Messer vom Gürtel und zerschnitt Bens Handfesseln. Dario klaubte das Geld auf (ihm stand nun die wenig beneidenswerte Aufgabe bevor, es an die Kunden zurückzuverteilen – sollten sich darum doch die Teamleiter streiten), und die wütende Meute zerstreute sich wieder. Doch das Adrenalin in Cecilys Adern war noch nicht vollends abgeebbt, ihr Herz schlug noch immer wie wild. Stocksteif stand sie da, als Tenzing und Ben in die Dunkelheit verschwanden.

»Kommt«, sagte Doug, »wir brauchen jetzt alle Schlaf.«

Schweigend und mit hängenden Schultern ging sie ihren Teamkollegen nach.

In ihrem Kopf hallte wider, was Ben gerufen hatte.

Hier ist ein Mörder am Berg.

Genau das hatte auch auf dem Zettel gestanden.

32

Früh am nächsten Morgen stellte sie erneut sicher, dass sie alles hatte, was sie brauchte: Essen, Wasser, ihre Kamera, den Laptop, das Handy und sämtliche Ladegeräte. Dann griff sie nach Pass und Geldbeutel.

Wenn sie jetzt loszöge, würde sie es nach Samagaun schaffen, bevor Ben nach Kathmandu überführt wurde.

»Galden?« Sie stand vor dem Zelt der Sherpas und rief gerade so laut, dass nur er sie hörte.

Von drinnen kam ein Rascheln, dann tauchte er auf. »Didi, brauchst du etwas?«

»Ich wollte nur Bescheid geben, dass ich nach Samagaun gehe, weil ich ins Internet muss. Ich muss ein paar E-Mails an meine Redakteurin schicken und …«

»Ich gehe mit«, sagte er, ohne zu zögern.

Sie schüttelte den Kopf. »Ist schon okay, die Strecke kriege ich hin. Ich bin auch nicht lange weg.«

»Ich frage lieber noch mal bei Doug nach.«

»Ich habe ihm gestern Abend Bescheid gesagt.« Sie hatte ein schlechtes Gewissen, weil sie Galden anflunkerte, ausgerechnet ihn, der so freundlich zu ihr gewesen war. Aber sie hatte nun mal gute Gründe. Sie wusste, dass Doug es nicht gutheißen würde. Er hatte sie bereits vorgewarnt, dass er sie aus dem Team werfen würde, sobald er das Gefühl hätte, dass ihre Paranoia überhandnahm.

Aber so war es nun mal.

»Er war einverstanden«, fuhr sie fort. »Ich wollte mich gerade abmelden, kann ihn aber nicht finden, deshalb sage ich jetzt dir Bescheid.« Sie wollte mit Galden auch nicht diskutieren, sonst würde er noch Gründe finden, ihren Abmarsch hinauszuzögern. Sie setzte sich in Bewegung und hoffte inständig, er würde ihr nicht hinterherlaufen.

Sie nahm den Weg über die felsige Moräne und folgte den Fähnchen, die den Abstieg zum Dorf markierten. Die Steine waren rutschig vom Regen, der am Boden sofort gefror. Es war noch so früh, dass es im Basislager völlig still war, und auf dem Pfad war sie gänzlich allein unterwegs.

Sie begann, an ihrem Entschluss zu zweifeln. Sie hätte Galden erlauben sollen, sie zu begleiten.

Selbst in diesen niedrigeren Bergausläufern schienen überall Gefahren zu lauern: nicht nur durch die Steine unter ihren Füßen und den Schaden, den sie davontragen konnte, wenn sie ausrutschte oder stolperte. Der Berg veränderte die Leute. Er stellte sie auf die Probe, testete ihre Widerstands- und Leidensfähigkeit bis aufs Äußerste. Sie war von Bens Anblick am vergangenen Abend schockiert gewesen. Er war kaum mehr der Mann, den sie aus England gekannt hatte.

Und es gab noch einen weiteren Grund für ihr ungutes Gefühl.

Sie hörte ein Geräusch, und prompt setzte das Herzrasen

wieder ein. Am liebsten hätte sie sich hingekauert und an einem Felsbrocken Halt gesucht. Sie legte den Kopf in den Nacken – gerade rechtzeitig, um eine Drohne über sich hinwegfliegen zu sehen.

Ein Videofilmer, der einen dramatischen Einspieler drehte?

Oder jemand, der sie per Drohne ausspähte?

Die Drohne hing über ihr in der Luft und surrte wie eine Hornisse. Cecily wünschte sich, sie könnte sie einfach beiseitewischen.

Jedenfalls konnte sie hier auf dem Weg nicht mehr bleiben und wie gelähmt in die Kamera blicken. Sie hielt sich die Ohren zu und lief die Moräne hinab.

Die Drohne schwebte an Ort und Stelle in der Luft.

Sobald sie das Dorf erreicht hatte, hielt sie auf das Teehaus zu, in dem sie übernachtet hatten. Shashi war im Speisesaal und räumte gerade das Frühstücksgeschirr ab. Ohne die Bergsteigerhorden herrschte hier eine gänzlich andere Atmosphäre. Es war ruhiger, viel beschaulicher. Shashi blickte auf, als Cecily hereinkam.

»O nein, hast du dich verletzt?«

Cecily schüttelte den Kopf. »Es geht mir gut. Ich habe mich bloß gefragt, ob du mir helfen könntest. Ich bin auf der Suche nach Tenzing … Er wollte gestern Abend einen anderen Bergsteiger herbringen …«

Shashis Ausdruck verdüsterte sich, und die Warmherzigkeit ihrer Begrüßung erlosch wie das Feuer im Teehausofen. »Unerfreuliche Angelegenheit.«

»Ich weiß, trotzdem muss ich dringend mit ihm reden …«

»Sie sind runter zu den Landeplätzen und warten dort.«

»Danke.«

»Kann ich dir noch einen Tee anbieten?«, fragte Shashi, doch Cecily hatte bereits kehrtgemacht. Sie war in einen Laufschritt verfallen, fürchtete, Ben könnte bereits ausgeflogen worden sein, noch ehe sie dort ankam.

Doch als sie den Flugplatz erreichte, entdeckte sie ihn am Boden direkt am Rand des Landeplatzes. Er hatte den Kopf in die Hände gelegt. Tenzing stand ein paar Meter neben ihm und hielt Wache. Alle anderen blieben auf Abstand.

Ben sah bei Tageslicht noch viel schlimmer aus. Wie viel hatte er in dieser einen Woche abgenommen, seit sie sich in Samagaun begegnet waren? Sein Gesicht war von der Sonne verbrannt und schälte sich, und sein Blick war wild.

Sie biss sich auf die Lippe. Vielleicht war das hier ein Fehler. Wenn er in so einem Zustand war, war er verzweifelt. Und verzweifelte Männer erzählten Lügengeschichten. Sie war drauf und dran kehrtzumachen, als er den Blick hob und sie entdeckte. Sie gab sich einen Ruck und marschierte auf die beiden zu.

»Cecily?«

Beim Klang von Bens Stimme blickte auch Tenzing auf.

»Hallo, Tenzing«, sagte sie, »kann ich kurz mit Ben allein sprechen? Ich bin auch nicht hier, um ihm wehzutun, Ehrenwort. Ich will ihm nur ein paar Fragen stellen. Ich kenne ihn immerhin von zu Hause.«

Tenzing sah sie kurz skeptisch an, nickte dann aber. Es schien ihm einerlei zu sein, was sie vorhatte. Seine Aufgabe bestand darin, Ben in den Hubschrauber zu setzen, nicht eine neugierige Journalistin fernzuhalten.

Dafür war Cecily dankbar. Sie ging in die Hocke. »Ben, ist alles in Ordnung?«

Als sie näher an ihn heranging, musste sie sich zusammenreißen, um nicht das Gesicht zu verziehen. Seine Lippen waren gelb verkrustet, höchstwahrscheinlich war er dehydriert, die Haut um die Augen war geschwollen, und er stank nach Schweiß. »Gott sei Dank, dass du da bist! Es ist gut, dich zu sehen! Ich hab eine Heidenangst. Ich muss von diesem Berg verschwinden!«

»Keine Sorge, der Hubschrauber ist schon unterwegs.«

»Tut mir leid, dass ich euer Geld geklaut habe ...«

»Das war echt dumm von dir, Ben«, sagte sie leise. »Aber deshalb bin ich nicht hier.« Sie schluckte und stellte dann ihre Frage: »Was ist mit Irina passiert?«

Er nestelte an seinen schmutzigen Fingernägeln. »Jemand hat sie umgebracht.«

Dieses Wort abermals hören zu müssen feuerte Cecilys Angst neu an. »Fang am besten ganz von vorne an«, presste sie hervor. »Warum warst du noch am Berg? Hatte Dario dich nicht von der Expedition ausgeschlossen?«

Er wiegte sich hin und her. »Ja, ich bin bei Summit Extreme rausgeflogen ... Das mit den Gebühren war leider ein bisschen unsicher, ich hab sie nicht mehr rechtzeitig zusammengekriegt. Trotzdem bin ich den ganzen Weg hergekommen, um den Berg zu besteigen. Ich hab mich versteckt und gewartet, bis ihr mit eurer Akklimatisierung angefangen habt. Ich dachte mir, wenn ich früh genug loskäme, solange es noch dunkel wäre, könnte ich bis Lager zwei und an der Schlüsselstelle vorbei sein, bevor es dort voll wird. So hätte niemand erfahren, dass ich überhaupt noch da war. Ich hätte mich akklimatisieren und wieder absteigen können, und in der Zwischenzeit wäre hoffentlich endlich mein Honorar angekommen. Vielleicht hätte ich sogar wieder einsteigen können ...«

Ben hatte sich draußen am Berg versteckt? War er es gewesen, den sie auf dem Felsvorsprung gesehen hatte? Cecily drückte ihm eine Wasserflasche in die Hand, während sie fieberhaft darüber nachdachte. Er nahm einen Schluck.

»Und was ist dann passiert?«, fragte sie.

»Zunächst lief ehrlich gesagt alles wie geschmiert. Ich war gegen 4 Uhr nachts an der Hängewand, habe eine Pause eingelegt und überlegt, wie ich am besten hochkäme. Im selben Moment habe ich von oben das Licht einer Stirnlampe gesehen. Irgendwer hatte sich dort eingeklippt. Zumindest ... dachte ich das. Ich war überrascht, immerhin war es stockfinster, und ich hatte nicht damit gerechnet, dass noch jemand auf den Beinen war. Dann tauchte ein zweites Licht auf. Und sie verhielten sich komisch, so als ... als würden sie tanzen. Eine Sekunde später ging eine der Lampen aus. Und dann sah ich als Nächstes, wie etwas die Wand hinabflog. Ich hab mein Licht angemacht und sie entdeckt, aber sie war zu weit oben, als dass ich an sie hätte herankommen können. Ich konnte ihr nicht helfen.«

Er schien die Erinnerung erneut zu durchleben und trat ruckartig mit den Beinen aus, als wollte er nachspielen, was er mitangesehen hatte. Sie verzog das Gesicht, hörte dann aber wortlos zu, wie er weitererzählte.

»Ich hab Panik gekriegt. Ich wusste, ich musste dort weg, so weit weg von der Wand wie nur irgend möglich.«

»Warum? Warum hast du nicht Hilfe geholt?«

»Weil da dieses zweite Licht gewesen war. Da war noch jemand – oberhalb der Wand –, der auf die Frau hinabstarrte. Erst stand er bloß reglos da. Dann bewegte er sich, und seine Stirnlampe hat mich erfasst. Da bin ich losgerannt, so schnell ich konnte.«

»Wer war das?«

»Ich habe keine Ahnung! Es war zu dunkel. Ich hab nur noch das Licht seiner Stirnlampe gesehen. Aber ich weiß genau: Wer immer das war, hat mich entdeckt. Und da wusste ich, dass ich verschwinden musste.«

Sie schluckte trocken. Ein zweites Licht. Das konnte ein Hinweis sein – oder aber nichts weiter als Einbildung. Trotzdem hatten sie es bei dieser Expedition inzwischen mit zwei Todesfällen zu tun. Irina und Alain. Und sie konnte nicht einfach darüber hinwegsehen, dass sehr wohl die Möglichkeit bestand, dass jemand mit bösen Absichten hinter ihnen her war. Selbst Dario hatte erwähnt, dass Irinas Tod verdächtig war …

Die Luft ringsum schien sich zu verändern, als der Hubschrauber sich näherte. Sie spürte das Dröhnen der Rotoren bis tief in den Bauch und zog den Kopf ein, als er über sie hinwegflog, drehte und auf dem Landeplatz aufsetzte. Sie riss die Arme über Kopf, um sich vor den Steinchen zu schützen, die beim Anflug aufgewirbelt worden waren.

»Bens Flug«, rief Tenzing über den Lärm hinweg.

Ein Beamter in Uniform sprang heraus, hielt auf Ben zu, packte ihn am Oberarm und führte ihn ab. Cecily joggte neben ihm her.

»Komm mit«, rief Ben ihr zu. »Hier darfst du nicht bleiben. Du kannst auf diesem Berg niemandem mehr trauen. Erst in Kathmandu bist du wieder sicher.«

»Aber wer soll denn deiner Meinung nach dahinterstecken?«

»Ist das denn wichtig? Solange du hier bist, bist du in Gefahr!«

Er hatte recht. Es konnte jeder sein, und das hieß, dass sie nirgends mehr sicher war. Sie setzte einen Fuß auf die Trittleiter. Sie könnte jetzt einfach von diesem Berg wegfliegen. Sie könnte nach London zurückkehren.

»Diese Story ist es nicht wert, dein Leben zu riskieren«, sagte Ben.

Sie streckte sich, legte die Hand an den Griff oberhalb der Einstiegsluke.

»Los!« Ben versuchte, sie nach drinnen zu zerren. Als er ihr ins Gesicht sah, sah sie darin die Spiegelung ihres eigenen Scheiterns. Wenn sie jetzt abfliegen würde, hätte sie aufgegeben, und alles, was sie für dieses Interview geopfert hatte, wäre vergebens gewesen. Und dann war da auch noch der Zettel. Wenn das keine Drohung, sondern eine Warnung gewesen war, dann *musste* sie bleiben. Jemand musste schließlich herausfinden, was Irina wirklich zugestoßen war.

»Nein, Ben. Ich kann nicht. Ich muss hierbleiben.« Sie riss sich von ihm los und machte einen Schritt zurück.

Ben sprang auf sie zu und war schneller, als sie es für möglich gehalten hätte. Er packte sie an den Oberarmen und zog sie an sich heran. Er stank aus dem Mund, und sie riss den Kopf zurück. »Sei vorsichtig! Du könntest die Nächste sein.«

Im nächsten Augenblick zerrte der Beamte ihn zurück und legte ihm den Gurt an. Der Pilot schrie ihr zu, sie solle verschwinden, und sobald sie in sicherem Abstand war, hob der

Hubschrauber ab. Ben flog seinem Schicksal entgegen. Das Herz hämmerte in ihrer Brust.

»Warst wohl kurz davor, das Handtuch zu werfen, was?«

Als sie herumwirbelte, stand sie Auge in Auge mit Charles McVeigh.

33

Der Hubschrauber flog im Bogen über ihren Kopf hinweg das Tal entlang und zurück in Richtung Hauptstadt. Sie schluckte. Ihr Mund war ausgedörrt, allerdings hatte sie Ben ihre Wasserflasche gegeben, und die war jetzt mit ihm im Hubschrauber. »Charles, du hast es hierhergeschafft!«

»Bin heute Morgen angekommen. Ich wollte eigentlich Doug im Teehaus treffen, als ich dich gesehen habe. Worum ging es denn gerade?« Er zeigte in Richtung des sich entfernenden Hubschraubers.

»Äh, der Mann, den sie weggebracht haben, Ben Danforth ... Ich kenne ihn von zu Hause. Er hat unsere Trinkgelder gestohlen, und ich wollte ihm die Gelegenheit geben, es mir zu erklären.«

Mit interessiertem Gesichtsausdruck spähte Charles dem Hubschrauber nach. »Du machst Witze!«

Sie schüttelte den Kopf. »Tenzing hat ihn hergebracht. Am Berg sind ein paar schlimme Dinge passiert, Charles. Wirklich schlimme Dinge. Ich bin so froh, dass du da bist!« Sie konnte die Tränen nicht mehr zurückhalten und schlug sich die Hände vors Gesicht. Sie war so kurz davor gewesen, nach Hause zurückzukehren, hatte bereits mit einem Fuß im Hubschrauber gestanden, und doch war sie immer noch hier. Sie musste sich immer noch dem Berg stellen.

Charles tätschelte ihr die Schulter. »Erzähl's mir.«

Sie holte tief Luft. »Gestern ist eine Frau unterhalb von Lager zwei gestorben. Ich habe sie gefunden.«

»Cecily, das ist ja schrecklich!« Er schüttelte den Kopf. »Was ist da vorgefallen?«

»Doug meint, sie hat sich im Abstiegsseil verheddert. Ein schrecklicher Unfall. Nur dass Ben meinte, da wäre etwas anderes passiert ...«

Charles kniff die Augen zusammen. »Und was?«

»Er glaubt, dass jemand sie umgebracht hat. Er behauptet, er sei vor Ort gewesen, als sie abgestürzt ist, und sie sei dort nicht allein gewesen. Jemand hat sie von der Kante gestoßen, und weil er Angst um sein eigenes Leben hatte, hat er die Flucht ergriffen.« Sie zog den Zettel aus ihrer Tasche. »Ich glaube, womöglich hat er mir das hier als Warnung dagelassen.«

Charles biss die Zähne zusammen und starrte auf den Zettel. »Du könntest recht haben«, sagte er leise.

Cecily riss die Augen weit auf. »Was? Du meinst doch nicht ...«

»Na ja, was wäre wohl ein besseres Versteck für einen Mörder als ein Ort, der sowieso schon als Todeszone verschrien ist?«

Cecily hielt mitten in der Bewegung inne. Woher konnte er das mit dem Versteck wissen? Er hatte soeben ihre schlimmsten Ängste bestätigt, dabei war er doch gerade erst angekommen.

Er drehte sich zu ihr um, als er bemerkte, dass sie nicht weitergegangen war. Dann sah er zum Gipfel empor. Hoch über ihnen ragte der Manaslu still wie ein Wachposten auf.

»Cecily, da oben habe ich erlebt, wie Männer Sinn und Verstand verloren haben. Die rationalsten, klügsten Leute, durchtrainiert wie Olympiasieger und mit Survivaltechniken, die sie an den härtesten Orten dieser Welt perfektioniert hatten … Aber auf den höchsten Gipfeln ist das alles nichts mehr wert. Da verlieren sie die Kontrolle, treffen die falschen Entscheidungen, sehen Dinge, die gar nicht da sind. Ja, ich habe den Killer am Berg auch schon gesehen. Er ist in uns allen. Er ist hier oben.« Er tippte sich an die Schläfe. »Dieser Killer hat sich die Frau geholt. Und Ben. Aber uns holt er sich nicht. Weil wir als Team aufeinander aufpassen.«

Sie schluckte, und ihre Atmung wurde wieder ruhiger, als ihr dämmerte, was er gerade gesagt hatte. Trotzdem ein beunruhigender Gedanke, der andeutete, dass jeder – jeder Einzelne – hier zur Gefahr werden konnte. »Aber was, wenn jemand aus dem Team nicht durchhält?«

»Ihr habt doch mich. Ich habe dem Killer schon zigmal die Stirn geboten. Wenn etwas schiefgeht, dann rette ich euch.«

Sie riss den Blick vom Berg los, um sich stattdessen diesem Berg von einem Mann zuzuwenden. Erleichterung spülte über sie hinweg. »Ich wünschte, ich hätte nur den Hauch deiner Selbstsicherheit …«

»Das ist die Erfahrung.« Er lächelte sie an, und sie erwiderte sein Lächeln. Dann legte er ihr den Arm um die Schultern. »Und jetzt gehen wir Doug suchen. Er hat schon eine Menge Leute an die Höhe verloren, trotzdem kommt er jedes Mal wieder. Es dauert nicht lange, und du weißt, was wir wissen, nämlich dass dort oben nicht nur die Gefahr lauert, sondern auch unvorstellbare Schönheit. Ich habe versucht, sie an anderen Orten zu finden, bin aber nirgends sonst fündig geworden. Es ist die Anstrengungen wert!«

Sie wanderten zurück zum Teehaus und wurden unterwegs von einer Schulklasse aufgehalten, die aus ihrem Klassenzimmer gerannt kam, als Charles vor ihrem Fenster vorbeiging. Die Schüler zupften an seinen Ärmeln und wollten Autogramme und Fotos von ihm. Cecily hieß sie sich an einer Mauer um Charles herumstellen und schoss ein Gruppenbild. Bis sie das Teehaus erreicht hatten, warteten Doug und Mingma bereits mit Tenzing vor der Tür.

»Guckt mal, wen ich unterwegs aufgelesen habe«, rief Charles und zeigte auf Cecily.

Doug runzelte die Stirn. »Was machst du denn hier unten?«

Sie zuckte zusammen, weil sie bereits seine Reaktion fürchtete. Doch Charles' Ankunft hatte ihr neuen Mut beschert. »Ich musste mit Ben sprechen.«

Doug presste die Lippen zusammen. »Und?«

Sie warf Charles einen Seitenblick zu. »Ihm ging es offenbar nicht gut. Er ist inzwischen unterwegs nach Kathmandu.«

»Und jetzt vergessen wir das wieder.« Charles klopfte Doug auf den Rücken. »Wir müssen uns auf die bevorstehende Aufgabe konzentrieren. Wie ist die Lage oben am Berg?«

Abermals ertappte sie sich dabei, wie seine Anwesenheit sie in Erstaunen versetzte. Seine Größe und die langen Gliedmaßen verliehen ihm ein fast herrisches, dominantes Auftreten, das von seinem entspannten Lächeln und den blitzend blauen Augen abgemildert wurde. Sie war seinem Bann sofort wieder verfallen und konnte den Blick gar nicht mehr von ihm abwenden. Sobald er stehen blieb, stemmte er die Beine breit in den Boden, verschränkte die Arme und drückte den Rücken durch wie ein Elitesoldat. Er strahlte Integrität aus, und sie konnte nicht glauben, dass er in etwas so Armseliges, Skandalöses verwickelt sein sollte, wie Fixseile zu benutzen und es abzustreiten. Jeder, der so etwas behauptete, war einfach nur neidisch – und es war auch klar, warum: Charles war ein strahlender Held.

Doug kratzte sich an der Schläfe. »Es tut sich ein Fenster auf. Die Seile sind bis zum Gipfel verlegt. Es sollte also in ein paar Tagen losgehen.«

Cecily nestelte an ihren Zöpfen. Ihr war nicht klar gewesen, dass der Gipfelsturm bereits so nah bevorstand.

»Tolle Neuigkeiten! Sieht so aus, als wäre ich gerade rechtzeitig gekommen. Meinst du nicht auch?« Er zwinkerte in ihre Richtung, und sie lächelte zaudernd zurück. »Ich will endlich den Rest des Teams treffen. Also, gehen wir los, oder?« Er gab Cecily zu verstehen, dass sie vorgehen sollte.

»Wartet! Ich muss erst noch ein paar E-Mails verschicken.«

Charles rückte seine Baseballkappe zurecht. »Wir haben hier unten schon genug Zeit verschwendet. Komm, der Gipfelsturm naht, da wird es dir guttun, wenn du dich nicht mehr ablenkst.«

»Aber es wird mir nicht guttun, wenn ich nicht mehr bezahlt werde …«

»Du musst dich jetzt voll auf diese eine Sache konzentrieren, Cecily. Wenn du dir auch noch Gedanken darüber machst, was deine Redakteurin wohl denkt oder deine Familie und Freunde … dann hast du nicht das richtige Mindset. Und darauf kommt es jetzt an, okay?« Als sie immer noch zu zögern schien, seufzte er. »Sieh es einfach so: Will deine Chefin lieber ein Artikelchen vorweg oder später das große Interview mit mir?«

»Das Interview«, antwortete sie.

»Na also, dann gehen wir.«

Und mit diesen Worten setzte er der Diskussion ein Ende, marschierte los, und Cecily lenkte ein.

»Hast du deine Permits und Orga-Geschichten in Kathmandu geregelt?«, fragte sie, während sie den Pfad zum Basislager hinaufwanderten. Diesmal erschien ihr die Route kein bisschen schwierig. Sie war sich nicht sicher, ob es daran lag, dass sie inzwischen besser trainiert war, oder ob sie sich in seiner Anwesenheit schlichtweg sicherer fühlte.

»Ja. Sämtliche Gipfel sind bestätigt worden. Nicht dass ich daran gezweifelt hätte, aber gut, dass es jetzt offiziell ist. Ich habe die GPS-Tags übermittelt und Fotos eingereicht, die beweisen, dass ich die entscheidenden Gipfel ohne Sicherung bestiegen habe.«

»Was dafür alles nötig ist!«

»Ich will einfach keinen Raum für Zweifel lassen.«

»Klar ...« Sie dachte kurz darüber nach, Darios Kommentar zu erwähnen, aber es schien dafür nicht der richtige Moment zu sein. Gerade herrschte so gute Stimmung. Es käme noch der geeignete Zeitpunkt für heiklere Fragen. »Dann hast du, wenn du den Manaslu bestiegen hast, den Rekord in der Tasche!«

Er lachte. »Stimmt. Aber beschrei es noch nicht!«

Mit den Bergführern unterwegs zu sein war die reinste Lehrstunde. Tief in Gedanken versunken ging Doug neben Tenzing vorneweg. Auch wenn er eindeutig mit anderen Dingen beschäftigt zu sein schien, setzte er jeden Schritt fest auf, ohne ein einziges Mal ins Schwanken zu geraten. Er hätte den Berg wahrscheinlich mit verbundenen Augen besteigen können und wäre immer noch vor ihr am Ziel.

Mingma tänzelte die Steigung regelrecht hinauf und schien kaum den Boden zu berühren, obwohl er Gepäck trug, das bestimmt doppelt so schwer war wie er selbst.

Im Vergleich war Charles ein Ungetüm. Der Boden schien unter seinen Schritten zu erbeben, als würde der Berg sich ihm unterwerfen. Er war eindeutig aus demselben Holz geschnitzt wie die frühen Entdecker, jene, die die kältesten, härtesten Orte der Welt in Felle gehüllt und in mit Stroh ausgestopften Lederstiefeln erkundet hatten. Als stammte er aus einer anderen Zeit.

Gleichmäßiger Schneefall hatte eingesetzt, als sie am ersten Zelt vorbeikamen, das den Rand des Basislagers markierte. Auch wenn sich die Luft schwer und suppig anfühlte, machte die Nachricht von Charles' Ankunft wie im Flug die Runde. Von überallher tauchten Leute auf, um ihm die Hand zu schütteln, und Cecily fühlte sich eher wie ein Groupie als wie eine Expeditionsteilnehmerin. Trotzdem lief sie erhobenen Hauptes weiter. Sie war schließlich auf seine Einladung hin hier.

»Charles! Wie waren der Shish und der Cho dieses Mal?«, fragte ein Mann in einer schrill grünen Daunenjacke.

»Der Shishapangma soll ja angeblich einer der leichteren Berge sein, aber ich bin durch hüfthohen Schnee gepflügt. War mir nicht sicher, ob ich es schaffen würde. Und was den Cho angeht – ihr kennt die Geschichte.«

»Und welcher war bislang der schwierigste Gipfel?«

»Ich hätte die Hand dafür ins Feuer gelegt, dass es der K2

oder die Annapurna werden würde, aber wisst ihr was? Der Dhaulagiri bei Scheißwetter hat mich diesmal echt fertiggemacht. Einer der ersten auf meiner Liste, aber bislang auch einer der härtesten!«

»Zumindest wird da der Manaslu ein Kinderspiel.«

»Es wäre ein Fehler, diesen Berg zu unterschätzen. Klingt, als wäre er bislang nicht ganz ohne gewesen.«

Charles unterhielt sich mit jedem, der auf ihn zutrat. Viele von ihnen trieb wohl eine professionelle Neugier an – und wie viele der Neid? Wie sie feststellte, ließ Dario sich nirgends blicken. Kein Wunder, nachdem ausgerechnet er Vorwürfe erhoben hatte, Charles hätte Fixseile benutzt. Sie würde Charles natürlich die Möglichkeit geben, sich dahingehend zu verteidigen. Dass Dario nicht auftauchte, um seine wilden Anschuldigungen persönlich zu wiederholen, zog deren Wahrheitsgehalt umso mehr in Zweifel.

Wann immer sie stehen blieben, spürte sie die Blicke von Männern auf sich, und sie zog den Kopf tiefer in ihren Jackenkragen. Im Manners-Mountaineering-Lager war sie in einer Blase unterwegs gewesen, weil sie dort Elise an ihrer Seite gehabt hatte. Abermals stellte sie fest, wie wenige weibliche Gesichter zu sehen waren.

»Charles, Dai, wir gehen besser schneller, wenn wir es noch zum Essen schaffen wollen«, warf Mingma ein.

Charles nickte. »Ich bin am Verhungern, will also nicht länger trödeln ... Weiter geht's!«

Und endlich tauchte die Manners-Mountaineering-Fahne im Nebel auf. Sie war überrascht, dass sie nicht annähernd so sehr außer Atem war wie erst wenige Tage zuvor. Die Akklimatisierung hatte funktioniert.

Trotzdem war sie alles andere als froh, wieder im Lager zu sein. Trotz Charles' Beteuerungen, Ben und Irina seien der Höhenkrankheit zum Opfer gefallen, war die Paranoia sofort wieder da und pirschte sich an sie heran wie der Nebel, der einem Schleier gleich über dem Berg hing.

Wie ein Trauerflor …

Bei jedem einzelnen Teilnehmer, der ihnen ins Essenszelt folgte, fragte sie sich: *Wo warst du, als Irina gestorben ist?*

Sie versuchte, Charles im Blick zu behalten. Der Mann, der im Begriff war, zur Legende zu werden. Was, wenn er falschlag und doch jemand hier war, der Böses im Sinn hatte?

Was, wenn der Mörder in ihrem Team war?

Elise hatte die ganze Nacht neben ihr im Zelt gelegen, da war sie sich sicher.

Zak war allein gewesen, aber der Name seiner Firma prangte über der gesamten Expedition. Sie konnte sich nicht vorstellen, dass er diesbezüglich irgendetwas aufs Spiel setzen wollte.

Einer der Sherpas? Ganz sicher nicht. Das hier war ihre Lebensgrundlage. Sie hatte selbst gesehen, wie wütend sie gewesen waren, als Ben ihre Trinkgelder gestohlen hatte. Kunden umzubringen wäre da kein guter Plan.

Doug mit seiner mangelnden Impulskontrolle war ein potenzieller Verdächtiger. Er war eindeutig fit genug, den nächtlichen Ausflug zu unternehmen. Was Cecily jedoch auch immer wieder beobachtet hatte, war seine unerbittliche Prinzipientreue: wie sehr er auf Respekt vor dem Berg setzte, auf die Sicherheit sämtlicher Teilnehmer.

Blieb noch Grant. Er hätte ein Motiv und die Möglichkeit gehabt und ihrer Ansicht nach auch die Fähigkeiten, ganz gleich, was Elise glaubte. Seine mangelnde Fitness konnte er ebenso gut vorgetäuscht haben.

Aber nicht einmal Grant war so dumm, etwas anzustellen, sobald Charles in der Nähe war. So dumm war keiner.

34

Ihr Essenszelt war bis auf den letzten Sitzplatz voll. Doug drückte sich am Rand herum, hatte die Hände unter die Achseln geschoben, aber unter diesen Umständen konnte er mit seinem Team nicht sprechen. Es war so voll, dass Cecily sogar noch einen Campingstuhl hatte hereintragen müssen.

Dario glänzte noch immer durch Abwesenheit.

Den Rest des Tages und bis in den Abend hinein hielt Charles Hof. Er thronte regelrecht am Tischende. »Wir sind durch Schneewehen gewatet, die bis hier reichten«, erzählte er und hielt die Hand auf Gürtelhöhe, »und es fühlte sich an, als würden wir es nie schaffen. Ich war in meinem ganzen Leben noch nie so fertig! Tatsächlich habe ich zwei Lager ausgelassen, weil der Schnee so heftig war«, wiederholte er seine Erzählung vom Shishapangma.

»Aber du hast es geschafft?«

»Ich hab's geschafft. Ich war auf dem *echten* Gipfel, *à cheval* – wie man sagt – über den exponierten Gipfelgrat. Nicht alle meine Gipfel sind glamourös! Aber ich bin froh, rechtzeitig hier zu sein, um diesen hier im Team zu besteigen, den letzten meines gesamten Projekts!«

»Die Zielgerade«, warf Zak ein.

Lächelnd verschränkte Charles die Hände hinter dem Kopf. »Es ist erst vorbei, wenn es vorbei ist. Aber ich fühle mich gut.«

»Erzähl uns von dieser Rettungsaktion am Dhaulagiri«, rief einer aus dem Elbrus-Elite-Team.

Charles nahm beide Hände hoch. »Ach, ich bin sicher, das habt ihr alles schon zigmal gehört.«

»Nein, bitte«, verschaffte Cecily sich über die anderen hinweg Gehör, »ich würde wirklich gern wissen, was da genau passiert ist.« Über Charles' Rettungsaktionen war in den Medien ausführlich berichtet worden, aber sie wollte hören, wie er es anderen gegenüber schilderte, die ähnlich erfahren am Berg waren wie er.

Er rutschte auf seinem Stuhl herum und starrte auf seine Hände hinab. Tatsächlich war dies der erste Moment, da sie ihn demütig erlebte. Gespannte Stille senkte sich herab, und jeder im Zelt spitzte die Ohren.

»Wie ihr wisst, war ich allein unterwegs und habe versucht, schnellstmöglich und ohne Ballast hoch zum Gipfel zu kommen. Ich hatte das Basislager am Abend verlassen, bin die ganze Nacht durchgeklettert, war um die Mittagszeit oben – und es war herrlich. Beim Abstieg bin ich dann auf zwei Bergsteiger gestoßen, die Probleme hatten ... Sie hatten sich einfach in den Schnee fallen lassen. Ich wusste sofort, dass sie übel dran waren – höhenkrank. Verwirrt. Einer – Leonardo – hatte sich das Bein verletzt. Sie hatten versucht, es zu schienen, aber ohne Hilfe war er nicht mehr imstande zu gehen.«

»Verdammt«, sagte Zak.

Cecily riss den Blick von Charles los. Als sie sich umsah, schien das komplette Zelt auf den wagemutigen Bergsteiger fixiert zu sein. Oder … nein. Nicht alle. Doug knetete die Hände im Schoß und starrte darauf hinab.

»Sie brauchten unbedingt Sauerstoff, nur dass ich keinen dabeihatte. Also wollte ich über Funk jemanden bitten, Flaschen heraufzubringen, aber ich konnte niemanden erreichen.« Er stützte sich auf die Unterarme. »Sie mussten beide schleunigst vom Berg runter, und Leo konnte nicht auftreten. Marco hat sich immerhin noch aus eigener Kraft aufsetzen können. Ich wartete, solange ich konnte, aber wenn ich noch länger geblieben wäre – ohne Flaschensauerstoff –, hätte es auch mich erwischt.« Er rutschte auf seinem Stuhl zurück und verschränkte die Arme. Dann rieb er sich über die Nasenwurzel. »Nur einer von ihnen hatte noch Kraft genug – Marco. Diese Entscheidung war die schwerste, die ich je treffen musste. Aber etwas in seinem Blick hat mir gesagt, dass er überleben wollte, während sein Bruder … Tja. Dem habe ich in die Augen gesehen und … die Niederlage gespürt. Wir waren ein gutes Stück über achttausend Metern. Ich habe mir Marcos Arm um den Hals gelegt und ihn auf die Füße gezogen. Ohne Sauerstoff wurde auch ich immer schwächer, aber ich habe ihn huckepack immerhin bis Lager drei gebracht.«

»Herr im Himmel«, kommentierte Zak, »ich hab die Geschichte von dir ja schon mal gehört, aber sie packt mich jedes Mal wieder! Du musst fix und fertig gewesen sein.«

Charles bedachte Zak mit einem eisigen Blick. »Dort oben bin ich so fokussiert, dass ich Erschöpfung oder Angst oder Schmerzen gar nicht wahrnehme. Ich lege einen Schalter um, bin im Angriffsmodus und ziehe meine Sache durch, ganz egal, was passiert. Aber sobald jemand in Schwierigkeiten steckt, legt sich der Schalter erneut um. Wenn mich jemand braucht, bin ich zur Stelle. Da mobilisiere ich dieses letzte bisschen Energie, das ich immer noch übrig habe, für genau solche Momente. Wir haben es geschafft, ihn von Lager drei bis runter ins Basislager zu bringen, wo er dann ausgeflogen wurde. Anschließend habe ich Doug geholfen, Leos Bergungstrupp zusammenzustellen. Sie hatten sich bereits formiert, als ich im Basislager ankam, aber sie mussten natürlich erst hören, wo genau sie ihn finden würden. War es nicht so, Doug?«

Doug grunzte nur.

»Aber die Position allein reichte nicht. Ich habe mir also Sauerstoffmaske und -flasche für ihn geschnappt, schnell noch etwas gegessen und eine Cola getrunken und bin mit dem Team wieder aufgestiegen bis zu der Stelle, wo ich den Jungen hatte zurücklassen müssen. Leider war er gestorben, bis wir dort waren.«

»Gott, wie schrecklich«, sagte Cecily.

»In der Todeszone bleibt keiner lange«, sagte Charles. »Ich wünschte mir, ich hätte beide dort rausholen können.«

In den Bergen war der Tod allgegenwärtig, und auch nur darüber nachzudenken machte ihr Angst. Und ohne Charles hätte es in diesem Jahr noch viel mehr Todesfälle gegeben.

Das Geplauder ging weiter, und als sie aufstand, um ihre Wasserflasche neu zu befüllen, war prompt ihr Stuhl besetzt. Sie dachte kurz darüber nach, ihn zurückzufordern, doch sie hatte sich in der Menge ohnehin nicht wahnsinnig wohlgefühlt. Schon bald würde sie Charles ihre eigenen Fragen stellen können, ohne dass andere Leute dabei wären. Es war toll zu erleben, wie er anderen gegenüber seine Erfahrungen schilderte, aber sie wollte ihn allein befragen und nachbohren, *exklusive* Einzelheiten aus ihm herauskitzeln, die ihren Artikel besonders machen würden. Sie schlüpfte durch den Zeltausgang und zog ihre Jacke enger. Draußen fiel erneut dichter Schnee.

Gelächter und warmes Licht aus dem Küchenzelt erregten ihre Aufmerksamkeit. Sie lief darauf zu.

»Komm rein, Didi! Hast du Hunger?« Galden stand sofort auf, als sie eintrat, und nahm einen Blechteller von einem hohen Stapel.

»Danke, Galden, alles gut.« Sie war gerührt, wie sehr sich der Mann um sie kümmerte, und dankbar für seine Fürsorglichkeit. »Mir waren im Essenszelt bloß zu viele Leute.«

»Jeder will mit Mister Charles sprechen«, bestätigte er.

»Tja, da spreche ich lieber mit dir«, erwiderte sie mit einem Grinsen. »Ich bin froh, dass ich dich hier antreffe ...«

Schlagartig war Galden angespannt. »Halt ... Bitte entschuldige, Didi, wie ich mich gestern verhalten habe. Aber wenn jemand so etwas macht wie er, dann werde ich einfach wütend. Für uns ist der Berg eine Gottheit. Da müssen wir für Gerechtigkeit sorgen.«

Sie kniff die Augen zusammen. »Sprichst du von Ben? Ach, ich weiß doch, was er getan hat, war grundverkehrt! Ich hätte nicht zulassen können, dass er verletzt würde, aber ... Er ist mittlerweile den Behörden überstellt worden. Die sorgen jetzt für Gerechtigkeit.«

Galden nickte.

Sie streckte sich nach ihm aus und berührte seinen Arm. »Kann ich dir vielleicht ein paar Fragen für meinen Artikel stellen? Wäre das okay?«

»Klar, Didi.« Galden zog einen Klappstuhl hinter einem der Tische hervor, und sobald sie ein warmes Getränk in der Hand hielt und Dawa eine Schüssel mit dampfenden Kartoffeln und ein Tellerchen mit Chilisalz vor sie hingestellt hatte, begannen sie mit dem Interview.

Aus Cecilys Notizen: Interview mit Galden Sonam Sherpa
12. September

Ohne die Sherpas gäbe es keinen Trekkingtourismus in Nepal. Punkt. In den Geschichtsbüchern des Alpinismus einst zu Nebendarstellern herabgewürdigt, spielen die stärksten Kletterer der Welt inzwischen die Hauptrolle.

Als »Sherpa« bezeichnet man genau genommen den Angehörigen einer ethnischen Gruppierung, die aus dem Solukhumbu stammt, einer von Tälern durchzogenen Himalaja-Region, allerdings hat sich der Begriff zum Synonym für Hochgebirgsträger und Bergführer entwickelt. Sämtliche Sherpas aus Charles' Team stammen aus o. g. Gegend, wurden handverlesen und persönlich zu seiner Expedition dazugebeten, genau wie die zahlenden Kunden. In unserem Team gibt es vier Sherpas: Mingma Lakpa, Dougs Geschäftspartner und Anführer der Sherpas, sowie Tenzing Kasang, Phemba Tenji und Galden Sonam. Der Tradition gemäß sind sie nach dem Wochentag ihrer Geburt oder nach Begriffen aus buddhistischen Schriften benannt.

Während das Volk der Sherpas weltweit für ihre besondere Leistungsfähigkeit im Hochgebirge gerühmt wird, tragen sie auch die größten Risiken und haben die größten Opfer erbracht. Jahr für Jahr bleiben Hunderte Familien ohne ihre Ernährer zurück, wenn wieder ein Sherpa ums Leben kommt, während er seiner Arbeit nachgeht. Das Geld, das sie indes in der zwei Monate anhaltenden Everest-Hochsaison verdienen können, verändert ihr Leben. Und daher kommen sie immer wieder zurück.

Galden, 24, stammt aus Tengboche und ist im Schatten des Sagarmatha – Nepali für Everest – zur Schule gegangen. In den ersten Wochen dieser Expedition ist er mir von allen besonders ans Herz gewachsen, auch weil er mich seit Anbeginn »Schwester« nennt und keine Stunde verstreicht, ohne dass er sicherstellt, dass ich etwas Warmes zu trinken bekomme. Er ist der Inbegriff von Ruhe und Überlegtheit und hat einen starken Sinn für Ehre und Gerechtigkeit.

Ich weiß genau: Solange er bei der Besteigung bei mir ist, bin ich in Sicherheit.

CECILY: Ich würde sehr gern von dir wissen, wie du zum Bergsteigen gekommen bist.

GALDEN: Das war reines Glück! Mein Onkel war Bergführer und hat mich quasi eingeführt, als ich noch ziemlich jung war. Mein erster Berg war der Lobuche Ost, und mit achtzehn habe ich den Everest bestiegen. Erst wenn man auf dem Gipfel des Everest steht, kann man von sich behaupten, dass man ein echter Hochgebirgsführer ist. Tenzing hat auch mit meinem Onkel zusammengearbeitet, insofern ist er ebenfalls eine Art Onkel für mich. Ein verdammt starker Mann am Berg!

CECILY: Dann war das ein echtes Familienunternehmen?

GALDEN: Mein Vater, mein Bruder und ich waren zusammengenommen mehr als vierzigmal am Everest und auf zahlreichen anderen Achttausendern.

CECILY: Unfassbar. Und jedes Mal geht ihr enorme Risiken ein. Wünschst du dir nicht manchmal, du würdest dein Geld anders verdienen?

GALDEN: Es ist die beste Art, meine Familie zu ernähren. Aber auch wenn das Hochgebirge immer beliebter wird und die Nachfrage steigt, ist es für jüngere Angehörige nicht leicht. Es gibt einfach zu viele, die sich »Sherpa« nennen und keine Erfahrung in den Bergen haben. Es ist wichtig für uns, dass der Ruf, den Nepal unter

Bergsteigern hat, von den Sichersten und Besten aufrechterhalten wird.

CECILY: Erzähl mal, was hältst du von den Leuten, mit denen du diese Berge besteigst? Von den Kunden, die von so weit herkommen und ein Vermögen bezahlen, um hier hochzusteigen?

GALDEN: Ein paar werden Teil der Familie. Zum Beispiel du, Didi.

CECILY: Ich fühle mich geehrt! Aber so sind doch bestimmt nicht alle ...

GALDEN: Wenn die Leute nicht herkämen, um auf den Berg zu gehen, hätten wir hier keine Arbeit mehr. Ich wäre nicht mehr in der Lage, meine Frau zu versorgen. Die Branche trägt zum Wirtschaftswachstum des Landes bei. Insofern bin ich für jeden dankbar, der kommt. Und wir tun unser Bestes, damit ihr hier sicher seid.

CECILY: Sehr diplomatisch formuliert. Aber es muss doch schwierig sein, die ganze Zeit über Kopf und Kragen zu riskieren?

GALDEN: Das habe ich mir genau so ausgesucht.

CECILY: Aber ...?

GALDEN: Manche Leute ... Manche kommen auf den Berg und begreifen nicht, wie gefährlich es hier ist. Wenn so etwas passiert, sind wir plötzlich alle gefährdet. In solchen Momenten bin ich weniger froh. Aber Doug lässt so etwas nicht zu. Deshalb bin ich dankbar, dass ich für ihn arbeite.

CECILY: Das ist gut zu hören. Du hast deine Frau erwähnt. Wie heißt sie?

GALDEN: Nima Doma. Wir erwarten ein Kind.

CECILY: Du liebe Güte, herzlichen Glückwunsch!

GALDEN: In so einem Lebensabschnitt nicht zu Hause zu sein ist natürlich schwer, aber nach diesem Gipfel, wenn die Saison erst vorbei ist, kann ich heimreisen und bei meinem Sohn oder bei meiner Tochter sein.

CECILY: Wie aufregend! Glaubst du, dein Kind wird auch einmal Achttausender besteigen?

GALDEN: Ganz ehrlich? Ich hoffe, das wird nicht nötig sein. Es ist einfach zu gefährlich. Ich hoffe, meine Kinder bekommen eine gute Ausbildung und werden erwachsen, ohne in meine Fußstapfen treten zu müssen.

CECILY: Ich drücke dir die Daumen, mein Freund. Und was hältst du von Charles' Mission und seinem Rekordversuch? Findest du nicht, es sollte eher ein Sherpa im Zentrum der weltweiten Aufmerksamkeit stehen?

GALDEN: Wir sind alle überglücklich für Dai Charles. Er ist ein fantastischer Bergsteiger. Es ist Teil unserer buddhistischen Kultur, uns für andere zu freuen. Mein jüngster Bruder will Mönch werden. Wir haben ein wunderschönes Kloster in Tengboche, in unserem Dorf. Das würde ich dir gern eines Tages zeigen.

CECILY: Das wäre toll. Meine Großmutter war auch Buddhistin.

GALDEN: Sie wäre stolz auf dich. Du bist eine begabte Bergsteigerin, Cecily. Und der Berg wird dich beschützen. Dafür beten wir.

Aus dem Essenszelt wehte lauter Beifall zu ihnen herüber. Mit dem Bauch voller Kartoffeln und heißem Tee fing Cecily an zu gähnen. Der Marsch nach Samagaun und der Rückweg, die Angst, die Ben ihr eingeflößt hatte, und die Aufregung angesichts von Charles' Ankunft forderten ihren Tribut.

»Komm, ich bringe dich zu deinem Zelt«, bot Galden an.

»Danke.« Ihr war tatsächlich leicht schwindlig, und sie war schrecklich müde.

Sie zog ihre Jacke an und nahm noch einen Becher Tee mit hinaus. Dann gingen sie schweigend nebeneinanderher durch das Schneetreiben.

»Darf ich dir noch eine Frage stellen?«

»Klar, Didi, was immer du willst.«

»Warum hat Doug Summit Extreme verlassen? Du warst dort doch auch Teil des Teams, oder? Ich kenne bislang nur einen Teil der Geschichte ... dass er dort jemanden geschlagen hat ...?«

Galden antwortete nicht gleich. »Das war die Herbst-Everest-Expedition. Er ist mit einem stinkreichen und ziemlich mächtigen Kunden aneinandergeraten. Da war dieser riesige, enorme Sérac, der auf die Piste zu stürzen drohte, und Doug meinte, er könnte uns deshalb nicht durch den Khumbu-Eisbruch bringen. Wir alle – die Sherpas – waren derselben Meinung. Wir hatten 2014 beim Einsturz eines Séracs so viele von uns verloren, dass wir das Risiko nicht noch mal eingehen wollten. Und dann wollte der Kerl uns dazu nötigen. Doug hat sich geweigert. Sie haben sich geprügelt.«

»Mein Gott ...«

»Daraufhin hat Summit Extreme ihn gefeuert.«

»War so eine Reaktion für Doug denn normal?«

»Ich hatte ihn nie zuvor so erlebt. Allerdings hatte er am selben Tag einen Anruf aus England bekommen, der ihn sehr mitgenommen hatte. Ich glaube, irgendwer aus der Familie hatte einen Unfall ...? Er hat es uns nie erzählt. Charles und Doug haben später erst mal eine Weile allein gearbeitet. Ich war froh, als ich hörte, dass Charles für den Manaslu eine ganze Mannschaft zusammenstellen wollte und ich wieder mit Doug zusammenarbeiten würde.«

Cecily nickte. »Dann hältst du große Stücke auf ihn.«

»Ja, natürlich! Es gibt keinen besseren Bergführer als Doug Manners. Er bringt dem Berg den allergrößten Respekt entgegen.«

35

In der Nacht wälzte sie sich hin und her. Ihr war eiskalt, nur ihr Kopf fühlte sich an, als stünde er in Flammen. Sie war komplett verspannt, ihr taten die Muskeln weh, ihr war leicht übel, und ihre Träume waren durch und durch düster. Immer wieder tauchte sie aus dem Dämmerschlaf auf, doch wann immer sie halb wach nach der Uhrzeit sah, waren es auf ihrer Uhr noch Stunden, bis die Sonne aufgehen würde.

In der Dunkelheit hörte sie ein Seil knarzen. Vor ihrem inneren Auge sah sie Irinas Leiche, die sich langsam vor der Wand aus Eis drehte. Und immerzu das disharmonische Pfeifen im Hintergrund …

Als sie zu guter Letzt richtig wach wurde, fühlte sie sich wie in einem Kokon. Sämtliche Geräusche waren gedämpft, und obwohl sie sich sicher war, dass die Sonne längst aufgegangen sein musste, sah das Licht, das durch die gelbe Zeltplane sickerte, gedimmt aus. Selbst die Luft fühlte sich schwerer an, als wäre Cecily in Watte gepackt, als wäre eine Decke über die Welt geworfen worden. Sie öffnete den Reißverschluss am Zelteingang.

Der Anblick raubte ihr schier den Atem.

Fast ein halber Meter Schnee war gefallen und lag wie ein weicher Teppich über dem Lager. Der Himmel hingegen war stechend blau. So klar war er seit ihrer Ankunft nicht gewesen.

In der Nähe entdeckte sie Galden und Mingma, die Zelt für Zelt abklapperten und den Schnee herunterschüttelten, der sich auf den Zeltdächern abgelagert hatte. Deshalb war ihr plötzlich so warm gewesen – sie hatte gewissermaßen unter einer zusätzlichen Isolierschicht geschlafen, unter einer schweren Decke aus Neuschnee.

Einer sehr schweren Decke. Wie einige der Zelte darunter durchhingen, sah beunruhigend aus. Dann tauchten erste weitere verschlafene Gesichter auf.

»Was macht ihr denn da?«, fragte sie Mingma, der sich zusammen mit den anderen an Zaks Zelt zu schaffen machte.

»Der Schnee wird zu schwer. Da ist in der Nacht einiges runtergekommen. Dawa beispielsweise ... hatte ein Problem, wenn du weißt, was ich meine.«

Sie neigte den Kopf zur Seite. »Was ist passiert?«

»Sein Zelt ist unter der Last eingestürzt.«

Ihr klappte die Kinnlade herunter. »O Gott! Gruselig! Geht es ihm gut?«

»Wir haben ihn gerade noch rechtzeitig herausgekriegt, aber es war knapp.«

»Zum Glück! Wow, ich hatte ja keine Ahnung, dass so etwas passieren kann.«

Mingma nickte und wandte sich dem nächsten Zelt zu.

Cecily war überrascht, wie sehr der Schnee die Atmosphäre im Basislager veränderte. Alles sah plötzlich so winterlich aus und so grell, dass ihr die Augen wehtaten. Sie griff nach ihrer

Sonnenbrille und zog die Kamera aus ihrer Daunenjacke. Die Schneedecke ringsum war immer noch jungfräulich und nicht von Fußabdrücken durchquert.

Sie machte sich auf den Weg in Richtung Küchenzelt, um den Schaden zu begutachten. Genau wie Mingma gesagt hatte, war das Zelt ihres Kochs zusammengebrochen, eine der Zeltstangen war in der Mitte geknickt, und die Metallenden ragten in die Luft. Ein paar Meter entfernt stand der Koch und rauchte.

»Alles in Ordnung, Dawa?«

»Schau dir an, was der Schnee angerichtet hat! Sie haben mich ausgraben müssen!«

»Bist du verletzt? Ich meine, abgesehen von ...« Sie zeigte auf seine Stirn, wo ein kleines Pflaster klebte. In seiner Augenbraue hingen immer noch ein paar Tropfen getrockneten Blutes. »Ich habe Verbandszeug in meinem Erste-Hilfe-Set, falls du die Wunde besser versorgen willst.«

Er fuhr sich mit der Hand darüber. »Nein, nein. Mir geht es gut. Willst du heißes Wasser?«

Diesmal war sie an der Reihe, den Kopf zu schütteln. »Vielleicht ruhe ich mich erst noch ein bisschen aus.« Sie warf einen Blick zurück auf das kaputte Zelt und erschauderte. Das hätte jedem von ihnen passieren können. Im Schlaf unter einem Schneeberg begraben oder von einer zerbrochenen Zeltstange aufgespießt zu werden war keine verlockende Vorstellung.

Anscheinend gab es viel mehr Arten, am Berg zu sterben, als sie sich je vorgestellt hatte.

Einschlafen würde nicht funktionieren, trotzdem legte sie sich in ihrem Zelt für eine Weile hin, auch wenn sie in ihrem

Schlafsack gar nicht mehr aufhören konnte zu zittern. Irgendwann ging es auf 8 Uhr zu, und ihr Magen fing an zu knurren.

»Verrücktes Wetter, was?«, fragte Zak, der im selben Moment aus seinem Zelt kroch und sich streckte. »Gehen wir frühstücken?«

Sie nickte. »Ich brauche Kaffee, und zwar jede Menge.«

Ein lautes Surren war über ihren Köpfen zu hören, und Grants Drohne flog über sie hinweg und machte Luftaufnahmen vom Basislager. Diesmal konnte sie sehen, dass er die Drohne steuerte, sodass der mittlerweile nur zu gut bekannte Schrecken ausblieb. Tatsächlich hatte sie so eine Ahnung, dass die Bilder spektakulär aussehen könnten. Dies war eindeutig eine tolle Szenerie für seinen Film.

Grant stand mit der Fernsteuerung in der Hand oben ohne da, hatte sich das Hemd um die Hüften geschlungen, sodass jeder seinen trainierten Oberkörper sehen konnte. Die Hosenbeine steckten in den Gamaschen seiner unverschnürten Expeditionsbergschuhe, die Laschen hingen vorne heraus. Cecily widerstand dem Impuls, die Augen zu verdrehen, und eilte stattdessen ins Essenszelt.

Die Überreste der spontanen Feier am Vorabend waren bereits beseitigt worden. Elise saß schon am Tisch, hatte das Kinn in die Hände gestützt und studierte gemeinsam mit Charles die Bergkarte. Sie fuhr die Route nach, die er nehmen wollte und die gleich neben den Fixseilen zu verlaufen schien, sie aber an keiner Stelle kreuzte.

Cecily hielt schnurstracks auf die Tütchen mit Instantkaffee zu. Sie hatte gerade erst welchen aufgelöst und löffelweise Milchpulver und Zucker hineingerührt, als Doug mit finsterer Miene das Zelt betrat.

»Sind alle hier?«

»Grant fehlt, der filmt noch«, antwortete Elise.

»Gut. Es gibt nämlich Neuigkeiten. Heute Vormittag ist es vielleicht noch sonnig, aber das schlechte Wetter weiter oben am Berg scheint dort hängen zu bleiben.« Er zeigte die Wettervorhersage auf seinem Handy herum. Schnee, Schnee und noch mehr Schnee. »Wir sitzen für ein paar Tage hier fest.«

Zak maulte, doch Dougs Vorhersage sollte sich als zutreffend erweisen. Noch während sie frühstückten, fing es erneut an zu schneien und hörte für den Rest des Tages nicht mehr auf.

Damit war auch jede Hoffnung auf WLAN zunichte. Cecily hatte zwei weitere Blogbeiträge verfasst und Interviews geführt, die sie hätte losschicken können, doch ohne Internetverbindung waren sie rein gar nichts wert.

Zak tippte trotzdem weiter auf seine Geräte ein und wechselte von seinem Tablet übers Smartphone zum Laptop. »Was bitte stimmt mit den Satelliten nicht? Ich habe seit Ewigkeiten kein Filmmaterial mehr hochladen können.«

»Die Verbindung bricht immer wieder ab ...«

»Bring das in Ordnung, Doug«, warf Charles ein. »Diese Leute müssen mit der Außenwelt Kontakt halten.« Er dehnte die Finger, sodass die Gelenke knacksten. »Hast du nicht gesagt«, wandte er sich an Elise, »Grant wäre draußen?« Als sie nickte, schlenderte er aus dem Zelt. Wenig später verschwand Doug ebenfalls.

»Junge, bin ich vielleicht froh, dass Charles endlich hier ist«, sagte Zak. »Jetzt geht endlich etwas voran.«

Cecily neigte den Kopf zur Seite. »Bist du bislang nicht zufrieden?«

»Soll das ein Witz sein? Kein Internet, keine Aussicht auf einen Gipfelsturm, und das Lager ist ausgeraubt worden. Doug hat es hier wirklich schleifen lassen. Ich bezahle gutes Geld, um hier zu sein, okay?«

Elise packte die Bergkarte weg und fing an, Spielkarten zu mischen. »Kann hier jemand *Arschloch* spielen?«

Cecily kannte das Kartenspiel nicht, doch die Regeln waren nicht schwer zu lernen. Es ging um Hierarchien und Zufall, und alle hatten es auf einen Verlierer abgesehen, der seine zwei besten Karten an den Gewinner abtreten musste. Das perfekte Spiel an einem Tag, an dem sie im Basislager festsaßen.

Auch Mingma und Galden spielten mit. Nach mehr als zwanzig Partien, in denen Zak überwiegend König war, fingen sie an, sich zu langweilen. Galden brachte Cecily bei, wie man Papierkraniche faltete, was er wiederum von seinen Nichten gelernt hatte.

»Du wirst mal ein toller Vater, Galden«, stellte sie fest.

»Danke, Didi.«

»Ich mag hier nicht mehr nur rumsitzen«, verkündete Zak irgendwann. »Ich gehe zum WLAN-Gipfel und schaue nach, ob das Signal wieder da ist. Kommt jemand mit?«

»Ich«, rief Cecily. Auch wenn es keine Internetverbindung gäbe, musste sie nach dem langen Vortagesmarsch die müden Muskeln dehnen.

Gemeinsam folgten sie dem Pfad in Richtung Summit-Extreme-Lager.

Unterwegs tippte Zak sie an. »Hey, ich hab mir was überlegt … Ich habe in Lager zwei ein paar Fotos geschossen. In Ultra-HD-Auflösung, was besser sein dürfte als das, was deine

Digitalkamera schafft. Dein Auftraggeber darf gern ein paar Fotos zusammen mit deinem Blog veröffentlichen, wenn du mich und TalkForward als Urheber angibst.«

»Das würden sie sicher machen! Und was sage ich ihnen, wie sie darankommen?«

»Ich schicke dir den Link. Das Passwort ist der Name meines Lieblingsberges: Rainier. Ich würde dir ja eine eigene Kamera in die Hand drücken, aber ich habe nur zwei mitgebracht, und die andere habe ich Elise gegeben.«

»Kein Thema. Ich bin auch nicht neidisch. Ich habe sowieso nicht den besten Blick für Fotos.«

»Aber ein Näschen für gute Storys.«

Sie schnaubte. »Womöglich.«

»Zumindest gab es schon einiges, worüber du schreiben konntest.«

»War das so offensichtlich?«

»Ich frage mich ja, was die Lamas bei der Puja dem Berg erzählt haben«, fuhr er fort. »Wahrscheinlich so was in der Art wie: ›Mach, dass diese Idioten umkehren und ohne Gipfelsieg heimreisen müssen.‹ Vielleicht hat Doug ihnen nicht genug für einen anständigen Segen bezahlt.«

Sie fröstelte und zog ihren Kragen enger ums Kinn.

»Ganz schön viel Schnee, was?«, plauderte er weiter. »Ich frage mich ja, wie das unsere Pläne beeinflusst.«

»Ist das hier überhaupt der Weg zu Summit Extreme?«, fragte sie unvermittelt.

Es schneite inzwischen wesentlich stärker. So stellte sie sich einen Schneesturm vor. Und mit einem Mal machte sich Angst in ihr breit. Sie waren ein gutes Stück vom Lager weggelaufen, und als sie sich jetzt umsah, hätte sie nicht mehr sagen können, aus welcher Richtung sie gekommen waren. Zak hatte einen stoisch konzentrierten Gesichtsausdruck aufgelegt, und trotzdem war sie kein bisschen überzeugt davon, dass er den Weg noch kannte. Ihre Fußabdrücke waren im Nu verweht und von frisch gefallenem Schnee verdeckt. Um sie herum waren Wolken heraufgezogen, sodass es fast wirkte, als wären sie komplett von der Außenwelt abgeschnitten.

Sie machte einen Schritt auf Zak zu und packte ihn am Ärmel. Er streckte leicht den Rücken durch, doch sein Blick huschte hierhin und dorthin, als er versuchte, die richtige Richtung auszumachen. »Da lang«, sagte er dann. Sie machten ein paar vorsichtige Schritte, und Cecily schlitterte über den felsigen Grund.

Plötzlich war von hinten ein schwerer Stiefelschritt zu hören. Sie kreiselten umeinander herum, doch durch den Wolkennebel und Schnee konnten beide nichts sehen. »Wer ist da?«, rief Zak.

Keine Antwort.

Dann wieder Schritte – und das Kippeln eines Felsbrockens ganz in der Nähe. Ihr stellten sich die Nackenhaare auf, und sie spitzte die Ohren. Trotzdem hätte sie nicht mehr sagen können, aus welcher Richtung die Schritte gekommen waren.

Sie war von Kopf bis Fuß angespannt, ihr Mund knochentrocken, und am liebsten wäre sie losgerannt ...

Dann teilten sich die Nebelschwaden, und der Summit-Extreme-Bergführer trat aus dem Grau heraus.

Cecily atmete auf. Ein bekanntes Gesicht.

Doch das mulmige Gefühl verzog sich nicht.

»Was macht ihr hier?«, fragte Dario.

»Wir wollten das WLAN checken ... aber in dieser Suppe gibt es wahrscheinlich sowieso kein Netz.« Sie lachte nervös, und nur langsam legte sich die Anspannung.

Er schüttelte den Kopf. »Kein Netz, nein. Wir haben schon versucht, einen Techniker herzubeordern. Keiner weiß, was da los ist. Ihr beide seid ganz schön vom Weg abgekommen. Trinkt einen Tee bei mir und sitzt den Schneefall aus.«

Dario ging los in Richtung seines Lagers. Sie wechselte einen Blick mit Zak, der mit den Schultern zuckte und den Fußspuren des Summit-Extreme-Bergführers folgte. Cecily joggte in ein paar Schritten Abstand hinter ihnen her, um den Anschluss nicht zu verlieren.

»Hat vielleicht jemand an der Antenne gespielt?«, wollte Zak wissen. Als Dario den Kopf schüttelte, fuhr er fort: »Ich hab nachgedacht, und eine Erklärung könnte ein Störsender sein. So etwas kriegt man heutzutage für etwa dreißig Dollar im Internet.«

Dario schnalzte mit der Zunge. »Und wie würde so ein Störsender aussehen?«

»Kommt darauf an ... Im Grunde wie eine kleine schwarze Kiste mit einer Menge Antennen.«

»Wir haben nichts dergleichen gefunden. Aber ich halte die Augen offen. Hier am Berg ist jeder auf Kommunikation angewiesen. Warum sollte also irgendwer so etwas machen? Ich verstehe ehrlich gesagt nicht, worauf du hinauswillst.«

»Ich wünschte mir wirklich, ich könnte einen meiner Leute herholen. Die hätten das in null Komma nichts behoben. Möglicherweise hat dieser Ben einen Störsender installiert, um euch daran zu hindern, die Polizei zu rufen. Vielleicht so was in der Art?«

Darios Schultern schienen sich zu verspannen, sobald Bens Name fiel.

Cecily beschleunigte, um zu ihm aufzuschließen. »Kann ich dich etwas fragen? Ich weiß, du glaubst, Ben hat gelogen, aber ihr habt beide die Umstände von Irinas Tod infrage gestellt. Was hast du damit gemeint, als du gesagt hast, es seien verdächtige Umstände gewesen?«

Dario blieb wie angewurzelt stehen und starrte ihr ins Gesicht. »Irina war eine sehr erfahrene Bergsteigerin. Sehr erfahrene Bergsteigerinnen schlingen sich beim Abstieg kein Seil um den Hals. Nicht mal, wenn sie abrutschen oder abstürzen.«

»Moment. Was?«, ging Zak dazwischen. »Ich dachte, ihr Tod war ein Unfall?«

»Was also ist da passiert, Dario?«, hakte Cecily nach. »Was glaubst du?«

Dario schlüpfte ins Summit-Extreme-Essenszelt, fing an, Tee zu kochen, und löffelte bergeweise Zucker in seinen Becher. »Ich bin mir nicht sicher. Bis mein Team an der Hängewand ankam, waren da überall Fußspuren ... Da hätte man unmöglich sagen können, was genau vorgefallen ist oder ob jemand im entscheidenden Moment bei Irina war. Ich habe einen der Köche der russischen Expedition befragt, und der meinte, er habe nur eine Person gesehen, die früh am Morgen vom Berg runtergekommen sei. Aber aus welchem Team diese Person stammte, konnte er nicht sagen.«

»Das muss Ben gewesen sein.«

»Woher willst du das wissen?«

Cecily schluckte. Ihr Mund war erneut wie ausgetrocknet. »Ich bin ihm gestern nachgelaufen, um mit ihm zu sprechen, bevor er ausgeflogen wurde. Er hat erzählt, dass er abseits des Lagers gezeltet hat. Vor einer Woche oder so habe ich dort ein einzelnes Zelt entdeckt, hinter unserem Basislager. Es schien zu keinem der Teams am Berg zu gehören. Auch Doug wusste nicht, wem es gehören könnte.«

»Herrgott, Cecily! Das erzählst du erst jetzt?«, fragte Zak.

»Und Doug hat das Zelt gesehen?«, hakte Dario nach.

»Nein. Als wir am nächsten Morgen hingegangen sind, war es verschwunden.«

»Wie sah es aus?«

»Es war rot ... mit dunkleren Akzentstreifen. Und klein. Viel kleiner als unsere Zelte im Basislager.«

»Scheiße.« Dario biss die Zähne zusammen. »Dann ist es garantiert eins von unseren ... oder besser: *war.* Als wir zuletzt durchgezählt haben, hat eins unserer Höhenzelte gefehlt. Dorje, der Leiter meines Basislagers, dachte noch, wir hätten uns verzählt. Ben muss es gestohlen haben.«

»Ein Albtraum«, sagte Zak.

»Und jetzt ist mein Team dank dieses Wetters unruhiger denn je. Sieht aus, als könnten wir hier für Wochen festsitzen ... oder noch länger. Dann wäre in diesem Jahr gar kein Gipfelvorstoß mehr möglich.«

»Was?« Cecilys Herz schlug wie wild. »Warum denn nicht? Warum können wir nicht einfach warten, bis sich ein Fenster auftut?«

»Im Oktober wird es hier zu kalt und instabil, da ist es nicht mehr sicher, Kunden nach oben zu bringen.«

»So bald schon? Und was ist mit Charles' Mission?«

»Der kann bleiben, solange er will. Vielleicht wäre das sogar am besten. Glaub mir, ich finde wirklich, Charles sollte am Berg besser allein sein.«

»Was soll das heißen?«

Er seufzte. »Es gibt Arroganz, es gibt große Egos – und es gibt Charles McVeigh.«

Cecily erschauderte. Dass jemand ihre Verbindung zur Außenwelt vorsätzlich torpedieren könnte, war Cecily bei allem Grauen gar nicht in den Sinn gekommen. Doch Dario hatte nicht sehr überrascht gewirkt. Und wann immer sie mit ihm sprach, schien er neue Zweifel hinsichtlich Charles zu säen.

»Ich muss mit meinem Team sprechen«, teilte Dario ihnen mit. »Bleibt gern noch hier und trinkt euren Tee. Findet ihr den Rückweg allein?«

»Klar«, sagte Zak.

Cecily sah zu, wie Dario seinen Becher beiseitestellte und die Hände zu Fäusten ballte. Er wirkte von Kopf bis Fuß angespannt.

Und als er durch den Zelteingang huschte, machte er ein Geräusch, das ihr durch Mark und Bein ging.

Er pfiff.

Aus Cecilys Expeditionsbericht *»Fourteen clean«*
18. September
Manaslu-Basislager
4800 m

Nach gefühlten Wochen inmitten düsterer Wolken und starkem Schneefall (auch wenn es tatsächlich nur fünf Tage waren) sind wir heute Morgen zu einer willkommenen Überraschung aufgewacht: strahlender Sonnenschein und blauer Himmel. Endlich! Als ich nach draußen krabbelte, schien auch die komplette restliche Basislager-Belegschaft besonders früh aufgestanden zu sein, um den Anblick auf sich wirken zu lassen.

Dabei wird »blauer Himmel« dem Anblick nicht ansatzweise gerecht. Hier oben ist die Luft dünner und transparenter, sodass man allen Ernstes das Weltall dahinter erahnen kann. Der Himmel ist dunkler, satter, viel intensiver blau als auf Meereshöhe. Dahinter steckt – im Fachjargon – die sogenannte Rayleigh-Streuung.

Und ich? Bin sprachlos.

Der Wetterumschwung ist für uns Bergsteiger auch eine gute Nachricht, weil er bedeutet, dass wir jetzt jeden Moment zum Gipfel aufbrechen können.

Mir schwirrt der Kopf. Auch wenn ich mich nach der Akklimatisierung und den Ruhetagen körperlich fitter fühle, bin ich im Kopf immer noch nicht sortiert. Ständig muss ich an die Gefahren denken, die uns bei der bevorstehenden Aufgabe drohen. Obwohl der Berg heiter-gelassen aussieht, wie er so vor dem blauen Himmel aufragt, weiß ich zu viel über ihn, um entspannt zu sein. Anders als bei anderen Bergen gibt es am Manaslu keinen sicheren Schlafplatz.

Ich muss immer wieder an 2012 denken, eins der tödlichsten

Jahre am Manaslu. Oberhalb von Lager drei war ein gewaltiger Sérac aus dem Eisbruch geborsten, hatte eine Lawine ausgelöst, die über die Zelte der schlafenden Bergsteiger hinwegrollte und elf von ihnen das Leben kostete. Dies ist auch der Grund, warum der Manaslu von allen großen Gipfeln eine der höchsten Todesraten hat.

Und leider mussten wir es in der vergangenen Woche selbst mitansehen. Eine Bergsteigerin starb während unserer Akklimatisierungstour, die zweite Tragödie im Lauf dieser Expedition. Ihr Name war Irina Popova, und sie war Teil des Elbrus-Elite-Teams. Meine Gedanken und mein Mitgefühl gelten ihren Freunden und ihrer Familie in Nepal, London, Russland und der ganzen Welt.

Möge sie in Frieden ruhen.

Ich schreibe diese Zeilen nicht, um mir selbst Angst zu machen, um meine Freunde und meine Familie aufzuschrecken oder Ausflüchte zu suchen. Doch im Lauf der letzten Wochen habe ich immer häufiger darüber nachgedacht, warum wir es mit diesen Gipfeln aufnehmen. Geht es wirklich nur darum, einen bestimmten Gipfel bezwungen zu haben? Ist das der einzige Grund, für den sich die mühsame Reise am Ende lohnt? Die Antwort ist: natürlich nicht. All denjenigen, die jetzt denken: »Bla bla. Selbstverständlich wäre sie tief enttäuscht, wenn sie es nicht schafft!«, kann ich nur versichern: Bevor ich hergekommen bin, wäre es vermutlich genau so gewesen. Aber hier zu sein verändert etwas. Jeder Augenblick, den ich auf diesem Berg verbringe, jeder Schritt, den ich gehe, fühlt sich an wie ein Sieg. Ein enormer Sieg. Jeder neuerliche Tag treibt mich über meine Grenzen hinaus – physisch, mental und emotional. Und ich bin noch nicht am Ziel.

Was noch dazukommt: Alle anderen Teilnehmer sind erfahrener und trainierter. Es fühlt sich an, als würde ich für jeden meiner Schritte ein winziges bisschen länger brauchen als andere. Trotzdem gehe ich weiter vorwärts. Wenn ich es also nicht bis auf den Gipfel schaffen sollte, Leute, braucht ihr kein Mitleid mit mir zu haben. Ich habe schon jetzt mehr erreicht, als ich je für möglich gehalten hätte.

36

Sie klappte den Laptop zu, lehnte sich zurück, schloss die Augen und nahm sich einen kurzen Moment Zeit, die warme Sonne auf ihrem Gesicht zu genießen. Ihre Blogbeiträge zu schreiben und ihre Gefühle festzuhalten war regelrecht therapeutisch, allerdings wünschte sie sich auch, sie wäre tatsächlich so optimistisch und entspannt, wie sie auf ihre Leser wirken wollte.

In ihren Text war nur ein Hauch der Zweifel und Ängste eingeflossen, die sie insgeheim hatte. Nach dem Erlebnis bei Summit Extreme einige Tage zuvor war sie immer noch aufgewühlt. Sie hatte nur darauf gewartet, dass Dario die Tonfolge pfeifen würde, doch dann hatte Zak angefangen zu plaudern, und das Geräusch vor dem Zelt war vom Nebel verschluckt worden.

Und trotz allem hatte sie immer noch nicht die Möglichkeit gehabt, ihre Texte an Michelle zu schicken. Sie wusste, dass sie in der Tinte steckte. Sie musste jetzt wirklich sicherstellen, dass sie einen Artikel lieferte, der dies alles wettmachte.

»Team? Essenszelt!«, rief Doug, und sofort hatte sie ein

flaues Gefühl im Bauch. Unter Garantie würde er jetzt *die* Ankündigung machen: die eine, auf die sie alle gewartet hatten.

Nach einem Nickerchen in der Sonne taumelte Zak sichtlich angeschlagen durch den Eingang des Essenszelts, und er war nicht der Einzige. Auch die anderen schienen vom guten Wetter schläfrig zu sein.

Die Sherpas hatten sich bereits im Zelt versammelt und standen an der Rückwand.

»Na, was wird das hier?«, fragte Grant. Er nahm einen Schluck aus einem Blechbecher und legte die Füße auf den Tisch. Seit Irina gestorben und seine Ausrüstung zerstört worden war, war seine Laune umgeschlagen. Die langen Schneetage hatten jedes Training unmöglich gemacht, er hatte sich immer weniger an Kartenspielen und Gesprächen beteiligt und in einem fort finster und grüblerisch dreingeblickt. Bei Charles' Ankunft hatte er sich zwar einen Ruck gegeben, und wann immer er die Möglichkeit gehabt hatte, hatte er rings um das Basislager Filmaufnahmen gemacht. Doch ansonsten schien ihm die Laune verhagelt zu sein.

Als Nächstes tauchte Elise auf und nickte zum Takt der Musik aus ihren Kopfhörern. Ihr schien die lange Verzögerung rein gar nichts ausgemacht zu haben.

Zu guter Letzt tauchten Doug und Charles auf. Doug stützte sich auf eine Stuhllehne, während Charles sich mit verschränkten Armen an den Rand stellte.

Doug räusperte sich. »So, dann ist jetzt also der Zeitpunkt gekommen. Der jüngsten Wettervorhersage zufolge haben wir ein Fenster von zwei Tagen, dann schlägt das Wetter wieder um. Morgen ist also Gipfelvorstoß.«

Es wurde gejohlt und applaudiert. Charles lächelte – so

entspannt hatte Cecily ihn noch nie gesehen –, und auch die Sherpas hinter ihm klatschten. Doug hingegen sah immer noch düster aus.

Und sie selbst ebenfalls.

Hierfür lebten diese Bergleute. Für die Vorfreude, die Gewissheit, dass sich das harte Training und das lange Warten endlich auszahlen würden, dass alles, was sie sich zurechtgelegt, geplant und vorbereitet hatten, schlussendlich auf die Probe gestellt würde. In den kommenden Tagen würden sie entweder ihr Ziel erreichen … oder aber scheitern.

Während sie selbst immer noch Irinas Leiche vor sich sah. Die Gefahr fühlte sich an, als wäre sie zum Greifen nah.

Mingma trat einen Schritt vor. »Jeder von euch bekommt einen Climbing Sherpa an die Seite gestellt, und ihr steigt gemeinsam hoch. Er trägt den Flaschensauerstoff, außer natürlich für dich, Elise. Unsere Sherpas sind alle routinierte Bergsteiger und haben eine Menge Erfahrung, eine Menge Achttausender-Besteigungen. Ihr seid also in den besten Händen. Wir haben Proviant für den Aufstieg vorbereitet. Seht ihn durch und stellt sicher, dass ihr genug dabeihabt: mindestens drei Frühstücks-, drei Mittags- und drei Abendportionen. Zak, du gehst mit Tenzing. Elise mit Phemba. Grant, du kommst mit mir. Und Cecily, du gehst mit Galden.«

Sie fing Galdens Blick auf und lächelte ihn an. Das waren gute Nachrichten. Galden war jung und kräftig, ernsthafter als Phemba, aber jugendlicher und dynamischer als Tenzing. Er musste sich nicht wie Mingma den Kopf über Führungsaufgaben zerbrechen. Außerdem hatten sie beide sich angefreundet.

Grant rutschte auf seinem Stuhl herum und nahm bereits

die Taschen mit den Trockenlebensmitteln ins Visier, doch Doug gebot ihm mit erhobener Hand Einhalt.

»Moment, bitte. Es gibt noch ein paar andere Dinge zu besprechen. Übt den Umgang mit der Sauerstoffmaske, damit ihr die Handgriffe kennt, bevor wir aufbrechen. Es gilt auch weiter Regel Nummer eins: Mein Wort ist am Berg Gesetz. Wenn ich euch sage, ihr sollt umkehren, dann kehrt ihr um. Keine Diskussionen. Es ist mir egal, ob ihr in Lager drei oder nur noch einen Schritt vom Gipfel entfernt seid. Verstanden?«

Cecily und Elise murmelten eine Antwort, und Doug wandte sich an die beiden, die nichts gesagt hatten. Sie stupste Zak in die Rippen. Er bedachte sie mit einem genervten Blick, sagte dann aber: »Jaja.«

»Und du, Grant? Hast du das verstanden? Das hier ist kein Scherz.«

»Du wirst mich nicht zurückschicken müssen, insofern spielt es doch keine Rolle.«

Doug wollte schon dagegenhalten, als Grant mit beiden Händen abwinkte.

»Ich hab's kapiert.«

»Gut. Nummer zwei in der Hierarchie ist euer Sherpa. Wenn er etwas sagt, dann hört ihr ihm zu. Den Gipfel zu erreichen ist eine Riesenleistung, aber da ist der Berg noch nicht abgehakt. Oberste Priorität ist, euch auch lebend von dort runterzukriegen.«

»Dann bin ich jetzt dran.« Charles schlenderte auf das Tischende zu, und alle konzentrierten sich auf ihn. Er sah sie nacheinander an. Als er bei Cecily ankam, setzte sie sich kerzengerade auf. Lächelnd nickte er ihr zu. »Jetzt gilt's, Team. Wir steigen zusammen dort rauf, den ganzen Weg bis zum

Gipfel. Darauf habt ihr alle gewartet. Aber macht euch nichts vor, Bergsteigen ist mehr, als nur einen Fuß vor den anderen zu setzen. Ihr müsst auch daran *glauben,* dass ihr mehr schaffen könnt.« Er legte eine Pause ein. »Ich habe das nie jemandem erzählt, aber ich hätte bei meinem ersten Everest-Gipfelsturm um ein Haar aufgegeben. Es war viel härter, als ich es mir vorgestellt hatte. Und ich rede jetzt nicht von den technischen Schwierigkeiten. Da hatte ich schon Schlimmeres erlebt. Nein, es geht um den Kopf. Einen Achttausender zu besteigen ist anders als alles andere. Ich weiß das noch, als wäre es gestern gewesen. Ich habe unterhalb des einstigen Hillary Step auf den Knien gekauert. Es war immer noch dunkel, die Sonne war noch nicht aufgegangen. An den Seilen sind die Leute über mich hinweggestiegen. Mal ehrlich: Ich glaube, die haben mich da schon für tot gehalten. Ich wusste – ganz objektiv –, dass ich nicht mehr zu retten wäre, wenn ich mich nicht schleunigst bewegen würde. Ich hatte mir keinen Climbing Sherpa geleistet, ich hatte keine anständige Versicherung – nicht dass eine Versicherung in der Todeszone noch irgendetwas bedeuten würde. Aber so ein Gefühl hatte ich wirklich noch nie gehabt. Diese Leere. Die Gleichgültigkeit, was mein Leben anging. Doch im selben Moment, als ich schon glaubte, das war's, stieg die Sonne über den Horizont. Ich hatte Licht im Gesicht. Wärme breitete sich in meinen Fingern aus, mein Blick klarte auf, und schlagartig war mir bewusst, dass es dort draußen noch einiges gab, wofür es sich zu leben lohnte. Ich hatte mein Lebtag damit verbracht, auf Berge zu gucken und mich zu fragen, wie es dort oben wohl wäre. Wenn ich nur noch ein paar mehr Schritte gehen könnte, würde ich endlich wissen, wie es sich anfühlt, wenn über einem nichts anderes mehr existiert. Wenn man höher nicht mehr kommen kann. Wie es ist, auf dem höchsten Punkt der Welt zu stehen. Was für ein Privileg! Ich habe mich also zusammengerissen und es bis auf den Gipfel geschafft. Und im selben Moment wusste ich, wer ich war. Der Berg hat mir die Gewissheit beschert. Und genau das macht die Achttausender so besonders. Es sind die Zinnen der Welt, und dort hinaufzusteigen stellt euch auf die Probe. Es fordert euch dazu heraus, das Beste zu geben, was in euch steckt. Gebt also alles, was ihr habt, für diese Möglichkeit, diesen Moment, diesen Berg. Denn wenn ihr es tut, glaubt mir, dann wird dieses Opfer mit dem unfassbarsten Geschenk überhaupt belohnt, das euch auch keiner mehr nehmen kann: mit dem Wissen, wer ihr wirklich seid. Genießt es. Und erobert euch euren Platz in den Geschichtsbüchern, inmitten all der tapfersten Menschen der Welt.«

37

Nach dem Abendessen verzogen die anderen sich in ihre Zelte, um zu packen. Cecily war klar, dass sie es ihnen gleichtun sollte. Trotzdem blieb sie sitzen und nippte an ihrem Tee mit Zitrone.

Charles' Motivationsrede hatte sie gleichermaßen begeistert und in Angst und Schrecken versetzt. Sie ahnte, warum Charles auf dem besten Wege war, zur Legende zu werden: Sein Wille und seine Entschlossenheit hatten fast schon etwas Übernatürliches – und das wollte sie in sich aufsaugen.

Nur *wusste* sie nicht, wer sie wirklich war. Oder ob sie die Fähigkeiten tatsächlich hatte. Und sie konnte nichts dagegen tun. Die Paranoia saß immer noch tief, und ihr Bauch rumorte vor Angst wie ein wildes Tier. Sie wollte nicht, dass die Angst aufbrüllte und ihre Zähne zeigte. Da würde sie zu einem zitternden Wrack verkümmern und wäre nicht mehr in der Lage, sich zu rühren. Wie am Snowdon. Sie hatte es bislang erfolgreich von sich weghalten können, doch sie spürte, wie es bereits auf seine Gelegenheit lauerte.

»Alles in Ordnung, *chérie?*« Elise war ins Essenszelt zurückgekehrt und breitete die Arme aus. Cecily ließ sich in Elises Arme sinken und spürte die Kraft in deren Körper, als sie sie fest an sich drückte.

»Ich … Ich bin mir nicht sicher, ob ich bereit bin«, erwiderte Cecily. Wenn sie jetzt anfinge, über Mörder und Verschwörungstheorien zu reden, würde Elise glauben, sie hätte den Verstand verloren.

»Du hast alles getan, was du konntest. Jetzt liegt es nur noch am Berg.«

»Der Berg war bislang nicht sehr gut zu uns. Es ist schon so viel passiert … Es ist schon so viel schiefgegangen!«

»So darfst du nicht denken. In den nächsten paar Tagen muss einfach alles gut gehen. Dann sind wir zurück in Kathmandu, und dort gönnen wir beide uns eine wohlverdiente Massage.«

»Meinst du wirklich?«

»Klar! Ich bin echt froh, dass ich dich hier getroffen habe, Cecily. Du bist ein guter Mensch. Eine gute Freundin.«

»Ich bin auch froh, dass ich dich kennengelernt habe. Du bist meine Stütze hier am Berg!«

Sie nahmen sich abermals in die Arme, und Cecily seufzte. Sie musste sich endlich zusammenreißen. Als sie zu guter Letzt ihren Mut zusammennahm und nach draußen trat, erwartete sie eine Überraschung: ein unendlich weiter, klarer Himmel voller Sterne.

Sie machte ein paar Schritte vom Wassertank weg, an dem sie sich die Zähne putzten, und steuerte eine Stelle an, die weit genug von den Lichtern des Lagers entfernt war, sodass sie den Nachthimmel wahrhaft bestaunen konnte. Sie hatte im Leben nur selten gebetet, allerdings hatte sie sich in ihrem Leben auch tunlichst von Gefahren ferngehalten. Sie war drauf und dran, ihr Leben allein dem Berg und ihren Füßen anzuvertrauen. Also schickte sie ein Gebet an jeden Gott, der ihr dort draußen zuhören mochte, an jede Gottheit, jeden Vorfahr, jede Sternschnuppe, die ihr möglicherweise auf dieser Reise behilflich sein konnte.

Bitte hilf, dass ich es auf den Gipfel schaffe.

Bitte hilf, dass ich es wieder nach unten schaffe.

Wochenlang war sie hin- und hergerissen gewesen und hatte dieses ganz bestimmte Gefühl hinter den Schläfen gehabt – eine Verwirrtheit, ein Schwanken zwischen Furcht und Entschlossenheit, zwischen Verängstigung und Couragiertheit, zwischen dem Wunsch zu bleiben und dem Bedürfnis, sofort von hier zu verschwinden. Doch in diesem Moment fühlte sie sich, als wäre sie zur Ruhe gekommen. Sie gehörte in dieses Team, und sie blieb um Alains und Irinas willen. Wenn die beiden bei tragischen Unfällen gestorben waren, dann hätten sie nicht gewollt, dass Cecily den Aufstieg ihretwegen abbrach. Aber was, wenn jemand sie umgebracht hatte? Tja. Sie schien die Einzige an diesem Berg zu sein, die auf diese Frage eine Antwort wollte. Da *konnte* sie doch nicht gehen.

Sie musste sich überdies eingestehen, dass der Ehrgeiz sie gepackt hatte. Sie spürte, wie er seine Klauen um ihr Herz gelegt hatte. Nicht nur um des Gipfels willen, auch wenn sie ahnte, wie enttäuscht sie wäre, wenn sie es nicht bis hinauf schaffen würde, und wie überglücklich und stolz auf ihre Leistung, sofern sie es schaffte. Doch auch um der Story wegen, der wahren Geschichte dieses Berges, die sie noch immer nicht recht erfassen konnte, obwohl sie spürte, dass die Wahrheit in greifbarer Nähe war.

Sie sah zum Himmel und entdeckte das Sternbild Orion fast senkrecht über dem Gipfel. In diesem Augenblick wusste sie, dass sie es wagen würde.

Sie würde einen Weg beschreiten, den weder Irina noch Alain je wieder gehen würde. Doch sie musste es tun, für die beiden.

Der Wind peitschte um sie herum, fuhr ihr in den Kragen, in die Ärmel, unter den Saum an der Hüfte und jagte ihr eine Gänsehaut über den Rücken. Sie schob die Hände tief in die Taschen und eilte zurück in den Schutz ihres Zeltes. Ihre Ängste lauerten immer noch dicht hinter ihr, auch wenn sie versuchte, sich einzureden, dass sie hier sicher war.

Sie kroch in ihren Schlafsack. Wenn sie sich das nächste Mal hier schlafen legte, wäre sie ihre entscheidenden Schritte am Berg gegangen. Besser, sie schlief diese Nacht gut, solange sie konnte ... *sofern* sie konnte.

Manaslu. Ich komme.

Entwurf 3
Immer mehr verdächtige Todesfälle an den Achttausendern
Von Cecily Wong

Trotz eines verheerenden Lawinenabgangs, der elf Menschen das Leben kostete, beschlossen 2012 mehr als fünfzig Bergsteiger, am Manaslu zu bleiben und den Gipfel zu erklimmen. Viele von ihnen schafften es. Der Tod – selbst wenn er zahlreich kommt – ist im Alpinismus ein Risiko, das hingenommen wird. *Keep calm and carry on* gilt auch hier als bevorzugte Devise. Aber sollte es wirklich so sein?

Irina Popova mag als Miss Russia auf der Bühne gestrahlt haben, doch nur in den Bergen fühlte sie sich zu Hause. Sie meisterte die Schneeleoparden-Gipfel – alle fünf Siebentausender der früheren Sowjetunion – vor ihrem dreißigsten Geburtstag und bestieg 2014 mit dem Makalu ihren ersten Achttausender. Auf dem Gipfel verteilte sie Gummibärchen an ihre erschöpften Gefährten.

Alain Flaubert war in seiner Heimatstadt Chamonix, wo es von erfahrenen Bergsteigern nur so wimmelt, ein hoch angesehener Bergführer. Er hat in den entlegeneren Gebieten des Karakorum diverse Erstbesteigungen unternommen und war stets auf der Suche nach neuen Herausforderungen. Er liebte es, wild schwimmen zu gehen, liebte das Leben in der Natur, und sein Traum war es, für einen Freund, der am Everest gestorben war, eine Flagge auf den Gipfel zu bringen.

Keinem der beiden mangelte es an Erfahrung für eine Herausforderung wie den Manaslu. Trotzdem ließen beide noch in den Ausläufern des Berges ihr Leben. Weil die Gefahr toleriert wird, weil über Fragen hinweggehört wird. Beweise werden unter den Teppich gekehrt, schuld ist stets das schwierige Gelände. Es kommt nie zu Ermittlungen.

Könnte der Umstand, dass ein gewisses Risiko als akzeptabel gilt, dazu führen, dass ein Mord unbemerkt bliebe? Wenn Recht und Gesetz nicht durchgesetzt werden, wird der Berg zum gesetzlosen Raum. Könnte er so auch zum perfekten Schauplatz für einen Mord werden?

38

Sie hörte auf zu tippen und kniff die Augen zu. Ihr war gar nicht klar gewesen, wie spät es inzwischen geworden war, und sie musste schlafen. Die Wörter hatten an ihr genagt und sie den ganzen Abend über nicht in Ruhe gelassen. Erst als sie sie niedergeschrieben hatte, erkannte sie selbst, wie paranoid sie klang. *Der perfekte Schauplatz für einen Mord?* Sie hatte nicht den geringsten Beweis dafür.

Nur die Aussage eines Mannes, den die Höhenkrankheit heimgesucht hatte, ihr Bauchgefühl und den Kloß im Hals – und das Bild der im Seil verhedderten Irina auf der Netzhaut.

Wenn ihr Bauch aber recht hätte, dann würde sie weiter recherchieren, sobald sie vom Gipfel zurück wäre. Fürs Erste musste sie sich auf die Aufgabe konzentrieren, die jetzt kurz bevorstand.

Tief, tief, hoch, tief.

Nein!

Da war es wieder, das Pfeifen, begleitet von schweren Schritten. Ben konnte es nicht sein, der war mittlerweile in Kathmandu. War das Dario? Grant? Oder jemand anderes, den sie noch nicht in Betracht gezogen hatte?

Der Pfeifer umrundete ihr Zelt, beschrieb einen Bogen ...

Sie packte den Saum ihres Schlafsacks und presste ihn sich unters Kinn. Kalter Schweiß lief ihr über den Rücken, und sie legte die Ellbogen an, machte sich in ihrem Daunenkokon ganz klein.

Das Pfeifen verklang, war nicht mehr zu hören. Trotzdem wollten ihre Schultern sich nicht entspannen.

Dann fiel ein Schatten über den Zelteingang, sodass es sich drinnen umso schwärzer anfühlte.

Sie hielt es nicht länger aus. Sie schob ihren Laptop in die Ecke, zog ihre Schuhe an und schnappte sich die Stirnlampe aus der Seitentasche des Zelts.

»Lass mich in Ruhe!«, schrie sie, riss im selben Moment den Zelteingang auf und sprang nach draußen in die Dunkelheit.

Vor ihr stand jemand. Ein nach vorn gebeugter Mann.

»Ist das hier gar nicht mein Zelt?«

Es war Grant. Er machte einen schlurfenden Schritt auf sie zu.

»Du brauchst anscheinend Hilfe.« Sie wich ihm aus. »Dein Zelt ist da drüben.«

»Ist bei dir noch Platz?« Er lallte, und als sein Atem ihr entgegenwehte, wich sie jäh zurück.

»Du bist ja betrunken ...« Das war *die* Gelegenheit. Jetzt, da er anscheinend alle Hemmungen verloren hatte, würde sie vielleicht etwas aus ihm herauskriegen. »Grant, wo warst du am Morgen, als Irina gestorben ist?«

Er fuchtelte über seinem Kopf herum. »Ich war in meinem Zelt ...«

»Du hättest ihr folgen und bis zum Morgen zurück sein können. Ich habe gehört, was sie zu dir gesagt hat. Dass sie dich ein Schwein genannt hat. Das muss wehgetan haben.«

Er biss die Zähne zusammen, und seine Augen blitzten. »Die Nutte hat das doch herausgefordert! Die war komplett verrückt!«

Das Herz hämmerte in ihrer Brust. Trotzdem musste sie sich vergewissern. »Und am See ... Da warst du bei Alain, stimmt's?«

»Der Typ war durchgeknallt. Der hat Steine nach meiner Drohne geworfen ...«

»O Gott ...« Grant *war* der Täter. Er war der Mörder, der hier am Berg sein Unwesen trieb. Mit offenem Mund starrte sie ihn an, weil ihr in diesem Augenblick dämmerte, wie verletzlich sie war. Sie musste von ihm fortkommen. Sie musste Doug zu Hilfe rufen.

Sie entdeckte die Lücke, den Fluchtweg, der an ihm vorbeiführte – und rannte los.

Grant reagierte sofort, sprang nach vorn und streckte sich nach ihr aus. Cecily schrie aus Leibeskräften. Doch er hatte sie verfehlt, stolperte über eine der Schnüre, die das Zelt am Boden verankerten, fiel seitlich in die Zeltwand und riss sie aus der Befestigung.

»Was ist hier los?« Zak war der Erste, der ein paar Meter entfernt aus seinem Zelt schoss. Im nächsten Moment kam Doug angerannt.

»Nichts, ich hab mich bloß verirrt. Ich wusste nicht mehr, welches mein Zelt war.« Grant rollte von ihrem Zelt herunter und stemmte sich auf die Beine.

»Du bist nachts immer wieder um mein Zelt geschlichen«,

sagte Cecily. »Ich hab dich gehört. Doug, genau davon habe ich gesprochen!«

»Hab vor dem Gipfelsturm eben ein bisschen Spaß haben wollen. Ist doch nichts dabei.«

Doug sah sie abwechselnd an.

»Ich will mit diesem Mann nicht in einem Team sein«, sagte sie. »Er ist gefährlich. Er hat sowohl für Irinas als auch für Alains Tod ein Motiv.«

Einen Augenblick lang herrschte verblüffte Stille, und alle starrten Grant an. Er verdrehte die Augen und klang mit einem Mal wesentlich nüchterner. »Ach, Scheiße, das ist doch Blödsinn! Ich hab doch nur gesagt, dass sie es herausgefordert hat. Ich hab sie nicht umgebracht, verdammt! Du klingst schon, als würdest du ebenfalls durchdrehen – genau wie Irina. Aber kein Wunder: Du bist für den Berg nicht gemacht. Wenn hier jemand gefährlich ist, dann du! Du bist schwach, Cecily.« Er schien sie mit Blicken zu durchbohren, während er redete, und sie erschauderte. Auch wenn seine Augen glasig aussahen, hatte sie das Gefühl, als würde er ihr direkt ins Herz sehen können.

»Das reicht. Gehen wir.« Doug gab Grant mit einem Nicken zu verstehen, dass er ihm folgen sollte.

Grant marschierte los und würdigte Cecily keines Blickes mehr.

»Was für ein Arschloch«, murmelte Zak und machte einen Schritt vor. »Hör nicht auf ihn. Alles okay?«

»Mir geht's gut.« Sie schlang sich die Arme um den Leib.

»Du glaubst doch nicht …«

In Grants Zelt schien es zu einem Handgemenge zu kommen. Dann rief Doug: »Verflucht noch mal!«, und zerrte eine

Tasche nach draußen, in der Glas klirrte. »Wir haben doch darüber gesprochen! Nach der Puja keinen Alkohol mehr!«

»Ich hab nur ein paar Bierchen getrunken, um mich vor dem Gipfelgang zu entspannen. Nichts Hartes.«

»Nichts Hartes?«, wiederholte Doug und zog eine Whiskyflasche nach der anderen heraus.

Schlagartig wurde Grant blass. »Die gehören mir nicht.«

Doug schüttelte den Kopf. »Grant, pack deine Sachen. Morgen früh verschwindest du von hier.«

Hinter Cecily keuchte jemand auf. Inzwischen war das ganze Team auf den Beinen und starrte Grant und Doug an. Auch Elise und die Sherpas waren aufgetaucht.

Selbst Charles hatte sein Zelt verlassen und starrte die beiden Männer an.

»Was? Das ist doch ein Witz! Nur weil ich mir ein paar Drinks genehmigt habe? Wie gesagt, diese Flaschen gehören mir nicht! Nie im Leben hab ich das alles getrunken. Das ist doch absurd! Charles? Sag ihm, dass er mich nicht rauswerfen kann!«

»Schau ihn nicht an! Schau mich an!«, fauchte Doug. »Ich bin hier der Expeditionsleiter, nicht Charles. Mingma? Stell sicher, dass Grant morgen früh unser Lager verlässt.«

»Ja, Doug.«

»Und unser Film?« Grant schäumte vor Wut, richtete seine Fragen und all seine Energie noch immer allein auf Charles.

Zu Cecilys Erleichterung verschränkte Charles die Arme und stellte sich ein wenig breitbeiniger hin. »Es gilt, was Doug sagt.«

»Nein«, entgegnete Grant, »und du weißt auch *genau*, warum du mich im Team brauchst!«

Diesmal machte Charles mehrere Schritte auf den Mann zu, der seinerseits vor ihm zurückwich. »Ich gehe nicht davon aus, dass wir darüber noch diskutieren. Stattdessen schlage ich vor, du packst deine Sachen, bevor du mich vollends zur Weißglut bringst.«

»Das kannst du mit mir nicht machen!« Er stocherte mit dem Zeigefinger in Charles' Richtung, wandte sich dann aber an den Rest des Teams. »Der Typ ist ein Betrüger! Diese Rettungsaktionen, auf die er so stolz ist? Die hat er bloß inszeniert! Ich hab's auf Video«, rief er und fuchtelte wild in Charles' Richtung.

»Ach? Dann zeig doch mal her.« Charles' Stimme war eisig. »Na los, wir warten. Ich habe nichts zu verbergen.«

Grant ballte die Fäuste. »Ich kann nichts mehr herzeigen. Diese Frau hat in Lager zwei meine Festplatte zerstört.«

Doug machte einen Schritt vor. »Weißt du was? Ich lasse nicht zu, dass du hier grundlos mit Anschuldigungen um dich wirfst. Ich glaube, du bleibst auch die Nacht nicht mehr hier. Du gehst jetzt auf der Stelle runter nach Samagaun. Mingma begleitet dich.«

»Rühr mich nicht an!«, schrie Grant und riss sich von Mingma los. »Das hier gehört alles zur verdammten Charles-Show, oder? Wetten, du hast diese Frau sogar beauftragt, mein Material zu vernichten? Ihr steckt doch alle unter einer Decke!« Er zeigte auf Doug, die Kunden, die Sherpas, griff dann willkürlich nach einem Rucksack und kehrte im Marschschritt dem Lager den Rücken.

Cecily war zutiefst erleichtert, trotzdem schwirrte ihr von alldem der Kopf. Sie versuchte, sich nicht davon verunsichern zu lassen. Grant war aufbrausend, unbeherrscht, ein Säufer und ein Lügner. Er hätte jedem hier irgendetwas unterstellt, nur um Zweifel zu säen. Alles, um von sich selbst abzulenken.

Zak legte ihr den Arm um die Schultern. »Er ist weg, du brauchst dir keine Sorgen mehr zu machen.«

In der Zwischenzeit hatte Galden ihr Zelt wieder aufgestellt. Zumindest wusste sie, dass sie jetzt, da Grant weg war, würde schlafen können. Morgen würde sie zum Gipfel aufbrechen, nicht mehr zurückblicken und sich über Grant keine Gedanken mehr machen.

Sie zog den Zelteingang auf und quiekte laut auf.

»Charles! O Gott, hast du mich erschreckt! Was machst du denn da?«, fragte sie, als ihr dämmerte, worauf er hinabstarrte.

Auf ihren Laptopbildschirm.

»Ich wollte dir etwas bringen. Aber ... Was soll das hier?«

Sie ließ sich auf die Knie fallen, versuchte, an ihren Laptop zu kommen, doch Charles schob ihn außer Reichweite. Ihr Atem ging stoßweise, und schlagartig hatte sie ein Schrillen in den Ohren. Ihre Texte waren ihr Ein und Alles, und dieser Laptop enthielt jedes einzelne Wort ...

Das alles war nicht für fremde Augen gedacht, zumindest *noch* nicht. Es waren Entwürfe, unbearbeitete, ungefilterte Entwürfe ... Ihr Mund war so trocken, dass sie kaum einen Ton herausbekam. »Das ist bloß die Rohfass...«

»Unseres Interviews?« Er runzelte die Stirn.

»Eines Blogbeitrags!«, stellte sie richtig. Dann entriss sie ihm den Laptop, und diesmal ließ Charles sie gewähren. Mit einem Klicken schloss sie den Deckel. »Ich beschreibe darin nur, was ich sehe ...«

»›Schauplatz für einen Mord‹?«

»Du weißt, dass ich mir Gedanken mache. Es ist meine journalistische Pflicht, Dinge zu dokumentieren, wenn ich sie mitbekomme. Außerdem bin ich froh, dass ich das tue. Wenn ich jetzt auf diese ganze Sache draufschaue, dann glaube ich nämlich, dass Ben die Wahrheit gesagt hat. Er hatte Angst. Er hatte Angst um sein Leben, weil er mitansehen musste, wie jemand Irina ermordet hat. Und nach heute Nacht bin ich mehr denn je überzeugt davon, dass diese Person Grant gewesen sein muss. Er ist von Anfang an durch unser Lager stolziert und war viel zu selbstsicher. Ich habe selbst gehört, wie Irina ihn in der Nacht zurückgewiesen hat. Er war am See, als Alain gestorben ist. Heute Nacht hatte er es auf mich abgesehen ...« Sie hielt inne und ging im Geiste alle Möglichkeiten durch. »Ich weiß ja nicht, was der Grund dafür ist, dass er für dich diese ganzen Aufnahmen macht, aber *seine* Beweggründe waren sicher nicht gut. Was er vorhin gesagt hat ... über die inszenierten Rettungen ...«

»Der hat keine Ahnung, wovon er spricht. Er hat anscheinend geglaubt, er hätte etwas gegen mich in der Hand, aber ich wüsste nicht, was das sein sollte.«

»Natürlich nicht. Bleiben noch Alain und Irina ...«

Charles seufzte und legte den Kopf in den Nacken, sodass seine Stirnlampe das Zeltdach beleuchtete. »Genau das hat mir Sorgen gemacht ...«

Damit hatte sie nicht gerechnet. »Was meinst du damit?«

»Ich mache mir Sorgen um dich. Doug hat mir erzählt, dass du Anzeichen von Höhenparanoia an den Tag legst.«

»Was? Nein! Das ist doch etwas ganz anderes!«

»Wir haben uns unterhalten.« Er zeigte auf ihren Laptop, den sie sich an die Brust drückte. »Was diesen zwei Leuten passiert ist, waren tragische Unglücke. Ich stimme dir insofern zu, als Grant ein schlechter Mensch ist. Aber das da ist Irrsinn.«

Sie schluckte. Dann musterte sie ihn, wie er dort auf ihrem Schlafsack saß, umringt von ihren Sachen, und fast den gesamten Zeltinnenraum einnahm. »Warum bist du hier, Charles?«, fragte sie leise.

Er nahm ein Notizbuch hoch, das mit einem Lederband umwickelt war. »Ich wollte dir eigentlich das hier dalassen. Die Notizen von meinen vorigen Expeditionen. Dachte, die könnten für deinen Artikel hilfreich sein. Dann habe ich deinen Laptop gesehen … Es tut mir leid, Cecily. Vielleicht ist dies alles doch zu viel für dich.« Er hatte sanft auf sie eingesprochen. Jetzt schob er das Notizbuch in seine Tasche zurück. »Wenn Leute an Orten wie diesen scheitern, dann nur, weil sie sich von Ereignissen, von anderen Leuten, von Konflikten und Intrigen ablenken lassen. Um auf solcher Höhe ans Ziel zu kommen, muss der Kompass auf Höchstleistung stehen, man darf nur ein Ziel vor Augen haben, man muss sämtliche Alltagssorgen und Nichtigkeiten beiseiteschieben, weil die Anforderungen dieses Berges jederzeit um ein Vielfaches höher sind. Und viel unmittelbarer. Da oben geht es um Leben und Tod. Kann es noch etwas Wichtigeres geben?«

Cecily schüttelte den Kopf. »Das hier geht auch um Leben und Tod. Wenn Irina gestorben ist und es *kein* Unfall war, dann ist das eine wichtige Nachricht – und keine Nichtigkeit!«

»Anscheinend bist du nicht die Reporterin, die ich in dir gesehen habe.« Er kroch aus dem Zelt, hielt am Eingang jedoch noch mal inne. Bei dem Blick, den er zu ihr zurückwarf, zog sich in ihr alles zusammen. Es lag etwas darin wie … Mitleid. Und Enttäuschung. Als hätte sie ihn im Stich gelassen.

»Wenn ich den Gipfel schaffe, kriege ich aber immer noch mein Interview, oder?«

Er kniff die Augen zusammen. Das Licht seiner Stirnlampe blendete sie, trotzdem konnte sie sehen, wie sein Ausdruck weich wurde. »Natürlich. Sofern du es schaffst. Und nur ein Tipp noch: Du wirst es nicht schaffen, solange du das hier nicht hinter dir lässt.«

39

Als sie aufwachte, war es im Lager herrlich still. Die Sonne war bereits aufgegangen, als sie ihre Gerätschaften zusammensuchte, um zum WLAN-Gipfel aufzubrechen, weil sie hoffte, endlich ihre Texte an Michelle übermitteln und ihr Bescheid sagen zu können, dass sie heute zum Gipfel aufbrechen und für ein paar Tage nicht erreichbar sein würde. Außerdem musste sie eine Nachricht an Rachel schreiben.

Sie hatte ein schlechtes Gewissen. Sie hatte Rachel hoch und heilig versprochen, Kontakt zu halten, doch dann war sie derart in die Geschehnisse im Lager verstrickt gewesen, dass sie gar nicht mehr an ihre beste Freundin gedacht hatte. Der Berg war ein eigenes Universum. Es fiel ihr zusehends schwer, sich ins Gedächtnis zu rufen, wie es zu Hause aussah. Sie versuchte, sich vorzustellen, wie Rachel tagtäglich zur Arbeit pendelte, sich in die voll besetzte Bahn quetschte, sich unterwegs einen Kaffee to go und ein Sandwich kaufte ... Cecily fühlte sich unendlich weit von jenem Leben entrückt, obwohl es nicht mal einen Monat her war, dass es auch ihr Leben gewesen war.

Der WLAN-Gipfel war verwaist. Sie ließ sich in einen der Campingstühle fallen und klappte den Laptop auf.

»Und?«

Als sie aufblickte, kam Dario mit einer Summit-Extreme-Strickmütze auf sie zugeschlendert. Sie schüttelte den Kopf, rutschte auf ihrem Stuhl in eine bequemere Position und war sich mit einem Mal bewusst, dass sie mit dem Bergführer alleine war. Auch wenn fast alles dafürsprach, dass Grant der Täter war, war in ihrem Kopf immer noch ein letzter Rest Zweifel.

»Es ist so frustrierend ... Es ist jetzt schon seit Tagen ausgefallen«, murmelte er. »So schlimm ist es noch nie gewesen. Ich muss heute nach Samagaun laufen und für mein Team die Vorhersage einholen. Nicht mal die Satellitengeräte funktionieren.«

»Zak sagt das Gleiche. Aber wie kann das sein? Hast du einen Störsender gefunden?«

Dario schüttelte den Kopf. »Nichts, was so ausgesehen hätte, wie dein Freund es beschrieben hat. Trotzdem, das hier ist wirklich außergewöhnlich.«

»Tja, was für ein Glück für uns, dass Doug eine Vorhersage hat. Deshalb können wir auch hoch.«

Der Summit-Extreme-Bergführer sah schlagartig alarmiert aus und nickte nach oben. »Ernsthaft? Ihr wollt heute euren Gipfelgang machen? Ganz sicher nicht!«

»Doug und Mingma haben uns gestern Abend Bescheid gegeben.« Sie knabberte an ihrem Daumennagel. Darios Reaktion verunsicherte sie.

»Nach dem Getöse gestern Nacht?«

»Das hast du mitbekommen?«

»Der Berg ist ein Dorf.« Er sah zum Himmel und schüttelte weiter den Kopf. »Und was eure Vorhersage angeht, bin ich mir auch nicht sehr sicher ... Wenn du mich fragst, müssen wir hier noch ein paar Tage warten. Besser eine ganze Woche.«

Irgendwas in der Luft *hatte* sich verändert, es fühlte sich irgendwie ... *elektrisch* an. Sie hatte es auf ihre nagenden Ängste geschoben.

»Trotzdem bin ich froh, dass ich dich hier treffe. Wegen Irina ...«

»Cecily?«

Doug war ein paar Schritte entfernt stehen geblieben und signalisierte ihr, ihm zu folgen.

»Ergreif bitte jede Vorsichtsmaßnahme, die sich dir bietet. Und sei nie allein«, flüsterte Dario ihr noch zu, während Cecily sich schon ihrem Expeditionsleiter zuwandte.

Doug verschränkte die Arme. »So kurz vor dem Gipfelfenster treiben wir uns nicht bei anderen Teams herum. So verbreiten sich bloß Gerüchte.«

Cecily schluckte. »Ich wollte nur nachsehen, ob jemand aus meiner Familie geschrieben hat, als Dario aufgetaucht ist ... Aber wir haben immer noch kein Netz.«

»Das Team ist jetzt das Wichtigste.«

»Verstanden. Aber Dario hat erwähnt, dass er schon seit einer Weile keine Wettervorhersage mehr gekriegt hat und deshalb nach Samagaun absteigen muss. Er glaubt, das Wetter ist nicht das richtige für einen Gipfelsturm.«

Doug schürzte die Lippen. »Dann guck es dir selbst an.« Er drückte ihr sein Smartphone in die Hand, inklusive der aufgerufenen Wettervorhersage.

Für die kommenden Tage war eine Reihe kleiner Sonnen

abgebildet, niedrige Windgeschwindigkeiten und Temperaturen von rund minus zwanzig Grad am Gipfel. Auf solches Wetter hatten sie nur gewartet. Sie errötete.

»Zufrieden? Oder willst du lieber hierbleiben?«

»Nein, das ist es nicht, es ist bloß ...«

Er blieb abrupt stehen und hielt sie fest. Sie fühlte sich gemaßregelt wie ein kleines Kind. »Ein Team ist immer nur so stark wie sein schwächstes Mitglied.«

»Ich hab's kapiert. Ich bin ja hier, und ich bin fokussiert.«

»Gut.«

Sie nickte. Sie wusste, Doug würde Charles, was die Logistik ihres Aufstiegs anging, niemals im Stich lassen, also musste auch sie ihm vertrauen. Obwohl sie nicht allen im Team vertraute ... Aber wenn sie in Galdens Nähe blieb und Darios Rat, nie allein zu sein, befolgte, war das Risiko überschaubar.

Außerdem hatte sie sich an ihrer Story festgebissen. Jetzt wollte sie sie auch bis zum Ende miterleben und schildern.

»Das Team ist beim Frühstück. Du solltest dich dazugesellen. Du dürftest es brauchen.«

Nachdem sie Bacon und Rühreier – ihre letzte richtige Mahlzeit für die nächste Zeit – in sich hineingestopft hatte, ging Cecily ihren Rucksack aus dem Zelt holen. Jeder machte sich bereit, und die Anspannung in der Luft war schier mit den Händen zu greifen. Elise unterhielt sich mit Phemba und diskutierte die Bestückung ihres Klettergurts und ihren Proviant.

Zak stand vor dem Essenszelt. Sie lief auf ihn zu und umarmte ihn flüchtig. Sie spürte, dass auch er angespannt war. Was sie alle als Nächstes erwartete, ließ niemanden kalt.

Mingma gab ihnen zu verstehen, dass sie schon losgehen

dürften, wenn sie wollten. Ein Hauch Wacholderrauch stieg ihr in die Nase, als sie am Puja-Platz vorüberzogen, und Cecily blieb kurz stehen, holte tief Luft, griff dann in eins der Messingschälchen und warf eine Handvoll Reis in die Luft – eine letzte Opfergabe für den sicheren Aufstieg. Über ihr flatterten die Gebetsfahnen in der leichten Brise.

Ein perfekter Morgen, um den Berg zu besteigen.

Auch Charles machte sich auf den Weg. Sein Rucksack ragte über seinen Kopf hinaus. Er hatte sein eigenes Zelt dabei, Kochutensilien, seinen Expeditionsanzug, seine Seile. Alles, was er brauchte, um allein am Berg zu überleben. Trotzdem bewegte er sich, als hätte er nicht das geringste Gewicht geschultert. Bei ihm sah alles so einfach aus.

Was war es wohl für ein Gefühl, sich in derart feindseliger Umgebung heimisch zu fühlen? Ständig auf dem schmalen Grat zwischen Leben und Tod voranzuschreiten, anstatt nur vorsichtig darauf zu balancieren? Sie versuchte, sich vorzustellen, wie es wäre, wenn eine gigantische Lawine ihre Teamkollegen begraben hätte und sie selbst die einzige Überlebende wäre. Dies war eine der Fragen, die sie ihm stellen wollte, eine, die ganz oben auf ihrer Liste stand. Sie wollte diesen Mann verstehen, der so anders war als alle anderen.

Anders als alle anderen … Vielleicht aber auch zu gut, um wahr zu sein. Dario hatte ihm vorgeworfen, er hätte die Fixseile benutzt. Grant hatte von inszenierten Rettungsaktionen gesprochen. War auch nur irgendetwas wahr an jenem Mythos, den Charles von sich selbst erschaffen hatte? Oder war sie nach all den Lobeshymnen, die James auf ihn gesungen hatte, dem Respekt, den ihm die Sherpas entgegenbrachten, und angesichts von Dougs unerschütterlicher Loyalität schlichtweg geblendet? Charles hatte sie hierhergebracht, aber Michelle war noch immer diejenige, die sie bezahlte (sofern Cecily je einen honorarwürdigen Artikel schickte). Und sie schuldete es ihren Lesern, die wahre Geschichte zu erzählen.

Charles war faszinierend, charismatisch, schwierig und kompliziert. Ihn zum Reden zu bringen, seine Beweggründe zutage zu fördern und tief in seiner Vergangenheit zu graben, all dies wäre die einzige Möglichkeit, auch nur eine der Storys, die sie bislang bloß grob angedacht hatte, tatsächlich zu vollenden.

Ihr Ziel war es, einen absolut fesselnden Artikel zu schreiben und die Wahrheit ans Licht zu bringen. Und mit jedem Schritt, den sie bergauf ging, stand es ihr klarer vor Augen: Der einzige Ort, an dem sie die Wahrheit herausfinden würde, war der Gipfel dieses Berges.

40

Die Sonne schien, als sie zu Lager eins aufstiegen, und Cecily zog ihre Jacke aus. Dann schob sie sich die Ärmel ihres Merinowolle-Longsleeves bis über die Ellbogen und verrieb Sonnencreme auf den Unterarmen.

Jetzt, da sie akklimatisiert war, fiel ihr der Aufstieg wesentlich leichter als beim letzten Mal. Sie fühlte sich fit, sprang selbstsicher über schmalere Spalten, klippte sich an den Seilen routiniert ein und aus. Trotzdem musste sie sich in einem fort auf das Hier und Jetzt konzentrieren – eine enorme mentale Herausforderung.

Eine wacklige Leiter erinnerte sie wieder daran. Sie war nur kurz in Gedanken gewesen und hatte sich gefragt, wie Charles ohne die Leitern, die das Fixseilteam montiert hatte, derlei Spalten überhaupt überqueren konnte. Mit einem Mal kam es ihr unvorstellbar vor, dass er *nicht* schummelte. Sie war im Kopf nur kurz nicht ganz bei der Sache, und prompt rutschte ihr das Steigeisen weg. Statt den Fuß genau mittig auf die Sprosse zu stellen, verhakte sich ein Zacken, und sie verlor den Tritt, krachte auf die Knie, und die Leiter schepperte auf dem Eis.

Das metallische Geräusch gellte in ihren Ohren, und ihre Finger krallten sich um die eiskalten Holme. Sie biss die Zähne zusammen und stand vorsichtig wieder auf.

Erst als sie sicher auf der anderen Seite stand, konnte sie wieder atmen.

Der Bruchteil einer Sekunde. Ein Wimpernschlag der Unachtsamkeit.

Mehr war nicht nötig.

Für den Rest des Weges hielt sie sämtliche Ablenkungen weit von sich weg.

Als sie das Lager erreichte, hätte sich die Aussicht nicht deutlicher vom letzten Mal unterscheiden können. Während zuletzt alles in Wolken gehüllt gewesen war, war der Himmel diesmal kristallklar. Um sie herum ragten überall gigantische Gipfel auf, bis zum Horizont Berge über Berge und in der Ferne die Hochebenen Tibets. Sie waren so weit oben, dass die meisten anderen Gipfel inzwischen auf Augenhöhe waren, fast so, als würde man über die zerklüfteten Dächer der Welt schauen.

Dougs Vorhersage hatte sich als zutreffend erwiesen: Das Wetter hielt. Trotzdem waren nur wenige Teams zu sehen, und die Handvoll Leute, die außer ihnen hier waren, schienen alle auf dem Rückmarsch zu sein.

Sie drehte sich zu Zak um, der den kompletten Weg herauf hinter ihr gegangen war. »Hast du so etwas schon mal erlebt?«

Doch bei seinem Anblick blieb Cecily die Spucke weg. Er ließ Kopf und Schultern hängen und bekam kaum noch die Füße hoch. Sie hatten den Großteil des Aufstiegs bis Lager eins schweigend zurückgelegt, allerdings hatte sie geglaubt, der Grund wäre gewesen, dass sie sich beide auf ihre Schritte konzentriert hätten. Die Höhe musste ihm mehr zusetzen, als ihr klar gewesen war. Sie packte ihn am Arm, brachte ihn zu seinem Zelt und holte ihm einen Tee, damit er wieder zu Kräften kam. Er gab ein dankbares Grunzen von sich und verschwand nach drinnen.

Sie selbst warf ihren Rucksack ins Zelt, das sie sich mit Elise teilen würde, und kramte nach ihrer Kamera. Die nahm sie mit zum Rand des Lagers, wo sie stehen blieb, um erneut die Aussicht zu bewundern. Sie schloss die Augen, atmete tief die dünne Luft ein, und als sie die Augen wieder aufschlug, versuchte sie, sich das Bild einzuprägen: eine Erinnerung für den Rest ihres Lebens.

Erst dann nahm sie die Kamera hoch.

Der Himmel begann bereits, sich zu verfärben, weil die Sonne allmählich unterging und grell orangefarbene und rote Streifen über den Himmel malte. Ein paar Wolken zogen auf und blieben an entfernteren Gipfeln hängen, doch hier über ihr war der Himmel immer noch klar. Sie hätte ihn den ganzen Tag lang betrachten können.

Sie streifte am Rand des Lagers entlang und schoss Fotos aus so vielen Blickwinkeln wie nur irgend möglich. Sie wollte sichergehen, dass sie auch selbst Bilder hatte, zusätzlich zu dem Material, das Zak ihr in Aussicht gestellt hatte. Sie entdeckte ein paar leere Zelte von Teams, die beschlossen hatten, im Basislager zu warten. Der Wind, der durch das Nylon strich, erzeugte eine gespenstische Sinfonie.

Ihre Schuhe krachten durch die harte Schneedecke und zogen eine Spur hinter ihr her. Hier und da rieselte ihr Schnee in den Schaft, und jedes Mal blieb ihr für einen kurzen Moment das Herz stehen. Was, wenn sie den nächsten Schritt in eine instabile Wechte setzte, die unter ihr nachgab und sie in die Tiefe riss?

Sie erschauderte und trat sofort von der Kante zurück.

Trotzdem fühlte es sich an, als würde sie hier am Berg zumindest ein kleines Zeichen setzen, als würde sie für einen kurzen Moment sogar selbst im Alpinstil bergsteigen.

Sie kletterte auf einen kleineren Steinhaufen, um die Strecke zu überblicken, auf der sie tags darauf weiterziehen würden, und versuchte, sich vorzustellen, wie sie dort unterwegs wäre und sich ebenso stark fühlen würde wie heute.

Doch was sie stattdessen entdeckte, verschlug ihr den Atem.

Ein Zelt. Rot mit dunkelblauen Akzenten.

Es stand auf der anderen Seite der Kluft, die sich vor ihr auftat, auf einem schmalen Felsvorsprung ein Stück weiter am Berg. Niemals würde sie es dorthin schaffen. Aber warten konnte sie. Abwarten, ob der Bewohner des Zeltes sich zeigen würde.

Sie zitterte und kuschelte sich tiefer in ihre Jacke.

Allmählich wurde es dunkel, und ihr Herz setzte für einen Schlag aus, als ihr einfiel, dass sie ihre Stirnlampe nicht dabeihatte. Sie musste ins Lager zurück, sonst riskierte sie, sich zu verirren und in die Tiefe zu stürzen, wo sie niemand je wiederfinden würde.

Widerwillig zog sie sich von ihrem Beobachtungsposten zurück und folgte ihren eigenen Spuren, bis sie die Manners-Mountaineering-Fahne entdeckte und nur mehr darauf zulaufen musste. Sie schlüpfte in ihr Zelt.

»Ah, da bist du ja. Ich hab mir schon Sorgen gemacht.« Elise beugte sich vor und nahm ihre Hand. »Was ist los? Du siehst aus, als hättest du ein Gespenst gesehen.«

»Ich hab … Keine Ahnung. Da war ein Zelt. Ganz allein, auf der anderen Seite des Steilhangs hinter dem restlichen Lager eins.«

»Was?«

»Es sah aus wie das Zelt, das ich im Basislager entdeckt hatte … Ich dachte eigentlich, es hätte Ben gehört …«

»Dem Mann, der unser Geld geklaut hat? Aber der ist doch in Kathmandu?«

»Genau. Aber wer sollte es sonst sein?«

»Charles vielleicht?«

»Hab ich auch überlegt. Aber er war noch nicht da, als ich das Zelt zum ersten Mal gesehen habe.«

Elise zuckte mit den Schultern. »Muss also jemand anderem gehören.«

Wenig später klopfte Galden an ihren Zelteingang. Er hielt eine Schale mit Deckel in den Händen. Als Cecily den Deckel hochnahm, dampfte der gebratene Reis immer noch.

Er kroch zu ihnen herein, während Cecily sich über das Essen hermachte. Kurz darauf kam auch Phemba, Elises Sherpa-Begleiter, und brachte ihr Essen. Als Nächstes tauchte Doug auf. Zu fünft wurde es allmählich eng.

»Also, wie ist die Lage?«, wollte Doug wissen.

»Super«, antwortete Elise beschwingt.

»Gut zu hören. Und bei dir, Cecily?«

»Erstes Lager geschafft, drei fehlen noch.« Sie lachte gezwungen. Sie wurde das ungute Gefühl einfach nicht los, das sie beim Anblick des Zeltes beschlichen hatte. Wer konnte das sein?

»Leider gibt es eine Planänderung. Das Wetterfenster ist verdammt eng, und wir wollen nicht länger als nötig am Berg bleiben. Morgen überspringen wir die Übernachtung in Lager zwei und steigen direkt weiter auf drei. Dort übernachten wir und steigen dann hoch zu Lager vier, ruhen uns kurz aus und starten den Gipfelsturm noch in derselben Nacht. In drei Tagen sind wir wieder zurück. Was haltet ihr davon?«

»Klingt gut«, sagte Elise. »So bin ich nicht ganz so lange ohne Sauerstoff und Erholung unterwegs.«

Cecily knabberte an ihrem Daumennagel. Der morgige Aufstieg machte sie jetzt schon nervös. Sie würden erneut vor der Hängewand stehen … Sie wusste noch gut, wie anstrengend es dort beim letzten Mal gewesen war. Doch inzwischen war die Erinnerung obendrein überlagert und umnebelt von der Erinnerung an Irinas Tod.

Der neue Plan bedeutete auch, dass sie stundenlang würde weitergehen müssen, um Lager drei zu erreichen.

Lager drei war zudem dasjenige, das sie richtiggehend fürchtete. Sie würden dort zutiefst erschöpft ankommen, am Abend, nachdem es möglicherweise schon dunkel geworden war. »Ist das nicht das gefährliche Lager? Das, in dem … die Lawine runterkam?«

»Wir haben die Zelte an einer anderen Stelle errichtet«, erklärte Doug. »Allerdings kann ich nicht mit Gewissheit sagen, dass es dort auch wirklich sicher ist. Aber das ist eben das Risiko am Manaslu.«

Sie zauderte kurz. Hatte sie denn eine Wahl? »Ich vertraue dir.«

Im nächsten Moment war ein Schrei zu hören.

Sie meinte, die Stimme wiederzuerkennen, und ihr gefror das Blut in den Adern.

»Was war das?«, fragte Elise.

Doug rutschte auf den Zelteingang zu. »Das finde ich heraus.«

Sie wollte ebenfalls wissen, wer das gewesen war, und hoffte inständig, dass sie sich geirrt hatte. Sie stellte ihre Schale beiseite und zog umständlich die Schuhe an.

»Cecily, Didi, warte, du musst essen!« Galden versuchte noch, sie aufzuhalten, aber das durfte sie sich nicht entgehen lassen. Als sie hinaus ins Halbdunkel strauchelte, nestelte sie immer noch an ihrer Stirnlampe.

Doug versperrte ihr die Sicht. Doch je mehr von dem Gebrüll sie hörte, umso mehr schnürte sich ihr die Kehle zu.

Dann endlich machte Doug einen Schritt zur Seite, und das Licht ihrer Stirnlampe fiel auf den Schreihals.

Grant.

Er war vom Brüllen schon rot angelaufen, aber es sah ganz danach aus, als wäre er mit einer Kamera um ihr Zelt herumgeschlichen. Tenzing hatte ihn am Arm gepackt, doch schon im nächsten Moment riss Grant sich los.

»Was glaubst du, was du hier zu suchen hast?« Dougs Schulterpartie sah hochgradig angespannt aus, und seine Finger zuckten. Auch er war eindeutig überrascht, Grant hier zu sehen. »Ich habe gesagt, du sollst den Berg verlassen«, knurrte er.

»Hör zu, Kumpel. Mein Filmmaterial vom Cho Oyu ist zerstört worden, du hast mich rausgeworfen, und irgendwie muss ich wieder zu Geld kommen. Im Summit-Extreme-Lager war ein Platz frei, und sie haben mich aufgenommen. Ich will neue Aufnahmen machen, von Charles, bei einer seiner Fake-Rettungsaktionen. Daran dürften einige Sender bestimmt sehr interessiert sein.«

»Warum kannst du uns nicht einfach in Frieden lassen?«, rief Cecily ihm zu.

»Bist du hier, um sein nächstes Opfer zu spielen, Cecily? Das muss doch der Grund sein, warum jemand wie du überhaupt zu dieser Expedition zugelassen wird.«

»Dario!«, brüllte Doug. Sie hatte den Expeditionsleiter hinter Grant bis dahin gar nicht zur Kenntnis genommen. »Hast du ihm einen Platz angeboten?«

»Ja. Er kam mit seiner kompletten Ausstattung an unserem Lager vorbei, und wir haben ihn bei uns aufgenommen.«

»Dein Gipfelsturm sollte nächste Woche sein.«

»Stimmt. Aber als Cecily mir erzählt hat, dass du ihn für heute geplant hast ... und nachdem wir keine eigenen Vorhersagen bekommen konnten, dachte ich mir, wir sollten vielleicht ebenfalls loslegen.«

»Dario, schick ihn wieder runter. Er ist gefährlich«, bekniete sie ihn. »Er könnte etwas mit Irinas Tod zu tun haben.«

»Zurück in dein Zelt«, fuhr Doug Cecily an, ehe sie weiterreden konnte. »Ich kümmere mich darum.«

»Aber ...«

»Ins Zelt, hab ich gesagt! Es sei denn, du willst ebenfalls wieder absteigen.«

Dougs Wort war am Berg Gesetz. Aber sie hatte längst genug gesehen. Sie hatte gesehen, wie sich Darios Gesichtsausdruck verändert hatte. Vielleicht war ihre Botschaft ja doch bei ihm angekommen, und er würde Grant zurückschicken. Sie marschierte zurück zu ihrem Zelt.

»Grant ist jetzt in einem anderen Team?«, fragte Elise, sobald Cecily ins Zelt geschlüpft war.

»Bei Summit Extreme ... Gott, grässlich, dass er wieder da

ist! Ganz ehrlich? Ich hatte gerade angefangen, mich sicher zu fühlen.«

Elise nahm ihre Hand. »Du *bist* bei uns sicher. Grant ist unberechenbar, ja, aber er wird bei seinem Team und wir unter uns bleiben. Es wird schon alles gut gehen.«

Cecily wollte schon widersprechen, überlegte es sich dann aber anders. Von ihren Verdächtigungen gegen die Leute ringsum schien Elise nichts wissen zu wollen. Sie war einzig und allein auf die Gefahren konzentriert, die das Gelände für sie bereithielt.

Elise stupste sie am Knie an. »Komm, wir machen ein Selfie! Der erste Abend unseres Gipfelsturms!«

»Okay.« Cecily beugte sich vor und rückte sich die Mütze zurecht. Elise hob ihre Kamera über Kopf, richtete sie nach unten aus und schoss ein Foto.

Dann kuschelten sie sich in ihre Schlafsäcke. Um 5 Uhr morgens würden sie aufstehen müssen, um den verlängerten Aufstieg zu Lager drei anzugehen.

Doch sosehr ihr Körper sich nach Schlaf sehnte: Ihr Geist wollte keine Ruhe geben. Ihr schwirrte der Kopf. Allein zu wissen, dass eine fremde Person in der Nähe ihres Lagers campierte und dass Grant nur ein paar Zelte entfernt war …

Es dauerte lange, ehe sie einschlief.

41

Am Morgen blieb sie zunächst in ihrem Zelt, so lange es ging, um ihren Aufbruch hinauszuzögern, bis sie sich sicher sein konnte, dass Grant mit dem restlichen Summit-Extreme-Team aufgebrochen war.

Der Aufstieg zu Lager zwei fiel ihr diesmal wesentlich leichter, was auch dem besseren Wetter zu verdanken war. Allerdings beschlich das Grauen sie erneut, als sie sich der Hängewand näherten. Würde sie dort wieder vor sich sehen, wie Irina sich im Seil verheddert hatte, mit blauem, schmerzverzerrtem Gesicht?

Galden tippte ihr auf die Schulter und zeigte bergauf. Als sie aufblickte, klappte ihr die Kinnlade hinunter.

Charles. Sie sah ihn zum ersten Mal mit eigenen Augen klettern. Er hielt sich fernab der Fixseile und bahnte sich seinen eigenen Weg durch den Eisbruch, als hätte er ein eingebautes Radar, das ihn durch dieses Labyrinth führte.

»Wie macht er das bloß?«, fragte Cecily.

»Was meinst du?«

Sie zögerte. Eine Million Fragen jagten ihr durch den Kopf.

Dann blieb ihr Blick an einem Hindernis hängen, das ihr selbst mit das größte Kopfzerbrechen bereitete. »Zum Beispiel solche Gletscherspalten. Wie kommt er da ohne Leitern drüber?«

Galden lachte. »Das ist tatsächlich nicht ganz einfach. Oft muss er sich Wege um die Spalten herum suchen. Das kann ewig dauern, wenn es keine einfache Alternative gibt. Und es kommt sogar vor, dass Bergsteiger an zu breiten Spalten gar nicht mehr weiterkommen. Aber Alpinstil heißt nicht, dass er *gar keine* Seile verwenden darf. Er darf eigene mitführen, muss sie allerdings selbst anbringen. Und so kommt er um die meisten Hindernisse irgendwann herum.«

Charles wirkte fast wie ein Außerirdischer. All diese unfassbaren Fähigkeiten, dieses übernatürliche Talent, den Berg zu lesen. Problemlos überquerte er erschreckend steil abfallende Schneewechten und setzte den Pickel ein wie eine fünfte Gliedmaße. Sie hatte natürlich damit gerechnet, dass er den Berg beherrschen würde, aber es war bei Weitem eleganter als das.

Außerdem war er schnell. Während das übrige Team an den Fixseilen mitunter warten musste, um den nächsten Hang zu erklimmen, bewegte er sich frei und behände aufwärts. Und er kletterte mit einer Selbstsicherheit, als hätte er sich gesichert, obwohl sie unzweifelhaft sehen konnte, dass er kein Seil benutzte. Dann verschwand Charles außer Sicht zwischen riesigen Eisbrocken.

Während sie sich der Hängewand näherten, fühlte sich Cecily merkwürdig betäubt. Die Wand sah verändert aus, war von so vielen Kletterern vernarbt worden. Wo immer sie hinsah, entdeckte sie ins Eis gehauene Stufen in gut erreichbaren

Abständen, sodass die Steilheit fast nicht mehr so schlimm wirkte. Der Abschnitt, in dem Irina gestorben war, war abgesperrt worden. Wer sich abseilen wollte, nahm eine andere Route.

Sie starrte vom Fuß der Wand nach oben und schluckte. Doch diesmal blieb die Panik vor dem Aufstieg aus. Die Kerben im Eis erleichterten es ihr ungemein, sich hinaufzuziehen, aber auch, die Gedanken schweifen zu lassen.

War dies die Stelle, an der Irina ihren letzten Atemzug getan hatte?

Wie viel Angst hatte sie gehabt?

Hatte ihr jemand das Seil um den Hals geschlungen, ehe er sie – panisch und allein – in den Abgrund gestoßen hatte?

Cecily ließ das Seil mit dem rot-schwarzen Muster durch ihre Finger gleiten. Dunkelrot. Blutrot.

Sie hätte all das, was sich in ihr aufstaute, hinausschreien wollen und musste sich zusammenreißen. Doch mit dem Grauen war auch das Adrenalin in ihre Adern geschossen, und ehe sie sichs versah, hatte sie den oberen Vorsprung erreicht. Sie hatte die Schlüsselstelle zum zweiten Mal bewältigt.

Danach gab es nur noch zwei Bedrohungen: die beiden Séracs. Der Tanzbär und der Hexenhut. Gletscherblaue Bergwächter aus Eis, die oberhalb der Wand auf ihren Wachposten standen. Sie neigte zu Irinas Ehren den Kopf und ging weiter. Länger hätte sie sich an dieser Stelle nicht aufhalten wollen.

In Lager zwei nahmen sie ein Mittagessen und etwas zu trinken zu sich. Elise hatte die Hände in die Hüften gestemmt und stand kerzengerade da, war aber still, verkniff sich das übliche Lächeln und sparte sich alle Energie für den weiteren Aufstieg auf. Zak hingegen lag halb auf seinem Rucksack und ächzte schwer, als Doug verkündete, ihre Rastpause sei vorbei. Mingma drückte ihm eine Flasche Cola in die Hand.

»Geht es ihm nicht gut?«, flüsterte Cecily Galden zu.

»Ist nur die Höhe«, antwortete er schulterzuckend.

»Aber er war doch schon so hoch oben, nicht nur während der Akklimatisierungstouren, sondern auch am Denali …?«

»Manchmal setzt einem die Höhe eben zu, auch wenn man Erfahrung hat.«

Sie war hin- und hergerissen. Einerseits wollte sie Zak aufmuntern, andererseits niemanden auf seine Probleme aufmerksam machen. Er fing ihren Blick auf und reckte leicht zittrig den Daumen, hob die Flasche in ihre Richtung, um ihr zuzuprosten, und sie nickte. So fühlte sich das Weitergehen besser an. Tenzing würde ihn augenblicklich zurückschicken, wenn er ernsthafte Schwierigkeiten hätte, da war sie sich sicher.

Von diesem Moment an betrat Cecily unbekanntes Terrain und war in größerer Höhe unterwegs denn je. Nasser Schnee fiel, und sie musste zusätzlich ihre wasserdichte Windjacke anlegen. Außerdem wurde es merklich kälter. Ihr Expeditionsanzug steckte tief in ihrem Rucksack. Sie würde mit dem Umziehen warten, bis sie Lager drei erreicht hätten. Bis dahin war Bewegung ihre einzige Möglichkeit, die Kälte in Schach zu halten.

Es schneite immer heftiger. Erneut zerstreute sich das Team, und sie war allein mit Galden.

Sie war derart auf ihre Schritte konzentriert und darauf, sich ordentlich in die Fixseile ein- und auszuklippen, dass sie kaum den Blick hob, um die Umgebung zu betrachten. Aber wann hätte sie je wieder die Gelegenheit?

Sie legte eine kleine Pause ein und nutzte den Moment, um den Blick schweifen zu lassen. Durch den Schneefall war die Sicht beeinträchtigt, trotzdem war der Manaslu ein spektakulärer Anblick. Gespenstische Konturen ragten aus dem Zwielicht: geisterhaft ruhige, gigantisch große Séracs. Noch während sie den Eisbruch querte, blitzte in einer Schneewehe leuchtendes Orange auf – das verwaiste Zelt eines früheren Hochlagers, das den Berg hinabgefegt und halb begraben worden war. Opfer einer der zahlreichen Lawinen, die am Manaslu abgingen. Beim Anblick der Nylonreste und Zeltstangen, die seitlich aus dem Eis ragten, schoss ihr erneut die Angst in die Glieder.

Galden stupste sie an. »Komm, Cecily, wir müssen weiter. Besser, wir bleiben nicht zu lange stehen.«

»Wem hat das Zelt dort gehört?« Sie war nicht imstande, den Blick von den orangefarbenen Fetzen abzuwenden.

»Ich weiß es nicht, Didi.«

»Sind sie gestorben?«

Er antwortete nicht. Aber sie hätte es ohnehin nicht hören wollen, nicht, solange sie fokussiert bleiben musste. Sie zwang sich wegzusehen und ging weiter.

Schneeflocken legten sich auf ihre Wimpern, doch der Himmel war zu düster, um eine Sonnenbrille zu tragen, und auch ihre Gletscherbrille steckte nach wie vor in ihrem Rucksack. Sie wischte sich mit dem Handschuh übers Gesicht und konzentrierte sich auf die nächste Herausforderung: eine weitere Eiswand. Nicht annähernd so hoch wie die Hängewand, aber immer noch Respekt einflößend.

Sie schob ihre Steigklemme am schneebedeckten Aufstiegsseil nach oben und setzte die ersten Schritte. Dann hämmerte sie den Pickel über Kopf in die Wand und zog sich daran hoch, während sie mit der anderen Hand die Steigklemme weiter emporschob.

Im nächsten Moment passierte etwas, womit sie nicht gerechnet hatte.

Die Steigklemme rutschte ab, sie verlor mit den Füßen den Halt und rauschte an der Wand ab.

Ihr Sicherungsseil griff zwar am Fixpunkt, doch der Ruck war so stark, dass ihr der Pickel aus der Hand glitt.

»Cecily, alles okay?«

Wie in Zeitlupe sah sie, dass der Pickel aus der Wand zu rutschen drohte. »Galden, Vorsicht!«, schrie sie und riss beide Arme über den Kopf.

Sie spürte einen Windhauch an ihrer Wange und hörte einen dumpfen Aufprall.

42

Galden stöhnte.

»Alles in Ordnung?«, rief sie.

Er hielt sich die Schulter. Ihr Pickel hatte sich ein paar Meter weiter in den Boden gebohrt. »Alles okay. Er ist mir auf den Arm gekracht.«

»Das tut mir so leid, Galden!«

»Was ist denn passiert?«

»Ich weiß es nicht. Die Steigklemme …«

Sobald sie wieder das Gefühl hatte, festen Halt unter den Füßen zu haben, zog sie das Gerät am Seil zu sich heran und klippte es aus. Als sie es Galden hinhielt, drehte der es um. Der Mechanismus war durch jede Menge Eis und Schnee blockiert.

Sie streckte sich nach ihrem Pickel aus. Galden schlug die Steigklemme fest gegen einen seiner Karabiner, und Eisbrocken lösten sich aus den Metallzähnen. »Womöglich solltest du das öfter machen … Stell vor dem Klettern sicher, dass die Steigklemme richtig ins Seil greift, okay? Und vielleicht packen wir den Pickel fürs Erste weg. Du dürftest auch ohne zurechtkommen.«

Sie nickte. Das schlechte Gewissen setzte ihr zu. Galden hätte sich ernsthaft verletzen können. Er schnallte den Pickel an ihrem Rucksack fest und gestikulierte mit dem unverletzten Arm in Richtung Steilwand. Der Abschnitt war überschaubarer als die meisten anderen, die Cecily an diesem Tag schon gemeistert hatte. Doch inzwischen war sie auch deutlich erschöpfter, und die Steigklemme machte sie nervös.

Ohne Pickel würde sie mehr mit den Händen arbeiten müssen. Sie wünschte sich, sie hätte häufiger an der Boulderwand trainiert, aber irgendwie schaffte sie es, sich hochzuziehen. Die Steigklemme rutschte noch mehrmals ab, aber weil sie das Problem nun kannte, belastete sie das Gerät nicht mit dem vollen Gewicht, sodass sie imstande war, sich an der Wand zu halten, ohne sich selbst oder Galden zu gefährden.

Trotzdem zehrte es an ihren Kräften. Als sie den oberen Vorsprung erreicht hatte, war sie so erschöpft, dass sie kaum noch geradeaus sehen konnte. Sie warf einen Blick zurück, doch Galden schien gut voranzukommen. Das war knapp gewesen. Dieser Zwischenfall hätte auch wesentlich schlimmer ausgehen können. Sie hatten riesiges Glück gehabt.

Der Weg von Lager zwei zu Lager drei führte in einem fort auf und ab, sodass in den tiefer gelegenen Abschnitten der Eindruck entstand, als wären Galden und sie die einzigen Menschen am Berg, wie Ameisen, die über einen zugefrorenen Weiher schlitterten und hofften, das Eis würde halten. Abgesehen vom ständigen Öffnen und Schließen der Karabiner wurde jedes Geräusch vom Schnee verschluckt. Unter der starr grauen Wolkendecke hielt der Berg förmlich den Atem an. Etwas Großes schien hier zu schlummern, und es war fast, als wollten sie sichergehen, dass dieses Etwas nicht erwachte.

Jeder neuerliche Anstieg fühlte sich wie ein kleiner Gipfel an, doch wann immer sie einen erklommen hatte, ragte vor ihr schon der nächste auf. Es war immer dasselbe, kein Ende in Sicht. Und mit jedem Höhenmeter, den sie hinter sich brachte, wurde der Sauerstoffgehalt in der Luft geringer. Ihr Atem ging schwerer, und ihr Puls beschleunigte sich.

Nachdem sie erneut ein paar Stunden gegangen waren, legten sie endlich die nächste Pause ein. Galden drückte ihr ein Stück Apfel in die Hand, doch allein der Anblick versetzte ihren Magen in Aufruhr.

Sie ließ den Kopf in die Hände sinken. »Ich kann das nicht…«

»Didi, du machst das so gut«, sagte er in diesem aufreizend sanftmütigen Sherpa-Tonfall, »und es ist wirklich nicht mehr weit. Du machst hier gerade einen starken Eindruck. Wir kommen gut voran.«

»Ehrlich?«

Er nahm noch einen Schluck Tee und reichte ihn dann an sie weiter. Sie hob den Blick und starrte am Fels empor.

Über ihnen ragten verdrehte Eissäulen in den Himmel wie Überreste eines griechischen Tempels. Sie hatten genau gegenüber von einem großen Sérac haltgemacht, und ein Splitter jenes fantastischen gletscherblauen Eises blitzte darin auf. Es war magisch. Sie wäre am liebsten auf diesen Riss im Eis zugegangen und hätte das Blau berührt. Wie ein Portal, das in eine andere Welt führte. Es leuchtete so viel heller als das Nebelgrau ringsum.

Vielleicht waren das erste Anzeichen der Höhenkrankheit. Verlor ihr Verstand den Halt in der Realität? Sie waren inzwischen auf weit über sechstausend Metern und würden in den folgenden zwei Tagen weitere gut eintausend aufsteigen.

Galden musste nicht mal mehr das Wort ergreifen. Er neigte bloß den Kopf zur Seite, und ihr war klar, dass sie weiterziehen mussten. Sie stand auf und streckte sich. Beide hatten sich weitere Schutzkleidung angezogen, weil die Temperaturen weiter sanken.

Nicht mehr weit. Nicht mehr weit. Sie konzentrierte sich nur noch auf das Versprechen, das sie aus seinen Worten herausgehört hatte. Sie war völlig ausgelaugt, konnte nur mehr ihre Schritte zählen. Wenn sie zehn Schritte geschafft hatte, durfte sie kurz wieder zu Atem kommen. Zehn Schritte und stehen bleiben. Zehn Schritte und stehen bleiben. Nicht mehr weit. Nicht mehr weit. Nicht mehr. Nicht mehr. *Nichmer.* Die einzelnen Wörter verloren ihre Bedeutung.

Und als sie gerade dachte, der nächste Schritt könnte ihr letzter sein, riss sie den Blick von ihren Füßen los und entdeckte vor ihnen halb im Neuschnee versunken ein paar wenige gelbe Zelte. Sie war so müde, und ihr war so kalt, dass sie die überwältigende Umgebung nicht mal mehr zur Kenntnis nahm. Ihre Lippen waren trocken und rissig, die Finger in ihren Handschuhen eisig.

Galden brachte sie zu ihrem Zelt, und sie ließ sich einfach hineinfallen.

Jede Bewegung dauerte zwei-, dreimal so lange wie sonst. Die Signale, die ihr Gehirn an die Gliedmaßen aussandte, kamen nur zeitverzögert an. Und auch wenn sie genau wusste, was sie als Nächstes tun musste – die Windsachen ablegen, in ihren Expeditionsanzug schlüpfen –, musste sie sich jeden Schritt erst mühsam zurechtlegen. Reißverschluss der Jacke auf. Arm aus dem Ärmel ziehen. Dann den anderen Arm. Ihr Körper leistete bei jeder Bewegung Widerstand. Er verwehrte sich gegen den rettenden Daunenanzug, er wollte der Einfachheit halber die Kleidung anbehalten, die sie bereits trug, sich einfach nur noch im Schlafsack zusammenkauern und sich nicht mehr bewegen.

Irgendwann hatte sie sich aus den Kleidungsschichten geschält und saß nur in Thermounterwäsche da. Sie zitterte wie Espenlaub, zog dann aber ihren brandneuen, leuchtend orangefarbenen Expeditionsanzug aus der Hülle. Wenn sie bei klarem Verstand gewesen wäre, hätte sie dies zuallererst getan. Sie hatte kaum noch die Kraft, ihn hervorzuzerren, und ihre Körpertemperatur sank sekündlich.

Sobald der Anzug vor ihr lag, holte sie tief Luft und zwang sich zu einem letzten Kraftakt.

Sie zog sich den Anzug über die Beine, rutschte mit dem Hintern hinein, dann folgten die Schultern. Sie holte noch mal tief Luft. Die Auswirkungen der Höhe waren inzwischen extrem.

Sie blinzelte mehrmals, dann zog sie den Reißverschluss bis unters Kinn. Schlagartig fühlte sie sich wie eingehüllt in eine Daunendecke. Diesen Anzug würde sie nie wieder ablegen. Und sie würde sich eindeutig nicht mehr bewegen.

»Hallo? Cecily?«, hörte sie jemanden von draußen rufen. »Etwas Heißes zu trinken?«

»Ja, Galden. Moment …« Sie sah auf die Uhr. Sie hatte annähernd zwanzig Minuten gebraucht, um den Anzug anzulegen. Wie war das möglich?

Sie rollte sich auf die Seite, kroch in Richtung Zelteingang und nahm den süßen, würzigen, leicht pfeffrigen Masala-Tee entgegen. Ein Schluck, und Wärme breitete sich in ihr aus. Nach und nach fühlte sie sich wieder wie ein Mensch. Und endlich war sie auch imstande, nach draußen zu gehen und die Umgebung in Augenschein zu nehmen.

Es war überwältigend, aber auch zutiefst angsteinflößend. Eine streifige Eiswand ragte über ihrem Lager auf, riesige Eisbrocken klemmten in den Furchen wie Fledermäuse, und vor ihr klaffte ein steiler Abgrund. Ringsum standen nur wenige andere Zelte.

Sie war froh, dass die Sherpas das Lager an einer neuen Stelle errichtet hatten, sodass sie nicht auf dem Grab früherer Bergsteiger übernachten mussten. Das hier war immerhin nicht der Everest, auf dem es fast Teil der Erfahrung war, an gefrorenen Leichen vorüberzuziehen. Doch eine hatte sie bereits gesehen, und sie hoffte inständig, es wäre die letzte.

Sie schluckte und spürte, wie die Panik erneut in ihr aufstieg.

Dann ging sie ein Stück, um Fotos zu machen. »Bleib da, wo du jetzt stehst. Geh nicht weiter raus«, rief Galden ihr nach. Seine Stimme klang ruhig, trotzdem machte die Warnung ihr umso mehr Angst.

Stattdessen schlenderte sie an den aufgereihten Zelten entlang und hörte mit einem Mal wütende Stimmen. Hinter einer Schneewehe ging sie in Deckung, als zwei Leute in Sicht kamen.

»Laisse-le!«

Es waren Dario und Elise.

»Willst du mir etwa erzählen, dass du ihm jetzt vertraust?«, entgegnete Dario.

»Ja. Gib endlich Ruhe.«

»Und was ist mit dem Broad Peak?«

»*Bof*, da war ich höhenkrank. Du kommst einfach nicht damit klar, dass er der bessere Bergsteiger ist.«

»Du weißt, dass das nicht stimmt!« Er streckte die Hand aus und strich Elise über die Wange. Sie neigte den Kopf, schmiegte ihr Kinn an seine Handfläche, und es sah aus wie eine Geste zwischen zwei Liebenden. Cecily schoss die Hitze in die Wangen, und eilig machte sie kehrt.

Wenig später kroch Elise in ihr gemeinsames Zelt. Cecily wandte sich ab, damit ihre Zeltkameradin ungestört in ihren pinkfarbenen Gipfelanzug schlüpfen konnte. Als sie wenig später einen Blick auf deren Gesicht erhaschte, kam es Cecily so vor, als hätte sie Elise noch nie so niedergeschlagen erlebt.

»Elise, was ist los?«, fragte sie. »Ist alles in Ordnung?«

Sie wischte sich eine Träne von der Wange. »Ach, es ist nichts.«

Cecily hätte am liebsten sofort nachgehakt. Waren sie und Dario ein Paar? Und wenn ja, warum war sie dann nicht in seinem Team? Was war am Broad Peak passiert? Allem Anschein nach hatte Dario Elise anvertraut, was er Charles unterstellte, doch Elise glaubte ihm nicht.

Sie nahm ihr Handy heraus, scrollte durch die Fotos, die sie auf dem Weg geschossen hatte, dann seufzte sie tief und drehte sich leicht weg. Cecily hatte den Wink verstanden und hielt den Mund.

Als Galden und Phemba wenig später mit Schüsseln voller rehydriertem Chicken Curry ins Zelt kamen, konnte Cecily gar nicht hinsehen, als Elise ihre Portion verschlang. Sie selbst musste sich zu jedem Löffel voll zwingen, der dann schwer auf ihrer Zunge lag, als lauwarme, halb erstarrte Masse. Sie nötigte sich zu schlucken und schlug die Hände vor den Mund, um nicht alles sofort wieder auszuspucken. Das würde sie niemals hinunterbringen! Sie drückte die Folie zurück auf die

Mahlzeit und griff stattdessen zu einer Handvoll Nüssen und Schokolade. Womöglich nahm sie so nicht genügend Kalorien zu sich, aber davon würde sie sich wenigstens nicht übergeben.

Elise legte sich in ihrem Schlafsack zurück und schlief augenblicklich ein. Cecily war nicht überrascht, ihre Zeltgefährtin musste fix und fertig sein.

Sie selbst konnte nicht einschlafen. Die Ereignisse des Tages raubten ihr die Ruhe. Die Hängewand, Zaks Schwächeanfall, ihr Lapsus mit der Steigklemme, Galdens Stöhnen ... Wie leicht hier oben Fehler passierten, die obendrein tödlich enden konnten. Ihre Lunge pfiff, ihre Nase war so verstopft, dass sie nur noch durch den Mund atmen konnte und ihre Lippen zusätzlich austrockneten. Irgendwann gab sie auf und tastete stattdessen nach Notizbuch und Stift. Wenn sie schon nicht schlafen konnte, dann wollte sie wenigstens produktiv sein.

Während sie sich im Schein ihrer Stirnlampe aufschrieb, was sie tagsüber erlebt hatte, kam ihr Geist endlich allmählich zur Ruhe. Es gab nun mal nur einen Weg, auf dem ausnahmslos jeder einen Berg besteigen konnte: indem er einen Fuß vor den anderen setzte. Und wenn sie zudem die richtige Einstellung hätte, würde das ebenfalls helfen.

Deshalb musste sie auch alles niederschreiben. Sie notierte sich, was Galden zu ihr gesagt hatte: *Du machst hier gerade einen starken Eindruck.* Sie musste die geschriebenen Worte vor sich sehen und den Satz buchstäblich vor Augen haben, um den Wahrheitsgehalt zu erfassen.

Sie würde eine Riesenstory schreiben. Weil sie Bergsteigerin *und* Journalistin war. Sie war tapfer, und sie war verwundbar. Diese Eigenschaften mussten nicht unbedingt unvereinbar sein, sie konnten durchaus nebeneinanderher existieren: in jeder Hand eine Eigenschaft mit dem jeweils eigenen Gewicht, das sie, Cecily, ausbalancierte. Sie konnte beides sein.

Noch zwei Übernachtungen, und sie wären auf dem Gipfel. Dann wäre diese Reise vorbei, und sie würde sich keine Gedanken mehr über den Tod machen müssen, ob er nun infolge eines Unglücks eingetreten, unabsichtlich oder gar vorsätzlich herbeigeführt worden war.

So lange konnte sie noch durchhalten.

43

Sie war vor Angst von Kopf bis Fuß wie versteinert und wusste nicht, warum. Dann hörte sie das Geräusch erneut: ein Donnern, als hätten sie ihre Zelte auf einer Startbahn für Düsenjäger aufgeschlagen. Elise stöhnte auf, was angesichts des Lärms von draußen fast nicht zu hören war.

»Was ist das?«, fragte Cecily.

»Der Wind bläst wie verrückt. Heute gehen wir nirgendshin«, stellte Elise fest.

Cecily kauerte sich in ihrem Schlafsack zusammen. Die Zeltstangen bogen sich, unterwarfen sich dem Willen des Sturms. Als das Nylon ihr über den Kopf peitschte, wimmerte sie auf. »Das war aber doch nicht vorhergesagt? Sind wir hier wirklich sicher?«

Elise nahm einen Schluck aus ihrer Thermosflasche. »Sind wir. Allerdings werden wir mehr Essen und Wasser brauchen … *Merde*, wo ist der Campingkocher, wenn man ihn braucht?«

Sie hatten keinen. Sie würden ohne Wärme auskommen müssen, bis jemand sie holen käme. Cecily versuchte, es ihrer Zeltnachbarin gleichzutun und Ruhe zu bewahren, doch innerlich war sie vor Angst vor dem tosenden Sturm bis zum letzten Muskel angespannt.

Im selben Moment, da der Wind sich legte, hörten sie jemanden vor ihrem Zelt. »Mädels?«

Elise beugte sich vor und zog den Reißverschluss auf.

»Macht Platz!«

Cecily zog die Knie an, rutschte nach hinten durch und schob ihren ausladenden Schlafsack vor sich her.

Es war Charles, dicht gefolgt von Doug und Zak. Und alle drei waren vollkommen eingeschneit.

»Charles! Ist alles in Ordnung?«, fragte Cecily.

»Wir können nichts weiter tun, als abzuwarten, bis dieser Sturm vorbeigezogen ist. Uns wird wärmer, wenn wir nah beieinanderbleiben.«

»Verstößt das nicht gegen die Prinzipien deiner Mission?«, hakte sie nach.

»Ein paar Stunden im Zelt mit Teammitgliedern zu verbringen, während draußen ein Sturm tobt, bricht doch nicht die Regeln eines alpinen Aufstiegs«, sagte er. »Glaub mir, diesbezüglich würde ich kein Risiko eingehen.«

»Gut.« Sie fühlte sich gleich viel sicherer, jetzt, da Charles bei ihnen war.

»Ist es sehr schlimm?«, wandte sich Elise an Doug.

Er nickte knapp. »Könnte das Ende unseres Gipfelsturms sein …«

»Was? Das hast du gerade aber nicht gesagt … Du gibst doch nicht auf, Charles, oder?«, fragte Zak. »Und wenn du nicht aufgibst, sollten wir auch nicht aufgeben.«

»Das ist immer noch meine Entscheidung«, wandte Doug ein.

Charles thronte regelrecht vor dem Zelteingang und hielt die Arme angewinkelt wie ein Bär im Winterschlaf. »Der Sturm war nicht vorhergesagt.« Er warf Doug einen finsteren Blick zu, bekam aber keine Reaktion. »Keine Ahnung, wie uns so ein dummer Fehler unterlaufen konnte.« Dann schüttelte er sich, sodass Schnee auf den Zeltboden rieselte. »Aber es klart schon bald wieder auf. Ich weiß es.«

Sie schluckte. Charles mochte am Berg eine Legende sein, doch nicht einmal er konnte das Wetter steuern, ganz egal, wie stark sein Wille war. Wenn Charles nicht bis auf den Gipfel käme, hätte sie auch keine Story, über die sie berichten konnte.

Doug zog seinen Rucksack nach vorn und wischte den Schnee herunter. Dann zauberte er daraus zwei große Thermosflaschen hervor, die er Elise in die Hand drückte, damit sie sämtliche Becher befüllte. Als Nächstes zog er tütenweise Trockenmahlzeiten hervor.

Sie konnten nichts weiter tun, als zu essen, zu trinken und abzuwarten. Die gelbe Zeltplane lag auf Cecilys Wange auf, ihre Beine steckten unter Dougs Rucksack, Elise und Zak saßen ihr gegenüber und Charles immer noch am Zelteingang. Nach einer Weile kamen sie auf Grant zu sprechen.

»Ich hab ihn noch nie leiden können«, sagte Zak. »Ich nehme an, als Filmemacher ist er echt klasse, sonst hättest du ihn nicht mit ins Boot geholt, aber was den ganzen Rest angeht …«

Charles warf sich eine Handvoll geröstete Nüsse in den Mund, kaute und schluckte. »Grant hat mir gegenüber heillos übertrieben, als es um seine Fähigkeiten ging. Aber da seht ihr es: Ich habe die Berge immer schon besser einschätzen können als Menschen.«

Der Sturm zerrte an ihrem Zelt, und im nächsten Moment

war ein Schlag zu hören. Donner womöglich, oder aber ein anderes Zelt war zerfetzt oder ein Eisbrocken vom Fels gebrochen. Cecily schrie auf. Während das Nylon immer noch auf und ab peitschte und der Sturm um das Zelt herum heulte, rückten sie näher zusammen.

»Das klingt echt nicht gut ...« Zak untermalte seine untertriebene Feststellung mit einem nervösen Kichern.

Doug zückte sein Smartphone. »Gar nicht gut ... und ich fürchte, das ist tatsächlich das Ende unseres Gipfelsturms.«

Charles beugte sich vor und riss ihm das Telefon aus der Hand. Er starrte auf das Display hinab, doch nicht einmal seine rasende Wut konnte an der Anzeige irgendwas ändern. »Verdammt, Doug! Das ist ein *Screenshot!* Wo ist die Live-Vorhersage?«

»Ich hab kein Update mehr gekriegt«, erwiderte Doug seelenruhig. »Mingma versucht es gerade ebenfalls, von seinem Zelt aus. Aber guck dir das da an. In ein paar Tagen öffnet sich erneut ein Fenster. Zu spät fürs Team, aber du könntest weitermachen.«

»Heißt das wirklich, dass wir umkehren?«, fragte Zak mit großen Augen.

»Ja«, antwortete Doug. »Sobald es aufhört zu stürmen.«

Cecily wartete nur darauf, dass die Gefühle sie überwältigten: Erleichterung, Enttäuschung oder Trauer. Doch sie fühlte sich einfach nur leer, ihre Energiereserven waren völlig erschöpft. Sie ließ den Kopf hängen.

Elise legte ihr die Hand aufs Knie. »Das wird schon. Und vielleicht kannst du ja trotzdem darüber schreiben?«

»Eine Fortsetzung von ›Dem Aufstieg nicht gewachsen‹«, warf Zak ein.

»Ach, ich weiß nicht«, murmelte sie. Dann spähte sie zu Charles, um zu sehen, wie es um seine Stimmung bestellt war. Wenn er seine Meinung nicht änderte, wäre tatsächlich alles, was sie noch zustande brächte, eine Fortsetzung ihres damaligen Artikels.

Charles rieb sich über den Bart und presste die Lippen zusammen. Dann sah er Cecily mit seinen eisblauen Augen an. »Wir haben immer noch ein bisschen Zeit, um zu sehen, wie sich alles entwickelt. Am Berg ist es nicht vorbei, ehe es vorbei ist.« Er hielt kurz inne. »Trotzdem ist Scheitern manchmal gar nicht das Schlimmste, was passieren kann, oder, Cecily? Warum erzählst du uns nicht, was am Snowdon wirklich passiert ist?«

Cecily schluckte trocken, ehe sie erwiderte: »Was meinst du damit?«

»Ich glaube, es wäre gut für dich, wenn du es uns erzählen würdest.«

»Ja bitte, Cecily, erzähl es uns!«, forderte Elise sie auf. »Du weißt, ich habe deinen Artikel geliebt.«

Doug verzog das Gesicht und veränderte seine Sitzposition, und Zak lächelte sie an. Charles sah ihr weiter unverwandt ins Gesicht, und bei der Intensität seines Blickes sackte sie regelrecht in sich zusammen. Doch hier konnte sie sich nirgendshin wegducken.

Sie nahm einen Schluck Tee. »Meinetwegen. Also, der Snowdon …« Allein beim Namen des Bergs stockte ihr der Atem, doch der nächste Windstoß sorgte dafür, dass niemand es bemerkte. In der Hoffnung, der Sturm würde erstarken und ihr irgendeine Ausflucht bieten, zögerte sie es hinaus. Doch auch der Manaslu wollte es hören, und eine neuerliche Bö blieb aus.

»Ich habe mit James, meinem Ex, die Three Peaks Challenge gemacht, also die jeweils höchsten Gipfel in Schottland, England und Wales binnen vierundzwanzig Stunden bestiegen«, führte sie aus, damit auch Zak im Bilde war. »Er war quasi mein Bergführer, weil er von uns beiden der Erfahrenere war. Die Challenge ist wahnsinnig beliebt ...«

»Das reinste Spektakel. Dumm, so was zu versuchen«, murmelte Doug.

Cecily nickte. »Die Leute unterschätzen, wie schwer es ist. Und ich hab's eindeutig unterschätzt. Das war übrigens letzten Oktober, unmittelbar nachdem du deine Mission angekündigt hattest, Charles. Kaum zu glauben, dass ich da erstmals von dir gehört habe. Und jetzt bin ich hier.«

»Eine glückliche Verkettung von Umständen«, bemerkte er. »Aber erzähl weiter.«

»Als wir am Snowdon ankamen, war ich bereits völlig erledigt, nicht nur, weil wir schon den Ben Nevis und den Scafell bestiegen hatten, sondern auch, weil wir die ganze Nacht durchgefahren waren, auf der Rückbank im Auto nicht richtig schlafen konnten und nichts Ordentliches gegessen hatten. Die Vorhersage für den Snowdon war nicht toll, aber auch nicht katastrophal. Ich meine: Das ist Wales. Da rechnet man mit Mistwetter. Allerdings waren meine Schuhe im Lake District nass geworden, also hat James mir geraten, in Sneakers zu gehen. Wir hätten binnen drei Stunden auf dem Gipfel sein müssen, um die vierundzwanzig Stunden nicht zu überschreiten, und James war guter Dinge, obwohl ich so kaputt war. Am Hinweisschild zum Crib Goch hat er einen Umweg eingeschlagen und meinte, dafür bekämen wir beim Zieleinlauf extra Applaus.«

»Crib Goch? Was ist das?«, wollte Zak wissen.

»Eine berühmte Gratroute zum Gipfel«, erklärte Charles, »erfordert einiges Klettern und eine Grattraverse. Bei normalen Bedingungen gut zu machen, aber bei schlechtem Wetter kann es auch mal tödlich enden. Aber wem erzähle ich das, Doug?«

Cecily spähte hinüber zu ihrem Bergführer. Er biss die Zähne zusammen, und in seinem Nacken zuckten die Muskeln. Sie runzelte die Stirn, sprach dann aber weiter: »Jedenfalls ... waren wir bis zum Grat gekommen, und da ging es richtig los: strömender Regen, heftige Windböen, Hagel. Es war das erste Mal, dass ich richtig klettern musste ... und wie gesagt, ich hatte bloß diese leichten Sportschuhe an – ohne Profil. James war wesentlich schneller als ich, also habe ich ihn aufgefordert vorauszugehen. Ich wollte nicht, dass er die Challenge abbrach, aber ich selbst bin umgekehrt. Ich habe mein Bestes gegeben, dieselbe Route zurückzugehen, nur war ich unendlich erschöpft, und irgendwie habe ich mich an eine Stelle manövriert, von der ich nicht vor- und auch nicht mehr zurückkam. Und da saß ich dann fest.«

Der Wind, der an ihrem Zelt riss, katapultierte sie wieder zurück an jenen Grat. Sie schloss kurz die Augen und starrte dann auf ihre Hände hinab.

»Mir war eiskalt. Ich hatte mich verstiegen. Meine Hände waren schon blutig, weil ich mich dermaßen an den Felsen gekrallt hatte. Die Felsstufe, auf der ich gelandet war, war schmaler als mein Fuß. Ich habe dort mehr oder weniger auf Zehenspitzen gestanden. Jeder Muskel in meinem Körper hat nur noch gezittert. Ich konnte mich wirklich nicht mehr bewegen, war vor Angst wie gelähmt. Wenn ich abrutschte, würde ich sterben. Ich hatte kein Handynetz, und wegen des Winds konnte mich niemand hören …«

»Und was hast du gemacht?«, fragte Zak.

Sie antwortete nicht sofort. Wann immer sie den Rest erzählt hatte, hatte sie sich vage darüber hinweggeschummelt und war bis zum Ende der Geschichte vorgesprungen. Doch hier im Zelt, umringt von echten Bergsteigern, war der Moment gekommen, in dem sie die Wahrheit sagen musste, die ganze Wahrheit, das war ihr klar. »Ich hatte unfassbares Glück. Da kam eine Bergsteigerin über den Grat. Sie entdeckte mich und kam zu mir rüber. Als sie sah, dass ich feststeckte und nicht mehr weiterwusste, blieb sie in meiner Nähe, und vor allem setzte sie eine SOS-Nachricht an die Bergrettung ab. Ich hatte nicht mal gewusst, dass es diese Notfall-SMS-Nummer gab, so unvorbereitet war ich an die Sache herangegangen. Dann hat sie mir auch noch ihre Ersatzjacke geliehen und mit mir zusammen auf die Rettung gewartet. Sie hat stundenlang mit mir gesprochen, hat übers Bergsteigen geredet, über ihren Alltag in Nordwales. Sie hat mich beruhigt, und ich habe eine Menge von ihr gelernt. Allerdings wurde das Wetter immer schlechter, und vor allem wurde es dunkel. Sie machte sich Sorgen. Sie erkundete die Stelle, an der ich mich verstiegen hatte, und fand tatsächlich einen Ausweg, über den ich von meiner Stufe runterkäme. Sie gab mir klare, einfache Befehle, kam näher, um mir zu helfen, hielt mir die Hand hin, riet mir, einen winzigen Schritt nach rechts zu machen … Aber ich konnte nicht. Also beschloss sie, zu mir runterzuklettern, und dabei …«

Cecily holte tief Luft. Ihre Hände zitterten. Durch den Nebel der Erschöpfung brachen sich nun all ihre Gefühle Bahn: die

Trauer, die Schuld, die Reue, ja, aber auch die Erleichterung darüber, dass sie endlich die ganze Geschichte erzählen konnte. Sie war es Carrie schuldig weiterzusprechen. So wie sie hier in Lager drei beisammensaßen, hätten sie ebenso gut die einzigen Menschen auf der Erde sein können. Sie musste es rauslassen, sie musste ihr Geständnis ablegen.

»Cecily, geht es dir gut?«, fragte Elise und streckte sich nach ihr aus.

Sie wich so weit vor ihr zurück wie nur möglich. Sie wollte von niemandem Trost – noch nicht. »Dabei ... ist der Felsvorsprung unter ihrem Fuß abgebrochen. Ich hab's gesehen, keinen Meter von mir entfernt, aber ich konnte nichts tun, um ihr zu helfen.«

Und dann hatte sie den Schrei gehört. Sobald die Frau ins Rutschen geraten war, hätte nichts sie mehr aufhalten können. Das widerliche Geräusch, als Carrie auf dem felsigen Boden aufschlug, würde Cecily ihr Lebtag nicht mehr vergessen.

Sie selbst hätte nur diesen einzigen winzigen Schritt machen müssen. Stattdessen ...

»Sie war sofort tot. Und ich stand unter Schock. Das Adrenalin schoss mir in die Adern, und plötzlich bewegte ich mich vorwärts, bin genau die Schritte gegangen, zu denen sie mir geraten hatte, als wäre es ein Kinderspiel. Ich hätte es die ganze Zeit über schaffen können. Dann habe ich eine Pfeife in ihrer geliehenen Jacke gefunden. Darauf habe ich gepfiffen. Es war das Einzige, was mir noch einfiel. Ich habe gepfiffen und gepfiffen ... So hat die Rettung uns schließlich gefunden. James hat einen Artikel darüber geschrieben und mich als Heldin dargestellt, weil ich in ihrer Nähe geblieben wäre und die Behörden alarmiert hätte, damit sie sie bergen könnten ...«

Beschämt ließ sie den Kopf hängen. »Er hatte ja keine Ahnung, dass ich der Grund war, warum sie sterben musste. Ich … Ich bin der Grund für ihren Tod …«

Cecily schlug die Hände vors Gesicht.

Sie war die Mörderin hier am Berg.

44

Cecily holte zitternd Luft. »Die Frau hieß Carrie. Carrie Halloran. Sie war die wahre Heldin. Ich weiß nicht, wo ich heute ohne sie wäre. Hier jedenfalls nicht. Sie war eine Inspiration.«

Zak schüttelte ungläubig den Kopf. »Herrgott, Cecily, ich kann nicht fassen, dass du das durchgemacht hast.«

Doug ballte die Fäuste. »Hab ich das richtig verstanden?« Seine Stimme war hart wie Stahl. »Du und dein sogenannter Bergführerfreund, ihr hattet beschlossen, den Snowdon über die schwierigste Route zu besteigen, ausgepowert, in Eile, mit ungeeignetem Schuhwerk und bei schlechtem Wetter?«

»Ich weiß, es war einfach nur dumm.«

»Ihr hattet keinerlei Respekt vor dem Berg!« Sein Gesicht war schmerzverzerrt.

Er riss seinen Rucksack von ihren Beinen, und sie kippte nach hinten. Bis sie sich wieder aufgerichtet hatte, war sein Zorn in kühle Nüchternheit umgeschlagen. »Ich muss nach den Sherpas sehen.«

»Warte, Doug …«

Doch schneller, als sie es in dieser Enge für möglich gehalten hätte, hatte Doug Charles zur Seite geschoben, den Zelteingang aufgemacht und war verschwunden.

Cecily wischte sich mit den Handschuhen übers Gesicht. Doug war unendlich wütend auf sie. Sie fühlte sich, als hätte er tief in ihr Innerstes geblickt und erkannt, was für eine schlechte Bergsteigerin sie war. Sie sollte nicht auf diesem Berg sein, ganz egal, welche Gelegenheit oder Inspiration sie hierhergeführt hatte. Ihr war schwindlig, all ihre Zweifel drängten mit Wucht an die Oberfläche, und ihre Hände zitterten unkontrolliert, ehe Charles sie packte und an beiden Händen festhielt.

»Du hast es richtig gemacht, indem du uns alles erzählt hast. Carrie wusste, was auf dem Spiel stand, als sie auf diesen Berg gestiegen ist. Genau das lernen wir alle, einige eben auf die härtere Tour als andere. Und jetzt lass es hinter dir. Was passiert ist, ist nun mal passiert. Es zählt nur noch, dass du vorwärts blickst. Du schaffst das, Cecily. Nur deshalb habe ich dich dafür ausgewählt, nach dem Gipfelsieg meine Geschichte zu schreiben. Du verstehst die Höhen, aber eben auch die Tiefen.«

Wie gelähmt erwiderte sie seinen Blick und nickte.

Er ließ ihre Hände wieder los. »Ich gehe nachsehen, wie es Doug geht, und schicke einen der Sherpas, der euch mehr Wasser bringen soll. Ihr müsst heute Nacht viel trinken.«

Im nächsten Moment war er verschwunden, und sie blieben zu dritt im Zelt zurück.

»Was war denn mit Doug los?«, fragte Zak.

Cecily schüttelte den Kopf. Sie war wie betäubt. Alles rauszulassen war eine Erleichterung gewesen, doch Dougs Reaktion hatte sie aus der Fassung gebracht. »Ich habe keine Ahnung …«

»Es tut mir so leid, was du da erlebt hast«, sagte Elise. Dann schnalzte sie mit der Zunge. »Ich persönlich finde ja, dass dein Ex daran schuld ist. Hast du nicht gesagt, er wäre Bergführer? Aber dich bei Wind und Wetter in Sneakers dort mit hochzunehmen …« Sie schüttelte sich.

»Nein, Elise. Es war meine Schuld.«

»Es ist niemandes Schuld, wenn jemand abrutscht. Wenn du mich fragst, bin ich echt stolz auf dich. Du bist hier, bist vorbereitet, bist bereit und stellst dich deinen Ängsten. Das ist verdammt mutig. Dieser Entschluss, in die Berge zurückzukehren? Damit kannst du gar nicht scheitern, ganz egal, ob du es bis zum Gipfel schaffst oder nicht.«

Cecily spürte, wie ihr die Tränen kamen. »Du ahnst nicht, wie viel mir das gerade bedeutet, besonders von dir … Ich kann einfach … Ich kann nicht glauben, dass wir wirklich umkehren!«

Elise zuckte mit den Schultern. »Der Berg ist auch weiterhin da. Du kannst es jederzeit wieder versuchen.«

Sie beneidete Elise um ihre Gelassenheit. Für sie selbst waren die Dinge nicht annähernd so einfach. Sie biss sich auf die Lippe. »Wenn ich nicht zum Gipfel komme, gibt Charles mir kein Interview. Das war seine Bedingung.«

Elise schnaubte. »Als wäre es deine Schuld, dass wir im Sturm nicht zum Gipfel kommen! Wenn es so schlimm weitergeht, schafft er es doch genauso wenig!«

»Und dann gäbe es für mich erst recht keine Story.«

»Ist das inzwischen nicht völlig egal?«, warf Zak ein. »Es ist doch nur diese eine Geschichte. Du bist eine erfolgreiche Journalistin. Versetz dich mal in meine Lage. All die Sponsorengelder, die hiermit verpufft sind …«

»Ich bin *keine* erfolgreiche Journalistin. So etwas Großes habe ich noch nie geschrieben. Nicht *Wild Outdoors* hat mich für die Story gewollt, das war Charles. Wenn ich die Geschichte nicht schreibe, nimmt meine Redakteurin nie wieder einen Text von mir an. Damit wäre ich arbeitslos. Und obdachlos im Übrigen auch. Ich habe mich ziemlich verschuldet, um hierherzukommen …«

»Ist das dein Ernst? Das hast du nie erwähnt.« Zak legte ihr den Arm um die Schulter und drückte sie. »Da kommen neue Jobs, ganz ohne jeden Zweifel.«

»Klar.« Sie lächelte ihn schief an und zog sich den Schlafsack bis unters Kinn. Sie wünschte sich, sie wäre so optimistisch wie er.

»Tja. Aber hey, finde nur ich das, oder klingt es gerade, als würde es draußen besser werden? Vielleicht ist Doug ja deshalb rausgestürmt. Vielleicht musste er sich wirklich mit den Sherpas absprechen«, sagte er.

Für Cecily hatte Dougs Gesichtsausdruck eine andere Sprache gesprochen. Sie hatte echten Schmerz darin erkannt, eine Qual, die sie so bald nicht vergessen würde.

Doch was das Wetter anging, hatte Zak recht. Der Sturm hatte sich gelegt, allerdings waren jetzt andere Geräusche zu hören. Beschimpfungen, Schreie, eine Schlägerei.

»Was in aller Welt …«, platzte es aus ihr heraus.

»Ich gehe nachsehen«, sagte Zak.

»Nein, warte, der Wind …«

»Ich gehe auch nicht weit.«

Zak zog seine Schuhe an und war aus dem Zelt gekrochen, noch ehe Cecily ihm widersprechen konnte. Sie wechselte einen Blick mit Elise. Beide fragten sich noch, ob sie hinterherlaufen sollten, als Zak bereits wieder im Zelteingang auftauchte.

Er kroch zu ihnen herein. »Ihr werdet es nicht glauben, aber Grant dreht da draußen gerade durch. Sie glauben, dass er schwer höhenkrank ist. Er beschimpft alle, weigert sich, im Zelt zu bleiben, hat sich die Jacke ausgezogen und seine Handschuhe den Berg runtergeschleudert ... Sie wollen ihn runterbringen, befürchten aber, dass sie das in seinem Zustand nicht schaffen. Vielleicht müssen sie ihn fesseln ...«

»Ist nicht dein Ernst!«, rief Elise.

Im nächsten Moment streckte Mingma den Kopf herein.

»Ihr bewahrt bitte Ruhe«, sagte er. Eine tiefe Sorgenfalte lag auf seinem sonst so freundlichen Gesicht.

»Ist es hier denn sicher, wenn er so weitertobt? Was, wenn er in der Nacht über uns herfällt?«, fragte Cecily mit schreckgeweiteten Augen.

Mingma schüttelte den Kopf, und Schnee rieselte auf ihren Schlafsack. »Keine Sorge. Dario schickt ihn zurück ins Basislager. Er geht nicht mit auf den Gipfel. Wir nehmen übrigens an, dass wir womöglich doch schon morgen aufsteigen können. Wir sollten uns also bereit machen. Eure Sherpas bringen gleich Essen. Dann müsst ihr drei euch dringend ausruhen. Macht euch wegen Grant bitte keine Gedanken. Er ist nicht mehr unser Problem.«

Trotzdem hatte Cecily einen Hauch Besorgnis in seinem Gesicht erhascht.

Ein einziger Quertreiber am Berg, in solcher Enge, und sie waren alle in Gefahr.

45

Von der Innenseite der Zeltwände hingen kleine Eiszapfen. Die Feuchtigkeit in ihrem Atem hatte sich auf dem Nylon niedergeschlagen und war dort gefroren. Die winzigen Stalaktiten rieselten auf Cecilys Schlafsack nieder, als sie wach wurde und die Zeltplane berührte. Zumindest heulte draußen kein Sturm mehr. Kalte Luft wehte ihr ins Gesicht, als sich der Zelteingang von außen öffnete, und sofort schlug die Panik zu.

»Was …?«, murmelte sie mit schwerem Kopf. Was, wenn das Grant war? Was, wenn er gleich über sie herfiel?

Sie streckte den Arm aus, tastete nach ihrem Eispickel, würde ihn sofort einsetzen. Doch dann erkannte sie das Gesicht im Zelteingang wieder. Es war Galden.

Elise setzte sich neben ihr auf. »Ist alles in Ordnung?«

»Ist es schon Morgen?«, fragte Zak gedämpft.

Galden war eindeutig besorgt. »Wir müssen uns beeilen.«

»Kehren wir um?«, fragte Cecily, obwohl sie die Antwort in Wahrheit gar nicht hören wollte.

Doch er schüttelte den Kopf. »Nein, wir steigen auf zu Lager vier. Aber …« Er verstummte, wollte anscheinend nichts weiter sagen. »Hier. Euer Frühstück.« Er drückte jedem von ihnen eine Schale in die Hand und war wieder weg.

»Das war ja merkwürdig«, stellte Zak fest, während er seinen Porridge in sich hineinschaufelte. Cecily hielt ihre Portion Apfelmus in der Hand. Der Brei war alles andere als appetitanregend. Sie ließ ihn vom Löffel zurück in die Schale tropfen. Ihr zog sich der Magen zusammen, und Übelkeit stieg in ihr auf. Eilig stellte sie die Schale beiseite und nahm sich stattdessen einen Müsliriegel.

Als sie schließlich vollständig bekleidet und ausgestattet aus dem Zelt krochen, wartete Mingma bereits auf sie. Doug war nirgends zu sehen.

»Es gibt Neuigkeiten«, verkündete Mingma.

Zak stöhnte. »Kehren wir doch um? Aber das Wetter scheint sich doch beruhigt zu haben?«

Er hatte recht. Die Sonne schien, die Luft war frisch und klar, der Wind nur noch eine sanfte Brise. Optimale Bedingungen, um den Aufstieg fortzusetzen.

Mingma schüttelte den Kopf. »Wir gehen weiter hoch. Nein, es geht um etwas anderes.« Er winkte sie näher. »Es geht um Grant.«

Cecilys Herz setzte für einen Schlag aus. »Was ist passiert?«

»Er wird vermisst. Er wollte in der Nacht zur Toilette, ist aber nicht in sein Zelt zurückgekehrt. Die anderen suchen schon nach ihm.«

Cecily reckte sich und sah in Richtung der Summit-Extreme-Zelte. »Wo soll er denn hingegangen sein? Wir sind hier in Lager drei!«

»Ich weiß, es ist ein Schock, aber wir müssen uns jetzt aufs

Wesentliche konzentrieren. Ich wollte es nur erwähnt haben, damit ihr die Augen offen haltet.«

»Ist er vielleicht runter?«, fragte Zak.

»Doch nicht allein!«, wandte Cecily ein. Trotz Sonnenschein zitterte sie am ganzen Leib. Grant war irgendwo dort draußen …

»Und warum hat ihn niemand bewacht?« Auch Zak ließ den Blick über das Summit-Extreme-Lager schweifen, als rechnete er jeden Moment damit, dass Grant dort auftauchte.

»Ich weiß es nicht. Aber sie sind schon auf der Suche, und wir nehmen an, dass Doug sich dem Suchtrupp angeschlossen hat. Wir müssen uns jetzt auf unsere eigene Sicherheit konzentrieren. Habt ihr eure Sauerstoffmasken parat? Ich schließe sie an die Flaschen an und drehe sie für euch auf«, erklärte Mingma.

Wo war Grant?

Die Schlaufen der Maske lagen zu eng auf Cecilys Wangen auf, und die Gummikante drückte ihr auf den Nasenrücken. So konnte sie nicht atmen. Sie konnte diese Maske nicht tragen. Sie kam ihr vor wie eine Klaue, die sich in ihr Gesicht krallte.

Sie riss sich die Maske wieder herunter und schnappte nach Luft. Auch wenn sie über die Maske mehr Sauerstoff einatmen würde als an der Außenluft, fühlte sich das Atmen ohne Maske einfacher an.

Obwohl sie nur ein paar wenige Schritte gegangen war, ließ sie sich auf die Knie fallen. Dann machte sie einen zweiten Fehler: Sie sah nach oben. Jenseits der Zelte konnte sie an diesem klaren, sonnigen Tag, an dem anders als an ihrem Ankunftstag keine Schneewehen die Sicht versperrten, die Piste ausmachen, die zu Lager vier führte.

Unmöglich! Ein nicht enden wollender, steiler Anstieg.

Sie drehte sich zu ihrem Zelt um. Am liebsten wäre sie dort wieder hineingekrochen und hätte gewartet, bis der Rest des Teams vom Gipfel zurückgekehrt war. Ihre Entschlossenheit nahm sekündlich ab, schmolz dahin wie die Schneedecke unter der heißen Sonne.

Jemand legte ihr den Arm um die Schultern. Galden. Er setzte ihr die Sauerstoffmaske wieder auf. »Hol tief Luft, Cecily.«

Sie schüttelte den Kopf. *Ich kann das nicht,* wollte sie sagen, *hätte* sie gesagt, wenn sie mit der Maske über dem Gesicht hätte sprechen können.

Aber er wusste es auch so.

»Du *kannst* es. Atme einfach. Lass dir Zeit.«

Ihr Herz raste wie wild, ihr Magen rebellierte, und sie glaubte schon, sie müsste sich übergeben. *Willst du, dass ich* darüber *schreibe, Charles? Ist* das *das Glück, das der Berg für uns bereithält?*

Was bitte war dieses Glück? Dass man selbst überlebte, während andere es nicht schafften? Das Problem war nur, dass auch sie selbst noch lange nicht überlebt hatte. Sie steckte immer noch mittendrin, hatte den gefährlichsten Abschnitt des Berges immer noch vor sich: die Todeszone. Genau wie Charles gesagt hatte, nachdem Ben abgereist war: Hier konnte der wahre Killer jederzeit das Ruder übernehmen.

Sie konnte sterben, wenn sie nicht bald lernte, durch die Sauerstoffmaske zu atmen. Wenn sie einen falschen Abzweig nahm und sich verirrte. Wenn sie vergaß, sich einzuklippen.

Wenn sie nicht genug Flüssigkeit zu sich nahm. Wenn ihre Steigklemme abrutschte. Wenn ihr Steigeisen sich in der Gamasche verfing. Wenn ihr Gehirn begann anzuschwellen. Wenn wieder Sturm aufkam und sie vom Berg fegte ... Oder wenn Grant sich irgendwo an diesem Berg versteckte und nur darauf lauerte, sie anzugreifen. Es gab so viele Wenns, die potenziell tödliche Folgen hatten.

Die Sonne brannte auf sie herab, wurde vom Schnee reflektiert, und Schweißperlen sammelten sich über ihren Augenbrauen. Vor ihnen stieg die Route an, dieser riesenhafte Rücken des Bergungeheuers. Ein paar Bergsteiger kamen nach unten. Von Cecilys Standpunkt aus sahen sie aus wie Ameisen. Die Sauerstoffflasche in ihrem Rucksack zerrte an ihren Schultern. In ihrem Expeditionsanzug war ihr zu warm, also zog sie die Reißverschlüsse an den Seiten bis unter die Achseln auf, damit die Luft zirkulieren konnte.

»Komm schon, weiter geht's«, sagte Galden, »einen Schritt nach dem anderen.«

Als er den nächsten Schritt von ihr wegging, bemerkte sie, dass er den Arm komisch hielt, dass er ihn sich an die Seite presste, den Arm, den sie versehentlich mit dem Pickel erwischt hatte. Sie hätte ihn gern gefragt, ob es ihm gut ging, doch sein Tempo und ihre Sauerstoffmaske vereitelten es.

Also ging auch sie weiter. Obwohl es keine der technisch anspruchsvolleren Passagen war, würden sie hierfür am längsten brauchen, weil sie inzwischen alle erschöpft waren und weil die Hitze an ihren letzten Kräften zehrte.

Elise ging hinter Cecily, trug ihre Kamera an einem Selfiestick vor sich her und kommentierte den Anstieg. Dann drehte sie die Kamera und richtete sie auf einen kleinen Fleck oben am Berg zu ihrer Linken. Cecily kniff die Augen zusammen und sah das Fleckchen nach oben steigen. Charles. Er legte ein stattliches Tempo vor und schien sich mit Leichtigkeit vorwärts zu bewegen.

Sosehr der Anblick sie faszinierte und sosehr es ihr vor Augen führte, wie angestrengt sich alle anderen an den Fixseilen Schritt für Schritt nach oben kämpften – sie musste sich jetzt auf sich selbst konzentrieren. Sie nahm eine Faustvoll Schnee und kühlte sich Handgelenke und Nacken. Selbst auf diesem schneebedeckten Berg auf knapp siebentausend Metern über dem Meeresspiegel hatte sie Schweißausbrüche, und ihr war wärmer, als wenn sie auf Ibiza am Strand gelegen hätte. Ihr Expeditionsanzug machte seinen Job schlichtweg *zu* gut. Sie traute sich nicht, die Sauerstoffmaske abzunehmen, und zog stattdessen sämtliche Reißverschlüsse an ihrem Anzug auf, sodass er nur mehr an ihr schlackerte. Unter dem Anzug schien die schwarze Merinothermowäsche annähernd zu glühen. Wann immer sie die Maske anhob, um einen Schluck zu trinken, wischte sie sich Schweiß von der Oberlippe.

Zumindest die Steigklemme hielt heute, und sie musste nicht befürchten, erneut abzurutschen. Die Piste stieg zusehends steiler an, doch den großen Eisbruch hatten sie hinter sich, sodass keine größeren Kletterpassagen mehr zu erwarten waren. Inzwischen ging mehr Gefahr von schweren Schneeverwehungen aus. Daher hielten sie sich auf dem Pfad, den das Fixseilteam gespurt hatte. Jede Abweichung hätte Unruhe in die Schneedecke gebracht und einen möglichen Lawinenabgang nach sich gezogen.

Während Elise sich ein Stück zurückfallen ließ, ging Cecily

den Großteil dieser Passage zusammen mit Zak, der in seinem maßgefertigten silberfarbenen Anzug eher aussah wie ein Astronaut denn wie ein Bergsteiger.

Am oberen Ende des Anstiegs – immer noch Stunden von Lager vier entfernt – setzten sie sich in den Schnee, um zu rasten, und sahen den Hang hinab, den sie eben heraufgestiegen waren. Es war ein unfassbarer Anblick. Sie konnten sogar die Lager drei und eins als winzige Flecken in der Ferne sehen. Worte waren nicht nötig. Sie ließen beide lediglich den Blick schweifen und atmeten.

Der unausgesprochenen Regel zufolge setzten sie sich nach nur wenigen Augenblicken erneut in Bewegung. Als die vierte Stunde ihres Marsches anbrach, zog erneut schlechtes Wetter auf. Die Sonne verschwand hinter einer riesigen Wolke, und die Temperaturen sanken. Cecilys Expeditionsanzug, an dem sie mittlerweile die Reißverschlüsse wieder geschlossen hatte, kam jetzt zu seinem Recht. Die Maske war immer noch fürchterlich unbequem, doch statt sich weiter Schweiß von der Oberlippe zu wischen, musste sie jetzt Eis aus ihrem Kragen kratzen. Um den Ausschnitt ihres orangefarbenen Anzugs hatte sich Frost gebildet und überzog alles mit einer weißen Kruste. Sie zog ihre Sturmmaske zurecht, damit die nackte Haut rund um die Maske bedeckt war, und statt Angst vor Sonnenbrand hatte sie nun Angst vor Erfrierungen. Die Bandbreite lebensbedrohlicher Zustände, mit denen sie es hier zu tun bekam, war schwindelerregend.

Nach einer weiteren Stunde sah sie das flatternde Gelb von Lager vier vor sich. Hier würden sie sich ausruhen und dann die letzte Etappe zum Gipfel aufsteigen. Es war etwa 15 Uhr, gegen Mitternacht würden sie weiterziehen. Tags darauf um dieselbe Zeit sollten sie zurück im Basislager sein – sofern alles nach Plan lief.

Zak ging ein paar Schritte vor ihr. Dann blieb er so abrupt stehen, dass sie fast in ihn hineingekracht wäre.

»Was ist?« Sie zog sich die Maske herunter.

»Hörst du das?«

Sie spitzte die Ohren. Aus den Zelten waren Schreie zu hören. Geschrei auf über siebentausend Metern? Sofort musste sie an Grant denken. Hatten sie ihn gefunden? Trieb er etwa noch mehr Unwesen?

»Ich glaube, das war Dougs Stimme«, sagte Zak. »Zumindest gut zu hören, dass er hier ist …«

Sie wechselten beunruhigte Blicke. Wenn es ihnen möglich gewesen wäre, am Fixseil zu rennen, mitsamt Sauerstoffmaske und Steigeisen, hätten sie es getan.

Als sie sich dem Zelt näherten, gestikulierte dort Dario wütend in Dougs und Mingmas Richtung, und im nächsten Moment entdeckten sie auch, warum er so wütend war. Die Summit-Extreme-Zelte waren zerrissen, das Nylon flatterte nur mehr im Wind. Allem Anschein nach waren sie mutwillig zerstört worden.

46

Ein paar Meter weiter standen die intakten Manners-Mountaineering-Zelte. Cecilys Erleichterung vermischte sich mit der Sorge um Darios Kunden. Wer würde so etwas tun? Was für ein Mensch sabotierte eine ganze Expedition und gefährdete das Leben der Teilnehmer?

»Ihr habt uns ruiniert!«, kreischte Dario. »Seid ihr wirklich so verzweifelt, dass ihr unschuldige Menschen in Gefahr bringen müsst?«

»Dario, beruhige dich! Das waren wir nicht!«, hielt Doug dagegen.

»Und wie soll das sonst passiert sein?« Er zeigte wieder zu den Zelten.

»Woher soll ich das wissen? Der Sturm in den letzten Tagen war heftig …«

Dario riss beide Arme hoch. »Der Sturm? Dann hat der Sturm sich wohl gedacht, er zerstört nur unsere Zelte? Du solltest es wissen, du warst der Einzige, der vor uns hier ankam!«

Doug kniff die Augen zusammen. »Es waren noch andere Teams hier oben. Ich warne dich, Dario …«

»... sonst was? Was willst du denn tun? Mich auch verprügeln? Das wäre das Ende für deine Firma, ganz egal, was Charles tut, um sie durchzufüttern.«

Hinter Dario saßen die Summit-Extreme-Teilnehmer auf dem Boden und hatten die Hände vors Gesicht geschlagen. Cecily konnte es ihnen nicht verübeln. Sie hatten alles gegeben, um bis Lager vier aufzusteigen, und jetzt waren ihre Gipfelaussichten genauso dahin wie ihre Zelte.

»Wir könnten für deine Teilnehmer mitkochen«, mischte Mingma sich ein.

Dario taumelte zurück. »Nach dieser Sache bleibt ihr doch wohl nicht hier? Hier ist eindeutig jemand unterwegs, der nicht zurechnungsfähig ist! Ohne Satellitenverbindung könnt ihr nicht mal die Vorhersage abrufen. Auf den Gipfel zu steigen wäre der reine Wahnsinn! Ihr müsst mit uns runter ins Lager drei. Doug, du weißt, dass das die einzige Option ist. Ich kenne niemanden, der so sicherheitsbewusst ist wie du!«

Runter ins Lager drei? Nach all den Anstrengungen? Das war undenkbar. Jetzt kehrtzumachen würde sie nicht fertigbringen, so viel war Cecily klar.

»Ich verstehe nur zu gut, Dario, dass ihr wieder runtermüsst, aber unsere Zelte sind in Ordnung. Wir bleiben«, verkündete Doug.

Dario sah ihn ungläubig an.

»Gott sei Dank«, flüsterte Zak Cecily zu und nahm seine Maske ab. »Ich dachte schon, unser Gipfelsturm wäre hiermit zunichte.«

Cecily holte tief Luft, atmete Sauerstoff durch ihre Maske ein und versuchte, ihren Puls zu beruhigen. Dario hatte recht: Doug war mit Abstand der sicherheitsbewussteste Bergführer weit und breit. Und trotzdem waren sie hier, unmittelbar nachdem ein Sturm gewütet hatte, nachdem Zelte zerstört worden waren und möglicherweise ein Wahnsinniger frei herumlief. Und er wollte, dass sie blieben.

Cecily wollte es zum Gipfel schaffen. Nur fühlte es sich nicht richtig an.

Als klar war, dass Doug und Mingma es sich nicht anders überlegen würden, stapfte Dario kopfschüttelnd davon.

Sie ging auf Doug zu, wollte ihn eigentlich fragen, ob es Neuigkeiten von Grant gebe, doch er drehte sich sofort von ihr weg, sobald sie auch nur einen Schritt auf ihn zugemacht hatte.

Es schneite, und einzelne heftige Windböen zerrten an ihnen. Hoffentlich würde der Sturm, der sie in Lager drei in die Zelte genötigt hatte, nicht wieder aufkommen.

Neben ihr tauchte Galden auf und winkte sie hinter sich her. Zusammen mit Zak schlurfte sie ihm nach. Sie ballte die Fäuste in ihren dicken Überhandschuhen und versuchte inständig, nicht zu den Zelten von Summit Extreme zu spähen, weil sie ihrem ohnehin schon flauen Gefühl im Bauch nicht zusätzlich Nahrung geben wollte.

Galden führte sie zu einem Zelt. »Hier, setzt euch dort rein.« Ohne ein weiteres Wort krochen sie beide hinein und ließen sich auf den Zeltboden fallen. »Ihr zwei und Elise teilt euch das Zelt. So ist es besser, wenn ihr euch warm halten wollt.«

Sie nickte nur, brachte nicht einmal mehr die Energie auf, etwas zu erwidern. Elise kam ein paar Minuten später an, nachdem Cecily und Zak bereits ihre Matten und Taschen ausgebreitet hatten. »Ich bin an ein paar Leuten von Summit Extreme vorbeigekommen. Sie haben mir von ihren Zelten erzählt. Schrecklich!«

»Dario glaubt, das hat jemand absichtlich getan«, sagte Zak.

»Nein, nein, nein. Ganz sicher nicht.« Doch das Entsetzen stand ihr ins Gesicht geschrieben.

Der Reißverschluss ihres Zeltes ging auf. »Elise?«

»Huch? Was machst du denn hier?«

Dario streckte die dick behandschuhte Hand herein. »Du musst mit mir mitkommen.« Sein Blick loderte. »Bitte, ich muss mit meinem Team wieder absteigen, und ich kann dich hier nicht zurücklassen.« Dario sah zu Cecily und Zak, wandte sich dann aber wieder der jungen Kanadierin zu. »Komm, gehen wir. Hier ist es nicht sicher.«

Elise wich vor ihm zurück. »Dario, nein …«

Jemand zog Dario an den Schultern zurück. »Lass sie in Ruhe! Das hier ist mein Team, und ich treffe hier die Entscheidungen.«

Kurz schienen sie vor dem Zelt miteinander zu rangeln, und Dario rief noch ein paarmal Elises Namen, doch dann verzog er sich. Stattdessen schob Doug den Kopf in ihr Zelt. Mit seinen dunklen Augen nahm er Elise ins Visier. »Ich wusste nicht, dass ihr etwas miteinander habt! Das hast du uns nie erzählt!« Elise wich seinem Blick aus, und er schnaubte. »Egal. Allerdings müsstet ihr noch mal umziehen.«

»Ist nicht dein verdammter Ernst!«, grollte Zak.

»So ist es am besten für alle. Wir haben ausreichend Zelte, und du und Cecily, ihr schlaft mit zusätzlichem Sauerstoff eindeutig besser. Elise will ohne Sauerstoff aufsteigen, und wenn ihr in Einzelzelten schlaft, kann ihr hinterher keiner vorwerfen, dass sie womöglich geschummelt hat.«

Elise starrte den Zeltboden an und umklammerte ihren Kettenanhänger. Sie sah aus, als hätte Darios Einmischung sie völlig aus der Fassung gebracht, und Cecily konnte es ihr nicht verübeln. Auch sie war reichlich durcheinander.

Elises Angst war ansteckend. Cecily spürte, wie es ihr die Kehle zuschnürte. Unwillkürlich musste sie ans Basislager und an Darios Warnung denken: *Sei nie allein.* Und jetzt sollte sie ihr eigenes Zelt beziehen? Kein Zelt mehr teilen. Allein darin liegen. Andererseits waren sie immer noch Teil von Dougs Team, und Doug hatte unmissverständlich klargemacht, dass sein Wort am Berg Gesetz war.

»Bewegung, Zak.«

»Okay, meinetwegen …« Weil sie die Expeditionsanzüge gar nicht erst abgelegt hatten, gab es nicht allzu viel zu packen, und er kroch vor ihr her aus dem Zelt.

»Bin gleich wieder da«, sagte Doug und sah flüchtig zu Cecily.

Sie erschauderte.

Sobald Doug und Zak verschwunden waren, griff Elise nach Cecilys Hand. »Bitte sei vorsichtig! Vielleicht hat Dario recht. Irgendwas fühlt sich hier verkehrt an.«

»Warum bist du dann nicht mit ihm mitgegangen?«

»Der Gipfel …«

Cecily hatte zuvor kaum einen Gedanken daran verschwendet, aber ganz gleich, wie leichtherzig Elise behauptet hatte, dass der Berg auch weiterhin da sei, stand sie wohl doch unter enormem Druck, es bis auf den Gipfel zu schaffen. Da waren ihre Follower und ihre Sponsoren. Cecily war nicht die Einzige, die Angst davor hatte, abbrechen zu müssen – und zugleich davor, weiter hinaufzusteigen.

Elise senkte die Stimme. »Wie Doug sich derzeit verhält, gefällt mir nicht. Du weißt, dass er hitzköpfig ist, oder? Aber da ist noch etwas anderes. Cecily, ich war nicht ganz ehrlich zu dir, was den wahren Grund meiner Teilnahme angeht …«

»Was soll das heißen? Bist du gar nicht hier, um Charles' Social-Media-Präsenz anzuheizen?«

»Offiziell schon, aber … *Merde.*« Sie atmete scharf aus. »Ich bin diejenige, die Dario erzählt hat, dass sie Charles am Broad Peak beobachtet hat, wie er die Fixseile benutzte. Meine GoPro war kaputt, deshalb konnte ich es nicht filmen. Aber ich meine, dass er die Seile benutzt hat.«

»Ernsthaft? Was genau hast du gesehen?«

Elise zögerte. »Ich war ohne Sauerstoff unterwegs und deshalb sehr langsam … Sogar Phemba ging ein gutes Stück vorneweg, sodass ich ihn nicht mehr sehen konnte. In diesem Jahr lag irre viel Schnee, das Lawinenrisiko war gewaltig, und ich mache Phemba keinen Vorwurf, er wollte einfach nur schneller vorankommen. Ich hatte mich gerade an einem Fixpunkt eingeklippt, als meine größte Angst wahr wurde: Direkt hinter mir, wo ich gerade noch unterwegs gewesen war, ging eine Lawine ab. Ich selbst war gesichert, aber ich rief nach unten, um die Leute unter mir zu warnen. Ich war mir zwar sicher, dass da niemand mehr war, doch dann habe ich einen dunkelroten Anzug entdeckt und gedacht: O nein, Charles! Als das Schneegestöber sich wieder gelegt hatte, war er immer noch da, presste sich an den Fels und war in Sicherheit. Ich war unendlich erleichtert. Aber dann meine ich, gesehen zu haben, wie er sich unser Fixseil um den Arm gewickelt hatte. Ich war zu weit weg, um ganz sicher zu sein. Ich hab es Dario gegenüber erwähnt, und er war außer sich.«

»Selbst wenn das Fixseil Charles das Leben gerettet hätte?«

Elise nickte. »Charles macht so eine Riesensache aus seiner

Mission, insofern ... Ja, da spielt es durchaus eine Rolle. Es war außerdem nicht das erste Mal, dass Dario so etwas gehört hatte ... Also haben wir uns einen Plan zurechtgelegt, wie wir diesmal an Beweise kämen. Der Manaslu war unsere letzte Chance. Dario wollte, dass ich mich Charles' Team anschließe, um ihn des Betrugs zu überführen.«

Cecily blinzelte mehrmals und war kaum imstande zu begreifen, was Elise da sagte. Allerdings wusste sie, dass Doug jeden Moment auftauchen würde, und sie musste mehr in Erfahrung bringen.

»Dann seid du und Dario ...?«

»Wir sind ein Paar.«

»Warum habt ihr euch gestern gestritten?«

Elise sah sie überrascht an. »Das hast du mitbekommen?«

Cecily nickte.

Elise seufzte. »Wir haben uns gestritten, weil ich seit Expeditionsbeginn nichts gesehen habe, was Charles falsch gemacht hätte. Ich glaube nicht, dass er ein Betrüger ist. Ich muss mich geirrt haben. Und ich nehme an, dass Dario eifersüchtig ist. Ich hatte Angst, dass er irgendwas tun könnte, um Charles zu sabotieren.« Sie schlug die Hände vors Gesicht. »Aber jetzt, da Doug so wütend ist, habe ich Angst ...«

Cecily berührte sie an der Schulter. »Was meinst du?«

Elise fing ihren Blick auf. »Ich habe Angst davor, was er tun könnte, jetzt, da er weiß, dass ich nur hier bin, um Charles auffliegen zu lassen.«

»Aber woher soll er das denn wissen?«

»Ich hab's ihm selbst erzählt. Heute Morgen in Lager drei, bevor alle anderen aufgestanden sind. Ich hab's ihm erzählt, weil ich eingesehen hatte, dass ich falschlag, und mich dafür entschuldigen wollte. Aber dann ist er so schnell von mir wegmarschiert, dass ich gar nicht mehr hinterherkam. Jetzt sind die Summit-Extreme-Zelte zerstört, und …«

»Und du glaubst, dass das Doug war?«

»Es gibt keine andere Erklärung.«

»O Gott … Und ich dachte, *ich* hätte ihn mit meiner Geschichte vom Snowdon verärgert. Er war so wütend …« Cecily hielt inne. »Aber Charles weiß nicht, dass du deshalb hier bist?«

Elise presste die Lippen zusammen und schüttelte den Kopf. Ihr Lippenstift war verwischt, und darunter schimmerten ihre Lippen leicht bläulich. »Ich wollte, dass noch jemand anders Bescheid weiß – und ich will, dass du supervorsichtig bist, nur für den Fall, dass …«

»Du bist dran«, sagte eine barsche Stimme. Cecily zuckte in ihrem Schlafsack zusammen. Sie hatte nicht mal bemerkt, dass Doug zurückgekommen war. Der Schnee dämpfte sämtliche Geräusche. »Los geht's.«

»Viel Glück«, sagte Cecily zu Elise, sobald sie all ihre Habseligkeiten zusammengeklaubt hatte.

»Gleichfalls«, erwiderte Elise. »Ich bin mir sicher, alles wird gut.« Sie umklammerte ihre Kette.

Cecily folgte Doug hinaus in den Abend. Es war mittlerweile stockfinster, es schneite, und ihr blieb nichts anderes übrig, als dem Licht seiner Stirnlampe zu ihrem Zelt zu folgen. Er schob den Eingang für sie zur Seite, und sie kroch hinein. Was sollte sie tun, außer ihm zu vertrauen? Sie wusste sich sonst keinen Rat.

Eingerahmt vom Zelteingang war Doug draußen stehen geblieben. »Ich wecke euch um Mitternacht. Dann gehen wir los. Mach dir wegen des Schlafsacks und der Matte keine Gedanken. Du brauchst bloß zu packen, was du für den Gipfel brauchst: Essen, Wasser, zusätzliche Handschuhe. Bloß leichtes Gepäck.«

»Aber Galden geht mit mir hoch, oder?«, hakte sie nach.

Doug seufzte und rieb sich die Nasenwurzel. »Cecily, es war dumm von dir herzukommen.«

»Wie bitte?«

»Nach dem, was dir am Snowdon passiert ist, hast du am Berg nichts mehr zu suchen. Wenn ich darüber Bescheid gewusst hätte, hätte ich dir die Teilnahme verweigert. Du bist nicht hinreichend vorbereitet, du bist leichtsinnig, und dir fehlt die Willenskraft. Aber nachdem du jetzt hier bist, stehst du unter meiner Aufsicht. Ich sorge für deine Sicherheit. Und unter meiner Aufsicht ist noch niemand verloren gegangen.«

Ihr Mund war trocken, und sie wusste nicht, was sie darauf erwidern sollte. Er griff nach dem Reißverschluss ihres Zelts und wollte gerade den Eingang zuziehen, als sie endlich die Sprache wiederfand. »Warst du das?«

Es entstand eine Pause. Er zog den Reißverschluss wieder ganz auf. »Was?«

»Hast du die Summit-Extreme-Zelte zerstört, damit sie nicht bleiben konnten?«

Er streckte sich nach ihr aus und setzte ihr die Sauerstoffmaske auf. »Ruh dich jetzt aus«, sagte er nur.

Dann ließ er sie in der Dunkelheit zurück. Ohne Elise neben sich fühlte sie sich mutterseelenallein. Der Wind zerrte an ihrem Zelt, wenn auch nicht halb so heftig wie tags zuvor, und sie kroch in ihren Schlafsack.

Lager vier. Der Gipfel war nur noch wenige Stunden entfernt. Sie hatte schon so viel erreicht und so viele Hürden genommen, um hierherzugelangen, trotzdem konnte sie nicht schlafen.

Morgen war der Tag, auf den sie hingefiebert hatte, auf den sie all ihre Gedanken gerichtet hatte. Sie versuchte, die bevorstehende Aufgabe in Kleinstabschnitte zu unterteilen, damit sie ihr leichter bewältigbar erschien. Erst musste sie schlafen, vier Stunden, höchstens. Um Mitternacht wurde sie geweckt. Aufstehen, Schuhe anziehen, Steigeisen anlegen, Wasserflaschen füllen, essen.

Galden finden. In der Dunkelheit losgehen. Stundenlang den Fixseilen folgen, jeden Schritt vorsichtig setzen. Dann über den schmalen Grat zum Gipfel …

Ihr Hirn lief auf Hochtouren. Wenn nur dieser letzte Punkt, der Gipfel, zu bewältigen wäre! Doch mit einem Mal stellten sich ihr zusätzliche Fragen – zu Grant, Dario … und Doug.

Und dann drückte auch noch ihre Blase.

Missmutig zog sie die Maske ab, verließ ihr Zelt und umrundete es, um sich ein paar Schritte vom Lager entfernt zu erleichtern. Sie musste schnell sein, denn die Luft war eisig, und ohne Sauerstoff spürte sie jeden einzelnen Atemzug viel zu flach, viel zu kurz in ihrer Lunge. Sie war erst wenige Schritte gegangen, ehe sie die erste Pause einlegen musste. Ihre Beine waren schwer wie Blei. Wie Elise und Charles imstande waren, den ganzen Aufstieg ohne Sauerstoff zu bewältigen, war ihr unbegreiflich.

Sie richtete sich wieder auf. Der Himmel war dunkel und klar, es hatte aufgehört zu schneien. Und fast schien es, als hätte Doug mit seiner Vorhersage die ganze Zeit über recht gehabt. Zumindest Charles wäre in der Lage, seine Mission zu vollenden.

Dann weckte etwas anderes ihre Aufmerksamkeit.

Es war der Pfiff.

Sie hatte ihn wieder gehört. Und jetzt wusste sie auch, dass sie ihn sich eingebildet haben musste. Sie musste höhenkrank sein, und das war das Ergebnis ... *Es sei denn, Grant wäre hier.*

»Cecily?«

Sie zuckte heftig zusammen. Vor ihr in der Dunkelheit, gleich neben ihrem Zelt, türmte sich eine große Gestalt auf.

Es war Charles, und zu ihrer großen Überraschung rauchte er. »Du ruhst dich besser aus. Wir brauchen für morgen alle Kraft, die wir aufbringen können.«

»Und du?«

»Ein kleines Vor-Gipfel-Ritual. Eine Zigarette.« Er nahm einen langen Zug. »Schreib gern darüber, wenn du willst.«

»Zeltest du hier in der Nähe?«, fragte sie. Sie hatte Charles' Zelt nie gesehen, weil er es in Lager drei bereits abgebaut hatte, bevor sie danach hatte schauen können. Sie war neugierig, ob sein Expeditionszelt anders aussah als der Rest. Sie wollte schon fragen, als er ihr zuvorkam.

»Gleich da drüben. Am Berg gibt es nicht allzu viele sichere Stellen, an denen man übernachten kann. Aber ich bin verwirrt ... Wo sind alle anderen?«

»Was meinst du?«

»Darios Expedition, die Russen ... Niemand von ihnen ist hier. Nur unser Team.«

»Die Summit-Extreme-Zelte wurden zerstört. Die mussten umkehren. Was Elbrus Elite angeht – keine Ahnung.«

»Was?« Charles drehte sich jäh um und starrte die Summit-

Extreme-Zelte an. Dann atmete er durch die Zähne aus, ließ die Kippe in den Schnee fallen und trat sie mit der Fußspitze aus. »Aber ihr … Ihr wollt weiter bis zum Gipfel steigen?«

»Ja. Um Mitternacht brechen wir auf.«

Er nickte. »Gut. Gut.«

»Und wann gehst du los?« Sie sprach schleppend, musste nach jedem Wort Luft schnappen. Charles zog eine Augenbraue hoch. Er hatte recht, sie musste sich dringend ausruhen.

»Bald«, sagte er. »Wahrscheinlich noch vor euch. Vielleicht sehen wir uns ja oben.«

»Charles?« Sie fragte sich, ob sie ihm erzählen sollte, dass sie Doug im Verdacht hatte, die Zelte zerstört zu haben, aber irgendwas hielt sie zurück. »Gute Nacht.«

»Nacht, Cecily.«

Sie schlurfte zurück zu ihrem Zelt, doch ehe sie hineinkroch, hielt sie kurz inne und sah über die Schulter. Das Licht von Charles' Stirnlampe leuchtete noch immer ein gutes Stück entfernt.

Dies wäre die Gelegenheit, nach seinem Zelt zu sehen. Sie zog den Kopf ein, duckte sich und legte die Hand an ihr Zelt, um die Orientierung nicht zu verlieren. Vorsichtig umrundete sie es und stieg über die Spannseile einmal im Halbkreis herum.

Genau wie Charles gesagt hatte, konnte sie ein Stück hinter ihrem die Umrisse seines Zeltes erkennen.

Es war rot, mit blauen Akzentstreifen … Eine Stelle im Überzug war mit Panzerband geflickt, das ein X bildete und den Schluss zuließ, dass es schon eine Weile im Einsatz war.

Cecily rang um Luft und schaltete eilig ihre Stirnlampe aus.

Das Herz hämmerte in ihrer Brust. Sie kroch zurück zu ihrem Zelteingang, krabbelte hinein und schlüpfte in ihren Schlafsack. Dann schnappte sie sich ihre Sauerstoffmaske, setzte sie auf und machte ein paar tiefe Atemzüge, bis sie sich wieder ruhiger fühlte.

Es war Charles' Zelt gewesen, das sie in jener Nacht im Basislager entdeckt hatte.

Er hatte sie belogen.

Charles war bereits weitaus länger am Berg gewesen, als sie alle geahnt hatten.

47

Mitternacht in Lager vier.

Sie wachte vom Piepen ihrer Uhr auf, das von ihrer tief über die Ohren gezogenen Mütze gedämpft war.

Ihr erster Gedanke war: *Nein.* Sie wollte sich nicht bewegen. Sie war überrascht, dass sie nach ihrer Entdeckung der vergangenen Nacht überhaupt eingeschlafen war. Sie hatte sich gefragt, ob es sich um eine Folge der Höhe handelte, um eine Halluzination, einen verqueren Traum. Doch die Realität – dass Charles sie alle belogen hatte – war noch viel erschreckender. Warum sollte er so etwas tun?

Du bist Journalistin, Cecily. Sobald du zurück im Basislager bist, kannst du deine Fragen stellen und Antworten einfordern. Hier oben in Lager vier würde sie nichts dergleichen tun können.

Und während des Gipfelgangs ...

Sie hatte so sehr darauf hingefiebert.

Dies hier war anders als am Snowdon. Sie hatte hart dafür gearbeitet. Sie war vorbereitet. Sie hatte trainiert. Sie war drauf und dran, einen der höchsten Berge der Welt zu besteigen.

Sie war schon so weit gekommen. Was waren da noch ein paar mehr Schritte?

Abrupt setzte sie sich auf, weil sie schlagartig Panik verspürte. *Was ist das auf meinem Gesicht?*

Ihre Lippen und ihr Kinn waren unter der Sauerstoffmaske mit Kondenswasser überschwemmt. Mit dem Saum ihres Schlafsacks wischte sie es ab. Ihr Kopf wummerte. Sie warf alles aus ihrem Rucksack, was sie auf dem Gipfel nicht benötigen würde. Es blieben eine Handvoll Müsliriegel, zwei Halbliterflaschen mit Wasser, Glukosetabletten, ihre Daunenhandschuhe, Taschenwärmer, ihr zerknicktes Fähnchen, die Sauerstoffflasche, die Kamera, ihr Handy und Ersatzakkus. Alles andere wäre nur Ballast. Sie kroch aus ihrem Zelt und rammte den Pickel in den Boden.

Im selben Moment kam Doug auf sie zu. »Gut, dass du wach bist. Planänderung.«

Sie zog die Sauerstoffmaske ab. »Schon wieder? Was soll das heißen?«, stammelte sie. Ihr war leicht schwindlig.

Er antwortete nicht sofort. »Du brauchst etwas zu trinken. Gib mir die Flaschen«, forderte er sie auf. Er befüllte ihre Halbliter-Thermosflaschen mit heißem Wasser, und sie ließ ein paar Sprudeltabletten hineinfallen. Eine der Flaschen schob sie in die Brusttasche ihres Expeditionsanzugs zu Kamera und Handy. Das würde helfen, die Akkus warm und funktionsfähig zu halten.

»Wo ist Galden?« Sie hoffte, der Schwindel würde sich verziehen, sobald sie sich in Bewegung setzten. Dann dämmerte ihr, dass Doug etwas zu ihr gesagt hatte, während sie mit den Wasserflaschen, der Maske und ihren Kopfschmerzen beschäftigt war. Sie versuchte, sich wieder zu konzentrieren.

»… gleich hinter dir her. Du gehst besser sofort los, der Sturm kommt zurück. Bleib einfach am Seil, und alles geht gut.«

»Warte, Doug …« Sie hielt inne, sog dünne Luft ein und versuchte, zu Atem zu kommen. Zu sprechen stellte eine enorme Anstrengung dar, aber sie musste es wissen. »Irgendwelche Neuigkeiten von Grant?«

Er schüttelte den Kopf. »Nein, immer noch nichts. Aber mach dir seinetwegen keine Gedanken.«

»Wusstest du«, platzte es aus ihr heraus, ehe sie sich zusammenreißen konnte, »dass Charles von Anfang an mit am Berg war?«

Er riss kaum merklich die Augen auf. »Natürlich wusste ich das«, sagte er leise. »Ich erkläre dir alles, wenn wir zurück im Basislager sind.«

Sie nickte und setzte sich die Maske auf. Galden würde hinter ihr hergehen, und sie würde ihre Antworten bekommen. Doug griff in ihren Rucksack, ersetzte die angebrochene Sauerstoffflasche durch eine volle und stellte den Regler ein. Von hier aus wäre kein technisch anspruchsvolles Klettern mehr nötig. Solange sie nur einen Fuß vor den anderen setzte, würde sie es schaffen.

Sie schaltete die Stirnlampe ein, und Doug wies in Richtung der Fixseile. »Vorsichtige Schritte«, sagte er noch. »Dann sehen wir uns unten.«

Sie konnte durch die Maske nicht sprechen, also reckte sie in ihren riesenhaften Handschuhen bloß die Daumen. Durch die Schneewehen stampfte sie in Richtung der Fixseile. Sie erreichte den Fixpunkt, von dem zwei Seile abgingen: eins hinauf zum Gipfel, das andere hinunter zu Lager drei. Sie klippte sich in das Gipfelseil ein.

Auf ihrer Uhr war es halb eins. Ihre Stirnlampe leuchtete gerade zwei Schritte weit, und sie ließ sich nur durch das dünne Seil anleiten. Sie setzte einen Schritt vor den anderen. Als sie zum Trinken stehen blieb, sah sie hinauf in einen klaren, sternenübersäten Nachthimmel.

Orion hing direkt über ihr. Es war, als stiege sie dem Sternbild entgegen, empor zum Thron der Götter. Kaum ein Mensch war in diesem Augenblick in noch größerer Höhe unterwegs. Sie war dem Himmel so nah, wie man es auf zwei Beinen nur sein konnte.

Und sie fühlte sich stark. Stärker als sie sich die ganze Zeit über auf diesem Berg gefühlt hatte. Sie überlegte kurz, ob sie wohl *zu* schnell unterwegs war, denn Galden hatte immer noch nicht zu ihr aufgeschlossen. Von der Sonne am Horizont war immer noch nichts zu sehen. Sie hätte nie für möglich gehalten, dass sie noch vor Tagesanbruch ihren ersten echten Gipfel besteigen würde.

Sie hielt nach dem Lichtkegel einer Stirnlampe Ausschau, die Galden oder einem anderen Teammitglied gehörte, aber es war nirgends etwas zu sehen. Nur das dünne Seil, das ihr den Weg wies. Ein falscher Schritt, und sie würde abrutschen. Und wenn sie nicht eingeklippt wäre, würde sie in den Tod stürzen. Doch die Angst schien sich in die hinterste Nische ihres Gehirns zurückgezogen zu haben. Alle Gefühle waren verstummt, allein die Vernunft sagte ihr noch, dass hier draußen Gefahr drohte. Die Gefahr war allgegenwärtig, trotzdem machte sie Cecily nichts mehr aus.

War das, diese Gleichgültigkeit, ein Hinweis auf akute Höhenkrankheit? Es war das merkwürdigste Gefühl überhaupt.

Sie nutzte den monotonen Weg, um über die Ereignisse

des vorangegangenen Abends nachzudenken. Warum hatte Charles vorgegeben, erst mit Verspätung am Berg angekommen zu sein? Die einfachste Erklärung wäre, dass er ohne sein Team Zeit am Berg hatte verbringen wollen. Doug hatte Bescheid gewusst, insofern hatte Charles vielleicht Zeit gebraucht, seine Aufstiegsroute durch den Eisbruch und um die Gletscherspalten herum zu planen, um dann unverhofft aufzutauchen und zum Gipfel zu spurten, als wäre es ein Leichtes.

Doch da war immer noch dieser Zettel. Alain und Irina, die gestorben waren. Wenn ihr Tod nicht auf Unfälle zurückzuführen war – und genau das nahm sie an –, hieß das, dass immer noch jemand Gefährliches am Berg unterwegs war. Und Grant war spurlos verschwunden ... Er konnte noch immer eine Gefahr darstellen.

Einen Fuß vor den anderen, Cecily. Hab nicht so viel Angst vor dem Sterben.

Dabei war Sterben das Einzige, worüber sie überhaupt noch nachdenken konnte. Hier oben konnte nichts überleben. Zumindest nicht lange. Der Umstand, dass sie hier oben auch nur wagte zu atmen, widersprach allem, was natürlich war.

Sie hob die Hand ans Gesicht. Sie hatte aus irgendeinem Grund die Maske abgenommen. Richtig! Sie hatte trinken wollen. Sie nestelte die Flasche heraus, die sie in die Innentasche ihres Anzugs gesteckt hatte, doch die riesigen Handschuhe erschwerten ihr jeden noch so einfachen Handgriff. Das lauwarme Wasser fühlte sich traumhaft an, als es ihre ausgedörrte Kehle hinabspülte. Doch schon im nächsten Moment fing sie an zu zittern. Sie steckte die leere Flasche zurück und zog den Reißverschluss wieder zu. Dumm von ihr, ihn offen zu lassen. Die Kälte war sofort in ihren Anzug gerauscht wie eine Flutwelle.

Sie traf keine vernünftigen Entscheidungen mehr. Wahrscheinlich war sie höhenkrank. Es fühlte sich an, als würde die Zeit ihr zwischen den Fingern hindurchrinnen, als wäre sie sich gar nicht mehr bewusst, dass die Zeit überhaupt verstrich. Sie bewegte sich nur noch vorwärts, hinauf, Schritt um Schritt um Schritt.

Der Himmel ringsum war heller geworden. Dann ein Sonnenaufgang, wie sie ihn noch nie erlebt hatte. Goldenes Licht fiel über die Schneedecke und verwandelte die Landschaft in ein verzaubertes Wunderland.

Sie war sich der leeren Weite ringsum bewusst, der Wolken, die wie durchscheinende Luftpolsterfolie weit unter ihr um den Fels lagen. Die Gipfel entfernterer Berge glühten orangefarben im frühmorgendlichen Sonnenlicht. Vereinzelte Schneeflocken legten sich auf ihre Lider, große und winzige, ein Mittelmaß gab es hier nicht, keine Balance. Nichts außer Extremen. Sie war sich sicher, dass Galden bald hinter ihr auftauchen würde, mit gleichmäßigen Schritten, mit seiner rhythmischen Atmung, den dunklen Augen, mit denen er sie in ihrem Expeditionsanzug schier durchbohrte und sie antrieb weiterzugehen. Selbst ihr höhenkrankes Hirn wusste, wenn sie jetzt einen Moment zu lange stehen bliebe, würde auch er in Gefahr geraten. Sie würde sich selbst und ihn umbringen. Und weil mehr auf dem Spiel stand als nur ihr eigenes Leben, schaffte sie es wieder, sich zu konzentrieren. Sie trieb sich mit reiner Willenskraft voran. Sie hob die Füße, die in ihren dreilagigen Expeditionsbergschuhen unendlich schwer wogen.

Sie leckte sich über die Lippen, die sich komplett ausgedörrt anfühlten. Jetzt, da sie darüber nachdachte, war ihr ganzer Mund ausgedörrt. Schon wieder. So schnell. Hatte sie nicht gerade erst etwas getrunken? Was in ihrer Thermosflasche gewesen war, hatte nicht ausgereicht. Hatte sie noch eine andere? Vielleicht in ihrem Rucksack. Müsste sie sich wirklich die Mühe machen, ihn abzustreifen? Wenn sie das täte, dachte sie, würde sie ihn vielleicht nie wieder schultern können …

Sie schob sich die Maske zurecht und holte gezielt tief Luft.

Machte den nächsten Schritt vorwärts.

Dann hörte sie ein lautes Ploppen und ein Zischen. An irgendeiner Stelle entwich Sauerstoff. Sie blieb stehen, presste sich die Maske aufs Gesicht und tastete mit der anderen Hand am Schlauch entlang, um das Leck zu finden. Als würde es so funktionieren. Die Sauerstoffflasche war defekt – ein wahr gewordener Albtraum. Hatte sie sie kaputt gemacht? Aber sie hatte die Flasche oder den Regler doch gar nicht berührt. In Lager vier …

Nur eine Person war in der Nähe des Reglers gewesen.

Doug.

»Galden!«, rief sie, obwohl die Maske ihre Stimme dämpfte. Er musste doch in der Nähe sein. Sie brauchte jetzt seine Hilfe. Doch das beruhigende Tippen auf die Schulter kam nicht. Ihr Sichtfeld war durch die Gletscherbrille und ihre Kapuze eingeschränkt. Sie musste sich um die eigene Achse drehen, um nach hinten zu blicken.

Sie wandte sich um.

Galden war nirgends zu sehen.

Sie war ganz allein am Berg.

48

Sie sollte umkehren. Ihre Sauerstoffflasche war defekt. Ab sofort würde ihr Körper mit jedem weiteren Schritt Schaden nehmen. Zellen würden absterben, ihr Gehirn und die Lunge würden nicht mehr hinreichend mit Sauerstoff versorgt, ihr Körper würde rasend schnell abbauen. Dabei war sie so kurz davor …

Sie konnte den Gipfel schon vor sich sehen. Es war sonst niemand oben, nur die bunten Gebetsfahnen, die den höchsten Punkt des Berges markierten, flatterten im Wind. Angesichts all der Leute, die mit ihr im Basislager gewesen waren, hatte sie hier oben mit einer Menschenschlange gerechnet. Aber nein.

Schlug der Verstand ihr gerade ein Schnippchen? Sie machte noch einen Schritt vorwärts. Holte Luft. Noch ein paar solcher Schritte, vielleicht würde sie es schaffen …

Der letzte Abschnitt hinauf bis zum Gipfel war ein messerscharfer Grat, der gerade so breit war wie ihre Schuhe und zu beiden Seiten steil in die Tiefe abfiel. Sie rechnete damit, dass jeden Moment die Panik zuschlagen würde, doch Angst schien nicht mehr Teil ihrer selbst zu sein. Sie fühlte sich von sich selbst abgekoppelt, ihr Körper bewegte sich nach eigenen Regeln immer näher auf den Gipfel zu. Erst zeitverzögert schloss ihr Gehirn zu ihm auf, und ihr Körper hatte recht: Sie konnte jetzt nicht mehr umdrehen. Sie klippte sich ins nächste Fixseil ein und schob ihre Steigklemme hinauf, um die letzten Meter zu überwinden. Ein Schritt nach dem anderen.

Ein Schritt. Noch ein Schritt.

Und dann hatte sie es geschafft: Sie stand auf dem Gipfel, inmitten des Durcheinanders aus Gebetsfahnen, die am höchsten Punkt angebracht worden waren. Drei Wochen nachdem sie Großbritannien verlassen hatte, nur drei Monate nachdem sie zugesagt hatte, an dieser Expedition teilzunehmen, hatte sie es allen Ernstes geschafft. Sie hatte den Gipfel bezwungen.

Erleichterung, Freude, Ungläubigkeit – mit einem Mal fühlte sie alles auf einmal. Sie bestaunte die Aussicht. Sie stand hoch über den Wolken, wie in einem Märchen, auf einem schwebenden Märchenschloss, das die Welt überragte. Der Pfad, auf dem sie heraufgekommen war, war verwaist, weit und breit keine Menschenseele zu sehen.

Sie zog ihr Handy aus der Reißverschlusstasche an ihrem Expeditionsanzug, war froh, dass der Akku gehalten hatte, und nahm den Arm hoch, um ein gutes Selfie zu schießen. Es war schwierig, nachdem sie gewissermaßen in eine Daunendecke gehüllt war und vom Gewicht der Sauerstoffflasche niedergedrückt wurde.

Sie bekam einen Schnappschuss hin, allerdings war sie hinter ihrer riesigen Gletscherbrille kaum zu erkennen. Sie schob sie sich in die Stirn, nahm den Handschuh ab, um besser greifen zu können, und schoss ein weiteres Foto.

Im selben Moment, als sie das Handy zurück in den Anzug schob, riss eine Windbö sie fast von den Füßen. Ein winziger Funke der Angst entzündete sich, und mit einem Mal fühlte sie sich auf dem schmalen Gipfelplateau ihrem Schicksal vollends ausgeliefert. In der Ferne zogen dunkle Wolken auf. Womöglich kehrte der Sturm zurück? Die Kälte war ihr in die Knochen gekrochen, und ihre Finger verkrampften sich. Erst jetzt dämmerte ihr, dass sie seit dem Foto keine Handschuhe mehr trug. Sie zog sie wieder an, ballte die in Daunen gehüllten Fäuste und bewegte die Finger, damit das Blut wieder zirkulierte.

Und fast hätte sie ihr Gipfelgeschenk vergessen. Sie nestelte den zerknitterten Union Jack aus ihrer Tasche und strich ihn über anderen Flaggen am Gipfel glatt. Dann ging sie hinunter auf die Knie, um ihn festzubinden. Jetzt war sie Teil dieses Berges. Sie legte die Hand darauf und schloss die Augen. *Danke.*

Als sie die Augen wieder aufschlug, war sie desorientiert. Sie hatte doch kaum mehr als geblinzelt – oder war sie bewusstlos gewesen? Länger als ein paar Sekunden?

Sie hörte eine Stimme.

»Caroline.«

Sie krallte die Hand an die Vorderseite ihres Anzugs und drehte sich nach der Stimme um. Auf der schmalen Gipfelplattform tauchte Doug auf und hämmerte mit jedem Schritt seinen Pickel in den Schnee.

»Doug! Ich wusste nicht, dass du in der Nähe bist! Ich konnte hinter mir niemanden sehen«, keuchte sie.

Sie hielt sich in der Todeszone jetzt schon seit, tja, sie hatte keine Ahnung, wie lange, aber eindeutig *zu* lange ohne Sauerstoff auf. Taumelnd kam sie auf die Füße.

»Ich hab's zum Gipfel geschafft. Kannst du das glauben? Ich hab's geschafft! Ich hab's wirklich geschafft!«

Sein Gesicht war schmerzverzerrt und die Stirn tief gefurcht. »Du solltest nicht hier sein. Ich hab dir gesagt, du sollst mit dem Rest des Teams und den Sherpas runtergehen. Als mir dämmerte, dass du hochgegangen warst, musste ich dir hinterhersteigen, um dich wieder herunterzuholen.«

»Was?« Sie runzelte die Stirn. Das war ihr neu. Anscheinend hatte sie einen Teil seiner Befehle missverstanden. Aber hatte er wirklich gesagt, dass sie umkehren sollte?

»Du hast einen Riesenfehler gemacht, indem du aufgestiegen bist«, sagte er. »Deine Nachlässigkeit wird ein Nachspiel haben. Und Caroline ...«

»Nein, Doug. Cecily.« War *er* verwirrt? Er hatte keine Sauerstoffmaske auf, doch sein Blick war scharf und klar.

»Du heißt Cecily, natürlich. Aber Caroline ist gestorben. Deinetwegen.«

Sie machte einen Schritt nach hinten, während er zu ihr aufrückte. Das Gipfelplateau wirkte mit einem Mal winzig klein.

»Caroline war meine Tochter.« Er machte einen weiteren Schritt auf sie zu.

»Die kenne ich nicht, Doug. Ich glaube, du verwechselst da etwas.« Sie durfte den Blick jetzt nicht von ihm abwenden.

»Du kanntest sie nicht, nein. Trotzdem hast du sie umgebracht.«

In seinen Augen blitzten Tränen. Sie stand mit dem Rücken an dem Gestänge, an dem die Gebetsfahnen wehten. Sie krallte sich darin fest, klammerte sich an den Gipfel und an ihr Leben.

»Die Geschichte vom Snowdon, die du erzählt hast ... Du hast leichtsinnige, idiotische Entscheidungen getroffen. Die Frau, die versucht hat, dir zu helfen ...«

Carrie.

Caroline.

Das konnte doch nicht wahr sein!

»N-nein ...«, stammelte Cecily. »Sie hieß Halloran ...«

»Der Mädchenname meiner Frau.«

Cecilys Herz setzte für einen Schlag aus. Sie musste an das beruhigende Lächeln der Frau denken, die Stunden, in denen sie miteinander geredet hatten, das Mantra, auf das sie vertraut hatte, wann immer sie in die Berge gegangen war. *Sei wachsam.* Dann der Schrei. Das Unglück, das vermeidbar gewesen wäre, wenn sie – Cecily – sich nur bewegt hätte ...

Du hast Hilfe gerufen, Cecily. Du bist eine Heldin. James' Stimme, die so selbstsicher geklungen hatte. Und doch hatte Cecily die Schuld, die Scham all die Zeit mit sich herumgetragen. Jetzt zu erfahren, dass Carrie Dougs Tochter gewesen war ...

Oktober. Als Doug die Fassung verloren und einen Teilnehmer der Summit-Extreme-Expedition verprügelt hatte. Die schlechte Nachricht ... Da war seine Tochter gerade verunglückt.

»Doug, es tut mir leid! Sie ist ausgerutscht ... Es tut mir so leid!«, wiederholte sie. Ihr wurde schwindlig, und ihr Blick vernebelte sich. Sie versuchte zu atmen, konnte sich aber auf nichts mehr konzentrieren.

Doug sah sie nicht mal mehr an. Sein Blick war auf den Sonnenaufgang gerichtet, auf die sanft hügeligen, blassrosa Wolken, auf die Splitter goldenen Lichts, das von den Gipfeln widerschien. Die wahr gewordene Kinderzeichnung eines göttlichen Himmels. »Und jetzt wirst du sterben, wie sie gestorben ist.« Er ballte die Fäuste in seinen Handschuhen, sodass die Daunen sich darum ballten.

Das Herz schlug ihr bis zum Hals.

Und mit einem Mal war da nur noch ein Gedanke, der durch ihr höhenkrank benebeltes Hirn zu ihr durchdrang: Doug war gefährlich. Sie musste von ihm weg. »Doug, bitte ... Tu das nicht!« Sie nestelte an ihrem Gurt herum, tastete, suchte ... »Ich will nicht enden wie Irina.«

Doug schüttelte den Kopf. »Du hast es immer noch nicht begriffen, oder? Jetzt kann dir niemand mehr helfen.«

Mit ausgestreckten Armen machte er einen Satz auf sie zu, und sie fing an zu schreien.

49

Endlich hatte sie es ertastet. Das Messer, das Doug ihr vor ihrem ersten Trainingstag gegeben hatte. Es war mit einem nicht verschließbaren Karabiner an ihrem Gurt befestigt gewesen, und sie musste nur noch den Schnapper aufdrücken …

Ihr Schrei hatte Doug aus der Fassung gebracht, und genau diesen Moment machte sie sich zunutze. Sie stieß die Faust mit dem Messer nach vorn.

Und es funktionierte. Er hatte nicht damit gerechnet, dass sie sich zur Wehr setzen würde. Er wich zurück, und die Klinge erwischte den Stoff seines Anzugs nur knapp, verschaffte ihr aber genügend Zeit, ein paar Schritte vom Plateau weg zu machen.

Sie war nicht ins Fixseil eingeklippt, doch angesichts des Albtraums, der ihr oben drohte, nahm sie das Risiko in Kauf.

Dann warf sie einen Blick hinab in die bodenlose Tiefe. Und überlegte es sich anders.

Vom Fixpunkt unterhalb des Gipfels gingen mehrere Seile ab, und sie sicherte sich am erstbesten, das sie zu fassen bekam. Dann warf sie einen Blick zurück zu dem kleinen Plateau. Doug war noch nicht wieder hinter ihr her. Sie musste jetzt ihren Instinkten vertrauen, die sich gerade anfühlten, als hätten sich schwere Achttausenderwolken darübergelegt.

Seitwärts stieg sie den Grat hinab und klammerte sich an das Seil. Adrenalin trieb ihren Herzschlag an, und ihr Blick war mangels Sauerstoff benebelt. Ihre Hände fühlten sich nach dem Nesteln am Karabiner taub an.

Sie war so sehr auf das Fixseil konzentriert, dass sie nicht bemerkte, wie sich ein Zacken ihres Steigeisens in der Gamasche des anderen Schuhs verhakte. Sie stolperte, und noch ehe ihr Hirn den Fehler verarbeiten konnte, rutschte sie ab. Mit der Schulter voran krachte sie in den Fels. Sie hatte keine Kontrolle mehr, hing über dem Abgrund. Wie ferngesteuert tat sie die Handgriffe, die sie eintrainiert hatte, versuchte, sich mit den behandschuhten Händen zu stabilisieren, doch es gelang ihr nicht. Den Pickel hatte sie in Lager vier zurückgelassen, die Stöcke ebenfalls. Ihre Hände waren zu schwach, um ihren Körper an Ort und Stelle zu halten oder im Eis auch nur annähernd Halt zu finden. Trotzdem hatte sie keine Angst. Wenn sie nun sterben sollte, gäbe es nichts, was sie noch hätte tun können, um es zu verhindern.

Als ihr Sicherungsseil ins Fixseil griff, ging ein Ruck durch sie hindurch. Sie bremste gerade genug ab, um Finger und Füße in den Schnee zu hämmern und zu einem Halt zu kommen. Das Herz hämmerte in ihrer Brust wie ein Vorschlaghammer.

Jetzt lag sie am Abhang und tat nichts weiter, als zu atmen. Sie hatte die Augen fest zusammengekniffen, wollte einfach nicht sehen, in welcher Lage sie war.

Sie hätte nicht sagen können, wie lange sie dalag. In der

Todeszone verging die Zeit anders. Minuten fühlten sich wie Stunden an, trotzdem war es, als wäre es gerade erst Sekunden her, dass sie in ihrem Zelt gesessen und ihre Sachen gepackt hatte.

Als sie sich zwang, die Augen wieder aufzuschlagen, zuckte sie angesichts der gleißenden Helligkeit zurück. Sie war auf einem winzigen Vorsprung gelandet, der kaum breit genug für ihre Schuhe war. Vorsichtig belastete sie ihre Beine, drückte die Steigeisen in den Schnee und versuchte, sich eine sichere Stufe zu treten.

Sie schrie kurz auf, als sie einen scharfen Schmerz im linken Bein spürte und ihr Knie gegen die Bewegung protestierte.

»Hilfe!«, rief sie, doch es kam nur ein Krächzen. Außer Doug war niemand hier, der sie hätte hören können. Und Doug wollte, dass sie starb.

Im nächsten Moment spürte sie einen Zug an ihrem Sicherungsseil. Sie zog ebenfalls daran, um wem auch immer zu signalisieren, dass sie noch am Leben war. Sie meinte, ihren Namen zu hören, der mit dem eisigen Wind zu ihr herüberwehte. Auch wenn es sich angefühlt hatte, als wäre sie eine Ewigkeit nach unten gerutscht, sah es jetzt, da sie Halt gefunden hatte, so aus, als wäre es zurück zum Grat nicht allzu weit.

Doch als sie erneut an ihrem Seil zupfte, kam ihr das Ende des Fixseils entgegengerutscht. Es sah ausgefranst aus ... Hatte das jemand abgeschnitten? Oder hatte sie sich in ein zerschlissenes Seil eingeklippt, das dann von ganz allein gerissen war?

Sie wünschte sich, sie wäre erfahren genug, um den Unterschied sehen zu können.

Einen Moment lang war es völlig windstill. Sie hörte eine

Stimme von oben, das Knacken eines Funkgeräts. »Cecily ist abgestürzt ... Konnte es nicht verhindern.«

Doug würde nicht zu ihrer Rettung kommen. Er würde es nicht mal versuchen. Er hatte sie abrutschen sehen und würde sie nun hier zurücklassen, sie dem Tod überlassen.

Aber noch war sie nicht tot.

Sie schluckte die Schmerzen hinunter.

Hier konnte sie nicht bleiben, an dieser Wand aus Schnee und Eis, Arme und Beine ausgebreitet und verzweifelt bemüht, nicht noch weiter abzurutschen. Verstiegen, schon wieder, diesmal jedoch in der Todeszone, wo mit jeder Minute, in der sie sich nicht bewegte, der Tod näher rückte.

»Geht es dir gut?«

Eine Frauenstimme. Sie sah nach oben und zuckte wieder zusammen, als das grelle Sonnenlicht sie erneut blendete. Die Gletscherbrille hatte sie bei ihrem Absturz verloren. Sie tastete die Anzugtasche nach ihrer Sonnenbrille ab und schob sie sich ins Gesicht.

»Ich kann nicht ... Ich kann mich nicht bewegen!«, versuchte sie zurückzurufen, doch ihre Stimme versagte. Es kam nur ein unverständliches Lallen, jedes Wort unterbrochen von keuchenden Atemzügen.

»Ich kann die Spur neben dir sehen. Sie ist nur ein paar Schritte entfernt! Du schaffst das!«

Cecily schwirrte der Kopf. Als sie sich erneut traute, nach oben zu sehen, in Richtung der Stimme, war der Berg verwaist wie eh und je. War da noch jemand über ihr?

Es spielte keine Rolle. Diesmal würde sie sich bewegen müssen.

Schwimm dich frei, Ceci. Die Stimme ihrer Großmutter.

Vorsichtig bewegte sie ihren unverletzten Fuß. Sie zog ihn näher, verlagerte ihr Gewicht. Dann rutschte sie ein Stück zur Seite, drillte die Zacken ihres Steigeisens so tief in die Wand, wie sie nur konnte, und setzte den anderen Fuß um. Quälend langsam arbeitete sie sich an der Felswand entlang.

»Ich komme!«, rief sie. Oder auch nicht, sie hätte es nicht sagen können. Aber sie bewegte sich. Das war jetzt das Wichtigste.

Wann immer ihr Gehirn sich wieder daran erinnerte, dass sie ungesichert war, mitten in der Todeszone, ohne zusätzlichen Sauerstoff und ohne rettenden Helfer, erstarrte sie und wartete so lange, bis die Panik wieder verebbte. Sobald ihr verletztes Knie nicht stark genug war, um sich durch den Schnee zu schieben, setzte sie die Arme ein. Ihre Handschuhe waren inzwischen vollkommen durchnässt, aber sie hatte keine andere Wahl, als genau so weiterzumachen.

Einen winzigen Schritt nach dem anderen.

Fast hätte sie den Verstand verloren, als sie ein leuchtend blaues Seil aus dem Schnee ragen sah und dahinter Fußspuren entdeckte. Sie stürzte sich regelrecht auf das Seil, hätte es küssen wollen, wäre ihr Gesicht nicht von ihrer Sturmmaske verdeckt gewesen. Sie klippte sich ein. Dann erst fiel sie kraftlos im Schnee auf die Knie und heulte.

Sie wusste, sie würde wieder aufstehen müssen. Doch zumindest war jetzt leicht zu erkennen, wo sie hingehen musste. Bergab.

Irgendwo an diesem Berg war Doug und glaubte, sie wäre abgestürzt. Tot. Er hatte ihr aufgetragen, nach unten zu gehen. Als sie es nicht getan hatte, war er ihr bergauf gefolgt.

Um sie zu retten? Oder um die Gelegenheit zu ergreifen und

sie umzubringen, wo niemand nach ihr suchen würde? Ihr schwirrte der Kopf. Nichts von alldem ergab einen Sinn. Und dann hatte sie auch noch Carries Stimme gehört, die nach ihr gerufen hatte, klar verständlich und nachdrücklich: Sie solle sich bewegen. Ihr Geist hatte ihr etwas vorgemacht. Was, wenn auch Doug gar nicht auf dem Gipfel gewesen war? Sie schleppte so viel Schuld und Scham mit sich herum. Dass sie in Lager drei ihre Geschichte erzählt hatte, hatte alles wieder an die Oberfläche gespült. Natürlich hatte ihr Gehirn in so einem Moment eine Person wie Carrie erdacht und ihre schlimmsten Ängste, für deren Tod verantwortlich gemacht zu werden, wahr werden lassen ...

Aber was war mit dem Fixseil?

Sie wusste es nicht. Sie wusste nur, dass ihre Angst real war.

Die Schmerzen in ihrem Bein waren real.

Der aufziehende Sturm war real.

Sie spürte, wie er sich hinter ihr zusammenbraute, wie der Wind stärker wurde und an ihr zerrte. Sie musste zurück ins Lager, bevor er zuschlug. Sie musste Elise und Zak finden und sich vergewissern, dass es ihnen gut ging. Und wenn sie *nicht* halluziniert hatte, musste sie sicherstellen, dass Doug sie nicht allein erwischte.

Sie sah sich nach beiden Seiten um, blickte die Piste hoch und hangabwärts, doch von Doug keine Spur. Auch nicht von irgendjemand anderem. Umso wahrscheinlicher war es also, dass sie sich alles nur eingebildet hatte. Wieder kam Wind auf und peitschte über sie hinweg.

Atmen, Cecily.

Eisige Luft strömte in ihre Lunge. Als sie sich ausgemalt hatte, wie es wäre, hier oben zu atmen, hatte sie angenommen, es würde sich anfühlen wie Ersticken. Wie wenn sich ihr die Kehle zuschnürte. Vielleicht irgendwie noch wie Ertrinken.

Aber so war es nicht.

Sie spürte, wie ihr der Wind in das winzige Fleckchen entblößter Haut zwischen Sturmhaube und Brille biss, dann eine heftigere Bö, die sie in die Knie zu zwingen drohte.

Luft gab es hier, sie leistete nur nicht, was sie leisten sollte.

Sie war unendlich müde. Während sie sich weiter durch den Schnee vorankämpfte, gehorchten die Muskeln ihr kaum noch. Und nicht nur die Muskeln – auch das Blut. Die Lunge. Das Gehirn.

Im Grunde war es ganz einfach: Es war nicht genug Sauerstoff in der Luft, kaum noch ein Drittel dessen, woran ihr Körper gewöhnt war. Dem Höhenmesser an ihrem Handgelenk zufolge war sie immer noch jenseits der achttausend Meter. In der Todeszone.

Ihr Herz hämmerte wie wild. Sie warf einen Blick über die Schulter. *War er noch da?* Sie blieb stehen. Eine gekrümmte Silhouette ein paar Meter höher, seine schweren Schritte, die durch die Schneekruste brachen, die ihr folgten, die ihr nachjagten … Aber nein. Sie kniff die Augen zusammen. Das war nur der Schatten einer Wolke auf der Bergflanke.

Ohne hinreichend Sauerstoff im Gehirn konnte sie nicht einmal mehr ihren Augen trauen.

Kommt er doch? Oder wartet er schon weiter unten?

Sie hätte es nicht für möglich gehalten, dass ihr Herz noch schneller schlagen konnte, aber es galoppierte in ihrer Brust. Auch ihre Atmung ging schneller, sie hechelte an der dünnen Luft. Ihr Blick verschwamm, und ihr war schwindlig.

Was spielte es noch für eine Rolle, ob er über oder unter ihr war?

Um *ihn* würde es später noch gehen. Jetzt ging es ums Überleben.

Sie arbeitete sich so schnell voran, wie ihr Körper es zuließ. Ein einziger Fehltritt, und sie würde tausend Meter tief abstürzen. Unterdessen trieben Phantomschritte sie von hinten an.

Sie musste wieder nach unten kommen.

Und sie würde es ganz allein schaffen müssen.

Dann blieb ihr Blick an einem leuchtend pinkfarbenen Expeditionsanzug ein Stück vom Pfad entfernt hängen. Elise! Dem Himmel sei Dank! Elise war am Berg so erfahren, dass sie ihr vielleicht würde erklären können, was hier los war. Und vielleicht hatte sie ja Elises Stimme gehört, die ihr geraten hatte, sich zu bewegen.

Sie wuchtete sich quer durch die tiefe Schneewehe und folgte den Spuren, die zu ihrer Teamkollegin führten. Dann zog sie sich die Sturmhaube herunter. »Elise! Elise!«

Die Frau rollte in ihre Richtung, als der nächste Windstoß sie voll erwischte. Cecily riss die Arme über den Kopf, hustete, keuchte, kauerte sich hin.

Die letzten Schritte kroch sie geduckt voran, packte den pinkfarbenen Anzug ihrer Freundin und wartete, bis die nächste Bö über sie hinweggefegt war.

»Elise? Ich bin's, Cecily! Geht es dir gut?« Sie schüttelte Elise am Arm, doch die regte sich nicht.

Sie war tot.

50

Sie schrie erstickt auf und war nur noch verzweifelt.

Sie schüttelte Elise abermals, wollte nicht glauben, was ihr insgeheim bereits klar war.

»Elise, wach auf! Bitte!« Verzweifelt sehnte sie sich das typische Lächeln ihrer Freundin herbei. Die Lippen waren frisch rot bemalt, doch gegen die eisig weiße Haut sah das Rot brutal aus, wie eine Wunde.

Wie war das möglich? Tränen strömten ihr über die Wangen und gefroren binnen eines Wimpernschlags. Sie versuchte, den Körper zu bewegen, sich den leblosen Arm um den Hals zu legen und Elise hochzuziehen. Sie wollte sie so weit nach unten bringen wie nur möglich, doch sie hatte bereits Stunden ohne Sauerstoff zugebracht und hatte nicht mehr genügend Kraft.

Sie würde sie hierlassen müssen.

Elise war die Beste von ihnen gewesen. Sie hatte so viel mehr verdient als das hier.

Als sie Elise wieder auf den Schnee bettete, rutschte deren Kapuze vom Kopf, und Cecily entdeckte ein paar dunkle Blutstropfen an Elises Hals. Ihr Herz schlug wie wild, als sie vorsichtig Elises Kopf drehte. Am Hinterkopf klaffte eine Wunde, und ihr Haar war mit gefrorenem Blut verklebt.

Cecily ließ entsetzt von ihr ab.

War das auch Doug gewesen?

Sie kauerte sich neben Elise zusammen. Sie würde nicht lange bleiben können, sonst würde sie neben ihrer Freundin erfrieren. Es zerriss ihr das Herz, Elise hier zurücklassen zu müssen. Sie wollte irgendetwas für die Familie mitnehmen, falls Elise vom Sturm begraben würde.

Ihr Herz hämmerte. Verwirrtheit, Übelkeit, Kopfschmerzen. Halluzinationen. Alles typische Anzeigen für HACE. Ihr Knie pulsierte in ihrem Expeditionsanzug.

Dann hatte sie einen Geistesblitz. Elises Kamera! Sie fühlte sich wie ein Leichenfledderer, als sie den Reißverschluss von Elises Anzug aufzog und sie abtastete, doch die Tasche, in der Elises Kamera immer gesteckt hatte, war leer. Cecily brachte es nicht übers Herz weiterzusuchen. Dann blieb ihr Blick an etwas anderem hängen: an der Kette mit dem Acrylglas-Anhänger. Sie nahm sie ihr ab und schob sie in ihre Tasche.

Sie drückte noch einen Kuss auf die behandschuhte Hand. Dann rollte sie sich zur Seite und begann, sich unter den heftigen Windböen hindurch zurückzuarbeiten.

Sie hatte keine Vorstellung, wie lange sie schon unterwegs war, schrie aber in ihrer Sturmmaske laut auf, als die ersten Zelte von Lager vier aus dem verschneiten Nebel vor ihr auftauchten. Die Zelte bedeuteten zwei Dinge: Zum einen hatte sie die Todeszone verlassen und würde mit jedem Schritt bergab wieder besser Luft kriegen. Und zweitens würde sie – vielleicht, nur vielleicht – Hilfe bekommen. Sie war sich nicht sicher, wie lange sie es noch allein schaffen konnte.

Sie klippte sich vom letzten Fixseil ab und suchte taumelnd Schutz im nächstbesten Zelt. Der Wind heulte über das Nylon hinweg, das kaum Schutz versprach. Sie winkelte die Knie an und schluchzte. Ihr war so schrecklich kalt, sie zitterte, heulte, Kopf und Lunge brannten. Sie wollte nur noch nach Hause.

Dann hörte sie ein grässliches Geräusch.

Der Pfiff. Tief, tief, hoch, tief. Wenn das erneut eine Halluzination war, dann wollte sie nur noch, dass es endlich aufhörte.

Doug. Es war die ganze Zeit Doug gewesen.

Alain. Irina. Elise.

Und jetzt hatte er das Lager erreicht und würde sich Cecily vornehmen.

Allerdings riss das Geräusch sie auch aus ihrer Schockstarre. Ihre Uhr war bei ihrem Sturz kaputtgegangen und funktionierte nicht mehr, Handy und Kamera waren ebenfalls tot. Sie hatte nichts mehr, womit sie Hilfe rufen konnte, ihr war nichts geblieben als die Gewissheit, dass Doug über Funk vermeldet hatte, sie wäre tot.

Es würde niemand kommen.

Sie kroch nach draußen und hielt sich flach am Boden.

Dann erhaschte sie einen Blick auf Dougs dunkelblauen Expeditionsanzug, der durch das Lager huschte. Er kam näher und riss auf dem Weg ein Zelt nach dem anderen auf. Sie rutschte hinter ihr Zelt, schloss die Augen, war kaum noch imstande zu atmen. Wenn er sie entdeckte, wüsste sie nicht, was sie tun sollte, um sich zu wehren. Doch er schlug nur den Zelteingang auf, stellte fest, dass das Zelt leer war, und lief sofort weiter.

Sie atmete erleichtert auf.

Im nächsten Moment blieb ihr das Herz gleich wieder stehen, als jemand sie am Arm packte.

Sie hätte am liebsten geschrien, doch ihre Sturmhaube erstickte jedes Geräusch. Sie taumelte rückwärts und wurde rücklings in ein anderes Zelt gezogen …

Erst im Zelt lockerte sich der Griff. Sie wirbelte herum – und sah sich Zak gegenüber.

»Cecily, dem Himmel sei Dank, du bist es!« Er zog sie an sich und hielt sie so fest, dass sie jeden blauen Fleck spürte, den sie sich bei ihrem Sturz zugezogen hatte. Sie jaulte vor Schmerz auf, doch Zak schien es nicht zu bemerken. »Doug hat mich geweckt und mir gesagt, dass ich absteigen soll. Ehrlich gesagt war ich ziemlich sauer. Trotzdem habe ich meine Sachen gepackt. Und schau dir das an …« Er öffnete die Faust und hielt ihr seinen GPS-Sender hin. Er war zerschmettert worden, genau wie seine Kamera. »Ich bin sofort nach draußen, um Doug zu suchen, und plötzlich waren alle weg: die Sherpas, das ganze Team … Ihr wart alle weg, aber ohne meine Geräte konnte ich keinen Notruf absetzen. Ich hab versucht, die Fixseile zu finden, um abzusteigen, aber dann hat es so sehr gestürmt, dass ich keinen Meter weit kam. Ich hab versucht, in mein Zelt zurückzufinden. Ich hab erst vier andere erwischt, bis ich wieder in meinem war. Ich wusste nicht, was ich noch tun sollte.« Er zitterte am ganzen Leib. »Du hast ja keine Ahnung, wie froh ich bin, dich zu sehen! Sind die anderen draußen?«

»Ich glaube, dass Doug …«

»Großartig! Los, suchen wir ihn und steigen von diesem verdammten Berg ab!«

Doch Cecily packte ihn am Arm, ehe er das Zelt verlassen

konnte. »Nicht! Wir müssen vorsichtig sein! Doug ist gefährlich! Er ist auf dem Gipfel auf mich losgegangen, er ... Er hat mich angegriffen.«

»Ach du Scheiße ...« Zak war ganz leise geworden. Untypisch leise.

»Du scheinst nicht sehr überrascht zu sein ...« Zaks Reaktion brachte Cecily aus dem Gleichgewicht.

»Nein, Gott, doch ... Natürlich bin ich überrascht. Es ist nur ... Eine Sache ergibt jetzt endlich Sinn.« Er griff nach hinten und zauberte ein kleines schwarzes Rechteck mit einem Dutzend kleiner Antennen hervor. »Das hier habe ich in Dougs Zelt gefunden, als ich versucht habe, mein Zelt zu finden.«

»Ist das ...?«

»Ein Störsender. Dieser Mistkerl. Ich wollte es echt nicht glauben, aber er muss ihn die ganze Zeit eingesetzt haben. Wir hatten nie eine Chance, oder?«

»Er glaubt, dass ich tot bin.« Ihre Kehle schnürte sich zusammen, und ihr versagte die Stimme.

Zak ließ den Störsender fallen und nahm ihre Hand. »Cecily, es ist alles gut. Wir kommen hier zusammen wieder raus.«

»Das ist noch nicht alles ... Elise ... Zak, *Elise ist tot.*«

»Was?« Er wich zurück, krallte die Finger in seine Wange.

»Ich habe sie im Schnee liegen sehen. Ihr Hinterkopf war total blutig.«

»Nein, nein, nein ... Das würde Doug niemals tun! Und dir würde er auch nichts tun!«

Cecily senkte die Stimme. »Er glaubt, dass ich seine Tochter umgebracht habe.«

»A-aber das ergibt doch keinen Sinn«, stammelte Zak.

»Kannst du dich noch an die Geschichte erinnern, die ich euch erzählt habe? Die vom Snowdon? Die Frau, die dort starb, das war seine Tochter.«

»Gott, Cecily ... Du weißt, dass das nicht deine Schuld war, oder?« Er zog sie erneut an sich, während draußen der Sturm über ihr Zelt hinwegtobte. Er massierte sich die Braue. »Ich kann das nicht glauben ... Und was war mit Elise?«

»Er hat geglaubt, sie würde Charles ausspionieren und versuchen, ihn beim Schummeln zu erwischen. Seine Karriere hängt von Charles ab, Zak. Er darf nicht zulassen, dass ihm irgendwas – oder jemand – in die Quere kommt.«

Das Zelt schaukelte im Wind, und die Zeltstangen bogen sich. Cecily fing Zaks Blick auf, und einen Moment lang starrten sie einander stumm an.

»Was machen wir denn jetzt?«, fragte Zak schließlich.

Cecily schluckte. »Wir machen genau das, was du gesagt hast: Wir steigen von diesem verfluchten Berg ab.«

51

»Wir sollten uns gemeinsam anseilen«, sagte sie. »Es hat keinen Sinn, uns über Doug und den Sturm Gedanken zu machen, wenn einer von uns in eine Gletscherspalte stürzt und dann sowieso stirbt.«

»Guter Punkt. Hast du noch ein Ersatzseil?«

»Nein. Du?«

»Ich auch nicht.«

Sie starrten einander an. Dann schüttelte sie langsam den Kopf. »Wir sollten nicht auf diesem Berg sein. Dafür sind wir nicht hinreichend vorbereitet. Wir sind keine echten Alpinisten, wir sind … bloß Touristen.«

»Na ja, es war ja nun nicht damit zu rechnen, dass die Sherpas uns einfach im Stich lassen würden! Und ich habe auch nicht erwartet, dass unser Expeditionsleiter ein Psychopath ist. Was zum Teufel sollen wir denn machen? Wir können nicht bleiben, und wir können nicht gehen. Wir sind total aufgeschmissen!«

Sie sah ihm unverwandt in die Augen. Sie konnten sich vielleicht nicht gemeinsam anseilen, aber sie mussten das hier jetzt zusammen durchstehen, als Team, wenn sie nur die geringste Chance haben wollten, es von diesem Berg hinunterzuschaffen.

Er starrte zurück, und in seinem Blick lag ein Hauch von Hysterie. Sie wusste, dass sie im Lauf des Abstiegs noch mehrmals die Rollen tauschen würden. Irgendwann wäre er derjenige, der für Ruhe und Stabilität sorgte, aber in diesem Augenblick musste sie diejenige sein, die der Fels in der Brandung war.

»Hör mal, der Wind hat abgenommen. Doug ist hier draußen, und er ist auf der Suche. Das heißt doch, dass er nicht dringend einen Unterschlupf braucht. Vielleicht heißt das ja auch, dass wir ebenfalls losziehen können. Wir müssen mit leichtem Gepäck starten. Meine Sauerstoffmaske ist kaputtgegangen. Es hätte also auch keinen Sinn, die Flasche mitzunehmen.«

»Meine ist auch kaputt. Ist das Zufall oder …?«

Sie wollte nicht mal darüber nachdenken.

»Wie viel Uhr ist es?«, fragte sie.

»Zehn.«

Sie schluckte. Sie waren jetzt schon seit gut vierundzwanzig Stunden auf über siebentausend Metern. Viel zu lange.

»Dann los«, sagte sie.

Sie traten hinaus in die weiße Eiseskälte und hielten sich zunächst geduckt. Ihre erste Herausforderung bestand darin, das Fixseil zu finden, das bergab führte. Wenn sie das schafften, hatten sie vielleicht eine Chance.

Sie übernahm die Führung, weil Zak noch immer zu zaudern schien und sich nur langsam bewegte. Aber gut, das würde sie hinkriegen. Sie suchte die Reihe aus Zelten ab, von denen nur noch erschreckend wenige dastanden, und hatte keine Ahnung, wo genau das Fixseil beginnen könnte. Dann entdeckte sie etwas, was sie wiedererkannte: ihren Pickel, der vor einem Zelt im Schnee steckte. Sie nahm ihn hoch und befestigte ihn an ihrem Gurt. Damit fühlte sie sich stärker.

Und schließlich entdeckte sie auch ein Durcheinander aus bunten Seilen. »Da drüben!«, rief sie, nestelte ihren Karabiner auf und klippte sich an einem Seil ein. Es führte nach unten, es musste also das richtige sein. »Komm schon, Zak«, rief sie durch ihre Sturmhaube.

Er hielt sich an ihrem Arm fest, und sie vergewisserte sich, dass er ordentlich eingeklippt war, ehe sie losmarschierten. Langsam arbeiteten sie sich nach unten. Sie wusste noch gut, wie steil der Aufstieg gewesen war, und sie mussten sich am Fixseil festhalten, um nicht ins Rutschen zu geraten. Ihr Knie loderte inzwischen vor Schmerz, und jeder Schritt fühlte sich an wie ein Boxhieb. Doch sie wollte nicht sterben, so weit war sie noch nicht.

Das Seil schnitt ihr in den Arm, trotzdem ließ sie nicht los, als sie die Piste hinabschlitterte. Sie hatte gesehen, wie die Sherpas am Seil regelrecht hinabflogen und den Schwung nutzten, um sich vorwärts zu bewegen. Sie selbst hatte dafür weder das Tempo noch die Selbstsicherheit.

Während des Abstiegs schien Zak zusehends die Geduld auszugehen. Am nächsten Fixpunkt übernahm er die Führung.

Sie kamen gut voran. Dichte, undurchdringliche Wolken verschleierten die steilen Abhänge ringsum und verstellten die Sicht, sodass die Angst vor dem, was ihnen drohte, gar nicht erst aufkommen konnte. Ein Teil von ihr hoffte, dass Doug in der Annahme, sie wären beide gestorben, längst in seinem eigenen Tempo auf dem Rückweg ins Basislager war. Wie er dort erklären wollte, dass er sein ganzes Team verloren hatte, war ihr ein Rätsel.

Vor ihr kam Zak zu einem Halt, und sie war gezwungen, ebenfalls stehen zu bleiben. Ihr Knie knickte unter ihr weg, und sie geriet ins Straucheln. Das Seil schnitt ihr in den Arm, aber es hielt.

»Was ist?«, rief sie über den heulenden Wind hinweg.

»Scheiße ... Hier sind nirgends mehr Seile.«

Es dauerte einen Augenblick, bis sie die Nachricht verdaut hatte. »Was soll das heißen?«

»Guck selbst ...«

Der Fixpunkt, an dem die Seile befestigt waren, steckte vor ihnen im Schnee, doch es gab kein Seil mehr, das nach unten führte.

»O Gott.« Sie konnte nicht glauben, dass Doug so etwas getan hatte. Es gab eine ungeschriebene Regel auf den hohen Bergen: Niemand machte sich an Fixseilen zu schaffen. Was für ein Team gut war, war auch für andere Teams gut. Indem er das bergab führende Seil durchtrennt hatte, hatte er gegen alles verstoßen, wofür er sein Lebtag eingestanden hatte. Anscheinend war er fest entschlossen sicherzustellen, dass sie es nicht mehr vom Berg runterschafften.

Die Route, die sich vor ihnen erstreckte, sah jedoch nicht *allzu* schlimm aus. Wenn sie extravorsichtig wären und ihre Pickel einsetzten, würden sie die Passage auch ohne Fixseil schaffen.

Sie hatten ohnehin keine Wahl.

»Komm, das schaffen wir auch so. Wir können nicht mehr zurück«, sagte sie. »Jetzt geht es nur noch vorwärts.«

Zak zitterte in seinem Anzug, und unverkennbar stand ihm die nackte Angst, die blanke Urangst, ins Gesicht geschrieben.

»Bleib jetzt ganz ruhig. Atme.« Sie versuchte, zu dem Mann hinter der wilden Grimasse durchzudringen. Er musste jetzt die Fassung bewahren, sonst war sein Schicksal besiegelt. Genau hierüber hatte Charles gesprochen: über den Killer in einem selbst. Zak würde sie beide umbringen, wenn er jetzt zuließ, dass seine Angst die Kontrolle übernahm. Ein falscher Schritt bei diesem Wetter, eine Unkonzentriertheit bei diesen Bedingungen, und er würde abstürzen und sie aller Wahrscheinlichkeit nach mit in den Abgrund reißen.

Sie packte ihn an den Schultern und bugsierte ihn in Richtung einer Schneewehe. Noch waren sie am oberen Fixseil eingeklippt. Sein Blick war leer. Vielleicht rührte sein Zittern von mehr als nur von Angst her. Vielleicht starb er – womöglich knickte gerade sein Körper ein …

Sie hielt ihre Zehen warm, indem sie damit wackelte, sie bewegte die Finger und klatschte mehrmals in die Hände, doch Zak kauerte inzwischen einfach nur da.

»Komm jetzt, Zak!«, schrie sie ihn an, rieb seine Hände und versuchte, das Flämmchen in ihm wieder zum Lodern zu bringen. »Bleib bei mir!«

Er brauchte Wasser. Sie zog den Reißverschluss ihres Anzugs gerade weit genug auf, um in die Innentasche zu greifen. Kälte strömte ihr entgegen wie Meerwasser und drang ihr bis ins Mark.

Die erste Halbliterflasche war leer. Die zweite enthielt nur noch einen kleinen Schluck.

Doch wenn Zak jetzt starb, würde sie vollends den Verstand

verlieren. Ihn am Leben zu erhalten war das Einzige, was ihr noch Kraft verlieh. Sie legte ihm die Hand ums Kinn und flößte ihm die letzte Flüssigkeit ein. Zu ihrer Erleichterung schien es zu funktionieren. Er blinzelte, und sie sah, wie sein Blick aufklarte.

»Cecily?«

»Wir schaffen das, Zak! Aber wir müssen jetzt weiter!«

Sie fing an, mit den Handschuhen im Schnee zu graben. Inzwischen waren die Daunen vollends durchnässt, aber es lohnte sich: Sie fand das Seil. Es war nicht entfernt worden. Bloß kleinste Fehler, bloß eine falsche Einschätzung … Es wäre ihr Ende, wenn sie jetzt nicht wachsam blieben.

»Guck mal, Zak!« Sie war fast außer sich vor Glück, während er schwankte. Sie streckte sich nach ihm aus und klippte sein Sicherungsseil ins eben noch verschneite Fixseil ein. Dann griff sie zum anderen Ende seines Sicherungsseils und befestigte es an ihrem Klettergurt. Das Seilstück war zu kurz, als dass sie bequem hintereinander hergehen könnten, aber es war unter den aktuellen Bedingungen das Einzige, was ihr noch einfallen wollte. Sie schob ihn vor sich, weil sie kaum auf den Beinen bleiben würde, wenn er von hinten in sie hineinstolperte. Mit Zak vor Augen würde sie sich zumindest rechtzeitig für einen Sturz wappnen können. Und ganz zur Not würde sie das Seil kappen, das sie verband … vielleicht.

»Du stirbst mir jetzt nicht weg, hörst du?«, sagte sie, allerdings eher, um sich selbst Mut zu machen, als um ihn anzufeuern. Er hörte sie ohnehin nicht mehr. Sie hangelte sich am Seil hinab und schubste Zak vor sich her. Es gab ein paar heikle Momente, in denen sie schon glaubte, er würde abgleiten, doch durch schiere Willenskraft – und die Zacken der

Steigeisen im Schnee – schien er weiter vor ihr an der Felswand zu kleben.

Sie wusste, dass sie mit jedem Meter, den sie abstiegen, wieder kräftiger würden. Mit jedem Schritt, den sie setzten, näherten sie sich Lager drei. Und das trieb sie an: die Hoffnung, dass sie bald in Sicherheit wären.

Sie sah den Abstieg regelrecht vor sich: die lange, gerade Flanke des Bergs. Hier war der Boden nicht von Spalten durchzogen. Sie gewann an Selbstsicherheit. Sie würden Lager drei erreichen.

Und wie durch ein Wunder beruhigte sich langsam, aber stetig auch das Wetter. Allerdings förderte es zugleich wieder die Schmerzen und die Erschöpfung zutage. Der Pickel in ihrer Hand fühlte sich bleischwer an, trotzdem hämmerte sie ihn mit aller Kraft, die sie noch aufbringen konnte, bei jedem Schritt neu ins Eis. Eine Zeit lang stieg sie seitwärts ab, weil sie ihrem Knie die frontale Belastung nicht mehr zutraute. Am nächsten Fixpunkt klippte sie sich von Zak aus, der sich endlich wieder aus eigener Kraft aufrecht hielt.

Sie tippte ihm auf die Schulter und zeigte wortlos auf einen nicht mehr allzu weit entfernten Schein von etwas Gelbem. Sie hatten Lager drei fast erreicht. Er nickte.

Ihre Hände waren taub. Die Feuchtigkeit in ihren Handschuhen war gefroren, und sie fragte sich, ob sie eines Tages, wenn all dies vorbei wäre, noch all ihre Finger haben würde.

Manaslu. Angeblich einer der leichteren Berge, der bezwingbare, den Charles mit Leichtigkeit hätte besteigen können, was ihn zu einem der größten Bergsteiger der Welt gemacht hätte ... Aber wo war er überhaupt? Hatte er den Gipfel erreicht? Wären die weltweite Anerkennung, der Ruhm, der

Platz in den Geschichtsbüchern überschattet von all den Toten, die diese Expedition gefordert hatte?

Sobald sie das erste Zelt erreicht hatten, schlüpften sie hinein. Die Abkehr von Wind und Kälte war eine Erleichterung, allerdings nur eine vorübergehende. Sie hatten nach wie vor keinen Proviant.

Sie warf ihren Rucksack ab. Er war nicht mehr blau, sondern weiß und mit einer Eiskruste überzogen, die aufbrach, sowie sie die Gurte bewegte. Ihre Finger hatten Mühe, den Reißverschluss zu finden, und sie schrie frustriert auf. Sie wusste, es steckte ein zweites Paar Handschuhe darin, und das brauchte sie dringend.

Zak versuchte zu helfen, und mit vereinten Kräften – indem jeder von ihnen den Rucksack an einer Seite festhielt – bekamen sie den Reißverschluss auf, zumindest weit genug, um hineinzugreifen und die Handschuhe herauszuziehen.

Außerdem dankte sie ihren Ausstattungsgöttern, als sie im vorderen Fach ihres Rucksacks noch ein Paar Handwärmer entdeckte. Sie schüttelte sie auf, schob sie in ihre Handschuhe und betete, dass ihre Finger wieder zum Leben erweckt würden, ehe es zu spät war. Sie traute sich nicht einmal, auf ihre nackte Hand hinabzublicken, und wechselte die Handschuhe, so schnell sie konnte.

»Wir sind am Arsch«, stöhnte Zak.

»Hast du noch irgendwas Essbares im Rucksack? Einen Müsliriegel? Irgendwas?«

Er schüttelte den Kopf. So viel zu seiner Ausstattung.

Sie meinte, selbst noch etwas in Reserve zu haben, doch es dauerte ewig, ihren Rucksack zu durchwühlen, selbst mit Handwärmern in den Handschuhen. Als sie den Schokoriegel fand, war er nur mehr gefrorener Schokobrei. Es war nahezu unmöglich, davon abzubeißen, und an Nährstoffen hatte er fast nichts zu bieten.

Sie hörte ein Geräusch von draußen, das sich nicht nach Wind anhörte. Ein Knirschen im Schnee.

Sie griff so fest nach Zaks Hand, dass er mit einem Grunzen wieder zu sich kam. Sie hatte nicht mal bemerkt, dass er eingenickt war.

»Was?«, fragte er vernebelt.

»Zak, da ist jemand vor unserem Zelt!«

Sie hatte so leise gesprochen, dass sie kaum zu hören war, trotzdem riss Zak die Augen auf, als ihm dämmerte, was das bedeutete. Doch etwas war anders an diesen Schritten. Sie klangen leichter als die von Doug, die sich ihr tief ins Gedächtnis eingeprägt hatten.

Ein Hoffnungsschimmer. Trotzdem war für sie nichts mehr selbstverständlich. Sie packte den Griff ihres Pickels und kroch auf den Zelteingang zu. Zak schüttelte panisch den Kopf, doch sie sah ihn nur reglos an, bis er sich wieder beruhigt hatte. Dann nickte sie, und er erwiderte die Geste.

Sie wusste nicht, warum er noch auf sie vertraute, obwohl sie doch ihrerseits kaum noch sich selbst vertraute.

Vorsichtig zog sie den Zelteingang auf und nahm mit der anderen Hand den Pickel hoch.

52

»Wir sind gerettet! Wir sind gerettet!« Zak schüttelte ihren Arm. »Galden, hier!«, schrie er lauthals.

Galden wirbelte herum, und Cecily sah, wie sein Blick aufleuchtete, sobald er sie entdeckte. Sie selbst war genauso erleichtert.

Er joggte durch den Schnee auf sie zu. Cecily sah, dass er sich den Arm immer noch an den Oberkörper presste, ihn sogar in einer improvisierten Schlinge trug, die ihm um den Hals hing. »Zak, Cecily, ihr lebt!« Er fiel auf die Knie und umarmte sie beide. »Gestern Nacht hat Doug uns mit dem Summit-Extreme-Team runtergeschickt. Sie bräuchten Hilfe, um ihre Kunden ins Basislager zu bringen. Doug meinte, unser Gipfelsturm wäre abgesagt, und er würde euch noch am selben Morgen nach unten bringen, sobald ihr ausgeschlafen hättet. Die anderen sind heute Vormittag mit Summit Extreme weiter ins Basislager gezogen …«

»Aber du nicht?«, hakte Cecily nach.

»Mein Arm hat so wehgetan, dass ich mich in Lager zwei erst erholen musste, während die anderen abgestiegen sind.

Ich habe über Funk gehört, du wärst abgestürzt, Cecily!« Ihm versagte die Stimme, und er hob den unverletzten Arm vors Gesicht. »Da musste ich einfach wieder hochkommen. Ich wollte versuchen, dich zu finden. Ich hätte dich nie allein lassen dürfen …«

»Du wusstest es doch nicht.« Sie nahm seine Hand. »Aber jetzt bist du ja hier. Und wir brauchen Hilfe.«

»Lass mich schnell durchgeben, dass es euch gut geht.« Er tastete an seiner Seite nach dem Funkgerät und schickte eine Nachricht nach unten, dass er Cecily und Zak gefunden habe und sie gleich zu Lager zwei aufbrechen würden. Er wartete ein paar Sekunden auf die Bestätigung, doch es kam nur statisches Rauschen. Ein starker Windstoß rüttelte am Zelt und zwang sie, sich zusammenzukauern. »Hier können wir nicht bleiben. Es ist zu gefährlich. Wir müssen runter.«

»Komm, Zak! Noch eine Etappe?«, fragte sie und versuchte, aufmunternd zu klingen.

Zak schloss die Augen, und sie befürchtete schon, dass er sie nicht mehr aufschlagen würde, doch dann tat er genau das und bedachte sie mit einem entschlossenen Blick. Ihr Herz schlug höher. Er war wieder bei Kräften, hatte irgendwoher Energie mobilisiert, und jetzt musste auch sie sich einen Ruck geben, tief in ihrem Inneren danach kramen und sich an jenem winzigen Teil ihrer selbst festhalten, der nach Überleben schrie.

»Warte, Galden. Wir haben seit Stunden nichts mehr zu uns genommen. Hast du noch irgendetwas übrig?«, fragte sie.

»Mal sehen …« Galden zog ein paar Fruchtriegel aus der Tasche und eine Thermoskanne mit Tee aus seinem Rucksack. Sie war in ihrem ganzen Leben für nichts dankbarer gewesen.

Trotzdem brachte sie den Tee kaum hinunter. Ihre Lippen waren so kalt, dass sie sich kaum an den Rand des Bechers legten. Sie war in deutlich schlechterem Zustand als gedacht. Auch wenn sie gierig von ihrem Fruchtriegel abbiss, waren ihre Zähne kaum imstande, die feste Masse zu kauen, und ihr Mund war so trocken, dass das Essen sich einfach nicht auflösen wollte. Sie schluckte trotzdem. Ihr Körper brauchte das jetzt.

Zak war sogar noch schlimmer dran. Der Tee lief ihm übers Kinn, und es landete mehr auf seinem Anzug als in seinem Mund.

»Jetzt müssen wir aber los. Ich kann euch nicht beide tragen. Wir seilen uns gemeinsam an, und vielleicht treffen wir unterwegs ja auf Hilfe.« Galden nahm eine Rolle Seil von seinem Rucksack. Zak sollte in der Mitte gehen, was bedeutete, dass Galden Cecily für die Stärkere hielt. Die Vorstellung war nicht sehr beruhigend.

Sobald er sich vergewissert hatte, dass sie sich aneinander gesichert hatten, trat er hinaus, und sie hatten keine andere Wahl, als ihm zu folgen.

Ohne ihn hätten sie keine Chance. Auch wenn der Schnee nicht mehr so stark fiel, hatte er sämtliche Fußspuren verwischt, die sie auf ihrem Weg angeleitet hätten.

Der Himmel hatte ein graues Sargtuch über alles geworfen, über ihr Zeitgefühl, über ihren Orientierungssinn ... Vielleicht war es auch nur die Höhenkrankheit. Gefährlich nah krochen sie an einem Steilhang entlang, doch Cecily war nicht mal mehr in der Lage, Angst zu empfinden.

Sie bewegten sich zügig voran. Zak hatte Schwierigkeiten, aber mit Galdens und Cecilys Hilfe und an den Fixseilen hielt er sich auf den Beinen. Cecily hatte Todesangst, dass Doug ihnen am Berg auflauern würde, doch mit Galden an ihrer Seite wusste sie, dass sie die besseren Karten hatten.

Sie mussten einfach nur schnell vorankommen.

Es gab Abschnitte bei ihrem Rückmarsch, wo sie sich steile Gefälle hinabseilen mussten. Zak rutschte bei seinem ersten Abseilmanöver ab, und Galden konnte ihn kaum halten, was bedeutete, dass auch sie um ein Haar mitgerissen worden wäre. Mit einem Mal war ihr nicht mehr wohl bei dem Gedanken, dass sie gemeinsam angeseilt waren.

Und Galden schien ihr beizupflichten. Bei der nächsten Abseilstelle, wo die Folgen eines Absturzes wesentlich schlimmer gewesen wären, blieb er stehen und klippte sie voneinander los. Cecily setzte sich in den Schnee, hielt sich am Fixseil fest, versuchte, ihre letzten Kräfte zu mobilisieren und sich die Daumen zu drücken, dass Lager zwei bald vor ihnen auftauchte.

Die Vorstellung, sich einfach im Schnee einzurollen und einzuschlafen, war unwiderstehlich. Wäre es wirklich so schlimm?

Galden konzentrierte sich darauf, eine Konstruktion zu errichten, an der er Zak abseilen konnte. Doch sobald er mitbekam, dass sie abzudriften drohte, rüttelte er an ihrem Arm. »Cecily! Ich muss jetzt mit Zak da runter. Du seilst dich eigenständig ab, verstanden? Ich bringe euch beide lebend dort runter.«

Sie nickte und zückte ihren Abseilachter, in den sie das Abstiegsseil einfädeln würde. Galden wirkte zufrieden und kümmerte sich wieder um Zak.

Als sie endlich an der Reihe war, nahm sie sich Zeit für den Abstieg. Ihr Knie kreischte vor Schmerz, doch irgendwie schaffte sie es. Und dann hatten sie das obere Ende von Lager zwei erreicht. Halb im Schnee vergraben stand an der Seite ein Zelt, dahinter klaffte eine breite Spalte.

Galden winkte sie zu sich herüber. »Zak muss sich ausruhen. Los, bringen wir ihn dort ins Zelt.« Sie nickte und legte sich Zaks Arm über die Schulter. Doch sie war nicht stark genug, um ihn hochzustemmen. Ihr Knie knickte unter ihr weg.

»Das geht nicht«, wimmerte sie und geriet aus dem Gleichgewicht. Zak fiel in den Schnee. Sie sah den Schmerz in Galdens Gesicht, den er verzweifelt zu überspielen versuchte.

»Keine Sorge«, sagte er. »Ich bleibe mit Zak hier. Aber wir brauchen Wasser. Durchsuch das Zelt, vielleicht liegt da noch etwas.«

»Verstanden.« Sie eilte hinüber und ließ Rucksack und Pickel vor den Zelteingang fallen.

Doch als sie den Reißverschluss aufzog, wartete dahinter schon jemand.

53

»Oh, Charles, Gott sei Dank! Du bist es!« Sie fiel halb ins Zelt, und Charles zog sie hinein.

»Cecily! Alles in Ordnung? Was ist denn da draußen los? Ich hab über Funk gehört, dass Galden dich lebend gefunden hat ... Ich bin so froh!«

»Er ist draußen bei Zak, und sie brauchen Hilfe. Zak geht es nicht gut, Galden ist verletzt, und sie müssen dringend etwas trinken.«

»Ich hab jemanden absteigen sehen und schon Schnee geschmolzen.« Er zeigte auf einen kleinen Kanister, der neben seinem riesigen Rucksack auf einer Gasflamme stand. »Habt ihr sonst jemanden gesehen? Über Funk hab ich niemanden erreichen können. Doug? Oder Elise?«

»Elise ...« Sie brachte den Namen kaum über die Lippen. Jedes Wort blieb ihr im Halse stecken. »Elise ist gestorben. Oberhalb von Lager vier. Sie hat einen Schlag auf den Kopf bekommen. Und was Doug angeht ... Er ... Er hat versucht, mich umzubringen. Ich glaube, er hat meine Sauerstoffflasche manipuliert, dann ist er auf dem Gipfel auf mich losgestürmt, und ich bin ihm nur entkommen, weil er glaubte, ich wäre abgestürzt.«

Schnee klebte in Charles' Bart und Augenbrauen. Der Bart war gewachsen, seit sie sich im Basislager begegnet waren, und genau wie die buschigen Brauen weiß verkrustet. So sahen seine Augen umso stechender aus – als würde Cecily ins Herz eines Gletschers sehen. »Der Berg macht mit den Menschen die seltsamsten Dinge. Besonders mit verzweifelten, trauernden Menschen … und das alles trifft auf Doug zu.«

Sie schlug die Hände vors Gesicht. »Er glaubt, ich hätte seine Tochter umgebracht.« Sie schluchzte. In den Schock, der ihr angesichts der Erlebnisse in den Gliedern saß, mischte sich Erleichterung, weil sie zu guter Letzt gerettet war. Sie war bei Charles, Galden und Zak. Doug würde sie als Gruppe nicht angreifen.

»Na ja, hast du doch auch.«

Sie blinzelte und setzte sich gerade auf. »Wie bitte? Dass ich dort oben auf dem Grat in Schwierigkeiten geraten bin, war doch nicht beabsichtigt. Ich war James über diese Route gefolgt, auf die er mich nie hätte mitnehmen dürfen. Dann saß ich dort fest und …«

Charles schnalzte mit der Zunge. »Siehst du? Suchst immer noch Ausflüchte. Für Doug stehst du für alles, was in den Bergen falschläuft: Du bist gedankenlos, leichtsinnig und hast keinen Respekt für den Berg.«

»Das ist nicht wahr! Na ja, vielleicht *war* es wahr, aber ich habe dazugelernt.«

»Wirklich?«, fragte er leise. »Sieht ganz danach aus, als bräuchtest du gerade erneut Hilfe.«

»Bitte, Charles …« Cecily holte zitternd Luft und versuchte, sich auf die gegenwärtigen Gefahren zu konzentrieren statt auf vergangene. Der Wind pfiff durchs Zelt, und sie musste wieder an die zwei Männer denken, die draußen in der Kälte kauerten. »Diesmal bin es nicht nur ich. Wir sollten Galden und Zak reinholen.« Sie kroch zurück zum Zelteingang und stieß dabei versehentlich Charles' Rucksack um. Der Rucksack fiel gegen den Wasserkanister, und Charles schnaubte frustriert, als er versuchte, die Gasflamme am Leben zu erhalten.

Im selben Moment war die Lasche seines Rucksacks zur Seite gerutscht, und einige Gegenstände kullerten heraus.

Einen davon erkannte Cecily sofort wieder: die TalkForward-Kamera.

Elises Kamera.

Sie blickte auf, und Charles starrte sie eisig an. Ihm war also klar, dass sie sie wiedererkannt hatte.

Sie schluckte, wollte nicht fragen, konnte sich aber nicht zurückhalten: »Wieso hast du die bei dir?«

Charles seufzte und löschte die Gasflamme. »So hätte es nicht sein sollen. So war es nicht geplant.«

Cecilys Blick huschte zwischen Charles und der Kamera hin und her. Sie fügte die Puzzleteile zusammen, und als ihr die Wahrheit dämmerte, beschlich sie eisiges Grauen. »Das ... warst du?«

Charles redete einfach weiter, als hätte er sie nicht gehört. »Ich wollte euch alle zum Gipfel bringen, um dann gemeinsam wieder abzusteigen und unseren Triumph zu feiern. Leider hatte Doug andere Pläne. Er wusste von Anfang an, dass das Wetter umschlagen würde. Er hat sämtliche Signale blockiert, damit ich nicht mitbekäme, dass ein Sturm im Anmarsch war. Er wollte, dass ich da hineingerate, hat aber seine Absichten verschleiert, indem er das ganze Team so weit wie möglich mitgeschleift hat. Und in Lager drei wollte er dann, dass ihr wieder absteigt. Schon vergessen? Aber das konnte ich doch nicht zulassen. Ich musste ihn also ablenken. Deshalb habe ich dich gebeten, die Snowdon-Geschichte zu erzählen. Ich wusste, dass du für den Tod seiner Tochter verantwortlich warst.«

»Aber ... Ich verstehe das nicht. Du hast mich doch ausdrücklich eingeladen ...«

»Stimmt. Genau aus diesem Grund. Oh, du hättest ihn sehen sollen, als er den Anruf gekriegt hat! Er war am Boden zerstört. Er wollte nicht einmal wissen, was genau passiert war. Ich allerdings schon. Ich habe sämtliche Artikel über den Absturz gelesen, auch den über die ›Heldin vom Snowdon‹, die angeblich die Bergrettung gerufen hatte ... Als du später ›Dem Aufstieg nicht gewachsen‹ veröffentlicht hast, bin ich auf dich aufmerksam geworden. Und mir war sofort klar, dass mehr hinter der Geschichte steckte. Doug schien nach dem Broad Peak mir gegenüber misstrauisch geworden zu sein, also habe ich mir einen Plan zurechtgelegt. Ich wollte ein ganzes Team zum Manaslu führen und Doug so sehr beschäftigen, dass er meine Mission nicht durchkreuzen konnte. Nur hat es nicht funktioniert ... Er hat alles versucht, um euch vom Gipfel *fernzuhalten.*«

»Aber warum?«

»Dieser Idiot ... Er dachte wirklich, ein Sturm würde mich aufhalten. Oder sogar umbringen.« Charles zog bedrohlich schnell seinen Pickel aus der Rucksackschlaufe.

Ihr schnürte sich die Kehle zu, sodass sie kaum weitersprechen konnte. »Und warum hat er dich aufhalten wollen?«

»Er wusste, dass ich auf etwas gestoßen war, was mir einen noch größeren Kick verschaffte, als Gipfel zu besteigen.«

»Ich weiß nicht, wovon ...«

»Wirklich nicht?«

Sie wich ein Stück zurück, und ihr flacher Atem ging schneller. Sie war hier nicht sicher. Ihr Körper wusste es längst, doch ihr Verstand hatte länger gebraucht, um aufzuschließen. Doug hatte versucht, sie zurückzuschicken ... *Du hast echt keine Ahnung, verdammt* ... Er hatte verhindern wollen, dass sie mit Charles am Berg allein wären.

Auf seinem Pickel war ein dunkler Fleck zu sehen. Sie wollte gar nicht wissen, woher der stammte.

Nur dass sie sein Opfer mit eigenen Augen gesehen hatte ... das Blut mit den eigenen Händen berührt hatte ...

»*Du* bist der Mörder«, flüsterte sie. »Aber warum?«

Charles fuhr mit dem Finger die gebogene Metallkante der Haue entlang.

Schlagartig war ihr Mund knochentrocken.

»Weil ich es kann«, sagte er leise. »Ich hab immer gewusst, dass ich anders war. Als ich noch ein Kind war, hat Doug geglaubt, die Herausforderung, Berge zu besteigen, wäre genug, um mich zufriedenzustellen. Aber das war mir irgendwann zu leicht. Dann passierte das am Pik Lenin. Die Natur hat mir alles entgegengesetzt, was sie aufzubieten hatte, und ich habe überlebt. Kann jemand wie du das überhaupt begreifen? Die Willensstärke, die nötig ist, um diese Wucht abzufedern, die der Berg dir entgegenschleudert? Sich unter dem Gewicht des Schnees wieder herauszuwühlen, die Sonne auf dem Gesicht zu spüren und zu wissen, dass du auserwählt bist? Ich war mit zwei Bergsteigern unterwegs, die ich für bärenstark hielt, aber sie haben es nicht geschafft. Nein. Ich bin besonders, und ich will, dass die Welt das erfährt.«

Er legte eine kurze Pause ein.

»Nur ist diese Welt noch nicht bereit für mich. Ich habe diese unfassbare Mission bekannt gegeben: *Fourteen clean.* Und hat es irgendjemanden interessiert? Die Leute sind dermaßen oberflächlich. Diese ganzen Schreibtisch-Aktivisten, die es wagen, uns zu kritisieren, die wir hier draußen über die Grenzen des Menschenmöglichen gehen. Niemand wollte mich unterstützen, jeder meinte, was ich vorhatte, wäre viel zu gefährlich. Dann kam der Dhaulagiri. Als ich die beiden Typen entdeckt habe, die auf der Route zusammengebrochen waren und mir höhenkrank den Weg versperrten, war ich einfach nur wütend. Ich habe den Puls des Ersten gecheckt. Sein Herz schlug zwar noch, aber nur schwach. Wenn er abgestiegen wäre, hätte er vielleicht überlebt. Der Bruder hat noch gestöhnt, war aber ebenfalls kurz vorm Krepieren. Dermaßen erbärmlich, die beiden! Die gehörten dort einfach nicht hin! Ich bin also zum Ersten zurück und hab ein bisschen mehr Druck auf seinen Hals ausgeübt. Da hat er sich plötzlich gewehrt! O ja, da war plötzlich Kampfgeist in ihm, der Wille zu überleben. Der war die ganze Zeit in ihm gewesen, nur dass sein Kopf bereits aufgegeben hatte. Der Körper wäre noch weitergegangen, wenn er die Wahl gehabt hätte. Aber es war zu spät ... und dann ist das Licht in seinen Augen erloschen. Das Letzte, was er gesehen hat, war mein Gesicht über ihm. Kein Gipfel, den ich bestiegen hatte, hat mir je dieses Gefühl von Macht beschert.«

Er machte eine Geste, stellte nach, wie er jemandem den Hals zudrückte – und Galle stieg Cecily in die Kehle. Sie hatte keine Waffe zur Hand, und ihr Knie tat immer noch höllisch weh. Sie hatte nur eine Hoffnung: Sie musste zu Galden und Zak entkommen. Vielleicht würden sie Charles zu dritt überwältigen können.

»Der Mann war schwach. Zu schwach, um dort zu sein, wo er war. Ich habe das Richtige getan. Ich konnte entscheiden, welcher von den beiden überleben durfte und wer nicht. Den Bruder habe ich runtergebracht. Als ich tags darauf mit dem Bergungsteam hochstieg, war der andere immer noch da, kauerte tot im Schnee, genau so, wie ich ihn zurückgelassen hatte, und niemand ahnte auch nur, was mein Beitrag gewesen war. Wenn Leute in der Todeszone sterben, zuckt niemand mit der Wimper. Und indem ich seinen Partner gerettet hatte, wurde ich zum Helden.«

»Diesmal erfahren sie es«, entgegnete Cecily. »Was ist dein Plan – das ganze Team umzubringen? In dem Fall wird dich niemand mehr für einen Helden halten. Dein Ruf ist ruiniert.«

»Mein Ruf ist mir sicher. Wie ich schon gesagt habe, gibt es keinen besseren Ort für einen Mord als hier oben. Am Everest war nur ein Stoß nötig – ach was, kein Stoß, nur ein kleiner Schubs, fast gar nichts –, und ein Mann ist in den Tod gestürzt. Ein Mann, der geglaubt hatte zu sehen, wie ich Fixseile benutzt hatte, und daraufhin Gerüchte in die Welt gesetzt hat. Was für eine Dreistigkeit! Anzunehmen, dass ich dieselben Hilfsmittel und Krücken benutzen würde, die Durchschnittsmenschen brauchen, um auf diese Gipfel zu kommen.«

Tränen stiegen ihr in die Augen. »Und deine Rettungsaktionen? Du … Du hast auch Leben gerettet, nicht nur Leute umgebracht.«

»Auch die ganz Großen brauchen ab und an gute Presse.« Er lachte über seinen eigenen schlechten Witz.

»Dann der Cho Oyu ... Hat Grant dort wirklich gefilmt, wie du die Rettung inszeniert hast?«

Charles grinste höhnisch. »Ich hab es nicht nötig, etwas zu faken. Ich wollte diesen Mann umbringen, doch dann habe ich die Drohne entdeckt und beschlossen, ihn stattdessen zu retten. Grant war der Ansicht, ich hätte das inszeniert, und glaubte, er könnte das Material gegen mich verwenden. Könnte sich damit einen Platz in meiner Expedition erpressen samt Filmrechten an meiner Geschichte. Lächerlich! Trotzdem: Indem ich ihn eingeladen habe, hatte ich ihn unter Kontrolle und konnte mich um das Material kümmern, von dem er glaubte, es wäre brisant. Ich hab euch alle sorgfältig ausgewählt. Elise mit ihrer Social-Media-Wirkung – die hätte die Gerüchte beiseite wischen können. Zak ist stinkreich. Hat meine gesamte Mission und mehr finanziert, nur um mit aufsteigen zu dürfen. Geld war also kein Problem mehr. Und du, du warst meine Geheimwaffe gegen Doug. Die Bombe, die ich im richtigen Moment zünden wollte. Und zwar genau, als er in Lager drei beschloss, dass ihr alle umkehren solltet. Ich musste sicherstellen, dass ihr auf den Berg kommt. Für eine letzte dramatische Rettungsaktion, die mir den Platz in den Geschichtsbüchern sichern würde. Als du letzte Nacht dein Zelt verlassen hast, habe ich deine Sauerstoffmaske manipuliert. Ich wusste, dass sie während des Gipfelsturms irgendwann kaputtgehen würde. Du wärst in Not geraten, und ich wäre da gewesen, um dich zu retten. Doch dann hast du mich fast schon beeindruckt. Doug hatte versucht, dich runterzuschicken, aber du bist trotzdem zum Gipfel aufgestiegen.

Und jetzt guck dir an, wie weit du ohne Sauerstoff gekommen bist.«

Cecily blinzelte erneut. Sie hatte die ganze Zeit über angenommen, Charles hätte sie ausgewählt, weil sie stark war. In Wahrheit hatte er sie aber ausgesucht, weil sie schwach war. »Dann war das alles geplant? O Gott ... Irina? Alain? Die hast du auch umgebracht?«

»Ich habe einige Zeit gebraucht, um herauszufinden, wen der Mann am Everest vom Gipfel aus angerufen hatte ... Als Alain das in einem Forum gepostet hat und ich sah, dass er auf den Manaslu kommen würde, wusste ich, dass ich die Gelegenheit nutzen musste. Was diese Russin angeht: Die war mir einfach im Weg. Ich musste Grants Videomaterial vernichten, damit kein belastendes Material übrig blieb. Ich bin in Lager zwei in sein Zelt geschlichen und habe die Festplatte zerstört, allerdings hat sie mich dabei ertappt. Also musste ich sie ausschalten, bevor sie das Basislager erreichte.«

Cecily hielt beide Arme über den Kopf, als könnte sie das Grauen so von sich fernhalten, dabei hatte sie es direkt vor Augen. »Warum erzählst du mir das alles?«, flüsterte sie.

Die Antwort lag auf der Hand: Er hatte nicht vor, sie lebend davonkommen zu lassen. Um zu überleben, musste sie also etwas Drastisches unternehmen. Ihr panischer Blick huschte im Zelt umher. Charles ahnte, was sie vorhatte, schien aber nicht im Geringsten besorgt zu sein.

»Dann wird jetzt stattdessen Zak meine Rettungsgeschichte. Ich bin mir sicher, seine Firma zahlt mir eine anständige Prämie für meine Bemühungen.«

»Aber warum Elise?«, flüsterte sie.

»Sie kam am Abend vor dem Gipfelsturm zu mir und hat

erzählt, dass Doug sie wieder nach unten schicken wollte. Sie hat gestanden, dass sie in Wahrheit nur am Berg war, um mich auszuspionieren, und dafür wollte sie sich entschuldigen. Tja, und ich habe sie davon überzeugt, dass sie mit mir auf den Gipfel steigen könnte. Als dann der richtige Moment gekommen war …« Er sprach den Satz nicht zu Ende. »Ich habe ihre Kamera mitgenommen, um sie später zu zerstören.« Charles verlagerte sein Gewicht in ihre Richtung, und Cecily zuckte zurück. Doch er hatte es immer noch nicht auf sie abgesehen. Stattdessen griff er sich Elises Kamera.

»Ich kann's ja jetzt gleich machen.«

Er nahm seinen Pickel, wirbelte den Griff in der Hand herum und hämmerte dann mit aller Kraft auf die Kamera ein. Unwillkürlich schrie Cecily auf.

Im selben Moment gab sie sich einen Ruck. Auf allen vieren stürmte sie auf den Zelteingang zu und stürzte hinaus in den Sturm.

54

»Galden!«

Der Wind peitschte über sie hinweg, trug ihren Schrei davon und zwang sie in die Knie. Sie riss beide Hände hoch, um ihr Gesicht zu schützen.

Im selben Moment hörte sie den Pfiff, entspannt, beiläufig, aus dem Zelt hinter ihr. Tief, tief, hoch, tief.

Erneut flutete Angst ihre Adern, und ihr war innerlich kälter, als es der heulende Sturm zustande gebracht hätte.

Mit seinem unverletzten Arm hatte Galden Zak in der Zwischenzeit in Richtung des Zelts geschleift. Der Amerikaner sah schrecklich aus. Sein Kopf schaukelte hin und her, und er hatte die Augen geschlossen.

Sie packte Galden am Expeditionsanzug und zerrte ihn in die entgegengesetzte Richtung. »Wir müssen hier weg!«, schrie sie. »Nimm du Zaks anderen Arm ...« Sie ging neben Zak in die Hocke und versuchte, ihre Schulter unter seine Achsel zu schieben, um ihn hochzuwuchten.

»Hast du Wasser gefunden?«, fragte Galden, der immer noch dastand und auf das Zelt zeigte.

»Nein, Galden! Los, weg hier!«

Im selben Moment kam Charles durch den Zelteingang gefegt. Galden stieß einen Schreckensschrei aus, wollte dann aber schon die Hand zum Gruß heben und drehte sich breit lächelnd zu Cecily um. Seine Stimme klang hoffnungsvoll. »Das ist Charles, Didi! Mit ihm kommen wir schneller voran, da können wir ...«

Charles schwang den Pickel, und sie brachte gerade noch einen erstickten Schrei heraus, als er Galden im Rücken traf. Sie nestelte am Karabiner an Zaks Klettergurt, der immer noch am kurzen Seil mit Galden verbunden war. Sie konnte ihn jetzt nicht hierlassen, sie musste es zumindest versuchen ...

Doug hatte Bescheid gewusst. Wenn die Snowdon-Geschichte nicht gewesen wäre, hätte er sie in Lager drei kehrtmachen lassen. Sie hätte es nicht auf den Gipfel geschafft, aber sie hätte überlebt ...

Weiter konnte sie nicht denken. Charles riss den Pickel aus Galdens Rücken. Galden blieb blutend, stöhnend, sterbend am Boden ... Sie wäre am liebsten zu ihm gerannt, doch Charles machte bereits die ersten Schritte in ihre und Zaks Richtung. Sie kroch rückwärts, und ihr verletztes Knie gab unter ihr nach.

Seine langsamen, berechnenden, methodischen Bewegungen machten ihr eine Heidenangst. Genau wie das Schmunzeln in seinem Gesicht. Das hier machte ihm Spaß. Jede Sekunde. Die Macht, die er über sie hatte. Sie befand sich in seinem Revier, und er war der Herrscher.

Er stemmte sich nicht einmal gegen den Wind.

»Nicht abhauen, Cecily. Wenn du abhaust ... dann bringe ich Zak um.«

Sie war hin- und hergerissen. Sie wollte Zak nicht zurücklassen, aber wenn sie jetzt von hier wegkäme, hätte sie eine winzige Chance zu überleben. Dann könnte sie Hilfe für Zak schicken ...

Galdens Stöhnen drang an ihre Ohren, ein gutturaler Schmerzenslaut, und mit einem Mal dachte sie anders. Etwas Neues hatte die Kontrolle übernommen, etwas Tieferes, Urtümliches, und sie machte einen Satz nach vorn. Sie würde nicht noch ein Teammitglied am Berg verlieren. Charles würde nicht noch jemanden umbringen. Nicht, solange sie es verhindern konnte.

Ihr Manöver hatte ihn eiskalt erwischt. Er schien zu zaudern, stand immer noch über Zak gebeugt da, der sich endlich aus eigener Kraft zu bewegen begann. Und dieser Moment des Zögerns war genug. Sie stürzte sich auf ihn, ihr Körpergewicht war ihre einzige Waffe, und sie hatte das Überraschungsmoment auf ihrer Seite. Doch auch die Topologie des Berges spielte ihr in die Hände: Zu seiner Linken befand sich die Gletscherspalte. Er hatte damit gerechnet, dass sie ihn nach hinten stoßen würde, und war genau dafür in Position gegangen. Doch dann packte sie ihn am Arm und wirbelte ihn unter Einsatz ihres vollen Gewichts in Richtung des klaffenden Abgrunds im Eis.

Und es funktionierte. Er machte ein paar strauchelnde Schritte, doch dann verschwand eins seiner Beine in der Spalte, und er verlor das Gleichgewicht. Sie ließ sich abrollen, sodass sie außer Reichweite war, während er immer noch über den Boden tastete und versuchte, sie mit in die Tiefe zu reißen.

Dann verschwand er jenseits der Kante.

Ihr blieb nicht viel Zeit. Sie mochte Charles einen Rückschlag verpasst haben, doch ausgeschaltet war er noch nicht. Wenn sich jemand aus einer Gletscherspalte befreien konnte, dann er.

Sie rannte hinüber zu Galden. So wie er dalag, ahnte sie bereits, dass ihm nicht mehr zu helfen war, und sie schloss ihm die Augen, die er gen Himmel gerichtet hatte. Dann stieß sie ein Ächzen aus, das tief aus ihrem Bauch zu stammen schien.

»Was ist los?«, lallte Zak und rief sie zurück ins Hier und Jetzt.

Er lebte noch. Sie konnten es noch schaffen. »Wir müssen hier weg!« Sie griff nach Rucksack und Pickel, die immer noch vor dem Zelteingang lagen.

»Was ist mit Galden?«

Sie konnte nicht antworten. Außerdem hatten sie inzwischen andere Sorgen. Es dämmerte bereits. Wenn es dunkel würde, bevor sie Lager eins erreicht hätten, würden sie nichts mehr sehen. Sie hatten keine Stirnlampen mehr und auch keine Zeit, nach liegen gebliebenen zu suchen. Sie glaubte nicht daran, dass Zak die Nacht am Berg im Freien überleben würde, und sie glaubte auch nicht, dass *sie* überleben würde. Doch diesen Gedanken wischte sie sofort beiseite. Es war jetzt nicht der Moment, über ihr eigenes Schicksal nachzudenken. Sie musste Zak am Leben halten. Er musste es schaffen. Sie musste ihn vom Berg runterkriegen. Wenn ihr das gelänge, würde sie auch sich selbst retten.

Sie legte sich Zaks Arm über die Schulter und hievte ihn auf die Füße. Sie stellte sich vor, wie Charles aus der Gletscherspalte gekrochen käme, und jeder Schatten sah aus wie er. Zak schwankte, doch zu ihrer Erleichterung blieb er aufrecht stehen. Sie stützte ihn nur noch sicherheitshalber. Gemeinsam kämpften sie sich in Richtung der Fixseile und begannen abermals, sich bergab zu arbeiten.

Zum Glück hielten die tiefen Einschnitte im Eisbruch zwischen den Lagern drei und zwei den heftigsten Wind von ihnen fern. Cecily sah wiederholt nach hinten und trieb Zak an, doch es kam niemand hinter ihnen her. Ohne weitere Zwischenfälle erreichten sie den Rand von Lager zwei, das genau wie Lager drei zur Geisterstadt geworden war. Zak wollte schon in eins der Zelte kriechen und sich ausruhen, doch sie trieb ihn weiter. Charles war hinter ihnen her, und Galden hatte bereits den höchsten Preis dafür gezahlt.

Sie wollte Zak nicht die ganze Wahrheit sagen, nicht dass die Angst ihn ebenso lähmte wie zuvor sie selbst.

Schließlich hatten sie nur noch ein Hindernis vor sich: die Hängewand. Wenn sie die hinter sich hatten und Lager eins erreichten, ging es zum Basislager nur noch geradeaus. Wenn sie sich dabei an den Fixseilen orientierten, würden sie es vielleicht sogar trotz Dunkelheit schaffen.

Sie spürte nicht einmal mehr, wie sehr ihr Bein schmerzte. Ihr Gehirn hatte alles ausgeblendet, alles ausradiert, was für ihr Überleben nicht mehr wesentlich war.

Stattdessen verspürte sie Zorn. Und dieser Zorn würde sie am Leben erhalten. Der Zorn befeuerte jeden Schritt und festigte ihren Griff um die Seile. Zorn darüber, was Galden zugestoßen war, was mit Elise passiert war. Der Zorn hüllte sie ein und setzte die letzten Reserven frei, die ihr noch geblieben waren.

Auch wenn ihre Hände so kalt waren, dass sie schier loderten, umklammerte sie um des nackten Überlebens willen ihren orangefarbenen Pickel.

Dann wagte sie einen Blick über die Schulter. Da, in der Ferne, war eine Gestalt in einem roten Expeditionsanzug mit blauen Streifen. Charles. Er war bereits in Sichtweite.

Sie beschleunigte, bis sie Zak regelrecht die Fixseile entlangzerrte, sodass sie die Hängewand in Rekordzeit erreichten. Es war ein Wettlauf gegen die Nacht – und gegen den Mörder, der hinter ihnen her war.

Sie befestigte Zaks Abseilgeräte am Seil. »Schaffst du das, Zak?«

»Nein, Cecily ... und du?«

Sie wollte keine Zeit mit Debatten verlieren. Zak war in schlechter mentaler Verfassung, körperlich jedoch wieder halbwegs fit. Er kam allmählich wieder zu Kräften, je weiter sie abstiegen. Sie würde ihn jetzt nicht Charles überlassen. Ihr Knie zu belasten war eine Qual, vielleicht würde sie nicht mehr weit kommen. Aber sie hatte noch immer ihren Pickel, das war zumindest etwas.

Sie drückte Zak die Bremsleine in die Hand und schloss seine Finger darum. »Lass die nicht los, okay? Seil dich ganz langsam ab. Du schaffst das. Und wenn du unten bist, lauf weiter zum Basislager. Warte nicht auf mich. Ich komme nach, wenn ich kann.«

»Cecily ... Pass auf dich auf!«

»Los jetzt!«

Sie sah noch kurz zu, wie er über die Kante verschwand, drehte sich um und blickte ihrem Schicksal entgegen.

Sie ließ sich auf ihr unverletztes Knie nieder und verstärkte den Griff um den Pickel.

Charles näherte sich in stetigem Tempo, und seine schweren Schuhe knirschten über den Schnee.

»Gibst du jetzt auf, Cecily?«

Sie warf ihm den Pickel vor die Füße. Die Lamas hatten ihn gesegnet, und was hatte es ihr genützt? »So brauchst du es, oder? Du brauchst schwache Opfer. Die unbewaffnet sind. Die wehrlos sind. *Deshalb* macht es dir solchen Spaß, in der Todeszone Leute umzubringen. Weil deine Opfer dort ohnehin schon halb tot sind.« Und dann lachte sie. »Du bist kein Held. Du bist ein verdammter Feigling!«

Grinsend kam er auf sie zu.

Doch dann blieb er jäh stehen. Hinter einer Schneewehe sprang Doug hervor, packte Charles an der Kapuze seines Anzugs und riss ihn zurück.

Charles wirbelte herum und riss sich von Doug wieder los.

Cecily ergriff die Gelegenheit, beugte sich vor und packte ihren Pickel. Sie richtete sich wieder auf, stellte sich breitbeinig hin und zuckte nur kurz, holte zittrig Luft und hob den Blick. Dann setzte sie einen Fuß rückwärts. Jetzt balancierte sie an der Kante der Hängewand, und das ohne Sicherung. Sie warf einen flüchtigen Blick über die Schulter. Zak war fast unten, war nicht abgerutscht, und vielleicht konnte sie ihm tatsächlich genug Zeit verschaffen, dass er flüchten und überleben konnte.

»Es reicht, Charles«, sagte Doug. »Ich weiß, was du getan hast. Ich wollte es einfach nicht glauben. Ich habe mir eingeredet, dass mein Verdacht – Marco, Pierre, der Sherpa am Broad Peak ... dass das alles nicht wahr sein konnte. Aber ich habe gesehen, was du in Lager vier mit Grant gemacht hast. Jetzt ist damit Schluss!«

Charles lachte. »Du hast es wohl immer noch nicht kapiert?

Nur für dich ist jetzt Schluss. Wenn du mich umbringst, wirst du nie wieder in den Bergen arbeiten.«

»Das ist mir egal. Mein Leben war vorbei, als Caroline gestorben ist.«

»Nur war das nicht meine Schuld«, sagte Charles, »sondern ihre.« Er zeigte auf Cecily, die unter der Geste förmlich erstarrte. Noch schlimmer war nur der schmerzverzerrte Ausdruck auf Dougs Gesicht, die Qualen, die ihre Unfähigkeit bei ihm ausgelöst hatte.

»Ich weiß«, sagte Doug. Für einen Augenblick erstarb der Wind, und es schien sogar aufzuhören zu schneien.

Doug hob einen Gegenstand in Cecilys Richtung.

Eine Pistole.

Kurz glaubte sie, ihr würde das Herz stehen bleiben. Die Zeit schien stillzustehen, und sie sah nur noch in den schwarzen Lauf seiner Waffe.

»Es tut mir leid.« Er sah ihr direkt ins Gesicht. »Ich wollte dich da nicht mit reinziehen.«

Dann wirbelte er herum und richtete die Waffe auf Charles. Doch im nächsten Moment riss er den Arm weiter hoch, sodass der Lauf in den Himmel zeigte.

Charles' Stimme zitterte. Es war das erste Mal, dass Cecily ihm auch nur einen Hauch von Angst anhörte. »Tu das nicht, Doug. Hast du wirklich so wenig Respekt vor dem Berg?«

»Der Berg wird immer hier sein. Ich muss die Leute beschützen, die ihn besteigen.«

»Wenn du das tust, dann bringst du uns alle um. Mich, Cecily, dich selbst.«

Dougs Stimme war kaum mehr zu hören. »Ich bin längst tot.« Dann flackerte sein Blick zu Cecily. »Spring!«

»Nein!«, schrie Charles und stürzte mit erhobenem Pickel auf Doug zu.

Und Doug drückte ab. Eine Leuchtkugel schoss aus dem Lauf in Richtung Himmel.

Nein, nicht in den Himmel.

In Richtung des Tanzbären-Séracs.

Charles holte mit dem Pickel aus.

Doch es war zu spät. Die Leuchtkugel traf den Bären mitten ins Herz. Dann war ein Rumpeln zu hören, tiefer und düsterer als jeder Donner. Die gewaltige Eismasse begann, sich vom Berg zu lösen.

Cecily war wie gelähmt. Sie konnte Dougs Befehl nicht Folge leisten. Sie konnte nur dastehen und dem entgegensehen, was ihnen als Nächstes bevorstand. Sie verspürte nicht einmal Angst.

Es war … unausweichlich.

Der *Berg* würde sie umbringen. Nicht Charles.

Sie schloss die Augen und nahm den Pickel in beide Hände.

Im nächsten Moment rasten Schnee und Eis auf sie zu, um sie unter sich zu begraben.

55

Kälte, heißt es, sei gut für den Körper.

Ein Bad in kaltem Wasser beispielsweise. Ein kurzes Bad kann die Hirnleistung verbessern und Demenz aufhalten oder dem Abbau sogar entgegenwirken. Angeblich soll Kälte betäubend wirken. Und keinen Schmerz verursachen.

Doch für Cecily war es eine Umarmung aus Nadelstichen, aus Abertausend winzigen Schmerzensstichen.

Als die Taubheit einsetzte, war es eine willkommene Erleichterung. Ihre Schmerzen verebbten, alles wurde dunkel.

Und auch die Dunkelheit machte ihr keine Angst mehr.

Nichts war so furchterregend wie die weiße Wand, die auf sie zugerollt war.

In der Dunkelheit hatte sie immer noch die Hoffnung auf ein Licht, das die Schatten vertrieb.

Doch der White-out war allumfassend. Er verschlang all ihre Sinne. Er zerschmetterte ihre Knochen.

Und er fegte sie von der Hängewand in die völlige Besinnungslosigkeit.

56

Samagaun, zwei Tage nach dem Gipfelsturm

Sie lag in einem Bett, umgeben von Blockhüttenwänden. Decken und Schlafsäcke lagen schwer auf ihr. Ein Kokon aus Wärme.

Aus dem Augenwinkel sah sie ein paar Meter entfernt Mingma, der auf einem Stuhl saß und schlief. Sie versuchte, den Kopf zu drehen, doch jede Bewegung schickte Schmerzen durch ihren Körper. Sie stöhnte – unwillentlich, ein fast unmenschlicher Laut. Dann wurde ihr schwarz vor Augen. Doch der Laut hatte ihn geweckt. Er beugte sich vor und nahm ihre Hände.

»Versuch, still dazuliegen.«

»Wo bin ich?«

»In Samagaun. Wir haben dich fixiert, damit du per Hubschrauber ins Krankenhaus gebracht werden kannst, weil wir noch nicht wissen, wie schwer du verletzt bist. Der Hubschrauber ist unterwegs, es dauert nicht mehr lange.«

»Was ist passiert?«

»Ein Sérac ist eingestürzt und hat eine Lawine ausgelöst. Es war schlimm. Es sind viele gestorben. Vor der Hängewand warst du zum Glück einigermaßen geschützt. Dein Eispickel hat sich in einen Eisbrocken gebohrt. Das hat dir das Leben gerettet.«

Sie setzte sich auf – oder versuchte es zumindest. »Was ist mit Zak? Hat er es geschafft?«

»Ja, hat er. Wir haben ihn in einer Gletscherspalte in der Nähe der Schlüsselstelle gefunden.«

»Geht es ihm gut?«

»Er hat sich ein Bein gebrochen und ist mit dem Kopf aufgeschlagen, hat ein Gehirnerschütterung. Er kann sich an nichts mehr erinnern.«

»Und die anderen?«

»Doug und Elise werden vermisst. Nach ihnen wird noch gesucht.« Mingma schlug den Blick nieder. »Cecily, es tut mir so leid! Doug hat uns zurück ins Basislager geschickt. Er hat uns versichert, dass er euch runterbringen würde. Der Sturm war zu heftig, als dass wir hätten umkehren können. Nur Galden ist in Lager zwei geblieben. Wir hätten Dougs Entscheidung hinterfragen müssen. Das war mein Fehler.« Er klang erstickt. Sie wünschte sich, sie könnte den Kopf drehen und ihn ansehen, aber sie schaffte es nicht, sich zu bewegen.

»Nein, Mingma. Es war nicht Doug. Es war Charles ... Er hat Elise, Galden und Doug umgebracht. Er hat auch versucht, mich umzubringen, und er hat mir von den anderen erzählt. Doug hat die Lawine ausgelöst, um Charles aufzuhalten ... um ihm Einhalt zu gebieten.«

Es blieb kurz still.

»Cecily ... du bist verwirrt«, sagte Mingma sanft.

»Nein, bin ich nicht. Ich habe mit eigenen Augen gesehen, wie er Galden umgebracht hat. Er hat mir gegenüber gestanden, dass er Elise getötet hat. Und nicht nur sie! Auch Irina und Alain und wahrscheinlich auch Grant. Doug wusste, dass Charles zum Mörder geworden war. Deshalb hat er uns runtergeschickt. Deshalb hat er euch weggeschickt … Er wollte sicherstellen, dass wir ihm nicht in die Quere kämen. Aber jetzt ist Charles ja weg … Gott sei Dank.«

Die Tür zum Zimmer ging auf, und grelles Licht strömte herein.

»Ist sie wach?«

Angst jagte ihr durch sämtliche Glieder. Sie ächzte erneut auf. Die Matratze unter ihr bewegte sich, als er sich neben sie setzte.

»Cecily, kannst du mich hören?« Er drückte ihr Bein durch die Decken. Es war Charles. Er hatte überlebt.

Sie wimmerte in sich hinein.

»Was hat sie gesagt?«, fragte er Mingma.

Für den Bruchteil einer Sekunde setzte ihr Herzschlag aus.

»Nichts, Mister Charles«, antwortete Mingma.

Vielleicht hatte ein Teil von ihm ihr doch geglaubt.

»Wann ist der Hubschrauber da?«

»Innerhalb der nächsten Stunde«, sagte Mingma. »Mister Charles … Sie sollten zurück in Ihr Zimmer gehen und sich ebenfalls ausruhen. Ihr Arm muss heilen.«

»Schon gut, schon gut. Ich wollte nur nach unserer kleinen Überlebenskünstlerin sehen.« Er beugte sich zu ihr vor, um ihr ganz leise etwas ins Ohr zu flüstern, was Mingma nicht verstehen konnte: »Der Berg wird mich niemals umbringen.«

Beim Klang seiner Stimme zog sich ihr Magen zusammen. Sie biss die Zähne zusammen, als er wieder aufstand und das

Zimmer verließ. Sie wartete noch einen Augenblick, bis sie sich sicher sein konnte, dass er weg war.

»Mingma, ich sage die Wahrheit, ehrlich!«

»Hast du Beweise?«, wisperte er ihr zu. Als sie nicht antwortete, tätschelte er ihre Hand. »Ich muss nach dem Hubschrauber sehen. Bitte versuch, dich auszuruhen.« Dann ließ er sie in der Dunkelheit zurück.

Sie konnte nichts beweisen. Ihr Kopf tat höllisch weh, und hinter den geschlossenen Lidern sah sie Sterne.

Nein. Elise, Galden, Doug, Irina, Alain … Ihnen allen musste Gerechtigkeit widerfahren. Nicht der Berg hatte sie sich geholt – das war Charles gewesen. Doch wer würde ihr glauben?

Entwurf 4
Das Böse am Berg – die wahre Geschichte des Charles McVeigh
Von Cecily Wong

Am 23. September löste der Abbruch eines Séracs am Manaslu, dem achthöchsten Berg der Welt, eine gewaltige Lawine aus. Es heißt, diese Lawine hätte vier Menschen das Leben gekostet: den langjährigen Expeditionsleiter Doug Manners, den erfahrenen Bergführer Galden Sonam Sherpa, die frankokanadische Topbergsteigerin Elise Gauthier und den britischen Filmemacher Grant Miles-Peterson. Drei weitere Personen wurden schwer verletzt: der TalkForward-Geschäftsführer Zachary Mitchell, die Bergsteigerlegende Charles McVeigh … und ich.

Doch der Berg ist an alldem unschuldig.

Jene vier – und mindestens vier weitere Menschen zuvor – sind durch die Hand eines Mannes zu Tode gekommen, der auf einer Mission war, die er ausgerechnet »*clean*« nannte, »*clean*« wie »ausradiert«.

Charles McVeigh.

Als das personifizierte Böse am Berg machte er sich den körperlich geschwächten Zustand von Bergsteigern zunutze, um seine abscheulichen Taten zu verüben. Er nutzte die ureigenen Risiken des Geländes wie mangelnden Sauerstoff, klaffende Gletscherspalten oder Steilwände, um seine Verbrechen zu vertuschen. Und wer weiß, wie viele ihm noch zum Opfer gefallen sein könnten? Dass die Behörden Todesfälle untersuchen, die über achttausend Metern eingetreten sind, ist schließlich nahezu ausgeschlossen.

Charles hat bei seiner Ankunft in Samagaun selbst zu mir gesagt: »Was wäre wohl ein besseres Versteck für einen Mörder als ein Ort, der sowieso schon als Todeszone verschrien ist?«

Doch er kann sich nicht mehr verstecken.

Seine Schreckensherrschaft am Berg ist vorbei. Charles wird als der Verbrecher entlarvt, der er ist, und damit können seine Opfer endlich Frieden finden.

57

Kathmandu, eine Woche nach dem Gipfelsturm

Es würde niemals veröffentlicht werden, trotzdem musste sie es niederschreiben. Sie musste die Worte auf Papier bringen, auch wenn sie nur für ihre eigenen Augen bestimmt waren.

Sie hatte bereits viel zu lange im Krankenhaus in Kathmandu gelegen. Unglaublich, dass sie mit ein paar kleineren Blessuren davongekommen war. Das Schlimmste waren tatsächlich das linke Knie, die rechte Hand und eine leichte Schneeblindheit, die ihre Netzhaut in Mitleidenschaft gezogen hatte. Das Knie und ihr Sehvermögen würden wieder werden. Aber die Spitze ihres Ringfingers? Die hatte sie ein für alle Mal eingebüßt. Sie hatte sich – mit Handschuhen – durch den Schnee gegraben, und das Gewebe an ihrem Finger hatte sich von der Eiseskälte nicht mehr erholt. Aber wenn dies der einzige Schaden blieb, war sie mit einem blauen Auge davongekommen.

Zak hingegen hatte sich eine schwere Gehirnerschütterung und ein gebrochenes Bein eingehandelt. Er hatte es bis zum Fuß der Hängewand, aber nicht mehr über die Spalte geschafft, als die Lawine abgegangen war. Die Leiter war in die Gletscherspalte gerutscht und hatte sich in der Eiswand verhakt – was ihm das Leben gerettet hatte. Allerdings hatte er sich dabei das Bein gebrochen. Er erholte sich derzeit von der OP und bereitete sich auf seinen Rücktransport in die USA vor.

Natürlich hatte sie ihn im Krankenhaus besucht. Er konnte sich nicht mehr daran erinnern, was am Berg geschehen war. Alles, was ab dem Vorabend ihres Gipfelsturms passiert war, lag im Nebel. Trotzdem hatten sie sich bei den Händen genommen. Durch ihr gemeinsames Überleben waren sie ihr Lebtag miteinander verbunden.

Dario wiederum hatte sie besucht und war verzweifelt gewesen. Er hatte ihr sofort geglaubt, trotzdem gab es ohne Beweise nichts, was er hätte tun können, um seine Anschuldigungen gegen Charles öffentlich zu machen. »Ich hätte Elise überreden müssen, mit mir runterzugehen. Ich hatte sie in die Höhle des Löwen geschickt. Ich hätte euch alle retten müssen. Es tut mir so leid!«

Die Schlagzeilen jedoch waren um ein Vielfaches schlimmer, die Interviews auf sämtlichen großen Nachrichtensendern: Ausnahmslos alle hatten Charles, den Helden, in den Himmel gejubelt, der herumerzählte, er habe erst seinen Rekord aufgestellt und sich dann aus der Lawine befreit, um Cecily zu retten. Er war mehr als nur »Charles der Eroberer«, er war zu »Charles dem Retter« geworden. Zum Helden des Manaslu. Die Gefahr, das Grauen, die Panik – anscheinend wollten die Leute genau das hören. All das trug zur Legendenbildung bei.

Wann immer Cecily seinen Namen oder sein Gesicht in einer Zeitung oder auf dem Fernsehbildschirm sah, bekam sie weiche Knie. Sie war die Einzige, die die Wahrheit kannte: dass Charles ein Serienmörder war.

Sie wünschte sich, sie wüsste, warum der Berg ihn verschont hatte. Anscheinend war er imstande gewesen, mithilfe des Pickels, den er geschwungen hatte, irgendwo Halt zu finden. Er war regelrecht auf der Lawine geritten und hatte sich wie durch ein Wunder nur den Arm gebrochen. Sobald die anderen ihn aus dem Schnee befreit hatten, hatte er darauf bestanden, am Berg zu bleiben, um bei der Bergung der Leichen zu »helfen« ...

Oder vielmehr: um die Spuren seiner Verbrechen zu verwischen. Sie hatten Grant und Elise immer noch nicht gefunden. Cecily wusste natürlich, dass Elise nicht mal annähernd in der Nähe des Lawinengebiets lag.

Cecilys Eltern wollten, dass sie auf direktem Weg nach Hause zurückkehrte. Rachel hatte angeboten, in den nächsten Flieger nach Kathmandu zu steigen. Doch Cecily hatte Nein gesagt. Sie waren nicht dabei gewesen, sie hatten Elises Leiche nicht gesehen, Zaks Hand nicht gehalten und nicht miterlebt, welches Opfer Galden gebracht hatte.

Ihr Überleben hätte keinen Sinn, wenn die Geschichten ihrer Gefährten vergessen und unter Schnee und Eis begraben würden.

Bevor sie nach Hause zurückkehren konnte, bevor sie wieder jemanden treffen konnte, musste sie noch ein paar Dinge erledigen.

Galdens Heimatdorf Tengboche lag weit oben in der Region Khumbu, zwar im Himalaja, aber weit genug entfernt vom Manaslu. Dort ragten einige der berühmteren Berge auf, allen voran der Everest. Die Reise dorthin dauerte einige Tage. Sie flog in einem klapprigen Flugzeug bis zu einem der berüchtigtsten Flugplätze der Welt in Lukla und fuhr von dort mit einem Jeep über eine Buckelpiste bis hinauf ins Dorf. Womöglich war das für ihr Knie kaum besser als ein Marsch, doch Mingma hatte darauf bestanden, dass sie einen Wagen nahm.

Mingma und sie kamen während des nepalesischen Dashain-Fests dort an. Es wurde der Sieg des Guten über das Böse gefeiert, auch wenn Cecily insgeheim das Gefühl hatte, dass das Böse an jenem Tag gewonnen hatte.

Es war kein schöner Anlass, und trotzdem hieß Galdens Familie sie herzlich willkommen und bat sie sogar, an einem Dashain-Ritual teilzunehmen, was sie als große Ehre empfand.

Sie saß gegenüber von Galdens Mutter, die sang und Räucherwerk entzündete. Cecily fühlte sich an die Puja erinnert – und an ihre Großmutter. In ihren Augen standen Tränen, als sie an all jene dachte, die nicht mehr am Leben waren.

Galdens Mutter beugte sich vor und rieb ihr das Segenszeichen auf die Stirn, einen roten Farbklecks aus gefärbtem Reis. Cecily verneigte sich, die Mutter erwiderte die Geste und legte die Hände zum Gebet zusammen. Sie gaben ihr nicht die Schuld. Trotzdem war Cecily von Trauer überwältigt. Sie wusste, dass Galdens Tod bedeutete, dass die ganze Familie fortan Not leiden musste. Und sie wusste, sie würde alles tun, um diese Familie zu unterstützen.

Nachdem sie Galdens Elternhaus verlassen hatte, ging sie am Kloster vorbei, von dem er ihr erzählt hatte. Es fühlte sich nach einer guten Gelegenheit an, etwas für die Leute zu hinterlassen, die durch Charles gestorben waren: Erinnerungsstücke. Opfergaben.

Das Kloster glich einem Aufruhr der Farben: starke Rot- und Blautöne, die mit blitzendem Blattgold akzentuiert waren. Die Leuchtkraft erinnerte sie an Elise. Cecily kniete nieder, neigte den Kopf und gedachte der Toten.

Rund um eine Buddha-Statue auf einem Schrein waren Gebetsfahnen drapiert. Sie bat den Lama um Erlaubnis, und er nickte ihr zu. Sie hatte nichts, was Zak, Doug oder Galden gehört hatte, also nahm sie ihr Notizbuch heraus, schrieb ihre Namen auf und faltete das Papier zu einem kleinen Kranich, so wie Galden es ihr während der langen Wartezeit im Basislager beigebracht hatte. Den Kranich setzte sie auf ein Brett neben den Buddha. Dann nahm sie die Kette hervor, die sie der toten Elise abgenommen hatte – den Beweis, dass Elise nicht in der Lawine gestorben war.

Der Beweis, dass nicht der Berg sie auf dem Gewissen hatte. Sondern Charles.

Sie starrte den Kettenanhänger in ihrer Hand an. Cecily war sich ganz sicher, dass Elise am liebsten hier in Nepal bleiben wollte, wo sie sich heimisch gefühlt hatte.

Noch während sie die Kette anhob, um sie über den Schrein zu hängen, fiel ihr die Kamera wieder ein. Die Talk-Forward-Kameras … Sie übertrugen via Satellit Bilder in die Cloud.

Was, wenn …? Allzu viel Hoffnung hatte sie nicht. Zak war nicht mal im Basislager imstande gewesen, sie zum Laufen zu bringen. Doch da hatte Doug auch einen Störsender eingesetzt …

Was, wenn näher am Gipfel das Signal wieder da gewesen war?

Unwahrscheinlich, aber zumindest eine Möglichkeit.

»Danke, Elise«, flüsterte sie. Dann drückte sie einen Kuss auf die Kette, ehe sie sie über den Schrein hängte.

Draußen machte sie ein paar Schritte vom Kloster weg. »Mingma?«

Er hatte die Hände hinter dem Rücken verschränkt und ließ die Schultern hängen. Ihn umgab eine Traurigkeit, die einen Monat zuvor nicht da gewesen war. »Ja?«

»Gibt es hier irgendwo WLAN? Es ist dringend.«

»Natürlich. Ich bringe dich hin.«

Auf seine Schulter gestützt humpelte sie hangabwärts zum Everest-View-Teehaus. Dort stieg Cecily auf die Dachterrasse, wo sie sich in die Sonne setzte, während Mingma gesüßten Masala-Tee holen ging. Sie zog ihren Laptop aus dem Rucksack und wählte sich ins WLAN ein. Es war fast schon ironisch, wie stark das Signal war.

Sie tippte Zaks Servernamen in die Browserleiste. Zwei Ordner erschienen, beide waren passwortgeschützt. Sie versuchte es mit dem ersten. *Das Passwort ist der Name meines Lieblingsberges.* Rainier.

Doch als sie den Ordner öffnete, war sie enttäuscht.

Von ihrem letzten Tag war nichts darin zu finden.

Somit war Elise ihre letzte Hoffnung. Sie klickte den zweiten Ordner an.

Die Passwort-Eingabe erschien. Sie wusste, Elises Lieblingsberg war der Eiger gewesen. Sie tippte den Namen ein – und dann tauchten vor ihren Augen Elises Dateien auf. Aufgeregt überflog Cecily die Datumsliste.

Sie klickte die jüngste Datei an – und keuchte auf. Elise, wie sie in die Kamera lächelte. Die hochempfindliche Kamera hatte ihr Gesicht sogar mitten in der Nacht eingefangen. Sie trug ihren Expeditionsanzug, und Cecily konnte im Hintergrund kleine Zeltkuppeln erkennen – Lager vier.

»Ich gehe jetzt hoch zum Gipfel, Leute!«, sagte die hoffnungsvolle, begeisterte Stimme. »Charles hat mich am Ende doch überreden können.«

Das Bild wackelte kurz, als Elise die Kamera an ihrer Brusttasche befestigte und weiterfilmte, während sie sich langsam vom Lager entfernte.

Cecily sah sich den Clip weiter an, war nicht imstande, den Blick abzuwenden, und nach und nach breitete sich in ihr Übelkeit aus. Ihre Kopfhaut prickelte, als Elise sich ihrem Mörder zuwandte und sein Gesicht auf dem Bildschirm erschien.

Elise hatte erst im letzten Moment begriffen, was geschehen würde. Die letzten Sekunden fingen ein, wie sie durch den Schnee rannte – oder zumindest versuchte zu rennen.

Dann ein heftiges Wackeln, und das Bild wurde schwarz.

Cecily schlug die Hand vor den Mund.

Aber das war es. Das war Elises letztes Geschenk.

Der Videobeweis, dass Charles ein Mörder war.

Das würde ihn überführen.

Und es wäre die größte Meldung in der Geschichte der Bergsteigerei.

Neben ihr holte Mingma scharf Luft.

»Glaubst du mir jetzt?«, fragte sie.

»Ich muss gehen.« Er stand so abrupt auf, dass er seinen Stuhl umwarf, der über den Kachelboden klapperte. Er stürzte regelrecht aus dem Teehaus. Sie hatte keine Ahnung, was er vorhatte. Doch eines war klar: Sie würde nicht in Charles' Haut stecken wollen, wenn Mingma und die anderen Sherpas ihn aufspürten.

Eilig entwarf sie eine E-Mail an Michelle.

Wenn du die wahre Geschichte willst – ich hab sie.

Dann hängte sie als Beweis einen Screenshot des Videos sowie den Entwurf ihres Artikels »Das Böse am Berg« an.

Das würde reichen.

Vor dem Teehaus war eine Bambusschaukel für das Dashain-Fest aufgehängt worden und schwang in der Nachmittagssonne leicht hin und her. In der Ferne konnte sie sie sehen: den Everest, Sagarmatha, Qomolangma, die Göttinmutter der Erde.

Sie setzte sich auf die Schaukel, blickte hinauf zu dem Punkt, der dem Himmel auf Erden am nächsten kam, und atmete durch.

Danksagung

Unmittelbar nachdem ich im September 2019 den Gipfel des Manaslu bestiegen hatte und mich noch immer in der Todeszone befand, setzte ich mich in den Schnee, nahm mein Notizbuch hervor und fing an zu schreiben. Was ich dort aufschrieb, wird nie jemand zu Gesicht bekommen – ich war höhenkrank, erschöpft, und meine Handschrift ist kaum zu entziffern. Doch bereits da wusste ich, dass ich einen Roman über meine Zeit am Berg schreiben musste. Zum Glück war meine Expedition weitaus weniger ereignisreich als die von Cecily, aber immer noch eines der überwältigendsten, umwälzendsten Ereignisse in meinem Leben.

Mein Dank gilt daher den unvergleichlichen Bergführern »meines« Achttausenders: Nimsdai Purja und Mingma Gyabu »David« Sherpa von Elite Expeditions. Ihre Anleitung und Unterstützung am Manaslu (und zuvor am Aconcagua) haben mir das Selbstvertrauen gegeben, Herausforderungen in Angriff zu nehmen, von denen ich mir nie erträumt hätte, dass ich mich ihnen stellen würde. Die Manaslu-Besteigung war Teil von Nims' »Project Possible«, mit dem er einen Weltrekord aufstellte, und es war mir eine Ehre, gemeinsam mit ihm, einem der besten Alpinisten unserer Generation, den Berg zu besteigen. Außerdem muss ich mich bei Tensi Kasang Sherpa bedanken, meinem Begleiter auf dem Weg zum Gipfel (der mich bis hinauf mit bitter nötigen Apfelschnitzen versorgte). Ich hatte die besten Zeltgenossinnen überhaupt – Deeya Pun und Stefi Trouget –, die mir Mut zusprachen, wann immer es am nötigsten war, und mit Steve Davis, Sandro Gromen-Hayes, Avedis Kalpaklian und Khodr Ghadban obendrein die allerbesten Expeditionsgefährten. Unsere gemeinsamen Erlebnisse gehören zu den Erinnerungen, die ich niemals vergessen werde.

Meine Reise in die Bergsteigerei hatte nur ein Jahr zuvor begonnen, als ich am Neujahrstag 2018 meinen ersten Gipfel bestieg: den Jbel Toubkal in Marokko. Meine Leidenschaft und so vieles von dem, was ich seither über das Bergsteigen gelernt habe, verdanke ich dem Bergführer bei dieser Besteigung, Jon Gupta. Jon war auch derjenige, der mir beigebracht hat, »wachsam zu sein«, und der fest daran glaubte, dass ich, wenn ich nur wollte, den Everest bezwingen könnte – und damit Unmengen limitierender Einschätzungen über mich selbst mit einem Handstreich über den Haufen warf. Ein Dankeschön auch an Éric Bouvant, meinen Bergführer am Mont Blanc, dessen Ratschläge zu Atmung und Tempo in der Höhe wesentlich zu meinen Fortschritten beigetragen haben.

Ganz gleich, wie viele Menschen mir auf meiner Bergsteigerreise beigestanden haben – was immer in den »technischen Beschreibungen« in diesem Roman fehlerhaft sein sollte, ist auf meinem Mist gewachsen.

Einen Roman zu schreiben ist tatsächlich gar nicht so anders, als einen Berg zu besteigen, und auch auf dieser Reise brauchte ich alle Hilfe, die ich bekommen konnte. Ich hätte mir keine bessere Agentin und Freundin wünschen können als Juliet Mushens. Sie hat lange vor mir an dieses Buch geglaubt. Sie ist eine Visionärin, eine der inspirierendsten Personen, die ich kenne, und in der Buchbranche arbeitet niemand härter als sie. Und Liza DeBlock und Kiya Evans – ihr Team – sind die Größten! Auf der anderen Seite des Atlantiks ist meine Agentin für Nordamerika, Jenny Bent, für mich ein absoluter Star. Ich bin so froh, dass mir all diese Menschen zur Seite stehen!

Dankenswerterweise haben sie dieses Buch in die Hände einiger der besten Lektorinnen und Lektoren der Branche gelegt: Joel Richardson von Penguin Michael Joseph, Edward Kastenmeier von Anchor Books und Lara Hinchberger von Penguin Canada haben unermüdlich daran gefeilt, um das Manuskript in Form zu bringen. Ihre Ratschläge und ihre Unterstützung haben weit überstiegen, was ich mir gewünscht hätte, und ich bin hellauf begeistert, sie auf dieser Reise bis hin zur Veröffentlichung dabeizuhaben. Sie haben meine wildesten Träume wahr gemacht.

Neben Joel muss ich bei Penguin Michael Joseph auch Grace Long, Clio Cornish, Lucy Upton, Ellie Hughes, Livvi Thomas, Lee Motely, Emma Henderson und Jennie Roman danken. Gemeinsam stellen sie das weltbeste Lektorats-, Marketing-, Presse-, Herstellungs- und Vertriebsteam dar, das sich eine Autorin nur wünschen kann!

Schreiben kann eine einsame Angelegenheit sein – besonders während einer Pandemie und wenn man sich an ein komplett neues Genre wagt. Daher gilt mein besonderer Dank Kim

Curran, die als Erste meinen Entwurf zu *Der Aufstieg – In eisiger Höhe wartet der Tod* gelesen hat. Sie ist außerdem meine Partnerin an der Kletterwand – wobei wir mit der Zeit wohl mehr Plot- als Boulderprobleme gelöst haben, wofür ich ihr unendlich dankbar bin.

Jeder braucht eine Freundin wie Amie Kaufman, die kaum mit der Wimper zuckte, als ich ihr erzählte, dass ich die Möglichkeit hätte, einen Achttausender zu besteigen, und die hinterher sehr weise kundtat, dass ich dieses Buch einfach hätte schreiben *müssen.* Während ich im Basislager war, versorgte ich Freunde in einer WhatsApp-Gruppe mit Updates von meiner Expedition, und diese Gruppe wurde in der Ferne zu meiner Rettungsleine. Juliet (auch hier!), Sarah Woodward, Adam Stratford, Tania Stratford, Maria Felix Miller, Natasha Bardon und James Smythe – danke, dass ihr die Ersten wart, die mir versichert haben, dass meine wilden Bergabenteuer (mit ein paar kleineren Anpassungen) einen coolen Thriller abgeben würden. Laura Lam, Juno Dawson, Tanya Byrne, Zoe Sugg, Sarah Jones, Stacey Halls und Katie Ellis-Brown – danke für dringend benötigte Ermutigungen, Gelächter und Ratschläge während des Lockdowns.

Nichts von alldem wäre ohne meine Familie möglich gewesen – und ob nun engste oder entferntere Verwandte: Ihr seid meine Wurzeln, wenn ich schreibe und wenn ich auf einen Berg steige. Danke an die McCullochs, die Barneses und die Liveseys für eure unerschütterliche Unterstützung. Meine Schwester Sophie und mein Schwager Evan inspirieren mich in einem fort mit ihrer Kreativität, Leidenschaft und ihrer Fokussiertheit. Und meine Eltern, Maria und Angus, sind meine begeistertsten ersten Leser, meine vehementesten Anwälte und Quellen der Kraft. Ich hätte dieses Buch niemals schreiben können ohne den Mut und die Belastbarkeit, die sie mir eingeflößt haben.

Zu guter Letzt ein besonderes Dankeschön an Chris, der mich zu meinem allerersten Ausflug in die Berge mitgenommen hat. Du bringst mich dazu, über mich hinauszuwachsen und die beste Person – und beste Autorin – zu werden, die ich nur werden kann. Ich kann es kaum erwarten zu sehen, welche Abenteuer noch auf uns warten …